Le fantôme
de Lady Margaret

Mary Higgins Clark

Le fantôme de Lady Margaret

Les Éditions Retrouvées

Collection dirigée par Francesca Orlando

Les Éditions Retrouvées, 2021
avec l'autorisation des Éditions Albin Michel

ISBN : 978-2-36559-256-7

Pour Frank « Tuffy » Reeves
Avec joie et tendresse.

Dans l'ombre je voyais leurs bouches décharnées
Béantes, proférer des prédictions horribles ;
Et puis je m'éveillai, et me trouvai ici,
Au flanc de la froide colline.

Et voilà pourquoi je séjourne ici,
Errant, fantômal et seul,
Bien qu'au lac les joncs soient flétris
Et que nul oiseau ne chante.

John Keats
« La Belle Dame Sans Merci »

Le fantôme de Lady Margaret

Avec un mélange de regret et de soulagement, Judith referma le livre qu'elle consultait, posa son stylo sur le dessus de son gros cahier, repoussa le fauteuil pivotant et se leva. Elle avait travaillé sans bouger pendant plusieurs heures d'affilée et ressentait des courbatures dans le dos. Le temps était couvert. Tôt dans la journée, elle avait allumé la puissante lampe de bureau achetée pour remplacer la lampe victorienne délicatement ornementée qui faisait partie de cet appartement loué dans le quartier de Knightsbridge, à Londres.

Étirant ses bras et ses épaules, Judith se dirigea vers la fenêtre et jeta un regard dans Montpelier Street. À 15 h 30, le jour maussade commençait déjà à décliner et la légère vibration des vitres témoignait que le vent n'était pas tombé.

Elle sourit malgré elle, se rappelant la lettre qu'elle avait reçue en réponse à sa demande à propos de la location :

« Chère Judith Chase,

« L'appartement sera disponible du 1er septembre au 1er mai. Vos références sont des plus satisfaisantes, et je suis heureuse d'apprendre que vous serez occupée à écrire votre prochain livre. La guerre civile au XVIIe siècle en Angleterre fut une mine pour les écrivains romantiques et il est bien qu'une historienne de votre renom l'ait choisie pour thème. L'appartement est sans prétention mais spacieux et je pense qu'il vous conviendra. L'ascenseur tombe fréquemment en panne ; toutefois, trois étages ne devraient pas vous effrayer, n'est-ce pas ? Je les grimpe personnellement par choix. »

La lettre se terminait par une signature en pattes de mouche : « Beatrice Ardsley ». Judith savait par des amis communs que Lady Ardsley avait quatre-vingt-trois ans.

Elle effleura du bout des doigts l'appui de la fenêtre et sentit l'air froid, âpre, qui perçait à travers le cadre de bois. Frissonnante, elle se dit qu'il lui restait à peine le temps de prendre un bain chaud, si elle se dépêchait. Dehors, la rue était presque déserte. Les rares piétons se hâtaient, la tête rentrée dans les épaules, le col de leur manteau remonté. Au moment où elle se détournait, Judith vit une toute petite fille courir dans la rue, juste en dessous de sa fenêtre. Horrifiée, elle la regarda trébucher et tomber sur la chaussée. Si une voiture débouchait à l'angle du pâté de maisons, le conducteur ne la verrait pas à temps. Il y avait un homme âgé un peu plus loin. Judith se préparait à ouvrir la fenêtre pour lui crier de venir en aide à l'enfant, quand une jeune femme surgit de nulle part, s'élança sur la chaussée, ramassa l'enfant et la berça dans ses bras.

« Maman, maman », l'entendit pleurer Judith.

Elle ferma les yeux, se cacha le visage dans les mains, s'entendant gémir à haute voix : « Maman, maman. » Oh Seigneur ! Ça ne va pas recommencer !

Elle se força à rouvrir les yeux. Comme elle s'y attendait, la femme et l'enfant avaient disparu. Seul le vieil homme se trouvait encore là, avançant prudemment le long du trottoir.

Le téléphone sonna alors qu'elle fixait une broche de diamant au revers de son tailleur du soir en faille. C'était Stephen.

« Chérie, comment s'est passée ta journée ?

— Très bien. » Judith sentit son pouls s'accélérer. Quarante-six ans et son cœur bondissait comme celui d'une écolière au son de la voix de Stephen.

« Judith, il y a une réunion extraordinaire du Conseil des ministres, et j'ignore à quelle heure j'en sortirai. Vois-tu un inconvénient à me retrouver chez Fiona ? Je t'enverrai la voiture.

— Ce n'est pas la peine. J'irai plus vite en taxi. Si tu arrives en retard, c'est une affaire d'État. Si je suis en retard, c'est une affaire d'éducation. »

Stephen éclata de rire. « Tu es merveilleuse ! » Il baissa la voix. « Je suis fou de toi, Judith. Nous resterons le minimum nécessaire à ce cocktail, et irons ensuite dîner tranquillement tous les deux.

— Parfait. À tout à l'heure, Stephen. Je t'aime. »

Judith raccrocha. Un sourire jouait encore sur ses lèvres. Deux mois auparavant, elle s'était retrouvée placée à un dîner à côté de Sir Stephen Hallett. « Le plus beau parti de toute l'Angleterre, lui avait confié son hôtesse, Fiona Collins. Bel homme. Séduisant. Brillant. Ministre de l'Intérieur. Tout le monde sait qu'il sera le prochain Premier ministre. Et le plus étonnant, ma chère Judith, c'est qu'il est *célibataire*.

— J'ai rencontré Stephen Hallett à une ou deux reprises à Washington, il y a des années, avait répondu Judith. Kenneth et moi l'avions beaucoup apprécié. Mais je suis venue en Angleterre pour écrire un livre, non pour m'intéresser à un homme, fût-il le prince charmant.

— Ne sois pas idiote, avait répliqué Fiona. Tu es veuve depuis dix ans. C'est suffisant. Tu as une véritable renommée d'écrivain. Chérie, ce n'est pas désagréable d'avoir un homme à la maison, surtout si cette maison se situe 10 Downing Street. Mon petit doigt me dit que vous êtes faits l'un pour l'autre, toi et Stephen. Judith, tu es ravissante, mais tu t'arranges toujours pour faire comprendre aux hommes : "Inutile d'approcher, ça ne m'intéresse pas." Montre-toi moins indifférente ce soir, je t'en prie. »

Elle avait suivi les conseils de Fiona. Et ce même soir Stephen l'avait raccompagnée chez elle et était monté prendre un dernier verre. Ils avaient bavardé presque jusqu'à l'aube. En la quittant, il l'avait embrassée doucement sur les lèvres. « Je ne me souviens pas d'avoir jamais passé une soirée aussi délicieuse », avait-il murmuré.

Trouver un taxi ne fut pas aussi facile qu'elle l'avait cru. Judith attendit dix minutes dans le froid avant de voir enfin une voiture s'arrêter. Debout au bord du trottoir, elle évita de regarder la chaussée. C'était l'endroit exact où, depuis la fenêtre, elle avait vu l'enfant tomber. Ou cru la voir tomber.

Fiona habitait une maison de style Régence dans Belgravia. Membre du Parlement, elle prenait un malin plaisir à ce qu'on la compare à l'acerbe Lady Astor. Son mari, Desmond, à la tête d'un empire de presse international, était l'un des hommes les plus puissants d'Angleterre.

Après avoir déposé son manteau au vestiaire, Judith entra rapidement dans le cabinet de toilette contigu, passa d'une main nerveuse son bâton de rouge sur ses lèvres, recoiffa quelques mèches ébouriffées par le vent. Ses cheveux avaient gardé leur brun naturel ; elle n'avait pas encore commencé à dissimuler d'éventuels fils argentés. Un journaliste avait un jour vanté ses yeux bleu saphir et son teint de porcelaine, témoins de ses origines anglaises.

Il était temps de gagner le salon, de laisser Fiona l'entraîner de groupe en groupe. Fiona ne manquait jamais de faire des présentations qui ressemblaient à une campagne publicitaire. « Ma chère, très chère amie, Judith Chase. L'un des écrivains les plus prestigieux d'Amérique. Prix Pulitzer. *American Book Award.* Pourquoi cette ravissante créature se spécialise-t-elle dans les révolutions quand je pourrais lui fournir les potins mondains les plus alléchants, cela restera toujours un mystère pour moi. Néanmoins, ses ouvrages sur la Révolution française et sur la Révolution américaine sont purement et simplement remarquables et offrent l'avantage de se lire comme des romans. Aujourd'hui, elle se plonge dans notre Guerre Civile, Charles Ier et Cromwell. Je redoute seulement qu'elle ne découvre chez nos ancêtres quelque sombre secret que nous préférerions ignorer. »

Fiona n'interromprait ses commentaires qu'après s'être assurée que tout le monde savait tout sur Judith, puis, à l'arrivée de Stephen, elle chuchoterait précipitamment à la ronde que le ministre de l'Intérieur et Judith s'étaient connus à un dîner ici même, dans cette maison, et que depuis... Elle roulerait des yeux, laissant le reste en suspens.

Judith s'arrêta un instant sur le seuil du salon pour embrasser la scène. Cinquante à soixante personnes, estima-t-elle rapidement, une bonne moitié de visages familiers : des dirigeants du gouvernement, son éditeur anglais, les amis titrés de Fiona, un célèbre dramaturge... Comme à chaque fois qu'elle pénétrait dans cette pièce, elle fut frappée par l'exquise simplicité des tissus aux teintes sourdes qui recouvraient les divans anciens, la qualité des tableaux dignes d'un musée, le charme discret des rideaux vaporeux qui drapaient les portes-fenêtres ouvertes sur le jardin.

« Mademoiselle Chase, n'est-ce pas ?

— Oui. » Judith accepta la coupe de champagne que lui tendait un serveur et offrit un sourire impersonnel à Harley Hutchinson, le chroniqueur mondain le plus cancanier de la télévision anglaise. La quarantaine, grand et mince, avec un regard bleu inquisiteur et des cheveux bruns et ternes qui lui retombaient sur le front.

« Puis-je vous dire que vous êtes ravissante, ce soir ?

— Merci. » Avec un bref signe de tête, Judith fit un mouvement pour s'éloigner.

« C'est toujours un plaisir de voir une jolie femme douée de surcroît d'un sens exquis de la mode. Une qualité que l'on trouve rarement dans les classes supérieures de ce pays. Votre livre avance-t-il ? Trouvez-vous notre petit essaim cromwellien aussi intéressant que les paysans français ou les colons américains ?

– Oh, il me paraît tout à fait à la hauteur des autres. » Judith sentit se dissiper l'angoisse provoquée par l'apparition de l'enfant dans la rue. Le sarcasme à peine voilé d'Hutchinson la remit sur pied.

« Dites-moi, mademoiselle Chase. Gardez-vous votre manuscrit secret jusqu'à la fin, ou faites-vous partager votre travail en cours de route ? Certains auteurs aiment parler de leur livre au fur et à mesure qu'ils l'écrivent. Par exemple, que sait Sir Stephen du vôtre ? »

Judith décida qu'il était temps d'en finir. « Je n'ai pas encore vu Fiona. Veuillez m'excuser. » Elle n'attendit pas la réaction d'Hutchinson et traversa la pièce. Fiona lui tournait le dos. Elle se retourna en entendant Judith la saluer, l'embrassa hâtivement et murmura : « Un moment, mon chou. J'ai fini par coincer le Dr Patel et je veux écouter ce qu'il raconte. »

Le Dr Reza Patel, psychiatre et neurobiologiste de renommée mondiale. Judith l'examina avec attention. Environ cinquante ans. Des yeux très noirs au regard brûlant sous d'épais sourcils. Un front qui se plissait lorsqu'il parlait et une couronne de cheveux sombres encadrant un visage brun aux traits réguliers. Il portait un costume bien coupé à rayures grises. Quatre ou cinq personnes se pressaient à côté de Fiona. Leur expression variait du scepticisme à la stupéfaction. Judith savait que la faculté de Patel à faire régresser sous hypnose ses patients jusqu'à ce qu'ils retrouvent leur petite enfance et racontent leurs expériences traumatisantes était considérée en psychanalyse comme une découverte capitale. Elle savait aussi que sa nouvelle théorie, qu'il appelait le Syndrome d'Anastasia, avait à la fois bouleversé et inquiété le monde scientifique.

« Je ne serai pas en mesure de prouver ma théorie avant un certain temps, disait Patel. Mais après tout, beaucoup ont ri il y a dix ans lorsque j'ai établi que la combinaison d'un médicament léger et du sommeil hypnotique pouvait libérer les défenses que l'esprit édifie pour se protéger de lui-même. Cette théorie est désormais acceptée et largement appliquée. Pourquoi un être humain devrait-il se soumettre à des années d'analyse pour trouver les causes de son problème, quand quelques brèves séances suffisent à les découvrir ?

— Mais le Syndrome d'Anastasia est très différent, protesta Fiona.

— Différent, et étonnamment similaire. » Patel fit un signe de la main. « Regardez les gens dans cette pièce. Le gratin de toute l'Angleterre. Intelligents. Instruits. Personnalités de premier plan. Chacun d'entre eux pourrait être un vaisseau approprié pour faire revivre les grands dirigeants des siècles passés. Songez combien le monde se porterait mieux si nous pouvions bénéficier des conseils de Socrate, par exemple. Voyez Sir Stephen Hallett. À mon avis, il fera un excellent Premier ministre, mais ne serait-il pas rassurant de savoir que Disraeli ou Gladstone l'éclairent de leurs avis, font littéralement partie de son être ? »

Stephen ! Judith se retourna brusquement, mais attendit de voir Fiona se précipiter pour l'accueillir. Consciente du regard d'Hutchinson, elle resta délibérément avec le Dr Patel lorsque les autres s'éloignèrent. « Docteur, si je comprends bien votre théorie, cette Anna Anderson, qui affirmait être Anastasia, était soignée pour dépression nerveuse. Vous croyez qu'au cours d'une séance, alors qu'elle était sous hypnose et subissait un traitement médical, elle régressa dans le passé par inadvertance pour se retrouver dans ce sous-sol en Russie au moment précis où la grande-duchesse Anastasia fut assassinée avec toute la famille royale. »

Patel acquiesça de la tête. « C'est exactement ma théorie. L'esprit de la grande-duchesse, le jour où elle mourut, pénétra le corps d'Anna Anderson au lieu d'aller dans l'autre monde. Les deux identités se mêlèrent. Anna Anderson devint en réalité l'incarnation vivante d'Anastasia, avec ses souvenirs, ses émotions, son intelligence.

— Et qu'advint-il de la personnalité d'Anna Anderson ?

– Il semble qu'il n'y ait eu aucun conflit. C'était une femme très intelligente, mais elle s'abandonna volontiers à son nouveau statut d'héritière survivante du trône de Russie.

— Mais pourquoi Anastasia ? Pourquoi pas sa mère, la tsarine, ou l'une de ses sœurs ? »

Patel haussa les sourcils. « Question très perspicace, mademoiselle Chase, et en la posant vous mettez le doigt sur le problème du Syndrome d'Anastasia. L'histoire nous dit qu'Anastasia était la plus résolue des femmes de la famille. Nous pouvons présumer que les autres se résignèrent à leur sort et partirent dans l'autre monde. Anastasia lutta pour rester dans le temps présent, saisissant la présence inopinée d'Anna Anderson pour s'accrocher à la vie.

— D'après vous, par conséquent, les seuls êtres en théorie susceptibles de revenir sur terre seraient ceux qui sont morts à contrecœur, qui voulaient désespérément rester en vie ?

— Exactement. C'est pourquoi je mentionne Socrate, condamné à boire de la ciguë, contrairement à Aristote qui mourut de causes naturelles. C'est aussi la raison pour laquelle j'ai suggéré en plaisantant que Sir Stephen pourrait véhiculer l'esprit de Disraeli. Disraeli mourut paisiblement, mais je saurai un jour rappeler un être mort en paix et dont le leadership moral est à nouveau nécessaire. Sir Stephen vient vers vous, à présent. » Patel sourit. « Puis-je ajouter que j'admire énormément vos ouvrages ? Votre érudition est un plaisir.

— Merci. » Une force poussa Judith à lui demander précipitamment : « Docteur Patel, vous avez aidé des gens à retrouver certains souvenirs de leur plus tendre enfance, n'est-ce pas ?

— Oui. » Il la regarda avec intensité. « Vous ne me posez pas cette question sans raison.

— Non, en effet. »

Patel lui tendit sa carte. « Si vous désirez un entretien, n'hésitez pas à téléphoner. »

Judith sentit une main sur son bras, leva les yeux et vit le visage de Stephen. Elle s'efforça de garder un ton impersonnel. « Stephen, quel plaisir de vous voir. Connaissez-vous le Dr Patel ? »

Stephen hocha brièvement la tête à l'adresse de Patel et, prenant Judith par le bras, l'entraîna à l'autre bout de la pièce. « Chérie, chuchota-t-il, pourquoi diable perds-tu ton temps avec ce charlatan ?

— Ce n'est pas un charlatan... » Judith s'interrompit. Stephen était le dernier homme sur terre qui pouvait adhérer aux théories de Patel. À l'heure qu'il était, les journaux avaient sûrement imprimé que Stephen était le candidat idéal pour se voir insuffler l'esprit de Disraeli. Elle lui sourit, sans se soucier du fait que tout le monde dans la pièce avait les yeux braqués sur eux.

Un mouvement d'agitation parcourut les invités à l'arrivée du Premier ministre. « Il est rare que j'assiste à ce genre de cocktails, dit-elle à Fiona, mais je fais une exception pour vous, ma chère. »

Stephen entoura Judith de son bras. « Il est temps que tu rencontres le Premier ministre, chérie. »

Ils allèrent dîner au Brown's. Tout en mangeant une sole meunière et une salade, Stephen lui raconta sa journée. « Peut-être la plus frustrante de toute la semaine. Bon sang ! Judith, le Premier ministre doit mettre fin aux conjectures. Le pays demande des élections. Nous avons besoin d'un mandat, et elle le sait. Les travaillistes le savent aussi et nous sommes dans une impasse. Et pourtant je la comprends. Si elle ne se représente pas, c'est la fin pour elle. Lorsque mon tour viendra, il me sera très dur de quitter la vie publique. »

Judith mangeait sa salade en chipotant. « C'est toute ton existence, n'est-ce pas ?

— Pendant toutes les années où Jane est restée malade, mon travail fut mon salut. Il a occupé mon temps, mon esprit et mon énergie. Après sa mort, on m'a présenté je ne sais combien de femmes. Je suis sorti avec quelques-unes, confondant leurs noms et leurs visages. Puis un soir, par une froide soirée de novembre, je t'ai rencontrée chez Fiona, et la vie est devenue différente. Désormais, lorsque les problèmes s'accumulent, une voix me chuchote : "Tu vas bientôt retrouver Judith." »

Il lui prit la main à travers la table. « À moi de poser des questions. Tu as réussi une carrière d'écrivain. Tu m'as avoué qu'il t'arrive de travailler toute la nuit ou de te terrer pendant des jours d'affilée lorsque tu es tenue par une date limite. Je respecterai ton travail comme tu respectes le mien, mais il y aura des occasions, nombreuses, où j'aurai besoin de ta présence à mes côtés lors de manifestations ou de voyages à l'étranger. Cela représentera-t-il une corvée pour toi, Judith ? »

Elle contempla son verre. Pendant les dix années qui avaient suivi la mort de Kenneth, elle était parvenue à organiser sa nouvelle vie. Elle était journaliste au *Washington Post* lorsque Kenneth, correspondant à la Maison-Blanche pour la chaîne du Potomac, avait disparu dans un accident d'avion. L'argent de l'assurance lui avait permis de quitter son métier et de réaliser l'envie qui la tenaillait depuis le jour où elle avait ouvert un livre de Barbara Tuchman : écrire des ouvrages historiques.

Les milliers d'heures de recherches, les longues nuits devant la machine à écrire, les remaniements, les coupures, tous ces efforts avaient été récompensés. Son premier livre, *Le Monde sens dessus dessous*, sur la Révolution américaine, avait obtenu le prix Pulitzer et était devenu un best-seller. Le second, *Jours sombres à Versailles*, avait connu le même succès et reçu l'*American Book Award*. Les critiques saluaient « son extraordinaire talent de conteuse joint à une érudition d'universitaire ».

Judith regarda Stephen. L'éclairage tamisé des appliques murales et la flamme tremblotante de la bougie dans le photophore placé sur la table adoucissaient les lignes sévères de ses traits aristocratiques et accentuaient la profondeur de son regard bleu gris. « Comme toi, j'ai aimé mon travail et je m'y suis plongée pour échapper au fait que je n'ai pas eu de véritable vie personnelle depuis la mort de Kenneth. Il y eut un temps où je pouvais mener de front mon métier de journaliste et les obligations d'une femme mariée avec un correspondant à la Maison-Blanche. Je crois que la condition d'épouse est aussi satisfaisante que celle d'écrivain. »

Stephen sourit et lui prit la main. « Tu vois, nous pensons de la même façon. »

Judith retira sa main. « Stephen, il est une chose à laquelle tu dois réfléchir. À cinquante-quatre ans, tu peux encore épouser une femme capable de te donner un enfant. J'ai toujours espéré fonder une famille et cela ne s'est simplement pas produit. À quarante-six ans, il n'en est plus question.

— Mon neveu est un superbe jeune homme qui a toujours beaucoup aimé le manoir d'Edge Barton. Lorsque le temps viendra, je serai heureux de lui léguer la propriété ainsi que le titre. Mon énergie ne va pas jusqu'à envisager la paternité. »

Stephen monta prendre un cognac dans l'appartement. Ils se portèrent solennellement un toast, convenant que ni l'un ni l'autre ne désiraient attirer la publicité sur leur vie privée. Judith préférait éviter d'être harcelée par les chroniqueurs mondains pendant qu'elle écrivait son livre. Quand viendraient les élections, Stephen voulait répondre aux questions concernant les résultats, non sa vie amoureuse. « Même s'il est sûr qu'ils seront tous fous de toi. Belle, talentueuse, orpheline de guerre britannique. Ils s'en donneront à cœur joie lorsqu'ils feront le lien entre nous. »

Elle se remémora soudain l'incident de l'après-midi. L'enfant qui criait : « Maman, Maman ! » La semaine dernière, près de la statue de Peter Pan dans Kensington Gardens, elle avait eu le cœur soudain déchiré par l'impression d'être déjà venue. Il y a dix jours, elle s'était presque évanouie à la gare de Waterloo, croyant entendre le bruit d'une déflagration, sentir des débris tomber autour d'elle… « Stephen, dit-elle, il y a *une* chose à laquelle je tiens plus que tout. Je sais que personne n'est jamais venu me réclamer après que l'on m'eut trouvée à Salisbury, mais j'étais bien vêtue, j'avais visiblement l'air d'une enfant choyée. Si j'avais une chance de retrouver la trace de mes parents naturels, m'aiderais-tu ? »

Elle sentit les bras de Stephen se crisper. « Bon Dieu, Judith, ne pense pas à ça ! Tu m'as raconté que toutes les pistes avaient déjà été explorées et que personne n'avait trouvé le moindre indice. Ta famille naturelle a sans doute disparu dans les raids. Et de toute façon, ce n'est vraiment pas le moment de déterrer quelque obscur cousin qui s'avérera trafiquant de drogue ou terroriste. Je t'en prie, pour l'amour de moi, n'y pense pas, du moins pas tant que je suis un homme public. Ensuite, je t'aiderai, c'est promis.

— La femme de César doit être au-dessus de tout soupçon, n'est-ce pas ? »

Il l'attira à lui. Elle sentit le fin lainage de sa veste contre sa joue, la force de son étreinte. Son baiser, profond et exigeant, accéléra son pouls, éveilla en elle des sensations et des désirs qu'elle avait résolument repoussés après la disparition de Kenneth. Elle savait néanmoins qu'elle ne pourrait attendre indéfiniment de rechercher sa famille naturelle.

C'est elle qui mit fin à leur étreinte. « Tu m'as dit que tu avais une réunion tôt demain matin, lui rappela-t-ellc. Et je voudrais terminer un autre chapitre avant de me coucher. »

Les lèvres de Stephen lui effleurèrent la joue. « Je suis pris à mon propre piège. Mais tu as raison, du moins pour ce soir. »

Judith regarda par la fenêtre le chauffeur de Stephen lui ouvrir la portière de la Rolls. Les élections étaient inévitables. Un jour prochain, roulerait-elle dans cette Rolls en tant qu'épouse du Premier ministre de Grande-Bretagne ? Sir Stephen et Lady Hallett...

Elle aimait Stephen. Alors pourquoi cette angoisse ? Impatiemment, elle alla dans la chambre, enfila une chemise de nuit et une confortable robe de chambre, et retourna à son bureau. Quelques minutes plus tard, elle était complètement plongée dans la Guerre Civile en Angleterre. Elle avait terminé les chapitres concernant les causes du conflit, les impôts qui écrasaient le peuple, la dissolution du Parlement, les privilèges de la royauté, l'exécution de Charles Ier, les années de Cromwell, la restauration de la monarchie. À présent, elle s'apprêtait à relater le sort des régicides, ceux qui avaient conçu, signé ou exécuté l'arrêt de mort de Charles Ier et qui allaient connaître la justice de son fils, Charles II.

Tôt le lendemain matin, elle s'arrêta au bureau des Archives nationales, dans Chancery Lane. Harold Wilcox, le conservateur adjoint des Archives, mit à sa disposition une pile de documents anciens. Il sembla à Judith que des siècles de poussière avaient envahi leurs pages.

Wilcox éprouvait une sincère admiration pour Charles II. « Il avait à peine seize ans lorsqu'il a dû fuir son pays pour échapper au sort qui menaçait son père. C'était un garçon intelligent. Il s'était glissé à travers les lignes des Têtes Rondes à Truro et avait gagné Jersey, puis la France. Il est revenu prendre la tête des royalistes, s'est à nouveau enfui et exilé en France et en Hollande jusqu'à ce que l'Angleterre demande son retour.

— Il s'était établi près de Breda. J'y suis allée, fit remarquer Judith.

— Une ville intéressante, n'est-ce pas ? Et si vous observez attentivement la population, vous remarquerez encore chez certains quelques traits caractéristiques des Stuarts. Charles II aimait les femmes. C'est à Breda qu'il signa la fameuse loi d'amnistie des ennemis du roi.

— Il n'a pas tenu sa promesse. En réalité, cette déclaration ne fut rien d'autre qu'un habile mensonge.

— L'acte énonçait que la grâce serait accordée à qui la *souhaiterait* et la *mériterait*. Mais ni le roi ni ses conseillers ne considérèrent qu'elle était applicable à tous. Vingt-neuf régidices furent exécutés. D'autres se rendirent et furent envoyés en prison. Les coupables furent pendus, éviscérés et écartelés. »

Judith hocha la tête. « Exact. Mais on n'élucida jamais pourquoi le roi assista à la décapitation d'une femme, Lady Margaret Carew, qui était mariée à l'un des régicides. Quel crime avait-elle commis ? »

Harold Wilcox fronça les sourcils. « Il y a toujours des rumeurs autour des événements historiques, dit-il. Je ne fais pas grand cas des rumeurs. »

Un soleil éclatant et une légère brise avaient remplacé le froid pénétrant des jours précédents. En quittant les Archives, Judith fit à pied les deux kilomètres qui la séparaient de Cecil Court et passa le reste de la matinée à fouiller dans les vieilles librairies du quartier. Les rues grouillaient d'étrangers et elle en conclut que la saison touristique durait maintenant douze mois. Puis elle se rendit compte qu'aux yeux des Anglais, elle aussi était une touriste.

Les bras chargés de livres, elle résolut de prendre un petit déjeuner rapide dans l'un des salons de thé près de Covent Garden. Alors qu'elle traversait la place animée du marché, elle s'arrêta pour regarder un groupe de jongleurs et de danseurs folkloriques, qui ajoutaient un air de fête à la douceur inattendue de la journée.

Et tout recommença. Le hurlement perçant des sirènes du raid aérien. Les bombes qui masquaient le soleil, piquant droit sur elle ; l'immeuble derrière les jongleurs qui s'écroulait en flammes. Elle suffoquait. La chaleur de la fumée lui brûlait le visage, compressait ses poumons. Ses bras faiblirent, laissant échapper les livres.

Elle agrippa désespérément une main. « Maman, murmura-t-elle. Maman, où es-tu ? » Un sanglot s'échappa de sa gorge tandis que les sirènes s'éloignaient. Le soleil réapparut, la fumée s'évapora, Judith distingua plus nettement les choses autour d'elle et s'aperçut qu'elle serrait la manche d'une pauvre femme chargée d'un panier de fleurs artificielles. « Ça va mieux, ma p'tite ? demandait la femme. Z'allez pas vous évanouir, hein ?

— Non. Non. C'est passé. » Judith ramassa lentement ses livres et se dirigea vers un salon de thé. Sans se soucier du menu que lui tendait la serveuse, elle commanda du thé et des toats. Ses mains tremblaient encore si fort qu'elle pouvait à peine tenir sa tasse.

En réglant l'addition, elle sortit de son portefeuille la carte que le Dr Patel lui avait donnée au cocktail de Fiona. Elle avait remarqué une cabine téléphonique dans Covent Garden. Elle décida de l'appeler sur-le-champ.

Pourvu qu'il soit là, pria-t-elle tout en composant le numéro.

La réceptionniste refusa de lui passer la communication. « Le Dr Patel vient juste de terminer sa dernière consultation. Il ne prend pas de rendez-vous l'après-midi. Je peux vous obtenir un rendez-vous pour la semaine prochaine.

— Dites-lui seulement mon nom. Dites-lui que c'est urgent. » Judith ferma les yeux. Le hurlement des sirènes. Ça allait recommencer.

Elle entendit alors la voix du Dr Patel. « Vous avez mon adresse, mademoiselle Chase. Venez tout de suite. »

Lorsqu'elle arriva à son bureau, Welbeck Street, Judith avait en partie retrouvé ses esprits. Une femme mince d'une quarantaine d'années, vêtue d'une blouse blanche, les cheveux blonds tirés en un strict chignon, la fit entrer. « Je suis Rebecca Wadley, dit-elle, l'assistante du Dr Patel. Le docteur vous attend. »

Lambrissé de merisier, avec un mur couvert de livres, un bureau de chêne massif, plusieurs fauteuils confortables, et un divan capitonné discrètement placé dans un coin, le cabinet du Dr Patel ressemblait au bureau d'un professeur ou d'un savant. Rien n'y évoquait une atmosphère médicale.

Judith nota inconsciemment chaque détail tout en déposant, comme il l'y invitait, ses paquets sur une table de marbre près de la porte qui donnait sur la salle d'attente. Machinalement, elle jeta un coup d'œil dans le miroir au-dessus de la table et eut un sursaut en voyant son visage d'une pâleur mortelle, ses lèvres grises, ses pupilles dilatées.

« Oui, vous avez l'air de quelqu'un qui vient de subir un choc, lui dit le Dr Patel. Venez. Asseyez-vous. Racontez-moi exactement ce qui est arrivé. »

L'air désinvolte qu'il arborait le soir du cocktail avait disparu. Ses yeux étaient graves, son expression sévère, attentive. De temps à autre, il l'interrompait pour lui faire préciser un détail. « On vous a trouvée à peine âgée de deux ans en train d'errer dans Salisbury. Soit vous ne saviez pas parler, soit vous en étiez incapable par suite du traumatisme. Vous ne portiez aucune carte d'identité. Cela signifie que vous voyagiez en compagnie d'un adulte. Malheureusement, les mères ou les gouvernantes gardaient souvent sur elles les cartes permettant d'identifier les enfants avec lesquels elles voyageaient.

— Ma robe et mon chandail étaient faits main, dit Judith, preuve à mon avis que je n'étais pas une enfant abandonnée.

— Je m'étonne qu'on ait autorisé l'adoption, fit remarquer Patel, en particulier par un couple d'Américains.

— Ma mère adoptive était auxiliaire de l'armée britannique, c'est elle qui m'a trouvée. Elle était mariée à un officier de marine américain. Je suis restée dans un orphelinat jusqu'à l'âge de quatre ans avant qu'ils ne puissent m'emmener.

— Êtes-vous déjà venue en Angleterre ?

— Très souvent. Edward Chase, mon père adoptif, appartenait au corps diplomatique après la guerre. Nous avons vécu dans plusieurs pays à l'étranger jusqu'à mon entrée à l'université. Nous sommes venus en Angleterre et avons même visité l'orphelinat. Étrangement, il ne me restait aucun souvenir. Il me semblait avoir toujours vécu avec eux, et je ne me suis jamais posé de questions à ce sujet. Mais ils ont aujourd'hui disparu depuis longtemps et je me suis installée en Angleterre il y a cinq mois pour étudier l'histoire anglaise. C'est comme si mes gènes anglais se mettaient à bouillonner. Je me sens chez moi ici. J'appartiens à ce pays.

— Et les défenses dont vous aviez bardé votre esprit depuis votre tendre enfance s'effondrent, n'est-ce pas ? » Patel soupira. « Ce n'est pas rare. Mais je crois qu'il y a plus que vous ne le pensez derrière ces hallucinations. Sir Stephen sait-il que vous êtes venue me voir ? »

Judith secoua la tête. « Non. À vrai dire, il serait très contrarié.

— « Charlatan" est le label dont il me qualifie, si je ne me trompe ? »

Judith ne répondit pas. Ses mains tremblaient encore. Elle les joignit fermement sur ses genoux.

« Qu'importe, dit Patel. Je vois trois facteurs dans votre cas. Vous vous immergez dans l'histoire anglaise – forçant en un sens votre esprit à revenir dans le passé. Vos parents adoptifs sont morts et la recherche de votre famille naturelle ne vous paraît plus un acte déloyal envers eux. Et pour finir, le fait de vivre à Londres accélère les moments d'hallucination. La statue de Peter Pan dans Kensington Gardens, où vous avez cru voir un petit enfant, s'explique facilement. Vous y avez très probablement joué lorsque vous étiez petite. Les sirènes, les bombes… peut-être avez-vous assisté à des raids aériens, même si cela n'explique pas que l'on vous ait abandonnée à Salisbury. Et maintenant, désirez-vous que je vous aide ?

— Je vous en prie. Vous avez dit hier que vous pouviez amener vos patients à régresser jusqu'à leur petite enfance.

— Pas toujours avec succès. Les caractères forts, et je vous classerai certainement dans cette catégorie, luttent contre l'hypnose. Ils ont l'impression que leur volonté est soumise à celle d'un autre. Voilà pourquoi j'aurai besoin de votre autorisation pour utiliser si nécessaire une drogue légère afin de rompre la résistance. Réfléchissez-y. Pouvez-vous revenir la semaine prochaine ?

— La semaine prochaine ? » Elle avait stupidement espéré qu'il commencerait le traitement tout de suite. Elle s'efforça de sourire. « Je téléphonerai demain matin pour prendre rendez-vous », dit-elle en s'avançant vers la table où elle avait posé son sac à main et ses livres.

Et elle la vit. La même petite fille. Qui sortait en courant de la pièce. Si près qu'elle distinguait sa robe. Le chandail. Les mêmes vêtements qu'elle portait le jour où on l'avait trouvée à Salisbury, les vêtements aujourd'hui rangés dans un placard chez elle à Washington.

Elle fit un pas en avant, voulant voir le visage de l'enfant, mais la petite silhouette, ses boucles dorées dansant autour de sa tête, disparut.

Judith s'évanouit.

Lorsqu'elle reprit connaissance, elle était allongée sur le divan dans le cabinet de Patel. Rebecca Wadley tenait un flacon sous ses narines. Judith eut un mouvement de recul en sentant l'odeur âcre de l'ammoniac, repoussa le flacon. « Ça va mieux, dit-elle.

— Racontez-moi ce qui est arrivé, ordonna Patel. Qu'avez-vous vu ? »

D'une voix entrecoupée, Judith décrivit l'hallucination. « Est-ce que je deviens folle ? demanda-t-elle. Tout ça ne me ressemble pas. Kenneth disait toujours que j'avais un bon sens à toute épreuve. Que m'arrive-t-il ?

— Il arrive que vous approchez d'une découverte capitale, et plus vite que je ne le croyais. Vous sentez-vous assez forte pour commencer le traitement dès maintenant ? Voulez-vous signer les formulaires d'autorisation ?

— Oui. Oui. » Judith ferma les yeux tandis que Rebecca Wadley expliquait qu'elle allait ouvrir le col de son chemisier, lui ôter ses bottes et la recouvrir d'une légère couverture. Mais c'est d'une main ferme qu'elle signa les formulaires qu'on lui tendait.

« Très bien, mademoiselle Chase, le docteur va commencer, dit Rebecca Wadley. Vous sentez-vous tout à fait à votre aise ?

— Oui. » On lui remontait sa manche. Elle sentit son bras comprimé par un garrot, la piqûre d'une aiguille dans sa main.

« Judith, ouvrez les yeux. Regardez-moi. Maintenant, commencez à vous détendre. »

Stephen, pensa Judith tout en fixant le visage aux traits maintenant moins distincts de Reza Patel. Stephen…

Le miroir décoratif derrière le divan était en réalité une glace sans tain permettant depuis le laboratoire l'observation et l'enregistrement filmé des séances d'hypnose sans déranger le patient. Rebecca Wadley pénétra rapidement dans le laboratoire. Elle brancha une caméra vidéo, l'écran de télévision, le téléphone interne, et les instruments destinés à surveiller le pouls et la pression sanguine de Judith. Elle observa attentivement le ralentissement des battements du cœur, la chute de la tension, à mesure que Judith succombait aux efforts de Patel pour l'hypnotiser.

Judith se sentait partir à la dérive, obéir à la voix de Patel qui lui conseillait doucement de se détendre, de ne pas résister au sommeil. Non, pensa-t-elle. Non. Elle se mit à lutter contre l'engourdissement.

« Elle résiste », dit calmement Wadley.

Patel hocha la tête et injecta une faible quantité de drogue dans l'aiguille hypodermique.

Judith voulait à tout prix se frayer un chemin vers l'état d'éveil. Son organisme refusait de céder au sommeil. Elle tenta d'ouvrir les yeux.

Patel lâcha davantage de liquide.

« Vous êtes au dosage maximum, docteur. Elle refuse de se laisser hypnotiser.

— Passez-moi le flacon de litencum, ordonna Patel.

— Docteur, je ne crois pas... »

Patel avait utilisé le litencum pour traiter des blocages psychologiques dans des cas de troubles profonds. Il avait les mêmes propriétés que la substance utilisée dans le cas d'Anna Anderson, la femme qui se prenait pour la grande-duchesse Anastasia. Patel savait qu'administré en quantité, le litencum pouvait recréer le Syndrome d'Anastasia.

Rebecca Wadley, qui vénérait et aimait Patel, prit peur. « Reza, ne faites pas ça », supplia-t-elle.

Judith entendait confusément leurs voix. La sensation d'engourdissement se dissipait. Elle remua.

« Dépêchez-vous », insista Patel.

Rebecca prit le flacon, l'ouvrit tout en revenant précipitamment depuis le labo dans le cabinet, et regarda Patel en injecter une goutte dans la veine de Judith.

Judith se sentit glisser dans l'inconscient. La pièce s'estompa. Il faisait noir et chaud.

Rebecca Wadley regagna le laboratoire et consulta le moniteur. Le cœur de Judith battait à nouveau plus lentement. Sa tension baissait. « Le traitement opère. »

Le docteur hocha la tête. « Judith, je vais vous poser quelques questions. Il vous sera facile de répondre. Vous n'éprouverez ni malaise ni douleur. Vous vous sentirez bien, comme si vous flottiez. Nous allons commencer par ce matin. Parlez-moi de votre nouveau livre. Vous faisiez des recherches, n'est-ce pas ? »

Elle se trouvait dans le bureau des Archives, en train de parler avec le conservateur adjoint, elle racontait à Patel la restauration de la monarchie, ajoutant avoir découvert un détail dans ses recherches qui la fascinait.

« Quel détail, Judith ?

— Le roi voulut assister à la décapitation d'une femme. Charles II était connu pour sa clémence. Il se montra généreux envers la veuve de Cromwell, pardonna même à son fils qui devint lord protecteur. Il déclara que le sang avait assez coulé en Angleterre. Les seules exécutions auxquelles il assista furent celles des hommes qui signèrent l'arrêt de mort de son père. Quelle hargne l'a poussé à assister à cette mise à mort en particulier ?

— Cela vous fascine ?

— Oui.

— Et après avoir quitté les Archives ?

— Je me suis rendue à Covent Garden. »

Rebecca Wadley regardait et écoutait le Dr Patel amener Judith à régresser dans le temps, à revenir au jour de son mariage avec Kenneth, à son seizième anniversaire, son cinquième anniversaire, l'orphelinat, l'adoption.

Judith Chase n'était pas une femme ordinaire. La clarté de ses souvenirs était surprenante alors même qu'elle retournait au stade de la petite enfance. Bien qu'elle eût maintes fois observé ce procédé, Rebecca s'étonnait toujours de voir un esprit s'ouvrir et révéler ses secrets, d'entendre un adulte sûr de lui parler avec l'élocution hésitante d'un bambin.

« Judith, avant l'orphelinat, avant que l'on ne vous ait trouvée à Salisbury, dites-moi ce dont vous vous souvenez. »

Judith agita la tête. « *Non. Non.* »

Les battements du cœur s'accélérèrent sur l'écran de télévision. « Elle essaie de vous résister », dit précipitamment Rebecca. Puis, horrifiée, elle vit Patel injecter une autre goutte du flacon dans la seringue. « Docteur, ne faites pas ça.

— Elle y est presque. Je ne peux pas l'arrêter maintenant. »

Rebecca fixa l'écran. Le corps de Judith était dans un état de totale relaxation. Son cœur battait à moins de quarante pulsations, la pression sanguine était passée de quatorze à dix. Il prend trop de risques, pensa Rebecca. Elle n'ignorait pas qu'il y avait une dose de fanatisme chez Patel, mais elle ne l'avait encore jamais vu agir aussi imprudemment.

« Dites-moi ce qui vous effrayait, Judith. Essayez. »

Judith respirait à un rythme précipité. Ses phrases étaient entrecoupées, sa voix avait une intonation enfantine, légère et haut perchée. Elles allaient prendre un train. Elle tenait la main de maman. Elle poussa un cri, un gémissement de terreur.

« Qu'arrive-t-il ? Racontez-moi. » Patel parlait avec une grande douceur.

Judith agrippa la couverture. « Ils reviennent, comme lorsque nous jouions. Maman disait : "Courez, courez !" Maman ne tient plus ma main. Il fait tout noir… Il faut vite monter. Le train est là… Maman a dit que nous allions prendre le train.

— Êtes-vous montée dans le train, Judith ?

— Oui. Oui.

— Avez-vous parlé à quelqu'un ?

— Il n'y avait personne. J'étais si fatiguée. Je voulais dormir et que maman soit là quand je me réveillerais.

— Quand vous êtes-vous réveillée ?

— Le train s'est arrêté. Il faisait jour à nouveau. J'ai descendu les marches… J'ai oublié ce qui s'est passé après.

— C'est très bien. N'y pensez plus pour l'instant. Vous êtes une petite fille très intelligente. Pouvez-vous me dire votre nom ?

— Sarah Marrssh. »

Marsh ou Marrish, pensa Rebecca. Judith parlait à présent comme une enfant de deux ans.

« Quel âge avez-vous, Sarah ?

— Deux ans.

— Connaissez-vous le jour de votre anniversaire ?

— Le quat' mai.

— Où habitez-vous, Sarah ?

— Kent Court.

— Êtes-vous heureuse ?

— Maman pleure beaucoup. Je joue avec Molly.

— Molly ? Qui est Molly, Sarah ?

— Ma sœur. Je veux maman. Je veux Molly. »

Judith éclata en larmes.

Rebecca observa l'écran. « Le pouls s'accélère. Elle lutte à nouveau.

— Nous allons nous arrêter, maintenant », dit Patel. Il effleura la main de Judith. « Judith, vous allez vous réveiller. Vous vous sentirez fraîche et reposée. Vous vous souviendrez de tout ce que vous m'avez dit. »

Rebecca poussa un soupir de soulagement. Ouf ! Elle savait que Patel brûlait d'envie de poursuivre ses expériences avec le litencum. Elle s'apprêtait à éteindre le poste de télévision quand elle vit le visage de Judith se tordre d'angoisse. « Non, s'écria-t-elle. Ne lui faites pas ça ! »

Les oscillations sur l'écran sautaient irrégulièrement. « Fibrillation cardiaque », dit sèchement Rebecca.

Patel étreignit les mains de Judith. « Judith, écoutez-moi. Vous devez m'obéir. »

Mais Judith ne pouvait pas l'entendre. Elle se tenait sur un billot derrière la Tour de Londres, le 10 décembre 1660...

Avec horreur, elle vit une femme vêtue d'une longue robe et d'une cape vert foncé passer devant les grilles de la Tour sous les huées de la foule. Elle semblait âgée d'une cinquantaine d'années. Ses cheveux châtains étaient striés de gris. Elle marchait la tête droite, ignorant les gardes qui se pressaient autour d'elle. Ses traits bien dessinés étaient figés en un masque de rage et de haine. Des liens lui entravaient les mains pardevant, mordant dans la chair de ses poignets comme des fils de fer. Une profonde marque rouge en forme de croissant luisait à la base de son pouce dans la lumière du petit matin.

La foule s'écarta pour laisser passer des douzaines de soldats, marchant en rangs serrés vers une enceinte tendue de toile située près du billot. Les rangs se séparèrent sur le passage d'un svelte jeune homme en culottes noires, veste brodée et chapeau à panache. La foule manifesta son enthousiasme en voyant Charles II lever la main en signe de salut.

Comme dans un cauchemar, Judith vit la femme que l'on conduisait sur le billot s'arrêter devant une longue pique supportant une tête d'homme. « Avance, ordonna un soldat, la bousculant.

— Me refuses-tu l'adieu d'une épouse ? » Le ton de la femme était glacé.

Les soldats la poussèrent vers l'enceinte où le roi venait de prendre place. Le dignitaire qui se tenait près de lui déroula un parchemin. « Margaret Carew, Sa Majesté a jugé inopportun que vous soyez pendue, éviscérée et écartelée. »

La foule près de l'enceinte se mit à hurler. « En quoi ses entrailles sont-elles différentes de celle de ma femme ? » cria quelqu'un.

La femme les ignora. « Simon Hallett, dit-elle d'une voix amère, vous avez trahi mon mari. Vous m'avez trahie. Si je dois un jour m'échapper de l'enfer, je me vengerai d'une façon ou d'une autre.

— Ça suffit. » Le capitaine de la garde s'empara de la femme et voulut l'entraîner vers l'estrade où attendait le bourreau. Dans un dernier geste de défi, elle tourna la tête et cracha aux pieds du roi.

« Menteur ! s'écria-t-elle. Vous aviez promis la grâce, menteur ! Quel dommage qu'ils ne vous aient pas coupé la tête le jour où ils ont fait tomber celle de votre père ! »

Un soldat la frappa sur la bouche et la poussa en avant. « Cette mort est trop bonne pour toi. Si ça n'avait tenu qu'à moi, je t'aurais brûlée sur un bûcher. »

Judith tressaillit en s'apercevant que le visage de la condamnée offrait une ressemblance frappante avec le sien. Un soldat força Lady Margaret à s'agenouiller, lui recouvrit les cheveux d'une coiffe blanche. « Tu ne t'en tireras pas cette fois-ci », ricana-t-il.

Le bourreau leva la hache, la tint un moment en l'air au-dessus du billot. Lady Margaret tourna la tête. Son regard rencontra celui de Judith, suppliant, impératif. Judith cria : « Arrêtez ! Ne lui faites pas ça ! » Elle s'élança sur l'estrade, se jeta par terre et embrassa la condamnée au moment où s'abattait la hache.

Judith ouvrit les yeux. Le Dr Patel et Rebecca Wadley étaient penchés sur elle. Elle leur sourit. « Sarah, dit-elle. C'est mon véritable prénom, n'est-ce pas ?

— Que vous rappelez-vous nous avoir dit, Judith ? demanda Patel avec précaution.

— Kent Court. J'ai mentionné cette rue, n'est-ce pas ? Je me souviens. Ma mère. Nous nous trouvions près de la gare. Elle nous tenait par la main, ma sœur et moi. Les bombes, je suppose qu'il s'agissait de V1. Un vrombissement d'avions au-dessus de nos têtes. Les sirènes. Le bruit des locomotives qui s'arrêtaient. Partout des gens qui hurlaient. Quelque chose m'a frappé le visage. Je n'arrivais pas à retrouver ma mère. J'ai couru et suis montée dans le train. Et mon nom – Sarah, voilà ce que je vous ai dit. Marsh ou Marrish. » Elle se leva et saisit la main de Patel. « Comment vous remercier ? Je sais au moins où commencer mes recherches. Ici même, à Londres.

— Quelle est la dernière chose qui vous est revenue à la mémoire avant de vous réveiller ?

— Molly. Docteur, j'avais une sœur. Même si elle est morte ce jour-là, si ma mère est morte le même jour, je sais quelque chose sur elles à présent. Je vais rechercher dans les registres des naissances. Trouver l'enfant que j'étais. »

Judith reboutonna le col de son chemisier, abaissa sa manche, passa les doigts dans ses cheveux, se pencha pour enfiler ses bottes. « Si je ne parviens pas à retrouver la trace de mon certificat de naissance, pourrez-vous me faire subir une autre séance ? demanda-t-elle.

— Non, dit fermement Patel. Du moins pas avant un certain temps. »

Après le départ de Judith, Patel se tourna vers Rebecca. « Montrez-moi les dernières minutes de l'enregistrement. »

L'air grave, ils regardèrent le bouleversement et l'horreur sur le visage de Judith faire place à une expression de rage et d'amertume. Ils l'écoutèrent hurler : « Arrêtez ! Ne lui faites pas ça ! »

« Lui faire quoi ? interrogea Rebecca. Qu'est-ce qui tourmentait Judith Chase ? »

Le front de Patel se creusa de rides, l'inquiétude assombrit son regard. « Je n'en ai aucune idée. Vous aviez raison, Rebecca. Je n'aurais jamais dû lui injecter de litencum. Mais peut-être n'y aura-t-il pas d'effet. En se réveillant, elle n'avait aucun souvenir de l'expérience qu'elle venait de traverser.

— Nous n'en savons rien. » Rebecca posa sa main sur l'épaule de Patel. « Reza, j'ai tenté de vous prévenir. Vous ne devez pas faire de test sur vos patients, quel que soit votre désir de les aider. En apparence, il semble que Judith Chase aille bien. Prions le ciel qu'il en soit réellement ainsi. » Elle s'interrompit. « Un détail m'a cependant frappée. Judith avait-elle une petite cicatrice en forme de croissant à la base du pouce droit lorsqu'elle est arrivée ? Je n'ai rien remarqué quand je lui ai fait sa piqûre. Mais regardez la dernière photo avant qu'elle ne se réveille. Elle porte une marque distincte sur la main. »

Stephen Hallett ne prêta pas attention au charme de la campagne anglaise où perçaient les signes d'un printemps précoce sous le soleil de l'après-midi. Il roulait vers Chequers, la propriété de campagne du Premier ministre. Elle s'y était rendue après sa brève apparition à la réception de Fiona. Le fait qu'elle ait brusquement convoqué Stephen ce matin ne pouvait avoir qu'une seule signification : elle allait enfin lui annoncer son intention de se retirer. Lui indiquer le successeur de son choix à la tête du gouvernement.

Stephen savait que hormis une ombre sur son passé, rien ne s'opposait à ce qu'il soit élu. Pendant combien de temps ce scandale vieux de trente ans continuerait-il à le poursuivre ? Ses chances aujourd'hui en seraient-elles compromises ? Le Premier ministre préférait-elle lui dire personnellement qu'elle ne pouvait pas l'appuyer, ou avait-elle l'intention d'annoncer son soutien ?

Rory, son chauffeur de longue date, et Carpenter, son garde du corps de la section spéciale du Foreign Office, étaient des hommes avertis, et l'importance de cette rencontre ne leur échappait pas. Lorsqu'ils s'arrêtèrent devant l'imposante demeure, Carpenter sortit de la voiture et s'inclina respectueusement tandis que Rory tenait la portière ouverte.

Le Premier ministre était dans la bibliothèque. Malgré la chaleur du soleil qui pénétrait à flots dans l'élégante pièce, elle portait un gros cardigan. L'énergie vitale qui la caractérisait semblait l'avoir quittée. Même sa voix avait perdu son habituelle vigueur lorsqu'elle accueillit Stephen.

« Il n'est pas bon de perdre le goût de la bataille, Stephen. Juste avant que vous n'arriviez, j'enrageais contre moi-même et mon psychisme qui m'a cruellement trahie.

— Certes, madame le Premier ministre ! » Stephen s'interrompit. Il lui ferait grâce d'un étalage de faux sentiments. La fatigue du Premier ministre faisait depuis des mois la une des médias.

Elle lui fit signe de s'asseoir. « J'ai pris une décision difficile. Je vais me retirer de la vie publique. Dix ans à ce poste suffisent pour quiconque. J'ai aussi le désir de consacrer plus de temps à ma famille. Le pays est prêt pour des élections et un nouveau chef de parti doit mener la campagne. Stephen, je pense que vous êtes le meilleur pour me succéder. Vous en avez l'étoffe. »

Stephen attendit. Il crut que le mot suivant serait « mais ». Il se trompait.

« Il ne fait aucun doute que la presse ressortira le vieux scandale. J'ai personnellement fait mener une nouvelle enquête. »

Le vieux scandale. Jeune juriste de vingt-cinq ans, Stephen était entré dans le cabinet de son beau-père, Reginald Harworth. Une année plus tard, ce dernier avait été accusé de détournement de fonds et condamné à cinq ans de prison.

« On vous a totalement innocenté, dit le Premier ministre, mais une affaire de ce genre rebondit à chaque occasion. Néanmoins, j'estime que le pays ne devrait pas être privé de vos capacités et de vos services à cause de votre malheureuse belle-famille. »

Stephen perçut la tension qui raidissait chacun de ses muscles. Le Premier ministre s'apprêtait à l'appuyer.

Elle prit un air grave. « Je veux une réponse franche. Y a-t-il quelque chose dans votre vie privée qui pourrait embarrasser le parti, nous coûter les élections ?

— Absolument rien.

— Aucune de ces femmes qui ont le génie de vendre leur vie privée à la presse ? Vous êtes séduisant, et veuf de surcroît.

— Ces insinuations m'offensent, madame le Premier ministre.

— Vous avez tort. J'ai le droit de savoir. Cette Judith Chase. Vous me l'avez présentée hier soir. J'ai plusieurs fois rencontré son père, son père adoptif je présume. Elle semble au-dessus de tout soupçon. »

La femme de César doit être au-dessus de tout soupçon. N'est-ce pas ce que lui avait dit Judith, hier soir ?

« J'espère et compte épouser Judith. L'un comme l'autre, nous ne désirons aucune publicité sur nos liens personnels.

— C'est sage. Eh bien, estimez-vous heureux. Ses parents adoptifs étaient d'une excellente famille, et elle a l'auréole d'une orpheline de guerre britannique. Elle fait partie des nôtres. » Le Premier ministre sourit et une expression chaleureuse la transforma tout entière. « Stephen, mes félicitations. Les travaillistes nous donneront du fil à retordre, mais nous gagnerons. Vous serez le prochain Premier ministre, et personne ne sera plus heureuse que moi lorsque vous vous présenterez devant Sa Majesté. Maintenant, pour l'amour du ciel, soyez assez aimable pour nous servir un scotch bien tassé. Il s'agit d'engager intelligemment la bataille.

En quittant le cabinet de Patel, Judith se rendit directement chez elle. Dans le taxi, elle se surprit en train de murmurer : « Sarah Marsh, Sarah Marrish. » Je vais aimer mon véritable nom, songeat-elle avec délice. Dès demain, elle commencerait à rechercher son acte de naissance. Elle espérait être née à Londres. Si ses souvenirs étaient exacts, le fait de connaître son nom et sa date de naissance faciliterait les recherches. Que l'on n'ait jamais pu retrouver sa trace n'avait rien d'étonnant. Si elle était montée dans un train à Londres, descendue à Salisbury, et qu'elle eût ensuite effacé tout souvenir, il était compréhensible que personne ne l'ait réclamée. Elle ne doutait pas que sa mère et Molly étaient mortes ce jour-là. Mais des cousins, se dit-elle. Qui sait, j'ai peut-être des membres éloignés de ma famille qui vivent non loin d'ici.

« Nous sommes arrivés, madame.

— Oh. » Judith chercha fébrilement son portefeuille. « J'étais dans la lune. »

Une fois dans l'appartement, elle se prépara une tasse de thé et s'installa résolument à son bureau. Il serait assez tôt demain pour entamer les recherches sur Sarah Marrish. Aujourd'hui, mieux valait rester Judith Chase et se remettre à son livre. Elle étudia les notes qu'elle avait prises aux Archives et s'interrogea à nouveau sur cette femme, Lady Margaret Carew, qui avait été exécutée en présence du roi. Pour quel crime ?

Il était près de 18 heures lorsque Stephen appela. La sonnerie stridente du téléphone, si différente de celle des téléphones américains, sortit en sursaut Judith de la totale concentration où la plongeait toujours son travail. Surprise, elle s'aperçut que les heures avaient passé et qu'à l'exception de la lumière sur son bureau, l'appartement était plongé dans l'obscurité. Elle prit le téléphone à tâtons. « Allô.

— Chérie, que se passe-t-il ? Tu sembles préoccupée. » La voix de Stephen était inquiète.

« Oh, pas du tout. C'est toujours comme ça lorsque j'écris, je suis dans un autre monde. Il me faut une ou deux minutes avant de revenir sur terre.

— C'est pourquoi tu es un si bon écrivain. Veux-tu dîner chez moi ce soir ? J'ai une nouvelle intéressante.

— Et j'ai aussi quelque chose à t'annoncer. Quelle heure ?

— 8 heures, si cela te convient. »

Elle reposa le récepteur en souriant. Elle savait que Stephen détestait s'attarder au téléphone, toutefois il s'arrangeait toujours pour être bref sans paraître cassant. Décidant qu'elle avait suffisamment travaillé pour la journée, Judith alluma la lumière dans le living-room et l'étroit couloir qui menait à la chambre.

Voilà un autre de mes goûts anglais, pensa-t-elle quelques minutes plus tard, en se prélassant dans un bain chaud et parfumé. J'adore ces grandes baignoires avec des pieds en fer forgé.

Il lui restait quelques minutes pour se reposer. Elle s'allongea sur son lit, la courtepointe remontée jusqu'au menton. Quelle était la nouvelle de Stephen ? Il avait un ton trop désinvolte pour qu'il s'agisse des élections. Non, même lui n'avait pas autant de sang-froid.

Quand vint l'heure de s'habiller, Judith choisit une soie imprimée qu'elle avait achetée en Italie. Les teintes vives lui faisaient immanquablement penser à une palette colorée. Une robe parfaite pour réchauffer une grise soirée de janvier, une robe dans laquelle annoncer une merveilleuse nouvelle. « Stephen, aimes-tu le nom de Sarah ? »

Elle laissa ses cheveux flotter librement, frôlant à peine le col de la robe. Le rang de perles avait appartenu à sa mère, sa mère *adoptive*. Elle fixa les pendants d'oreilles en perle et diamant, le bracelet de diamant autour de son poignet. Un soir de fête. Et tu ne fais pas ton âge, assura-t-elle à son reflet. D'ailleurs, j'ai eu deux ans aujourd'hui. Peut-être est-ce la cause de ce nouvel air de jeunesse. Souriant à cette éventualité, elle regarda ses mains, hésitant sur le choix des bagues.

Et elle l'aperçut. Un trait en forme de croissant à la base du pouce. Elle fronça les sourcils, cherchant à se rappeler depuis quand elle avait cette cicatrice. Adolescente, elle s'était abîmé la main dans la portière d'une voiture. Les cicatrices avaient mis longtemps à disparaître.

Et l'une d'elles réapparaissait. Il ne manquait plus que ça !

Moins cinq. La voiture attendait sûrement en bas. Rory arrivait toujours en avance.

Stephen habitait Lord North Street. Il refusa de lui annoncer l'heureuse nouvelle avant la fin du dîner, attendit qu'ils fussent tous les deux installés dans le profond canapé de la bibliothèque. Un feu flambait dans la cheminée, une bouteille de Dom Pérignon refroidissait dans un rafraîchissoir en argent. Stephen avait donné congé aux domestiques et fermé les portes de la bibliothèque. Il se leva d'un air solennel, déboucha le champagne, remplit les coupes et en tendit une à Judith. « Portons un toast.

— À quoi ?

— Aux élections. À la promesse du Premier ministre de soutenir ma candidature à la direction du parti. »

Judith se leva d'un bond. « Stephen, oh ! Stephen. » Elle heurta doucement son verre contre le sien. « La Grande-Bretagne a beaucoup de chance. »

Ils s'embrassèrent longuement. Puis il la prévint : « Chérie, pas un mot à quiconque. Pendant les trois prochaines semaines, j'ai l'intention de mettre au point ma stratégie de campagne, participer à des émissions politiques, apparaître aux conférences de la C.E.E. sur le terrorisme et rassembler tranquillement des voix.

– À Washington, c'est ce qui s'appelle se mettre en vedette. » Les lèvres de Judith effleurèrent son front. « Mon Dieu, je suis si fière de toi, Stephen. »

Il rit. « Me mettre en vedette est exactement le but recherché. Ensuite le Premier ministre annoncera sa décision de ne pas se représenter. La première bataille viendra lorsque le parti choisira un nouveau dirigeant. Il y aura compétition, mais avec le soutien du PM, tout devrait bien se passer. Une fois que je serai élu à la tête du parti, le Premier ministre se présentera devant la reine et demandera la dissolution du Parlement. Une élection générale suivra un mois plus tard. »

Il l'entoura de son bras. « Et si notre parti l'emporte, et que je devienne Premier ministre, ce sera merveilleux de pouvoir te retrouver à la fin de la journée. Avant de te rencontrer chez Fiona, je n'avais jamais réalisé combien je m'étais senti seul pendant toutes ces années où Jane était malade. Tu étais habillée avec un goût exquis. Belle, intelligente. Une lueur de tristesse dans les yeux.

— Elle a disparu aujourd'hui. »

Elle se blottit contre lui dans le canapé. « Raconte-moi chaque détail de ton entretien avec le Premier ministre.

— Eh bien, j'ai d'abord cru qu'elle allait me laisser tomber aussi aimablement que possible. Je ne crois pas t'avoir jamais parlé de mon beau-père. »

Tout en écoutant Stephen lui rapporter le scandale qui avait secoué sa belle-famille et aurait pu lui coûter le soutien du Premier ministre, Judith se rendit compte qu'elle ne pouvait pas lui raconter sa visite au Dr Patel, encore moins lui demander son aide pour enquêter sur son passé. Qu'il se soit si violemment opposé à son désir de retrouver sa famille naturelle ne l'étonnait pas. Il n'aurait plus manqué que la presse apprenne que la future épouse du Premier ministre consultait le controversé Reza Patel.

« À ton tour, dit Stephen. Tu m'as dis que tu avais quelque chose à m'annoncer. »

Judith sourit et lui caressa le visage. « Je me souviens du jour où Fiona m'a placée à côté de toi à table. Elle m'a dit que tu étais absolument formidable. Elle avait raison. Mes nouvelles perdent de l'importance après ce que tu viens de me dire. Je voulais seulement te raconter ma conversation avec le conservateur adjoint des Archives. Il semblait particulièrement apprécier le fait que Charles II ait eu un faible pour les femmes. » Elle leva ses lèvres vers les siennes, passa ses bras autour de son cou, sentit l'ardeur de sa réponse. Oh mon Dieu, pensa-t-elle, je l'aime tellement. Elle le lui dit.

Le vendredi soir, ils se rendirent dans la maison de campagne de Stephen, dans le Devon. Durant les trois heures du trajet, il lui raconta l'histoire du manoir d'Edge Barton. « Il se trouve à Branscombe, un charmant vieux village. Construit à l'époque de la conquête des Normands.

— Il y a près de neuf cents ans.

— Je ne dois pas oublier que j'ai affaire à une historienne. La famille Hallett fit l'acquisition du domaine au retour de Charles II sur le trône. J'imagine que tu en trouveras des traces dans tes recherches. C'est une exquise demeure. Je ne suis pas excessivement fier de mon ancêtre, Simon Hallett. Un personnage apparemment peu recommandable. Mais j'espère que tu aimeras autant que moi Edge Barton. »

Le manoir était situé sur une hauteur dominant un vallon boisé. Les lumières brillaient derrière les fenêtres à meneaux, se reflétant sur la façade de pierre. Le toit d'ardoise luisait d'un sombre éclat sous le croissant de la lune. Sur la gauche, une aile à deux étages surmontée d'un pignon, dont Stephen expliqua qu'elle constituait la partie la plus ancienne de l'édifice, se dressait majestueusement au-dessus du faîte des arbres. Stephen désigna la porte cintrée ornée d'une imposte vitrée semi-circulaire près de l'aile droite du manoir. « Les antiquaires ne cessent de me harceler pour l'acheter. Demain matin, tu pourras voir les restes des douves. Elles sont asséchées aujourd'hui, mais formaient une défense efficace il y a un millier d'années. »

Ses recherches avaient familiarisé Judith avec les vieilles demeures, mais la sensation qu'elle éprouva lorsque la voiture s'arrêta devant l'entrée principale d'Edge Barton ne ressemblait en rien à ses réactions devant les autres maisons historiques.

Stephen observait son visage. « Eh bien, chérie. Tu as l'air approbateur.

— J'ai l'impression d'arriver chez moi. »

Bras dessus, bras dessous, ils visitèrent l'intérieur. « J'ai passé trop peu de temps ici, dit Stephen. Malade, Jane préférait rester à Londres, où ses amis pouvaient plus facilement lui rendre visite. Je venais seul et demeurais seulement le temps nécessaire pour m'occuper de ma circonscription. »

Le salon, la salle à manger, le grand vestibule, la cheminée Tudor dans la chambre au-dessus du salon, l'escalier normand dans l'aile ancienne, les superbes fenêtres à moulures, les murs de pierre tendre dans la galerie supérieure, que des générations d'enfants avaient recouverts de dessins de bateaux, de portraits, de chevaux, de chiens, d'initiales, de noms et de dates. Judith s'arrêta pour les examiner au moment où un domestique apparaissait en haut de l'escalier. On demandait Sir Stephen au téléphone. « Je reviens tout de suite », murmura-t-il.

Un groupe d'initiales ressortait étrangement sur le mur. V.C., 1635. Judith y passa la main. « Vincent, murmura-t-elle, Vincent. » Dans un brouillard, elle regagna l'entrée et gravit l'escalier qui menait à la salle de bal au troisième étage. La pièce était plongée dans l'obscurité totale. Tâtonnant le long du mur, Judith trouva l'interrupteur et regarda la pièce s'emplir de gens en costume de cérémonie du XVIIe siècle. La cicatrice sur sa main rougit. C'était le 18 décembre 1641...

« *Edge Barton est une maison magnifique, Lady Margaret.*

— Je ne peux dire le contraire. » *C'est d'un ton glacial que Margaret s'adressait au jeune courtisan dont la chevelure soigneusement bouclée, les traits réguliers et le costume d'apparat ne dissimulaient pas l'impression de sournoiserie et de duplicité qui émanait d'Hallett, fils bâtard du duc de Rockingham.*

« *Votre fils, Vincent, nous fait mauvaise figure. Je ne crois pas qu'il me porte dans son cœur.*

— Aurait-il une raison de ne pas vous apprécier ?

— Peut-être sent-il que je suis amoureux de sa mère. Vraiment, Margaret, John Carew n'est pas un homme pour vous. Vous aviez quinze ans lorsque vous l'avez épousé. À trente-deux ans, vous êtes plus belle que toutes les femmes présentes dans cette pièce. Quel âge a John ? Cinquante ans ? Et c'est pratiquement un invalide depuis son accident de chasse.

— Et il est l'époux que je chéris de tout mon cœur. » *Margaret surprit le regard de son fils et lui fit un signe de tête. Rapidement, il traversa la pièce dans sa direction.*

« *Mère.* »

C'était un beau garçon, grand et très développé pour ses seize ans. Ses traits disaient clairement qu'il était un Carew, mais comme se plaisait à le lui rappeler Margaret, c'est à elle qu'il devait son abondante crinière châtain et ses yeux bleu-vert. Deux caractéristiques de la famille Russell.

« Simon, vous connaissez mon fils, Vincent. Vincent, vous vous rappelez Simon Hallett.

— Certainement.

— Et en quoi vous rappelez-vous particulièrement de moi, Vincent ? » Le sourire d'Hallett était condescendant.

« Je me rappelle, Sir, que vous êtes indifférent aux taxes qui pèsent sur nous tous dans cette pièce. Mais, comme mon père l'a fait observer, lorsqu'un homme est exonéré de l'impôt, il lui est plus facile de jurer fidélité à un monarque qui croit au droit divin de la royauté. N'est-ce pas un fait avéré, monsieur Hallett, que ceux de votre race nourrissent l'espoir de voir les propriétés confisquées par la couronne pour non-paiement des impôts données un jour en récompense aux apologues du roi ? À vous-même ? Mon père a remarqué votre regard de convoitise lorsque vous accompagnez vos amis à Edge Barton. N'est-il pas exact que cette demeure exerce une grande fascination sur vous, tout comme est manifeste votre intérêt pour ma mère ? »

Le visage d'Hallett s'empourpra de fureur. « Vous n'êtes qu'un impertinent. »

Margaret éclata de rire et prit son fils par le bras. « Non, c'est un jeune homme très pertinent. Il vous a transmis exactement le message dont je l'avais chargé. Vous avez parfaitement raison, monsieur Hallett. Mon mari, Sir John, n'est pas en bonne santé, et c'est pourquoi je ne veux pas l'inquiéter en vous parlant. Veuillez ne plus entrer dans cette maison sous le prétexte d'accompagner des amis communs. Vous n'êtes pas le bienvenu ici. Et si vous êtes véritablement aussi proche du roi que vous voulez nous le faire croire, dites à Sa Majesté que si tant de nous ont fui sa cour, c'est parce que nous ne pouvons admettre son mépris pour le Parlement, sa prétention au droit divin, son indifférence devant les véritables besoins et les droits de son peuple. Ma famille a servi à la fois la Chambre des lords et la Chambre des communes depuis l'institution du Parlement. Le sang des Tudors coule dans nos veines, mais cela ne signifie pas que nous voulions retourner aux jours où l'unique droit reconnu par le monarque était celui de sa seule volonté et de sa seule délibération. »

La musique emplit la pièce. Margaret tourna le dos à Hallett, sourit à son mari, assis parmi ses amis, sa canne près de lui, et se dirigea vers la piste de danse avec son fils. « Vous avez la grâce de votre père, dit-

elle. Avant son accident, je lui disais souvent qu'il était le meilleur danseur de toute l'Angleterre. »

Vincent ne lui rendit pas son sourire. « Mère, que va-t-il arriver ?

— Si Sa Majesté n'accepte pas les réformes demandées par le Parlement, ce sera la guerre civile.

— Alors je combattrai du côté du Parlement.

— Dieu veuille que le conflit soit réglé, lorsque vous aurez l'âge de combattre. Même Charles doit savoir qu'il ne peut véritablement gagner cette bataille de conscience. »

Judith ouvrit les yeux. Stephen l'appelait. Secouant la tête, elle s'élança vers l'escalier. « Je monte, chérie. » Lorsqu'il la rejoignit, elle lui passa les bras autour du cou. « J'ai l'impression d'avoir toujours connu Edge Barton. » Elle ne vit pas que la cicatrice sur sa main n'était plus qu'un trait pâle, presque indistinct.

Le lundi, Judith se rendit en voiture jusqu'à Worcester pour étudier le site où s'était déroulée la principale bataille de la Guerre Civile en 1651. Elle alla d'abord visiter la Commanderie, l'édifice en bois qui avait servi de quartier général à Charles II. Aujourd'hui complètement restauré, le bâtiment contenait des uniformes, des casques et des mousquets que les visiteurs étaient autorisés à manier à leur guise. La vue de l'uniforme d'un capitaine de l'armée de Cromwell emplit Judith d'une irrésistible tristesse. Une présentation audiovisuelle évoquait le serment historique et les événements qui l'avaient précédé. Le regard brûlant, serrant inconsciemment les poings, elle vit les images défiler.

Un guide lui tendit une carte de ce que le musée appelait la Route de la Guerre Civile et qui marquait la progression de la bataille de Worcester. « Les troupes royalistes furent anéanties à la bataille de Naseby, expliqua-t-il. La guerre avait officiellement pris fin, remportée par Cromwell et ses parlementaires. Mais elle se prolongea çà et là. Le dernier affrontement eut lieu ici. Les royalistes étaient conduits par le jeune Charles. Âgé d'à peine vingt-deux ans, il montra "une bravoure exceptionnelle", disent les historiens. En vain. Ils perdirent cinq cents officiers à Naseby et ne s'en relevèrent jamais. »

Judith quitta la Commanderie. C'était une journée typique de janvier, froide et âpre. Elle portait un Burberry, le col remonté. Elle avait serré ses cheveux en un chignon d'où s'échappaient quelques mèches qui encadraient son visage soudain tiré, ses yeux aux pupilles agrandies.

Elle parcourut la ville, suivant le tracé de la carte, s'arrêtant pour consulter ses notes et consigner ses impressions. En haut de la cathédrale de Worcester, elle se reposa un instant, se rappelant que c'était depuis cet endroit exact que Charles II avait observé les préparatifs de Cromwell. Et lorsqu'il fut clair que la bataille était perdue, ses troupes s'étaient ruées dans une attaque finale et désespérée contre les parlementaires pour protéger la fuite de leur futur monarque. C'était à partir de là que Charles II avait commencé son long et pénible voyage à travers l'Angleterre, vers l'exil en France.

Il est regrettable qu'il soit parvenu à fuir, songea-t-elle amèrement tandis que la cicatrice sur sa main rougissait à nouveau. Elle ne regardait plus le paysage d'hiver autour de Worcester. Elle roulait dans une calèche fermée, par une chaude journée de juillet 1664, se dirigeant vers Marston Moor dans l'espoir de découvrir que Vincent était encore en vie…

Un roulement de tambour accompagnait le petit détachement des Têtes Rondes. À la vue de la calèche, deux sentinelles s'avancèrent d'un pas et lui barrèrent la route.

Lady Margaret descendit de la voiture. Elle portait une simple robe de fine toile bleu sombre ornée d'un col blanc volanté. Une cape assortie flottait sur ses épaules. À l'exception de son alliance, elle ne portait aucun bijou. Son épaisse chevelure châtain, mainte-

nant striée de fils d'argent, était nouée sur sa nuque. Ses yeux, les yeux bleu-gris de la famille aristocratique des Russel, étaient assombris par le chagrin.

« Je vous en prie, supplia-t-elle. Je sais que de nombreux blessés gisent là sans soins. Mon fils a combattu sur ce champ de bataille.

— De quel côté ? » La question du soldat s'accompagna d'un ricanement.

« Il est officier dans l'armée de Cromwell.

— À vous de voir, j'aurais parié que c'était un Cavalier. Mais, désolé, ma'am, il y a déjà trop de femmes qui cherchent dans ces champs. On a reçu l'ordre de ne plus laisser passer personne. On s'occupera des corps.

« Je vous en prie, insista Margaret. S'il vous plaît. »

Un officier s'approcha. « Quel est le nom de votre fils, madame ?

— Le capitaine Vincent Carew. »

L'officier, un lieutenant d'une trentaine d'années au visage franc, la regarda d'un air grave. « Je connais le capitaine Carew. Je ne l'ai pas revu depuis la fin des combats. Il se trouvait avec la charge contre le régiment de Langdale. Dans les marais sur la droite.

Peut-être devriez-vous commencer à chercher de ce côté. »

Les champs étaient jonchés de morts et de mourants. Des femmes de tous les âges allaient de l'un à l'autre, cherchant un mari ou un frère, un père ou un fils. Des mousquets brisés et des chevaux morts témoignaient de la violence de la bataille. Des insectes bourdonnaient dans l'air chaud et lourd, tournoyant autour des corps étendus au sol. Des cris de douleur et de désespoir s'élevaient chaque fois qu'un être cher était découvert.

Margaret se joignit aux recherches. Nombre de corps reposaient la face contre terre, mais elle n'avait pas à les retourner. Elle cherchait une chevelure châtain qui avait toujours refusé de se conformer à la coupe arrondie adoptée par les soldats de Cromwell, des cheveux qui bouclaient librement autour d'un visage enfantin.

Devant elle, une jeune femme à peine âgée de vingt ans tomba à genoux, étreignant un soldat mort vêtu de l'uniforme des Cavaliers. Elle le berça dans ses bras. « *Edward, mon mari.* »

Margaret toucha l'épaule de la femme dans un geste silencieux de compassion. Et elle comprit ce qui s'était passé. Le soldat tenait encore son épée dans sa main. Des lambeaux de tissu restaient accrochés à la lame. Quelques mètres plus loin, un jeune parlementaire gisait sur le sol, la poitrine ouverte. Margaret blêmit. Cette crinière châtain. Les traits patriciens et pleins de grâce, si semblables à ceux de son père. Les yeux bleu-gris de la famille Russell, qui levaient vers elle un regard mort.

« Vincent, Vincent. » Elle s'agenouilla près de lui, serra sa tête contre son sein… « Je combattrai du côté des parlementaires. – Dieu veuille que le conflit soit réglé lorsque tu seras en âge de te battre. »

La jeune épouse du soldat dont l'épée avait transpercé Vincent se mit à hurler, « Non… non… non… »

Margaret la dévisagea. Elle est jeune, pensa-t-elle. Elle trouvera un autre mari. Je n'aurai jamais un autre fils. Avec une infinie tendresse, elle embrassa les lèvres et le front de Vincent et le reposa sur le sol bourbeux. Le cocher l'aiderait à porter son corps jusqu'à la voiture. Pendant un instant, elle resta debout, immobile, contemplant la jeune femme en pleurs à ses pieds. « Il est regrettable que l'épée de votre mari n'ait pas percé le cœur du roi, dit-elle. Si c'eût été la mienne, elle y aurait laissé sa marque. »

Judith frissonna. Le soleil s'était caché et le vent soufflait plus fort. Elle s'aperçut qu'elle était entourée d'un groupe de touristes. L'un d'eux essayait d'attirer l'attention du guide. « En quelle année Charles Ier fut-il exécuté ?

— Il fut décapité le 30 janvier 1649, dit Judith. Quatre ans et demi après la bataille de Marston Moor. » Puis elle sourit. « Excusez-moi, je suis intervenue malgré moi. » Elle descendit l'escalier à la hâte, soudain impatiente de quitter cet endroit, de retrouver l'appartement, et de prendre un verre de sherry au coin du feu. C'est curieux, pensa-t-elle tout en conduisant dans les encombrements, j'avais beaucoup plus d'indulgence pour les royalistes quand j'ai commencé mon livre. À mes yeux, les Stuarts depuis Mary étaient essentiellement stupides ou retors et Charles Ier avait hérité de ces deux traits, mais j'estimais qu'il n'aurait pas dû être exécuté. Plus j'avance dans mon travail, plus il me semble que les membres du Parlement qui ont signé son arrêt de mort avaient raison, et si j'avais vécu à cette époque, je me serais rangée de leur côté…

Le lendemain, le cœur battant, Judith franchit les marches qui menaient à la porte à tambour du bureau des registres d'état civil, St. Catherine House, Kingsway. Faites que j'y trouve ce que je cherche, pria-t-elle en secret, sachant que les autorités avaient autrefois passé en revue tous les registres de la paroisse de Salisbury, affiché sa photo dans les communes voisines, dans l'espoir de retrouver la trace de sa famille. Mais si elle était née à Londres, si elle était montée dans le train… Faites que ce soit vrai, faites que ce soit vrai…

Elle avait pensé venir hier, mais un coup d'œil sur son agenda lui ayant rappelé sa visite prévue à Worcester, elle avait préféré remettre ses recherches au lendemain. Craignait-elle d'aboutir à une impasse ? Que le souvenir du bombardement près de la gare, les noms de Sarah et de Molly Marsh ou Marrish soient de pures inventions de son esprit sous l'effet de l'hypnose ?

Devant le bureau d'accueil, la queue était plus longue qu'elle ne s'y attendait. Des bribes de conversation l'informèrent que la plupart des gens qui attendaient cherchaient à retrouver la trace de leurs ancêtres. Lorsque son tour arriva enfin, on l'informa que les registres des naissances étaient conservés dans la première section, classés par année dans de grands volumes.

« Chaque année est divisée en quatre et les livres sont étiquetés "mars", "juin", "septembre" et "décembre", la renseigna la femme derrière son bureau. Quelle date recherchez-vous ?.... Le 4 mai ou le 14 ? Vous devez consulter le volume du mois de juin. Il contient les naissances d'avril, mai et juin. »

Un bourdonnement de ruche emplissait la salle. Il restait quelques places libres devant les longues tables étroites. Judith ôta la cape vert bouteille qu'elle avait achetée sur une impulsion ce matin chez Harrods. « Elle est jolie, n'est-ce pas ? lui avait dit la vendeuse. Et parfaite par ce temps changeant. Légère mais suffisamment chaude si vous mettez un chandail en dessous. »

Elle portait sa tenue préférée, un pull, un pantalon moulant et des bottes. Inconsciente des regards admiratifs qui la suivaient, elle prit le grand registre marqué « juin 1942 ».

Elle s'aperçut vite qu'il n'y avait pas la moindre Sarah ou Molly sous les noms de Marsh ou Marrish. Tout ce qu'elle avait dit sous hypnose était-il seulement le fruit de l'imagination ? Elle se remit dans la queue et interrogea à nouveau l'employée au bureau d'accueil.

« N'existe-t-il pas une obligation de déclarer l'enfant dans le mois qui suit sa naissance ?

— Parfaitement.

— J'ai donc le bon volume.

— Oh, pas nécessairement. 1942 fait partie des années de guerre. Il est très possible que la naissance n'ait pas été déclarée avant le trimestre suivant, ou même plus tard. »

Judith regagna sa place et feuilleta méthodiquement les pages de Marrish et de Marsh, cherchant l'initiale S en second prénom. Les gens appellent leur enfant par son second prénom si le premier est le même que celui de la mère. Mais il n'y avait aucune Marsh ou Marrish avec cette initiale. Chaque ligne indiquait le nom de famille et le prénom du nouveau-né, le nom de jeune fille de la mère, et le lieu de naissance. Suivaient le volume et le numéro de page de l'index, nécessaire pour obtenir les copies du certificat de naissance. Par conséquent, sans le nom exact, je n'arriverai à rien, pensa-t-elle.

Elle ne partit qu'au moment de la fermeture, le dos douloureux à force d'être restée des heures d'affilée penchée sur les registres. Elle avait des picotements dans les yeux, des élancements dans la tête. Cette recherche ne s'annonçait pas facile. Si seulement elle pouvait demander l'aide de Stephen. Il mettrait quelqu'un de compétent sur la question. Peut-être y avait-il des moyens de compulser les dossiers qu'elle ignorait... Et si son esprit lui avait joué un tour, si Sarah Marrish ou Marsh n'était qu'une invention de son imagination ?

Il y avait un message de Stephen sur son répondeur. Au son de sa voix, le moral de Judith remonta. Elle composa rapidement son numéro personnel au bureau. « Travail de nuit ? » demanda-t-elle lorsqu'elle obtint la communication.

Il rit. « Je pourrais te retourner le compliment. Comment s'est passée la visite à Worcester ? Impressionnée par notre manque d'amour fraternel ? »

Ne voulant pas lui parler de ses recherches sur sa famille naturelle, elle avait laissé entendre qu'elle devait retourner à Worcester aujourd'hui.

Elle hésita, puis dit d'une voix précipitée : « Je n'ai pas trouvé grand-chose, mais ça fait partie du jeu. Stephen, as-tu apprécié autant que moi notre week-end ?

— Je n'ai cessé d'y penser. Ce fut pour moi une oasis de bonheur en cette période. »

Ils avaient parcouru la campagne à cheval pendant ces deux jours. Stephen possédait six chevaux dans son écurie. Le sien, Market, un hongre noir, et Juniper, une jument, étaient ses préférés. Stephen s'était étonné de voir Judith accorder son allure à la sienne tandis qu'ils galopaient dans la propriété, sautant les obstacles de la même foulée.

« Je croyais que tu savais à peine monter à cheval.

— Je montais beaucoup autrefois. J'en ai eu moins l'occasion depuis une dizaine d'années.

— On ne dirait pas. J'avais oublié de te prévenir du passage de cette rivière. Si le cavalier n'est pas attentif, les chevaux ont tendance à se dérober.

— Je m'y attendais. »

En regagnant les écuries, ils étaient descendus de cheval et, bras dessus, bras dessous, s'étaient lentement avancés vers la maison.

« Judith, c'est définitif, avait dit Stephen. Dans trois semaines, le Premier ministre annoncera qu'elle se retire et on choisira le prochain dirigeant du parti.

— Toi.

— Je suis assuré de son soutien. Comme je te l'ai dit, les candidats ne manquent pas, mais il ne devrait pas y avoir de problème. Les prochaines semaines jusqu'aux élections vont être agitées. Nous passerons peu de temps ensemble. Peux-tu l'accepter ?

— Bien sûr. Et si j'arrive à boucler mon livre pendant que tu fais ta campagne, tout sera pour le mieux. Et soit dit en passant, Sir Stephen, cette tenue d'équitation te sied à ravir. Cela te donne un petit air de Ronald Colman. J'aimais regarder les vieux films tard le soir, et j'ai toujours eu un faible pour lui. Je me sens un peu comme les amants de *Prisonnier du passé*. Paula et Smithy avaient à peu près notre âge lorsqu'ils sont à nouveau tombés amoureux.

— Judith ! » La voix de Stephen lui sembla lointaine.

« Stephen, je suis désolée. Je pensais à nous et à notre week-end, et je me demandais si tu ressemblais à Ronald Colman en ce moment.

— Navré de te décevoir, chérie, mais la comparaison n'est pas à l'avantage de feu M. Colman. Que fais-tu ce soir ?

— Je mange rapidement un morceau et je me mets devant ma machine à écrire. Les recherches sont nécessaires, mais elles ne font pas avancer le manuscrit.

— Bon, tâche de le terminer à temps. Judith, les élections se tiendront le 13 mars. Un paisible mois d'avril te conviendrait-il, de préférence à Edge Barton ? C'est l'endroit du monde où je me sens le plus heureux. Depuis le jour de ma naissance, il représente pour moi le refuge, le réconfort et la paix.

— J'ai la même impression. »

Lorsque Judith reposa le récepteur, elle eut envie de grignoter quelque chose, d'aller se coucher et de lire pendant un moment. Mais elle avait consacré un jour précieux à faire des courses chez Harrods et à ses recherches dans les registres de l'état civil.

Décidée à ne pas se dorloter, elle prit une douche, passa un pyjama chaud et une robe de chambre, fit réchauffer une boîte de soupe et retourna à son bureau. Avec satisfaction, elle parcourut rapidement son manuscrit : elle avait consacré le premier tiers aux événements qui avaient conduit à la Guerre Civile ; la partie centrale racontait la vie en Angleterre pendant la guerre, la montée des conflits, les chances anéanties de réconciliation entre le roi et le Parlement, et la capture, le procès et l'exécution de Charles Ier. Elle en était maintenant au retour de Charles II de son exil en France, et relatait sa promesse d'accorder la liberté de religion, la « liberté de conscience », le procès des hommes qui avaient signé l'arrêt de mort de son père.

Charles regagna l'Angleterre le jour de son trentième anniversaire, le 29 mai 1660. Judith prit son stylo pour souligner ses notes concernant les pétitions des royalistes qui réclamaient leurs titres et leurs biens confisqués par les cromwelliens.

Ses tempes battaient. « Oh, Vincent », murmura-t-elle. On était le 24 septembre 1660…

Pendant les seize années après la mort de Vincent, Lady Margaret et Sir John avaient vécu paisiblement à Edge Barton. Seule l'exécution du roi et la défaite des troupes royalistes avaient offert une mince consolation à Lady Margaret. Au moins la cause pour laquelle son fils était mort avait-elle été victorieuse. Mais durant ces années, elle et John s'étaient tenus à l'écart du monde. Cédant à l'insistance de Margaret, John avait signé l'ordre d'exécution du roi, et s'en était toujours voulu.

« L'exil eût été suffisant, répétait-il souvent. Et qu'y avons-nous gagné ? Un lord protecteur qui se conduit comme un monarque et dont le puritanisme a ravi à l'Angleterre la liberté de religion et toutes les joies que nous connaissions autrefois. »

Chérir un mari vieillissant presque autant qu'elle détestait le roi exécuté, le regarder se dégrader, sachant qu'il ne lui pardonnait pas de l'avoir forcé à devenir un régicide, et pleurer chaque jour son fils disparu, tout cela avait changé Margaret. Elle savait qu'elle était devenue une femme amère. Sa méchante humeur était à présent légendaire et son miroir lui renvoyait une image qui n'avait plus aucune ressemblance avec la jeune et ravissante fille du duc de Wakefield que la cour avait encensée lors de ses noces avec Sir John

Carew. Ce n'est qu'en écoutant John ressasser le passé qu'elle se rappelait avoir été heureuse autrefois.

Charles II était revenu en Angleterre en mai. Proclamant que le sang avait suffisamment coulé, il offrit l'amnistie générale, excepté pour les régicides. Sur les quarante-neuf hommes qui avaient signé l'arrêt de mort du roi, quarante et un étaient encore en vie. Charles promit un traitement de faveur à ceux qui se livreraient d'eux-mêmes.

Margaret ne crut pas le roi. Il restait à John peu de temps à vivre. Il perdait peu à peu la tête. Il lui arrivait d'appeler Vincent pour lui demander de l'accompagner à cheval. Il s'était mis à regarder Margaret avec l'amour qu'il lui montrait dans leur jeunesse. Il parlait de se rendre à la cour, d'organiser le bal annuel d'Edge Barton. Sa respiration courte et la pâleur de ses traits ne trompaient pas Margaret. Elle savait que son cœur s'affaiblissait de jour en jour.

Avec l'aide de quelques domestiques dévoués, elle mit sur pied un plan. John partirait à Londres dans le but de se rendre au roi. Les fermiers et les villageois verraient la voiture quitter la propriété. Et à la nuit tombée, le cocher ferait demi-tour. Ils avaient installé un appartement secret pour John dans les pièces qui avaient autrefois servi de cachette aux prêtres clandestins. Au temps de la reine Elizabeth Ire, des membres du clergé catholique y avaient trouvé refuge tandis qu'ils cherchaient à fuir en France. Puis la voiture reprendrait la route pour Londres et serait abandonnée à un détour, comme si des brigands de grand chemin l'avaient attaquée, assassinant tous les occupants.

Le plan se déroula parfaitement. Le cocher fut confortablement payé, et partit pour les colonies en Amérique. Le domestique personnel de John demeura avec lui dans l'appartement secret. Margaret se glissait le soir dans la cuisine et avec l'aide de Dorcas, une fille de cuisine d'un âge avancé, préparait leur repas.

Lorsque lui parvinrent les nouvelles du sort des régicides qui avaient été pendus à Charing Cross, éviscérés et écartelés, Margaret sut qu'elle avait pris la seule décision possible. John mourrait en paix à Edge Barton.

Accompagné par un contingent de soldats royalistes, Simon Hallett se présenta à l'aube du 2 octobre. Margaret venait de regagner sa chambre. Elle avait passé la nuit auprès de John, tenant son corps amaigri entre ses bras, sentant le froid qui annonçait la mort l'envahir. Il ne lui restait que quelques semaines, quelques jours peut-être, à vivre. Elle enfila à la hâte une robe de chambre, la nouant tandis qu'elle s'élançait dans les escaliers.

Elle n'avait pas posé les yeux sur Simon Hallett depuis dix-huit ans. À la fin de la guerre, il avait rejoint le roi en exil en France. Ses traits autrefois mous s'étaient épaissis. L'arrogance avait remplacé l'expression sournoise qui lui faisait horreur.

« Lady Margaret, quelle joie de vous revoir », dit-il d'un ton sardonique quand elle ouvrit la grande porte de chêne. Sans attendre d'y être invité, il passa devant elle et regarda autour de lui. « Edge Barton est moins bien entretenu que la dernière fois que j'y suis venu.

— Pendant que vous languissiez en France auprès de votre royal seigneur, d'autres sont restés chez eux à payer de lourdes charges destinées à compenser le coût de la guerre. » Margaret espéra que ses yeux ne révélaient pas la terreur qui l'habitait. Simon Hallett soupçonnait-il que la voiture de John n'avait pas été attaquée par des brigands ? L'ordre qu'il donna à ses soldats confirma ses craintes.

« Fouillez chaque recoin de cette maison. Ce fut un repaire de prêtres autrefois. Mais faites attention. Pas de dégâts. Dans son état actuel, il sera déjà suffisamment coûteux de restaurer la propriété. Sir John se cache quelque part. Nous ne repartirons pas sans lui. »

Lady Margaret rassembla tout le mépris et le dégoût qui brûlaient dans ses veines. « Vous faites erreur, dit-elle à Simon. Mon mari vous défierait à l'épée s'il se trouvait ici. » Et vous le feriez, John, pensa-t-elle, mais vous n'êtes pas là. Vous appartenez aux temps heureux…

Pièce après pièce, ils fouillèrent la grande demeure. Ils ouvrirent les armoires, sondèrent les murs, cherchant le son creux qui révélerait la présence de passages secrets. Les heures passèrent. Margaret resta assise dans le grand hall, près du feu qu'un domestique avait allumé dans la cheminée, n'osant espérer. Simon arpentait la maison, son impatience grandissant. Il finit par revenir dans le vestibule. Dorcas venait d'apporter du thé et du pain à sa maîtresse. Margaret sut que tout était perdu en voyant le regard de Simon se poser sur la vieille femme. En un bond, il traversa la pièce, prit la servante par les bras, les lui tordant derrière le dos. « Vous savez où il se trouve, s'écria-t-il. Avouez.

— J'sais pas de quoi vous parlez, Sir, pitié », balbutia Dorcas. Sa supplication se transforma en hurlement lorsque Simon lui tordit à nouveau les bras. Un craquement atroce résonna dans la pièce.

« J'vais vous montrer où il est, hurla-t-elle. Pitié ! Pitié !

— Allons-y, et vite. » Continuant à la brutaliser, Simon poussa la vieille femme en larmes vers le haut du grand escalier.

Un instant plus tard, deux soldats traînaient le corps enchaîné de Sir John Carew en bas des marches. Simon Hallett rengainait son épée dans son fourreau. « Votre serviteur n'a pas vécu pour regretter son insolence », dit-il à Margaret.

Muette de douleur, Margaret se leva et courut vers son mari. « Margaret, je ne me sens pas très bien, dit John, d'un ton étonné. Il fait très froid. Pouvez-vous demander que l'on alimente le feu ? Et faites venir Vincent. Je n'ai pas vu ce garçon de toute la matinée. »

Margaret l'entoura de ses bras. « Je vous accompagnerai à Londres. » Alors que les soldats poussaient brutalement John hors de la maison, elle regarda Simon droit dans les yeux. « Même ces pauvres idiots peuvent constater son état. Et s'il faut traduire quelqu'un en justice, qu'on s'en prenne à moi. C'est moi qui ai forcé mon mari à signer l'arrêt de mort du roi. »

« Merci pour cette information, Lady Margaret. » Hallett se tourna vers son capitaine. « Vous êtes témoin de sa confession. »

Margaret n'eut pas le droit d'assister au procès de son mari. Des amis le lui racontèrent. « Ils ont dit qu'il simulait la folie, mais qu'il était parvenu à concocter un plan élaboré pour s'enfuir. On lui a appliqué la peine pour les régicides. L'exécution aura lieu dans trois jours. »

La pendaison à Charing Cross. Son corps éviscéré et écartelé. Sa tête exposée au bout d'une pique.

« Il faut que je voie le roi, décida Margaret. Je dois lui faire comprendre. »

Ses cousins ne lui avaient jamais pardonné de s'être alliée aux parlementaires. Mais elle appartenait à l'une des plus grandes familles d'Angleterre. Ils s'arrangèrent pour lui obtenir une audience.

Le jour de l'exécution, Margaret fut introduite auprès de Charles II. Le bruit courait que le roi avait avoué à ses conseillers qu'il était las des pendaisons. Elle le supplierait d'accorder à John de mourir en paix à Edge Barton, et offrirait sa tête à sa place.

Simon Hallett se tenait à la droite du roi. Il parut amusé en voyant Margaret plonger en une profonde révérence. « Sire, avant que vous n'entendiez Lady Margaret, qui peut être des plus convaincantes, puis-je vous présenter un autre témoin ? »

Horrifiée, Margaret vit entrer le capitaine de la garde qui avait arrêté John et l'entendit dire : « Lady Margaret a juré qu'elle avait exigé de son mari qu'il signe l'arrêt de mort de Sa Majesté.

— Mais c'est exactement ce que je suis venue vous dire. Sir John ne voulait pas le signer. Il ne m'a jamais pardonné de l'y avoir obligé, s'écria-t-elle.

– Votre Majesté, l'interrompit Simon Hallett. Toute la vie de John Carew, ses états de service dans l'armée, ses années au Parlement le montrent comme un homme de fortes convictions et non comme un pantin cédant aux harcèlements d'une épouse. Je ne parle pas ainsi pour l'excuser, mais pour avertir Votre Majesté qu'en dépit de sa nature généreuse et portée au pardon, elle a devant elle une femme aussi coupable que si elle avait signé l'impardonnable décret. Et il y a une autre personne que je vous prie d'entendre – Lady Elizabeth Sethbert. »

Une femme d'une trentaine d'années pénétra dans la pièce. Pourquoi son visage semblait-il familier à Margaret ? Elle en comprit vite la raison. C'était le mari de Lady Elizabeth qui avait tué Vincent. « Je n'oublierai jamais, Votre Majesté, dit Lady Elizabeth, fixant sur Margaret un regard dur et méprisant. Alors que je tenais mon mari entre mes bras, fière qu'il ait donné sa vie pour vous servir, cette femme a dit qu'il était regrettable que son épée n'ait pas percé le cœur du roi. Elle a ajouté : "Si c'eût été la mienne, elle y aurait laissé sa marque." Lorsqu'elle est partie, j'ai demandé son nom à un officier parlementaire, car il s'agissait visiblement d'une femme de haut rang. Je n'ai jamais oublié l'horreur de cet instant, et j'en ai maintes fois fait le récit, qui est revenu aux oreilles de Simon Hallett. »

Le roi tourna son regard vers Margaret. Elle avait entendu dire qu'il se vantait d'être physionomiste et de lire le caractère des gens sur leur visage. « Sire, dit-elle, je suis ici pour m'avouer coupable. Faites de moi ce que bon vous semble, mais épargnez un vieil homme malade et faible d'esprit.

« Sir John Carew est assez rusé pour feindre la folie, Sire, insista Hallett. Et si avec votre généreux pardon il lui est permis de retourner à Edge Barton, il retrouvera miraculeusement la santé. Lui et sa femme continueront alors à comploter avec leurs dangereux et puissants amis révolutionnaires. Ces fripouilles réservent à Votre Majesté le même sort qui frappa feu le roi, votre père. »

Margaret resta figée sur place, le regard braqué sur Simon. Ses cousins l'avaient prévenue que sous ses airs affables, Charles II était hanté par la peur de subir le sort de son père.

« Menteur ! cria-t-elle à Simon. Menteur ! » Elle voulut se précipiter vers le roi. « Votre Majesté, je vous en prie, épargnez mon mari. »

Simon Hallet se jeta sur elle, la plaquant au sol. Elle vit l'éclat d'une lame dans sa main, crut qu'il voulait la poignarder et tenta de se dégager. Le poignard lui entailla profondément la base du pouce ; Simon la releva brutalement, lui refermant de force les doigts autour de l'arme.

« Vous vous apprêtiez à assassiner le roi ! s'écria-t-il. Regardez, Sire, elle est venue à l'audience avec un poignard ! »

Margaret sut qu'il était vain de protester. Le sang coulait de la blessure tandis que les gardes lui liaient les mains et l'entraînaient hors de la vue du roi. Simon la suivit dehors. « Laissez-moi m'entretenir avec Lady Margaret, dit-il aux gardes. Éloignez-vous. » Il chuchota à son oreille. « En ce moment même, Sir John se balance au bout d'une corde à Charing Cross, les entrailles à nu. Le roi m'a déjà donné le titre de baron. Pour lui avoir sauvé la vie, je demanderai et j'obtiendrai Edge Barton. »

Pendant le week-end, Reza Patel avait essayé à plusieurs reprises de joindre Judith. Il préféra ne pas laisser de message sur le répondeur. Il ne voulait pas l'alarmer en lui disant qu'il désirait vérifier sa tension, s'assurer que le produit hypnotique n'avait laissé aucune trace.

Lundi, elle n'était toujours pas dans son appartement. Le mardi soir, Patel et Rebecca s'attardèrent au cabinet après les consultations et une fois encore étudièrent l'enregistrement de la séance d'hypnose de Judith.

« Il s'est passé quelque chose sur le plan psychique, dit Patel. Regardez son visage. La colère, la haine y sont gravées. Quelle créature Judith a-t-elle fait resurgir en elle ? Et d'où ? Si mes théories sont exactes, l'esprit, l'essence même de la grande-duchesse Anastasia, avait littéralement habité Anna Anderson. Qu'est-il arrivé à Judith Chase ?

— Judith Chase n'est pas une faible femme, lui rappela Rebecca. C'est pourquoi il vous a fallu une telle dose de produit pour la faire régresser jusqu'à l'enfance. Comment savoir si ce qu'elle a vécu sous hypnose a pris fin à son réveil ? Elle n'en a aucun souvenir. N'est-il pas présomptueux de penser que vous avez fait la preuve du Syndrome d'Anastasia ?

— Dieu fasse que je me trompe, mais je ne le crois pas.

— Dans ce cas, ne pouvez-vous hypnotiser Judith à nouveau, la ramener au point où elle a fait renaître je ne sais quelle part de son être et lui ordonner de l'abandonner ?

— J'ignore alors où je l'enverrai. » Patel secoua la tête. « Essayons encore une fois de la joindre. »

Cette fois, le téléphone fut décroché. Patel fit un signe de tête à Rebecca qui monta le son sur le combiné.

« Oui ? »

Rebecca et Patel se regardèrent, l'air surpris. C'était la voix de Judith, mais le timbre était différent, le ton sec et arrogant.

« Mademoiselle Chase ? Judith Chase ?

— Judith n'est pas là.

— Son nom, souffla Rebecca à voix basse.

— Puis-je vous demander votre nom, madame ? Êtes-vous une amie de Mlle Chase ?

— Une amie ? Pas vraiment. » La communication fut coupée.

Patel se prit la tête dans les mains. « Rebecca, qu'ai-je fait ? Judith a deux personnalités. La nouvelle connaît l'existence de Judith. C'est déjà elle qui domine. »

Stephen Hallet ne rentra pas chez lui avant minuit. Les réunions s'étaient succédé pendant toute la journée. La rumeur de la décision du Premier ministre se répandait dans les couloirs. Il ne s'était pas trompé en disant que son élection à la tête du parti serait contestée. Hawkins, un sous-secrétaire d'État, s'agitait particulièrement. « Sans vouloir nier les mérites évidents de Stephen Hallett, je dois vous mettre en garde, le vieux scandale peut resurgir. Les journaux s'en donneront à cœur joie. Ne l'oubliez pas, Stephen a été à deux doigts d'être poursuivi.

— Et a été disculpé », répliqua Stephen. Il avait eu le dessus. Il serait élu à la tête du parti. Mais Seigneur, songea-t-il en se déshabillant avec lassitude, qu'il était lourd d'être en butte aux soupçons à cause d'un forfait commis par un autre. Au moment de se coucher, il jeta un regard au réveil. Minuit. Trop tard pour téléphoner à Judith. Il ferma les yeux. Dieu la bénisse d'être ce qu'elle était, de comprendre pourquoi il ne pouvait la laisser entreprendre des recherches sur sa famille naturelle. Il savait que c'était beaucoup exiger d'elle. Il lui en serait reconnaissant toute sa vie durant, se promit-il, sentant le sommeil le gagner.

Le lit à baldaquin qui était dans sa famille depuis près de trois cents ans grinça lorsqu'il se coucha. Stephen songea au bonheur de le partager bientôt avec Judith, à sa fierté quand elle l'accompagnerait dans ses fonctions officielles. Sa dernière pensée avant de s'endormir fut que rien ne vaudrait les moments d'intimité qu'ils partageraient dans son havre bien-aimé, Edge Barton...

À minuit dix, Judith leva les yeux, vit l'heure, et constata avec surprise que le potage sur le plateau était froid et qu'elle-même était glacée jusqu'aux os. La concentration est une bonne chose, mais à ce point c'est de la folie, se dit-elle en se dirigeant vers son lit. Ôtant sa robe de chambre, elle se blottit avec bonheur sous les couvertures. Cette fichue marque sur sa main. Elle était encore rouge, bien qu'elle pâlisse à vue d'œil. C'est la preuve que l'on n'est plus de la première jeunesse lorsque les vieilles cicatrices refont surface, pensa-t-elle en tendant le bras pour éteindre la lumière.

Elle ferma les yeux, songeant au désir de Stephen de célébrer leur mariage en avril. Il restait dix à onze semaines d'ici là. Le temps de finir ce satané bouquin et de faire ensuite quelques achats, se promit-elle. L'idée de se marier à Edge Barton l'enchantait. Depuis quelque temps, les souvenirs de son enfance avec ses parents adoptifs s'estompaient, ainsi que les années vécues à Washington avec Kenneth. Comme si sa vie avait commencé le soir de sa rencontre avec Stephen, comme si chaque fibre de son être se reconnaissait chez elle en l'Angleterre. Elle avait quarante-six ans, Stephen cinquante-quatre. On vivait longtemps dans sa famille. Nous pouvons espérer vingt-cinq belles années ensemble. Stephen. Son attitude réservée, parfois même froide, qui était le masque d'un homme solitaire, curieusement assez peu sûr de lui. L'histoire de son beau-père expliquait bien des choses…

J'ai besoin de connaître mon véritable nom, Stephen. À moins d'avoir tout inventé, je suis peut-être aujourd'hui à deux doigts de découvrir la vérité. S'il est exact que j'ai été séparée de ma mère et de ma sœur au cours d'un bombardement, j'apprendrai d'une façon ou d'une autre le reste de l'histoire. Elles ont probablement toutes les deux péri ce jour-là. J'aimerais seulement aller fleurir leurs tombes, mais je te le promets, je ne déterrerai pas d'obscurs cousins qui pourraient t'embarrasser. Elle s'endormit le sourire aux lèvres, heureuse à la pensée d'être bientôt Lady Hallett.

Le lendemain, Judith travailla sans bouger de sa table, voyant avec satisfaction la pile de feuillets grossir régulièrement près de la machine à écrire. Ses amis écrivains la pressaient d'acheter un ordinateur. Lorsque j'aurai terminé ce livre, décida-t-elle, je prendrai des vacances. Puis j'apprendrai peut-être à me servir d'un traitement de texte. Ce doit être à ma portée. Kenneth m'appelait « Mme Meccano » – il disait que j'aurais dû être ingénieur.

Elle en achèterait un lorsque Stephen et elle seraient mariés. Il redoutait tellement de la voir insatisfaite, consacrant trop de temps à l'accompagner dans ses fonctions officielles, ou pas assez à son propre travail. Elle attendait avec impatience les deux aspects de cette existence. Les dix années passées avec Kenneth avaient été merveilleuses, mais trop bousculées par leurs carrières respectives. La douloureuse déception de ne pas avoir d'enfant. Puis les dix années de veuvage, avec le travail pour seul but. Ai-je passé ma vie à courir ? se demanda-t-elle. N'ai-je jamais été en paix jusqu'à aujourd'hui ?

Le soleil filtrait dans la pièce. *Oh, être en Angleterre quand vient avril.* Ou janvier, ou n'importe quel autre mois. Elle aimait tous les mois de l'année en Angleterre. Chaque matin, elle écrivait sur la période de la Restauration quand, comme le nota Samuel Pepys dans son journal, flambaient les feux de joie et carillonnaient les cloches de Sainte-Mary-le-Bow. On portait des toasts au roi et les mâts de cocagne se dressaient à nouveau dans les villages. Les couleurs vives remplaçaient le morne gris des puritains, et le roi et la reine chevauchaient dans Hyde Park.

À 13 heures, Judith décida de sortir, d'aller se promener dans le quartier de Whitehall et de chercher à se représenter le soulagement ressenti par la population en sachant la monarchie rétablie sans une autre guerre civile. Elle voulait voir en particulier la statue du roi Charles Ier. La plus ancienne et la plus belle statue équestre de Londres, donnée à un ferrailleur sous le règne de Cromwell avec ordre de la détruire. Conscient de son inestimable valeur et fidèle à son roi, l'homme l'avait cachée jusqu'au retour de Charles II. Une estrade majestueuse avait été commandée à son intention, et elle se dressait désormais à Trafalgar Square, tournée vers Whitehall, à l'endroit même où Charles Ier avait été exécuté.

Judith avait travaillé en robe de chambre pendant toute la matinée. Elle prit rapidement une douche, appliqua un peu de rouge à lèvres et de mascara, sécha ses cheveux avec une serviette, notant qu'ils devenaient trop longs. Non que cela fût peu seyant, admit-elle en s'examinant sans complaisance dans la glace. Mais à presque quarante-sept ans, il était peut-être temps de rechercher une apparence plus sophistiquée. Puis elle haussa les sourcils. Allons, tu ne fais pas quarante-sept ans. L'image que lui renvoyait le miroir était rassurante. Des cheveux brun foncé aux reflets cuivrés. Un teint d'Anglaise. Un visage ovale avec de grands yeux bleus. Je me demande si je ressemble à ma mère, se demanda-t-elle.

Elle passa rapidement un pantalon gris anthracite, un sweater blanc à col montant, et des bottes. Son uniforme. Je ne risque pas de me balader avec ça sur le dos lorsque je serai Mme Hallett, se dit-elle. Elle hésita entre le Burberry ou sa nouvelle cape, choisit cette dernière, puis rassembla dans son sac à bandoulière ses cahiers de notes et les ouvrages de référence dont elle pourrait avoir besoin, et sortit.

Gracieux et calme, sur son cheval
À jamais près de son Whitehall ;
Seul dans la nuit le vent frémit
Ni foule ni rebelles ne crient.

Judith se rappela ces vers de Lionel Johnson tout en contemplant la magnifique statue du roi qui se dressait à Trafalgar Square. Les cheveux aux épaules, la barbe taillée, la tête droite, l'imposante silhouette chevauchait son destrier avec un port à la fois royal et serein. Sa monture semblait piaffer, l'antérieur droit levé, comme prêt à piquer un galop.

Et pourtant Charles Ier fut véritablement haï, songea Judith. Que serait le monde aujourd'hui s'il était parvenu à anéantir le Parlement ? Derrière elle s'approchait l'inévitable groupe de touristes. Le guide attendit qu'ils soient rassemblés en demi-cercle autour de lui pour commencer son laïus. « Ce que nous appelons aujourd'hui Trafalgar Square faisait autrefois partie de Charing Cross, expliqua-t-il. Avec un certain à-propos, cette statue fut érigée à l'endroit même où furent exécutés les régicides, forme subtile de revanche de la part du roi décédé, n'est-ce pas ? Les exécutions n'étaient pas la façon la plus agréable de mourir. Le condamné était pendu, éviscéré et écartelé, les entrailles arrachées alors qu'il était encore en vie. »

C'est ainsi que mourut John… un vieil homme malade, hébété…

« Le roi fut décapité le 30 janvier. Mardi prochain, comme chaque année, la Royal Stuart Company viendra déposer une couronne. C'est une tradition depuis le jour où fut érigée la statue. Des touristes et des écoliers ajoutent parfois leurs propres couronnes. C'est émouvant, non ?

— La statue devrait être rasée et les imbéciles qui déposent des couronnes punis. »

Le guide se tourna vers Judith. « Je vous demande pardon, madame. M'avez-vous demandé quelque chose ? »

Lady Margaret ne répondit pas. Elle chercha ses lunettes noires dans son sac et rabattit sur son visage le capuchon de sa cape.

Pendant quelques instants, elle marcha sans but sur le quai Victoria le long de la Tamise et se retrouva devant Big Ben et le Parlement. Elle s'immobilisa, fixant les bâtiments, sans se soucier du regard interrogatif de certains passants.

Ses propres paroles résonnèrent à ses oreilles. « Cette statue devrait être rasée et les imbéciles qui y déposent des couronnes punis. » Mais, John, se demanda-t-elle. Comment vais-je m'y prendre ?

Sans but précis, elle longea Bridge Street, traversa Parliament Street, tourna à droite et se retrouva Downing Street. Les maisons au bout de la rue étaient gardées. L'une d'entre elles, le numéro 10, était la résidence du Premier ministre. La future maison de Stephen Hallett, descendant de Simon Hallett. Margaret eut un sourire amer. J'ai dû attendre si longtemps, pensa-t-elle. Mais me voici enfin pour nous faire justice à John et moi.

D'abord la statue. Le 30 janvier, elle viendrait déposer sa couronne avec les autres. Mais la sienne contiendrait un explosif dissimulé entre les feuilles et les fleurs.

Elle se rappela la poudre à canon qui, pendant la Guerre Civile, avait anéanti tant de maisons. Quels explosifs utilisait-on aujourd'hui ? Trois rues plus loin, elle passa devant un chantier en construction, s'arrêta et regarda un ouvrier lever une masse. La sueur ruisselait sur son corps musclé. Un frisson glacé la parcourut. La hache qui s'abattait. L'instant atroce d'agonie, la lutte pour rester dans cette vie, un moment de plus, certaine qu'elle y reviendrait sous une forme ou une autre. Elle avait su le moment venu lorsque Judith Chase s'était élancée pour la sauver.

L'homme avait remarqué qu'elle le regardait. Un sifflement prolongé sortit de ses lèvres. Elle lui adressa un sourire aguicheur et lui fit signe de venir la rejoindre. Lorsqu'elle le quitta, ce fut avec la promesse de le retrouver chez lui à 18 heures.

Elle se rendit ensuite à la bibliothèque des Archives nationales, près de Leicester Square, où un employé lui apporta les ouvrages qu'elle demandait, déclinant à voix basse les titres à mesure qu'il les déposait devant elle : La Conspiration des Poudres, Autorité et conflit au XVIIe siècle, L'Histoire des explosifs.

Le même soir, dans les bras moites de l'ouvrier, entre caresses et flatteries, Margaret confia qu'il lui fallait démolir une vieille remise en ruine dans sa maison de campagne et qu'elle n'avait pas l'argent nécessaire pour faire appel à une entreprise spécialisée. Rob était tellement intelligent. Peut-être pourrait-il lui procurer le matériel nécessaire et lui montrer comment l'utiliser ? Elle le paierait largement.

La bouche de Rob écrasa ses lèvres. « T'es sacrément explosive toi-même. Viens me trouver demain soir, ma belle. Mon frère revient du pays de Galles. Il travaille dans une carrière là-bas. Pas difficile pour lui d'avoir ce qu'il te faut. »

Lorsqu'elle regagna son appartement à 22 heures, il y avait deux appels de Stephen sur son répondeur. Une demi-heure plus tôt, elle était entrée dans un pub à Soho et avait failli tomber à la renverse en s'apercevant qu'il était si tard. Son dernier souvenir conscient datait de l'instant où elle se tenait devant la statue de Charles Ier. Il était alors 14 heures. Qu'avait-elle fait dans l'intervalle ? Elle était sortie avec l'intention d'aller consulter une fois de plus les registres des naissances. C'est probablement ce que j'ai fait, se dit-elle. Un nouvel échec aurait-il provoqué une sorte de choc psychologique ? Elle fut incapable de donner une réponse à cette question.

Avec un froncement de sourcils inquiet, elle écouta Stephen la prier instamment de le rappeler. Une douche, d'abord, décida-t-elle. Elle se sentait moulue et bizarrement salie. Elle ôta sa cape. Pourquoi l'avait-elle achetée ? Elle s'y sentait mal à l'aise. Tout en la rangeant au fond de la penderie, elle effleura son Burberry. « Davantage son style », fit-elle à voix haute.

Elle laissa l'eau ruisseler sur son visage, ses cheveux, son corps. Pour une raison inexplicable, un vers de *Macbeth* lui vint à l'esprit : *Tout l'océan de Neptune lavera-t-il jamais le sang de mes mains ?* Et bien entendu, constata-t-elle tout en se séchant vigoureusement, cette fichue cicatrice a réapparu.

Son peignoir en éponge serré autour de sa taille, une serviette nouée autour de ses cheveux, les pieds dans de confortables pantoufles, Judith se dirigea vers le téléphone pour appeler Stephen. Le ton de sa voix indiquait qu'il s'était endormi. « Chéri, je suis navrée », s'excusa-t-elle.

Il l'interrompit. « Si je me réveille au milieu de la nuit, je me sentirai rassuré de t'avoir parlé. Où diable étais-tu passée ? Fiona m'a téléphoné. Elle t'a attendue pendant toute la soirée. T'est-il arrivé quelque chose ?

— Juste ciel, Stephen, j'ai complètement oublié. » Judith se mordit nerveusement les lèvres. « Le répondeur enregistrait les appels et j'ai purement et simplement oublié d'écouter les messages. »

Stephen éclata de rire. « Bel exemple de concentration ! Mais tu ferais mieux de t'expliquer avec Fiona, chérie. Elle enrageait déjà de ne pouvoir m'exhiber comme le futur dirigeant du parti. Peut-être pourrions-nous la laisser organiser une réception de fiançailles après les élections. Nous lui devons beaucoup.

— Je lui dois le reste de ma vie, dit calmement Judith. Je l'appellerai dès la première heure demain. Bonsoir, Stephen. Je t'aime.

— Bonsoir, Lady Hallett. Je t'aime. »

Je déteste mentir, pensa Judith en reposant l'appareil, et c'est exactement ce que je viens de faire. Demain, elle se rendrait chez le Dr Patel. Il n'y avait pas de Sarah Marrish ou Marsh dans le registre de mai 1942. Avait-elle tout inventé lors de la séance d'hypnose ? Et dans ce cas, son esprit lui jouait-il d'autres tours ? Pourquoi n'avait-elle aucun souvenir de ce qui s'était passé entre 14 heures et 22 heures ?

À 10 heures le lendemain matin, la réceptionniste du Dr Reza Patel, enfreignant l'ordre de ne passer aucune communication téléphonique, annonça que Mlle Chase était en ligne et demandait à lui parler d'urgence. Rebecca et lui s'étaient à nouveau longuement entretenus des risques que courait Judith. Patel appuya sur les commandes « haut-parleur » et « enregistrement » du combiné téléphonique. Ils écoutèrent avec attention Judith leur raconter qu'elle avait eu un trou de mémoire de sept heures.

« J'aimerais vous voir immédiatement, lui dit Patel. Si vous vous en souvenez, nous avions avec votre accord enregistré la séance d'hypnose. J'aimerais vous faire écouter cet enregistrement. Peut-être vous aidera-t-il. Je n'ai aucune raison de croire en l'inexactitude de vos souvenirs d'enfance. Et ne vous souciez pas de ce que vous croyez être une perte de mémoire. Vous possédez un étonnant pouvoir de concentration. Je l'ai constaté dès le début de la séance. Vous m'avez dit vous-même que les heures passaient sans que vous vous en rendiez compte lorsque vous étiez plongée dans votre travail.

— C'est exact, dit Judith. Mais c'est une chose de rester concentrée à mon bureau sans voir passer le temps et une autre de me rendre à Trafalgar Square à 14 heures et de me retrouver sans savoir pourquoi ni comment dans un pub de Soho à 21 h 30. Je viens immédiatement. »

Aujourd'hui, elle portait un pantalon beige, des bottes marron, un pull de cachemire écru avec une écharpe dans les tons de brun, beige et jaune nouée sur l'épaule. Le Burberry lui sembla confortable et agréablement familier lorsqu'elle le boutonna, déplorant à nouveau les trois cents livres dépensées pour la cape.

Dans le cabinet de Patel, Rebecca demanda d'un ton surpris : « Vous n'avez tout de même pas l'intention de lui montrer cet enregistrement ?

— Seulement jusqu'au point de sa régression au stade de l'enfance. Rebecca, elle se pose déjà des questions. Nous ne savons pas encore comment l'aider. Nous l'ignorons, à moins de pouvoir d'une façon ou d'une autre apprendre qui elle abrite en elle. Vite, faites une copie de l'enregistrement jusqu'au moment où je lui ai demandé de se réveiller, avant... »

Dans le taxi qui la conduisait chez Patel, Judith sentit l'inquiétude l'envahir. Il lui avait inoculé un produit. Elle se rappela un reportage qu'elle avait fait sur le LSD et ses effets. Hallucinations. Pertes de mémoire. Étourdissements. Oh, mon Dieu, dans quelle histoire me suis-je fourrée !

Mais quelques minutes après, devant l'écran de télévision, elle ne put s'empêcher d'être émue par les images qui se déroulaient devant elle. L'interrogatoire habile de Patel. Le récit qu'elle faisait de ses anniversaires, de son mariage avec Kenneth, de ses parents adoptifs. La façon dont Patel l'entraînait vers sa petite enfance. Sa répugnance manifeste à lui parler du bombardement. Elle sentit les larmes lui monter aux yeux en se regardant pleurer la disparition de sa mère et de sa sœur. Et soudain, quelque chose la frappa. Les noms. *Molly. Marrish.* « Arrêtez l'enregistrement, s'il vous plaît, demanda-t-elle.

— Bien sûr. » Rebecca appuya sur le bouton d'arrêt de la télécommande.

« Pouvez-vous revenir en arrière ? Voyez-vous, je me souviens que j'avais un défaut d'élocution lorsque j'étais enfant. On m'a raconté que je prononçais avec difficulté les *p*. Dans l'enregistrement, je ne suis pas certaine d'avoir entendu "Molly" ou "Polly». Voulez-vous augmenter le volume lorsque je dis "Marrish" ou "Marsh» ? Le son n'est pas très clair. »

Ils fixèrent l'écran avec attention. « C'est possible, dit Patel. Vous avez peut-être voulu dire quelque chose comme "Parrish». »

Judith se leva. « Cela m'offre au moins une autre piste – après les Marsh et les Marrish, les March, les Markey, les Markham et Dieu sait quoi. Docteur, dites-moi franchement : m'avez-vous caché quelque chose au sujet de ce traitement ? Pourquoi ai-je eu un trou de mémoire de sept heures, hier ? »

Elle sentit que Patel pesait ses mots. Assis derrière son bureau massif, il jouait avec un coupe-papier. Elle eut l'œil attiré par la table et le miroir dans le coin de la pièce. Elle se dirigeait vers cette table au moment où elle avait eu la vision d'une petite fille.

Reza Patel vit le regard de Judith et sut exactement ce qui lui traversait l'esprit. Avec un soudain soulagement, il trouva une réponse à lui offrir. « Vous êtes venue me voir la semaine dernière car vous aviez des hallucinations périodiques que j'appellerais plus volontiers des retours de mémoire. Ce processus se poursuit, peut-être un peu différemment. Hier, vous vous apprêtiez à vous rendre à nouveau au bureau des registres d'état civil. Vos premières recherches s'étaient soldées par une intense déception. Je suggérerais que vous y êtes probablement retournée pour compulser les registres une seconde fois et sans plus de succès. Ce qui aurait amené votre cerveau à opérer un blocage. Judith, vous venez probablement de découvrir quelque chose de significatif. Le nom que vous cherchiez à prononcer est peut-être Parrish et non Marrish, ou un nom similaire à Parrish. Vous vous êtes sentie frustrée de ne pas trouver l'information que vous recherchiez. Je vous en prie, n'en restez pas là. Notez tout ce qui est inhabituel, un flash-back, un trou de mémoire, un nom ou une pensée subits et d'apparence incongrue. L'esprit a une façon particulière de transmettre des indices lorsque nous explorons le subconscient. »

La réponse était logique, mais Judith répéta sa question. « Il n'y a donc rien dans le traitement, dans le produit que vous avez utilisé, qui pourrait provoquer une sorte de réaction à retardement ? »

Rebecca contempla la commande de la télévision dans sa main. Reza Patel leva les yeux et regarda Judith en face. « Absolument rien.

— Que pouvais-je lui dire ? demanda-t-il avec désespoir lorsque Judith fut partie.

— La vérité, dit calmement Rebecca.

— À quoi cela aurait-il servi de la terrifier ?

— Cela aurait servi à la prévenir. »

Judith regagna directement l'appartement. Compulser les registres ne lui disait rien aujourd'hui. Elle préféra s'installer à son bureau, son cahier de notes ouvert devant elle, sa bonne vieille machine à écrire sur la tablette à sa gauche. Elle travailla sans relâche jusqu'au début de l'après-midi, avec l'impression réconfortante que le livre avançait bien. À 14 heures, elle prépara rapidement un sandwich et du thé et porta le plateau jusqu'à son bureau. Un long après-midi de travail suffirait peut-être pour terminer le chapitre suivant. Stephen et elle avaient prévu de dîner ensemble tard dans la soirée.

À 16 h 30, elle commença à taper ses notes sur le procès des régicides : « *Certains diront que leur procès fut conforme à la justice, qu'on leur accordait plus de considération qu'ils n'en avaient montré pour leur roi. Debout dans la salle de tribunal bondée, au milieu des huées de la foule royaliste, ils proclamèrent à voix forte leur fidélité à leur conscience, leur foi que leur Dieu les jugerait avec indulgence.* »

Ses doigts se figèrent sur le clavier. Elle sentit le sang battre à la base de son pouce. Judith repoussa sa chaise et regarda le réveil. Elle avait un rendez-vous.

« *Lady Margaret se précipita vers la penderie et saisit la cape verte. Tu croyais pouvoir la cacher, hein ? ricana-t-elle. Elle la boutonna jusqu'au cou, prit soin de tordre ses cheveux en un chignon avant de rabattre le capuchon. Puis elle se dirigea vers le grand sac à bandoulière de Judith, y prit les lunettes noires et quitta l'appartement.*

Rob l'attendait dans sa chambre. Deux canettes de bière étaient posées sur l'appui de la fenêtre. « *Tu es en retard* », *lui dit-il.*

Lady Margaret lui adressa un sourire faussement timide. « Ce n'est pas ma faute. J'ai cru que je ne pourrais pas quitter la maison.

— Où habites-tu, ma jolie ? fit-il en déboutonnant sa cape et en l'entourant de ses bras.

— Dans le Devon. Avez-vous trouvé ce que vous m'aviez promis ?
— On a tout le temps pour ça. »

Une heure plus tard, étendue à côté de lui sur le lit froissé, Margaret écoutait avec une attention avide les instructions de Rob : « Tu sais maintenant que tu peux t'envoyer dans l'autre monde avec ce truc, alors suis bien ce que je t'explique. Je t'en ai apporté assez pour faire sauter Buckingham Palace, mais faut dire que tu me plais drôlement. Même heure demain soir ?

— Bien sûr. Et j'ai promis de vous payer pour le dérangement. Est-ce que deux cents livres conviennent ? »

Judith leva la tête. Il était presque 21 heures. Mon Dieu, la voiture de Stephen va arriver d'une minute à l'autre. Elle courut dans sa chambre pour se changer, puis décida de prendre une douche. Rester assise toute la journée l'avait engourdie. Mais pourquoi éprouvait-elle à nouveau l'étrange impression d'être « salie » ?

Il faisait froid et clair en ce lundi 30 janvier ; le soleil brillait, l'air était sec et vivifiant. Les professeurs surveillaient d'un œil attentif les écoliers attroupés derrière les deux élèves choisis pour déposer la couronne au pied de la statue de Charles Ier.

D'autres gerbes s'y trouvaient déjà. Les appareils-photo cliquetaient et des groupes de touristes écoutaient le récit dramatique de la vie et de la mort du roi exécuté.

Lady Margaret avait déjà déposé sa couronne. Un sourire cynique aux lèvres, elle écoutait un gamin à lunettes et rougissant de fierté articuler les premiers mots du poème de Lionel Johnson.

« "*À la Statue du Roi Charles à Charing Cross*" », *annonça-t-il.*

Un agent de police se tenait non loin, souriant à la vue des visages graves des enfants. Les deux lycéens chargés de la couronne étaient manifestement conscients de leur importance. Astiqués comme des sous neufs. Des petits Anglais bien éduqués, polis, honorant un monarque autrefois bien mal traité. L'agent contempla les couronnes déjà entassées au pied de la statue. Il plissa les yeux. De la fumée. Il y avait de la fumée qui s'élevait lentement des fleurs.

« Reculez ! hurla-t-il. En arrière, tous ! » D'un bond, il s'élança vers les enfants. « Écartez-vous, vite ! Reculez ! » Aussi effrayés qu'abasourdis, les écoliers s'écartèrent et le cercle autour de la statue s'élargit. « En arrière, vous m'entendez ! tonna-t-il. Dégagez un espace ! »

Comprenant le danger, les touristes commencèrent à se replier sur un côté.

Blême de rage, Margaret vit l'agent repousser vivement les couronnes, ramasser le paquet enveloppé de papier brun qu'elle avait placé sous les fleurs et le jeter dans l'espace vide. Des cris et des hurlements de frayeur se mêlèrent à la détonation tandis qu'une pluie de projectiles retombait sur la foule.

Margaret s'éloigna furtivement, non sans remarquer que l'un des touristes filmait la scène avec sa caméra vidéo. Serrant son capuchon autour de son visage, elle disparut dans la foule de passants qui se précipitait pour soigner les enfants blessés. Big Ben sonnait midi.

Je perds trop de temps en marchant, se dit Judith en poussant la porte à tambour du bureau des registres d'état civil à 12 h 30. Heureusement, elle n'avait pas quitté sa table de travail avant l'aube. Toutefois, elle n'aurait pas dû mettre près d'une heure pour venir jusqu'ici.

Il devenait de plus en plus difficile de cacher à Stephen ce qu'elle faisait. Elle avait d'abord apprécié l'intérêt qu'il manifestait pour son travail. Mais depuis qu'elle passait des heures au bureau des registres ou à la bibliothèque, à consulter les rapports sur les bombardements de Londres en 1942, elle savait qu'elle répondait trop vaguement aux questions de Stephen sur ses activités. Et je suis de plus en plus étourdie, se dit-elle. Où étaient passées les deux cents livres qui manquaient dans son portefeuille ?

Tout en longeant l'allée entre les rayonnages des registres, elle se rappela qu'elle avait aussi oublié de téléphoner à Fiona. Je l'appellerai d'ici dès que j'aurai un instant, se dit-elle.

Avant de passer à la lettre P, elle voulait s'assurer qu'aucune naissance enregistrée sous une variante du nom Marrish ne lui avait échappé dans les volumes du mois de mai 1942.

Une femme d'un certain âge lui fit obligeamment de la place à la table.

« C'est terrible, n'est-ce pas ? » dit-elle. Devant le regard étonné de Judith, elle poursuivit : « Il y a une demi-heure, quelqu'un a voulu faire sauter la statue de Charles Ier. Des douzaines d'enfants ont été atteints par l'explosion. Ils seraient morts sans la présence d'esprit d'un agent de police qui a aperçu un filet de fumée anormal. Scandaleux, n'est-ce pas ? Ces terroristes méritent la peine de mort et laissez-moi vous dire une chose, le Parlement ferait bien de considérer sérieusement la question. »

Bouleversée, Judith demanda des détails supplémentaires. « Je me trouvais à cet endroit même, l'autre jour, dit-elle. Le guide parlait de la cérémonie qui devait avoir lieu aujourd'hui. Ceux qui posent des bombes sont des fous. »

Secouant encore la tête sous le coup de la stupeur, elle reprit les volumes trimestriels de 1942 et consulta ses notes. Elle se remémora l'enregistrement de Patel. J'ai clairement articulé « mai ». Et « quat » ne peut être que quatre. Mais est-ce que je voulais dire quatre, ou quatorze, ou vingt-quatre ? Je voulais manifestement parler d'une « bombe volante ». D'après ses recherches, les premières bombes étaient tombées sur Londres le 13 juin 1944. L'une avait atterri près de la gare de Waterloo le 24 juin. Je me revois en train de monter dans un train, pensa Judith. Je ne portais qu'un léger chandail sur ma robe ; il devait donc faire assez chaud. Supposons que nous partions pour Waterloo ce jour-là. Ma mère et ma sœur ont été tuées. J'ai erré dans la gare et suis montée dans le train. On m'a trouvée le lendemain matin à Salisbury. Cela expliquerait pourquoi personne à Londres n'a pu voir ma photo.

Elle avait dit qu'elle habitait Kent Court. Une bombe était tombée sur Kensington High Street le 13 juin 1944. Quelques jours plus tard, une autre avait frappé Kensington Church Street.

Kensington Court était une rue résidentielle avoisinante.

La statue de Peter Pan se trouvait dans Kensington Gardens, le parc qui longeait le quartier. Dans l'une de ses hallucinations, Judith avait vu un enfant toucher la statue de Peter Pan. D'après ses recherches, s'il était exact qu'elle avait vécu dans Kensington, elle avait probablement été témoin de la première attaque des V1.

Elle frissonna. Ça recommençait. La table et les rayonnages disparurent. La pièce s'assombrit. *L'enfant. Elle la voyait trébucher sur la chaussée, l'entendait sangloter. Le train. La porte ouverte. Les paquets et les sacs empilés à l'intérieur.*

L'image s'effaça, mais Judith constata qu'elle ne l'avait pas repoussée, cette fois-ci. Je suis en train de faire une découverte capitale, pensa-t-elle triomphalement. C'était une sorte de wagon de marchandises. Voilà pourquoi personne ne m'a vue. Je me suis couchée sur quelque chose de rebondi et je me suis endormie. Les dates correspondent.

Le lendemain, 25 juin 1944, Amanda Chase, alors auxiliaire de la Royal Navy et mariée à un officier de la marine américaine, Edward Chase, trouva une enfant de deux ans qui errait seule à Salisbury, sa robe à smocks et son chandail de laine sales et maculés de taches. Une enfant muette, l'air hagard, méfiante au premier abord, avant de se réfugier dans des bras amicaux. Une enfant sans identité. Que personne ne réclamait.

Lorsqu'elle avait été placée dans un orphelinat, Amanda et Edward Chase avaient plusieurs fois rendu visite à la petite fille qu'ils avaient nommée Judith, ils l'avaient emmenée se promener. Un jour, elle s'était mise à parler, les avait appelés maman et papa. Deux ans plus tard, lorsque prirent fin les démarches engagées pour trouver sa famille naturelle, Amanda et Edward Chase avaient reçu l'autorisation d'adopter Judith.

Judith se souvenait encore du jour où elle les attendait à l'orphelinat. « Est-ce que je vais vivre avec vous pour de vrai ? »

Amanda, ses yeux noisette éclairés d'un sourire, la pressant contre elle. « Nous avons fait notre possible pour trouver qui t'a abandonnée. Mais à présent tu es notre enfant. »

Edward Chase, l'homme qui allait devenir son père, grand, calme et affectueux. « Judith, il y a une phrase dont on a abusé s'agissant de l'adoption. C'est : "Nous t'avons choisie." Dans notre cas, elle est entièrement appropriée. »

Ils se sont montrés si bons pour moi, songea Judith avec un espoir renaissant, tandis qu'elle se replongeait dans les registres des naissances. J'ai été si heureuse avec eux.

En sortant d'Annapolis, Edward Chase avait choisi de s'engager dans la marine. Après la guerre, il était devenu attaché militaire à la Maison-Blanche. Judith se rappelait vaguement la chasse aux œufs de Pâques sur la prairie de la Maison-

Blanche, le président Truman lui demandant ce qu'elle ferait quand elle serait grande. Plus tard, Edward Chase avait été nommé attaché militaire au Japon, puis ambassadeur en Grèce et en Suède.

Qui aurait souhaité des parents plus aimants ? se demanda Judith tout en feuilletant l'album jusqu'à la section comportant les noms qui commençaient par M. Ils avaient une trentaine d'années lorsqu'ils l'avaient adoptée, étaient morts à quelques mois de distance, il y a huit ans, laissant leurs biens à leur « fille bien-aimée, Judith ».

Aujourd'hui, c'est libérée d'un sentiment de culpabilité et de déloyauté à leur égard qu'elle cherchait à retrouver la trace de ceux qui l'avaient mise au monde. Les heures passèrent. Marsh. March. Marrit. Il n'y avait aucun nom approchant de Marrish qui eût Sarah comme premier ou second prénom. Il ne lui restait qu'à compulser la lettre P, dans l'espoir qu'elle avait peut-être voulu dire « Parrish ».

Ses doigts feuilletèrent rapidement les pages remplies de noms commençant par la lettre P jusqu'à ce qu'elle arrive à Parrish. Parrish Ann, Knightsbridge ; Parrish Arnold, Piccadilly. Soudain, son regard s'arrêta.

Parrish Mary Elizabeth. Nom de la mère : Travers. Kensington. Volume 68. Page 32.

Parrish ! Kensington ! Oh, mon Dieu ! Gardant l'index sur la ligne, elle parcourut à la hâte le reste de la page. Parrish Norman, Liverpool ; Parrish

Peter, Brighton ; Parrish Richard, Chelsea ; *Parrish, Sarah Courtney. Nom de la mère : Travers. Kensington. Volume 68. Page 32.*

N'osant en croire ses yeux, Judith se précipita vers l'employée derrière son bureau. « Qu'est-ce que cela signifie ? » demanda-t-elle.

La femme avait une petite radio transistor à côté d'elle, dont le son était réglé si bas qu'on l'entendait à peine. Elle se tourna à regret vers Judith. « C'est terrible, cette explosion », dit-elle. Elle s'interrompit. « Excusez-moi. Que me demandiez-vous ? »

Judith lui montra les noms Mary Elizabeth et Sarah Courtney Parrish. « Elles sont nées le même jour. Le nom de jeune fille de leur mère est le même. Cela signifie-t-il qu'elles auraient pu être jumelles ?

— Ça m'en a tout l'air. Et on a pris soin de noter qui était l'aînée des deux. Pour marquer qui hérite du titre, au cas où ce serait nécessaire. Voulez-vous obtenir les certificats de naissance ?

— Oui, bien sûr. Et pouvez-vous me dire autre chose ? Polly n'est-il pas un surnom pour Mary en Angleterre ?

— Très souvent. C'est le cas pour ma cousine, par exemple. Si vous voulez obtenir les certificats de naissance, il vous faudra remplir les formulaires appropriés et payer cinq livres pour chacun. On peut vous les envoyer par la poste.

— Quels renseignements fournissent-ils ?

— Oh, la date et le lieu de naissance. Le nom de jeune fille de la mère. Le nom et la situation du père. L'adresse du domicile. »

Judith revint chez elle à pied, perdue dans les nuages. En passant devant un kiosque à journaux, elle lut les gros titres sur la bombe qui avait explosé à Trafalgar Square. Des photos d'enfants ensanglantés couvraient les premières pages. Horrifiée, elle acheta le journal et le parcourut tout de suite en rentrant. Dieu merci, il n'y avait eu aucun mort. Le journal donnait le compte rendu de la séance houleuse qui s'était tenue au Parlement. Le discours du ministre de l'Intérieur, Sir Stephen Hallett, avait fait vive impression : « J'ai longuement débattu de la nécessité de la peine capitale pour les terroristes. Ces hommes abjects ont aujourd'hui placé une bombe à l'endroit même où devaient se rendre des écoliers. Et ils le savaient. Si l'un de ces enfants était mort, les terroristes ne devraient-ils pas aujourd'hui le payer de leur vie ? Le parti travailliste en conviendra-t-il, ou devrons-nous continuer à protéger ces meurtriers en puissance ? »

Un autre article rapportait que l'explosif était de la mélinite, et qu'un important dispositif de recherches avait été mis en place pour retrouver la trace d'achats ou de vols du composé mortel.

Judith reposa le journal et regarda sa montre. Presque 18 heures. Stephen allait appeler, et mieux valait pouvoir lui dire qu'elle avait joint Fiona au téléphone.

Fiona était beaucoup trop intéressée par les événements de la journée pour reprocher à Judith sa négligence. « Ma chérie, c'est absolument terrifiant ! Le Parlement est sens dessus dessous. Lors des élections, tu peux être certaine que la question de la peine capitale viendra sur le tapis. Au bénéfice de ce cher Stephen. La population est purement et simplement scandalisée. Pauvre vieux Charles. Je présume qu'ils voulaient faire sauter sa statue. Quelle honte ! Le plus bel exemple de statue équestre du royaume ! Il en est certaines que je me soucierais peu de voir partir à la ferraille, avec leurs chevaux aux allures de percherons. Mais celle-ci ! »

Stephen téléphona un quart d'heure plus tard. « Chérie, je te retrouverai très tard, ce soir. Je dois rencontrer le directeur de Scotland Yard et quelques-uns de ses officiers.

— Fiona m'a parlé de l'agitation au Parlement provoquée par l'explosion. Des terroristes ont-ils revendiqué l'attentat ?

— Pas jusqu'à présent. C'est la raison de ma réunion avec Scotland Yard. Les actes de terrorisme dépendent de ma juridiction. Lorsque nous avons supprimé la peine de mort comme toute nation civilisée qui se respecte, j'avais espéré que nous n'aurions jamais à y revenir, mais les événements d'aujourd'hui prouvent la nécessité d'une sanction capitale. À titre d'effet dissuasif.

— Je suppose que beaucoup partagent ton avis, même si ce n'est pas mon cas. La seule idée de la peine de mort me glace le sang.

— Il y a dix ans, j'éprouvais exactement le même sentiment, dit calmement Stephen. Plus maintenant. Pas lorsque tant de vies innocentes sont en danger. Chérie, je suis pressé. J'essaierai de ne pas arriver trop tard.

— Je t'attendrai, quelle que soit l'heure. »

Reza Patel et Rebecca Wadley étaient sur le point de partir dîner lorsque le téléphona sonna dans le cabinet. Rebecca prit l'appareil. « Mademoiselle Chase, je suis heureuse de vous entendre. Comment allez-vous ? Je vous passe le docteur. »

D'un geste devenu machinal, Patel pressa sur les commandes « haut-parleur » et « enregistrement » et ils écoutèrent Judith leur raconter sa découverte. « J'avais envie d'en parler, dit-elle d'un ton joyeux, et je me suis dit que vous et Rebecca étiez les deux seuls êtres au monde au courant de ce qui m'arrive et capables de me comprendre. Docteur, vous êtes merveilleux. Sarah Courtney Parrish. Un joli nom, ne trouvez-vous pas ? Lorsque je recevrai les certificats de naissance, ils porteront une adresse. Quand je pense que Polly était ma sœur jumelle !

— Vous êtes un fameux détective, dit Patel, s'efforçant de paraître enjoué.

— L'habitude des recherches, dit Judith en riant. Au bout d'un certain temps, vous apprenez à suivre les pistes. Mais je dois oublier tout ça pendant quelques jours. Demain, j'ai décidé de rester vissée devant ma machine à écrire, et il y a une exposition à la National Portrait Gallery que je tiens absolument à voir. Elle contient un grand nombre de scènes de cour sous le règne de Charles Ier.

— À quelle heure comptez-vous y aller ? demanda rapidement Patel. J'ai également l'intention de m'y rendre. Peut-être pourrions-nous prendre une tasse de thé ?

— Excellente idée. Quinze heures vous conviendrait-il ? »

Lorsqu'il reposa le récepteur, Rebecca demanda à Patel : « Pourquoi voulez-vous la rencontrer au musée ?

— Je n'ai aucune raison de lui demander de revenir nous voir, et je voudrais voir si je peux déceler un changement de personnalité chez elle. »

Judith passa un pyjama d'intérieur en soie pêche et des mules assorties, dénoua son chignon, brossa ses cheveux en vagues souples sur ses épaules, refit son maquillage et mit quelques gouttes de Joy au creux de ses poignets. Elle prépara du thé, une salade et des œufs brouillés pour son dîner, disposa le tout sur l'inévitable plateau et mangea machinalement tout en ébauchant les grandes lignes de son prochain chapitre. À 21 heures, elle disposa une assiette de fromage, les crackers et les verres à cognac, puis retourna à son bureau.

Il était 23 h 15 lorsque Stephen sonna à la porte. Il avait le visage gris de fatigue. Il la serra dans ses bras. « Dieu que c'est bon de se retrouver ici ! »

Judith lui massa les épaules tout en l'embrassant. Puis ils allèrent s'asseoir sur le canapé de damas havane auquel Lady Beatrice Ardsley semblait tenir comme à la prunelle de ses yeux. Une courtepointe usagée en recouvrait le dossier et les bras et retombait sur les coussins jusqu'au sol. Judith servit le cognac et tendit un verre à Stephen. « Je pense qu'en l'honneur du futur Premier ministre, je devrais ôter ce vieux couvre-pied et te faire confiance pour ne pas mettre tes souliers sur le précieux siège de Lady Ardsley. »

Elle eut droit à un semblant de sourire. « Prends garde. Si je ferme les yeux, je risque de me coucher là pour la nuit. Quelle journée éreintante !

— Comment s'est passée la réunion avec Scotland Yard ?

— Assez bien. Par chance, un touriste japonais filmait la scène, et nous aurons la bobine. Beaucoup de gens prenaient des photos également. Les médias ont demandé qu'elles soient apportées à la police. Avec la promesse d'une récompense substantielle si l'une d'elles conduisait à l'arrestation du coupable. C'est une sacrée chance que l'explosif se soit mis à fumer une minute ou deux après avoir été déposé. Nous aurons peut-être une photo de quelqu'un en train de le déposer au pied de la statue.

— Je l'espère. Les images de ces enfants couverts de sang sont navrantes. » Judith allait ajouter qu'elles lui rappelaient ses visions d'une petite fille prise dans le chaos des raids aériens, mais elle se tut. Elle avait du mal à cacher à l'homme qu'elle aimait si tendrement ses espoirs de connaître bientôt sa véritable identité.

Il existait un bon moyen de garder son secret. Elle se glissa sur le divan près de Stephen et lui passa les bras autour du cou.

Le commissaire principal Philip Barnes était directeur de la Sûreté à Scotland Yard. Approchant la cinquantaine, mince, la voix douce, le cheveu brun un peu dégarni et l'œil bleu, il ressemblait davantage à un pasteur qu'à un officier de police. Ses hommes avaient rapidement appris que le ton amène pouvait devenir cinglant à la moindre infraction ou bévue. Toutefois, ils respectaient Barnes jusqu'à la vénération, et certains allaient même jusqu'à l'aimer sincèrement.

Ce matin, le commissaire Barnes était à la fois furieux et satisfait. Furieux que les terroristes aient choisi une cible aussi insensée qu'une statue équestre et cela le jour même où devaient s'y rassembler des écoliers et des touristes ; satisfait que personne n'ait été tué ou grièvement blessé. Il était également frustré. « S'en prendre à cette statue n'a aucun sens pour les Libyens ou les Iraniens, dit-il. Quant aux membres de l'IRA, s'ils voulaient faire sauter un monument, ils auraient choisi Cromwell. C'est lui qui se chargea de les décimer, pas ce pauvre vieux Charles. »

Ses hommes restèrent silencieux, sachant qu'il n'attendait pas de réponse.

« De combien de photos disposons-nous ? demanda-t-il.

— Plusieurs douzaines », répondit son adjoint, le commissaire divisionnaire Jack Sloane. Sloane était grand et élancé avec un teint mat, des cheveux blonds, des yeux bleu clair, l'apparence robuste d'un athlète entraîné. Frère d'un baronnet, c'était un ami d'enfance de Stephen. Sa propriété de famille, Bindon Manor, se trouvait à dix kilomètres d'Edge Barton. « Certaines sont encore au labo. Nous avons aussi l'enregistrement vidéo à votre disposition.

— Où en est l'enquête sur l'explosif ?

— Nous avons peut-être une piste. Le contremaître d'une carrière dans le pays de Galles a découvert que de la mélinite avait disparu dans son chantier.

— Quand s'en est-il aperçu ?

— Il y a quatre jours. »

Le téléphone sonna. La secrétaire de Barnes avait reçu l'ordre de ne transmettre aucun appel hormis ceux d'une personne. « Sir Stephen », dit Barnes avant même de décrocher.

Il mit brièvement Stephen au courant de la disparition de la mélinite, des photos prises par les touristes, du film. « Nous allons le visionner, Monsieur le ministre. Je vous préviendrai s'il offre un intérêt quelconque. »

Cinq minutes plus tard, dans la pièce obscurcie, ils assistaient à la projection du film. S'apprêtant à voir les images habituellement floues d'un amateur, ils furent agréablement surpris devant la séquence précise et parfaitement mise au point qui se déroulait devant leurs yeux. La vue d'ensemble de Trafalgar Square. Le plan serré sur la statue. Les couronnes de fleurs déjà disposées au pied de l'estrade.

« Arrêtez », ordonna Sloane.

Habitué à ce genre d'injonction, le projectionniste figea immédiatement l'image.

« Revenez un ou deux plans en arrière.

— Que voyez-vous ? interrogea le commissaire Barnes.

— Ce filet de fumée. Lors de la prise de vue, la bombe se trouvait déjà en place.

— Quelle poisse que la caméra n'ait pas pris l'individu en train de la déposer ! s'écria Barnes. Continuez. »

Les écoliers. Les touristes. Les enfants qui portaient la couronne. Le timide début de la récitation. L'agent de police se ruant vers la statue, forçant les enfants à reculer.

— Ce type devrait être décoré de la Croix de Saint-George », marmonna Barnes.

Les badauds qui s'éparpillaient. L'explosion. La vue panoramique.

« Arrêtez. »

À nouveau le projectionniste revint aux plans précédents.

« Cette femme en cape avec des lunettes noires. Elle s'est aperçue qu'on la filmait. Regardez la façon dont elle rabat son capuchon sur son visage. Alors que tous les autres adultes dans la foule se précipitent au secours des enfants, elle s'éloigne. » Sloane se tourna vers l'un des assistants. « Je veux que vous sortiez sa photo de toutes les prises du film. Agrandissez-la. Voyons si nous pouvons l'identifier. C'est peut-être une piste.

Quelqu'un ralluma dans la pièce. « Et par la même occasion, ajouta Sloane, vérifiez si l'un des touristes a pris cette femme en photo. »

Dans l'après-midi, alors qu'elle s'habillait pour se rendre à la National Portrait Gallery, Judith se résigna à porter un tailleur gris pâle, des escarpins à talons et son manteau de zibeline. Depuis l'élection de Stephen à la tête du parti, la presse lui donnait la vedette, et tous le décrivaient comme le célibataire le plus intéressant et le plus séduisant de toute l'Angleterre. Depuis Heath, il n'y avait jamais eu de Premier ministre célibataire, relevait un journaliste, et le bruit courait que Sir Stephen avait une histoire sentimentale qui plairait beaucoup aux Anglais.

L'allusion venait du chroniqueur mondain Harley Hutchinson. Je ferais mieux de ne pas sortir attifée en hippie de Greenwich Village, soupira Judith en brossant soigneusement ses cheveux. Elle appliqua un peu de mascara sur ses cils, une touche d'ombre à paupières, fixa une rose en argent sur le revers de son tailleur et examina son reflet dans la glace.

Il y a vingt ans, elle avait épousé Kenneth en robe et voile traditionnels, devant une assemblée de près de trois cents invités. Que porterait-elle pour son mariage avec Stephen ? Une simple tenue d'après-midi, décida-t-elle. En présence d'un petit groupe d'intimes.

Elle transféra son portefeuille et son nécessaire de maquillage dans la pochette de daim gris assortie à ses chaussures, et prit un petit sac en bandoulière. Sur mon trente et un ou non, j'ai besoin de mes notes !

La National Portrait Gallery se trouvait sur St. Martin's Place et Orange Street. L'exposition temporaire présentait des scènes de cour sous les Tudors et les Stuarts. Les tableaux provenaient de collections privées en Angleterre et dans le Commonwealth, et la liste de tous les personnages identifiables était inscrite sur des plaques encadrées. Lorsque Judith arriva, les salles étaient encore combles, et elle regarda avec amusement l'assistance examiner attentivement les noms indiqués, espérant manifestement y trouver quelque ancêtre oublié.

Elle s'intéressa particulièrement aux scènes de cour où apparaissaient Charles Ier, Oliver Cromwell et Charles II, comparant les costumes d'apparat du « Joyeux Monarque » Charles II aux vêtements sévères des fidèles de Cromwell. Les scènes de cour sous Charles Ier et son épouse Henriette-Marie retinrent spécialement son attention. Elle savait que, faisant fi de la désapprobation des puritains, la reine Henriette-Marie montrait un goût prononcé pour les bals costumés. Un tableau en particulier attira son regard : le décor se situait Whitehall Palace. Le roi et la reine en étaient les figures centrales. Les courtisans, visiblement déguisés pour la cérémonie, arboraient houlettes de berger, ailes d'angelots, auréoles et épées de gladiateurs.

« Mademoiselle Chase, comment allez-vous ? »

Surprise, Judith se retourna et vit le Dr Patel. Son regard sérieux contrastait avec l'expression souriante de son visage aux traits réguliers. Elle lui effleura doucement le bras. « Vous paraissez bien sombre, docteur. »

Il s'inclina légèrement. « Je me disais que vous étiez ravissante. » Il baissa la voix. « Je le répète. Sir Stephen est un homme heureux. »

Judith secoua la tête. « Pas ici, je vous en prie. La salle fourmille de journalistes. » Elle se tourna vers le tableau. « N'est-ce pas fascinant ? demanda-t-elle. Quand on pense que cette scène fut peinte en 1640, juste avant que le roi ne dissolve le Parlement. »

Reza Patel regarda attentivement le tableau. On lisait sur la plaque : *Artiste inconnu. Probablement peint entre 1635 et 1640.*

Judith désigna un couple de belle apparence debout près du monarque assis. « Sir John et Lady Margaret Carew, dit-elle à Patel. Ils étaient inquiets ce jour-là, sachant les conséquences si le roi dissolvait le Parlement. Les ancêtres de Lady Margaret avaient été membres du Parlement depuis son institution. Le serment d'allégeance avait profondément divisé sa famille. »

Patel lut les indications. Outre le roi et la reine, leur fils aîné, Charles, duc d'York, et une demi-douzaine des membres de la famille royale, les autres personnages n'étaient pas identifiés. « Vos recherches doivent être passionnantes, dit-il. Vous devriez les communiquer à nos historiens. »

Lady Margaret se rendit compte qu'elle n'aurait pas dû parler à Patel de John et d'elle. Se détournant brusquement, elle quitta le musée à la hâte.

Il la rattrapa à la porte. « Mademoiselle Chase, Judith. Que se passe-t-il ? »

Elle le foudroya du regard. « Il n'y a pas de Judith ici.

— Qui êtes-vous ? » demanda-t-il d'un ton pressant. Bouleversé, il vit la cicatrice rouge sur sa main droite.

Elle désigna le tableau du doigt. « Je viens de vous le dire. Je suis Lady Margaret Carew. »

Se détournant, elle s'élança dans la rue.

Stupéfait, Patel revint vers le tableau et examina le personnage que Judith lui avait désigné sous le nom de Lady Margaret Carew. Il s'aperçut qu'il y avait une ressemblance frappante entre Judith et cette femme.

Saisi d'appréhension, il quitta le musée, insensible au brouhaha des gens qui venaient le saluer. À présent, je sais au moins qui habite le corps de Judith, se dit-il. Il lui restait à apprendre ce qui était arrivé à Margaret Carew et à tenter d'anticiper ses actes.

Le vent lui cingla le visage lorsqu'il sortit. Il longea St. Martin's Place et sentit une main se poser sur son bras. « Docteur Patel, dit en riant Judith. Je suis absolument confuse. J'étais tellement plongée dans la contemplation des tableaux que j'ai failli rentrer chez moi en oubliant que nous étions convenus de prendre le thé ensemble. Pardonnez-moi. »

Il n'y avait plus qu'une ligne à peine perceptible sur sa main droite.

Le lendemain 1er février apporta une pluie glaciale et diluvienne. Judith décida de rester dans l'appartement et de travailler. Stephen la prévint qu'il devait se rendre à Scotland Yard et partir ensuite en province. « *Votez conservateur, Votez Hallett*, plaisanta-t-il. Dommage, ma chère Yankee, que je ne puisse compter sur ton vote.

— Tu aurais eu une voix de plus. Mais peut-être peux-tu utiliser cette indication : mon père me disait qu'à Chicago la moitié des pauvres âmes dans les cimetières étaient encore inscrites sur les listes électorales. »

Il éclata de rire. « Tu devrais m'enseigner par quel miracle. » Puis son ton changea. « Judith, je vais passer quelques jours à Edge Barton. Malheureusement, je serai à peine à la maison, mais aimerais-tu m'accompagner ? Te retrouver en fin de journée serait d'un grand réconfort pour moi. »

Judith hésita. D'une part, elle désirait de tout son cœur retourner à Edge Barton. De l'autre, le fait que Stephen serait totalement occupé par sa campagne lui laissait les coudées franches pour chercher tranquillement à découvrir son passé. Elle finit par dire : « J'aimerais retourner là-bas, être à tes côtés. Mais je ne travaille jamais aussi bien qu'à ma table. Nous nous verrons à peine, aussi est-ce plus raisonnable que je reste ici. Lorsque les élections auront lieu, je compte envoyer le manuscrit totalement terminé à mon éditeur. Si j'y parviens, je t'assure que je me sentirai une femme nouvelle.

— Les élections passées, je ne patienterai pas, chérie.

— Je l'espère bien. Dieu te bénisse, Stephen. Je t'aime. »

Les agrandissements des photos parvenues à Scotland Yard étaient exposés dans une pièce à part. Sur plusieurs, on apercevait la femme à la cape et aux lunettes noires. Aucune photo n'offrait plus qu'un profil. Le capuchon dissimulait presque entièrement ses traits, même avant qu'elle ne l'ait rabattu plus près de son visage en apercevant la caméra. On avait agrandi tous les clichés où elle apparaissait, détouré sa silhouette. « Environ un mètre soixante-dix, calcula Sloane. Plutôt mince, semblerait-il. Pas plus de cinquante à cinquante-cinq kilos. Des cheveux bruns, un rictus sur les lèvres. Ça ne nous avance guère ! »

L'inspecteur David Lynch entra brusquement dans la pièce. « On tient peut-être quelque chose, monsieur. D'autres clichés viennent d'arriver. Regardez. »

Les nouvelles photos montraient la femme vêtue d'une cape en train de déposer une couronne au pied de la statue. On apercevait le coin d'un paquet enveloppé de papier marron sous la couronne.

« Parfait, dit Sloane.

— Ce n'est pas tout, continua Lynch. Nous avons enquêté dans tous les chantiers de construction des environs. Un contremaître nous a indiqué qu'il avait vu une femme très séduisante vêtue d'une cape sombre flirter avec un des types de son équipe, Rob Watkins, et que ce dernier se vantait de l'avoir attirée chez lui. » Lynch s'interrompit, savourant manifestement ce qu'il s'apprêtait à ajouter. « Nous avons interrogé la logeuse de Watkins. Il y a moins de dix jours, il a reçu une femme chez lui. Elle est revenue deux soirs de suite vers 18 heures, s'est attardée deux heures dans sa chambre. La femme avait des cheveux bruns, des lunettes noires, semblait âgée de trente-cinq à quarante ans, et elle portait une cape vert bouteille à capuchon, pas précisément bon marché. Elle portait aussi de luxueuses bottes de cuir, un grand sac à bandoulière, et, selon les propres mots de la logeuse, “se prenait pour la reine, avec ses grands airs”.

— Nous ferions bien d'avoir sans tarder un petit entretien avec ce Rob Watkins », dit Sloane. Il se tourna vers un assistant. « Rassemblez tous les agrandissements de la femme à la cape. Voyons si ce type peut la reconnaître dans la foule sans qu'on le mette sur la piste.

— Autre élément intéressant, poursuivit Lynch. La logeuse dit que la femme était anglaise à son avis, mais qu'elle avait un accent ou une curieuse façon de parler.

— Qu'est-ce que ça veut dire ? dit sèchement Sloane.

— D'après ce que j'ai cru comprendre, c'est *l'intonation* de sa voix qui paraissait étrange. Toujours d'après la logeuse, elle parlait comme dans ces vieux films où les acteurs utilisent des expressions archaïques telle que “à dire vrai”. »

Il secoua la tête à la vue de l'interrogation peinte sur le visage de son supérieur. « Désolé, monsieur, je ne comprends pas plus que vous. »

Le 10 février, le Premier ministre prononça sa déclaration longuement attendue. Elle se présenterait devant la reine et demanderait à Sa Majesté de dissoudre le Parlement. Elle n'avait pas l'intention de se représenter aux prochaines élections.

Le 12, Stephen fut élu à la tête du parti conservateur. Le 16, le Parlement fut dissous par la reine et la campagne commença.

Judith dit en riant à Stephen qu'il lui suffisait de tourner le bouton de la télévision si elle avait envie de le voir. Jusqu'ici, ils avaient pris l'habitude de se retrouver chez lui. Rory venait la prendre en voiture, l'attendant devant l'entrée de service afin de tromper autant que possible l'attention des reporters à l'affût.

Néanmoins, Judith dut convenir que l'absence de Stephen l'arrangeait pendant qu'elle terminait son livre. Elle attendait impatiemment l'arrivée des certificats de naissance, passant de l'espoir à l'anxiété. Si Sarah Parrish était seulement quelqu'un qu'elle avait *connu* dans son enfance ? Que ferait-elle alors ?

Du jour où elle serait l'épouse du Premier ministre anglais, elle savait qu'on la reconnaîtrait partout. Elle n'aurait plus la possibilité d'entreprendre des recherches personnelles.

Stephen lui téléphonait tôt tous les matins et tard dans la soirée. Sa voix était souvent voilée à force d'avoir tenu des discours. Judith sentait percer sa fatigue lorsqu'il lui parlait. « Ce sera plus serré que nous ne le pensions, chérie. Les travaillistes se battent dur, et après plus de dix ans de gouvernement conservateur, beaucoup d'électeurs voteront pour le changement. » L'inquiétude dans son ton suffisait pour que Judith lui pardonne totalement son refus de l'aider à rechercher son identité. Elle comparait sa déception s'il perdait les élections à ce que serait son angoisse si elle s'asseyait devant sa machine à écrire et s'apercevait qu'elle ne pouvait plus écrire, que le don s'était volatilisé...

Voulant à la fois terminer son livre et poursuivre ses recherches, Judith avança chaque jour davantage la sonnerie de son réveil. Elle se réveillait à 4 heures du matin, travaillait jusqu'à midi, se préparait un sandwich et du thé, et se remettait à sa table jusqu'à 11 heures du soir.

De temps à autre, elle marchait dans le quartier de Kensington, s'efforçant de raviver ses souvenirs, espérant que l'un des vieux immeubles bordant les jolies rues avoisinantes lui semblerait soudain familier. À présent, elle aurait aimé que se renouvelle la vision de l'enfant, elle aurait voulu voir la petite fille courir devant elle, pénétrer dans l'entrée de la maison qui avait peut-être été la sienne. Dans ses hallucinations, était-ce elle ou Polly qu'elle voyait ? La réponse lui vint immédiatement à l'esprit : *J'étais toujours derrière Polly. Elle courait plus vite*... La fenêtre sur le passé s'entrouvrait... Pourquoi les certificats de naissance mettaient-ils si longtemps à lui parvenir ?

La saison des mondanités était pour l'instant close à Londres. Fiona se battait pour conserver son siège au Parlement. Judith pouvait facilement refuser les soirées ou les dîners auxquels elle était conviée. Elle gardait soigneusement la trace du temps qui passait, certaine de ne plus souffrir de trous de mémoire. Le Dr Patel lui téléphonait régulièrement, et elle s'amusait de son ton circonspect au début de la conversation, comme s'il s'attendait à ce qu'elle lui raconte quelque lugubre moment d'aberration.

Le 28 février, elle termina le premier jet de son livre, le lut d'un bout à l'autre et constata qu'il nécessitait très peu de corrections. Ce soir, Stephen revenait d'Écosse, où il avait soutenu les candidats conservateurs.

Ils ne s'étaient pas vus depuis près de dix jours. Lorsqu'elle lui ouvrit la porte, ils restèrent un long moment à se regarder. Stephen soupira en la serrant contre lui avant de l'embrasser. Judith sentit la chaleur et la force de ses bras, le battement de son cœur. Leurs lèvres se rencontrèrent et elle resserra son étreinte autour de son cou. Malgré l'amour qu'elle avait éprouvé pour Kenneth, elle ressentait dans les bras de Stephen l'accomplissement de tout ce qui était possible entre un homme et une femme.

En buvant un verre, ils échangèrent leurs impressions, chacun convenant que l'autre avait l'air épuisé et amaigri. « Chérie, tu es beaucoup trop maigre, lui dit Stephen. Combien de kilos as-tu perdus ?

— Je n'ai pas vérifié. Ne t'inquiète pas. Je rattraperai tout ça une fois mon livre remis. Et soit dit en passant, Sir Stephen, tu n'as pas particulièrement grossi.

— Les Américains croient détenir le marché du poulet sans goût, dit Stephen. Ils se trompent. J'ai rarement aussi mal mangé. Du reste, je ferais bien de téléphoner à la maison pour leur dire de nous préparer à dîner.

— Inutile. J'ai tout ce qu'il faut. Côtelettes, salade et pommes de terre au four pour les hydrates de carbone. Ça te va ?

— Et pas un seul électeur pour me souhaiter bonne chance ou me harceler au sujet des impôts. »

Ils s'affairèrent ensemble dans la petite cuisine. Judith prépara la vinaigrette, Stephen se proclama imbattable pour la cuisson des côtelettes. Manches retroussées, un tablier autour de la taille, il sembla soudain moins las. Les cernes de fatigue autour de ses yeux s'estompaient. « Quand j'étais enfant, raconta-t-il à Judith, ma mère donnait congé aux domestiques le dimanche si nous n'avions pas d'invités pour le week-end. Elle adorait faire la cuisine pour mon père et moi. J'ai toujours eu la nostalgie de ces jours où nous nous retrouvions seuls tous les trois. J'ai suggéré à Jane de reprendre la coutume après notre mariage.

— Qu'a-t-elle répondu ? »

Stephen éclata de rire. « Elle a été horrifiée. » Il jeta un coup d'œil sur les côtelettes. « Encore trois minutes. »

Judith prit le visage de Stephen entre ses mains. « Aimerais-tu reprendre les vieilles traditions ? Lorsque je ne suis pas une esclave de ma machine à écrire, je ne me débrouille pas trop mal aux fourneaux. »

Quatre minutes plus tard, Stephen fronça le nez. « Bon Dieu, les côtelettes ! » s'écria-t-il.

Les recherches de la femme qui avait déposé la bombe au pied de la statue du roi Charles n'avaient abouti à rien. L'ouvrier du bâtiment, Rob Watkins, avait été interrogé sans relâche, mais en vain. Il identifia tout de suite la femme à la cape sur les photos – c'était bien à elle qu'il avait refilé de la mélinite – mais il s'en tint à son histoire : Margaret Carew lui avait dit qu'elle avait l'intention de l'utiliser pour démolir une vieille remise dans sa propriété du Devonshire. Le passé de Watkins fut passé au peigne fin. Scotland Yard en conclut que l'homme était exactement ce qu'il semblait être : un ouvrier qui jouait les tombeurs, parfaitement indifférent à la politique, et dont le frère se servait sans scrupule dans une carrière. Les plaques de marbre qui avaient servi à la construction du manteau de cheminée dans le cottage de ses parents au pays de Galles correspondaient exactement au marbre utilisé dans le dernier chantier de son frère.

Le commissaire principal Philip Barnes dut convenir avec son adjoint, Jack Sloane, que la femme à la cape s'était bel et bien jouée de Watkins. L'insistance de Watkins sur le fait que la soi-disant Margaret Carew portait une cicatrice visible à la base du pouce de la main droite était leur seul véritable indice.

Cette information ne fut pas communiquée aux médias. Watkins fut condamné pour recel et mis en liberté contre une caution, qu'il ne put payer. L'accusation d'aide apportée à un terroriste qui le menaçait dépendait de sa future coopération. Chaque policier en Angleterre reçut une photo agrandie de la femme à la cape, avec ordre de guetter une femme brune d'une quarantaine d'années portant une cicatrice à la main droite.

À l'approche des élections, l'intérêt du public pour la tentative d'attentat contre la statue s'atténua. Après tout, il n'y avait pas eu de blessé grave.

Aucun groupe n'avait revendiqué la responsabilité de l'explosion. On commença même à faire de l'humour noir à la télévision. « Pauvre vieux Charles. Non contents de lui avoir tranché la tête, trois cents ans après, les voilà qui essaient de l'expédier en l'air. Si on le laissait un peu en paix ? »

Puis le 5 mars, une explosion eut lieu dans la Tour de Londres, dans la salle où étaient exposés les bijoux de la couronne. Quarante-trois personnes furent blessées, six grièvement, et un gardien et un touriste américain tués.

Le matin du 5 mars, Judith réalisa que sa description de la Tour de Londres ne la satisfaisait pas. Elle n'était pas parvenue à traduire le sentiment de terreur éprouvé par les régicides et leurs complices qu'on y avait enfermés. Une visite au site en question l'aidait souvent à trouver l'atmosphère qu'elle cherchait à reproduire.

L'air était piquant et le vent soufflait. Elle boutonna son Burberry, noua un foulard de soie autour de son cou, enfila ses gants et renonça à prendre son sac à bandoulière. De longues heures l'attendaient et le poids du sac lui meurtrissait les épaules. Elle enfouit son portefeuille et un mouchoir dans sa poche. Elle n'avait pas l'intention de prendre des notes. Elle voulait simplement se promener dans la Tour.

Comme à l'habitude, les inévitables touristes emplissaient les cours et les salles. Les guides expliquaient en une douzaine de langues l'histoire de l'imposante forteresse. « En 1066, lorsque le duc de Normandie fut couronné roi d'Angleterre, il commença immédiatement à fortifier Londres contre d'éventuelles attaques. À l'origine, la Tour fut conçue et édifiée comme une forteresse, mais une dizaine d'années plus tard une massive tour de pierre fut érigée et l'ensemble prit le nom de Tour de Londres. »

Bien qu'elle connût parfaitement toute l'histoire, Judith se retrouva malgré elle mêlée à une visite guidée. La Tour du Sang où Sir Walter Raleigh resta emprisonné pendant treize ans fascinait les visiteurs. « C'est plus grand que mon appartement », soupira une jeune femme.

Ils étaient mieux logés que la plupart des miséreux, pensa Judith, soudain glacée et frissonnante. Un sentiment de panique la traversa et elle s'appuya contre le mur. Il faut que je sorte d'ici, se dit-elle, puis elle se ravisa. Ne sois pas ridicule, c'est exactement la sensation que tu cherches à transcrire dans ton livre.

Les mains serrées au fond de ses poches, elle continua la visite en direction de la Tour de Wakefield dans les vieilles casernes de Waterloo où étaient exposés les bijoux de la couronne. « Depuis les Tudors, ce donjon abritait les prisonniers de haut rang », expliqua le guide. « Sous Cromwell, le Parlement fit fondre les ornements du couronnement et vendit les bijoux. Un geste fort malheureux. Mais lorsque Charles II fut rétabli sur le trône, les anciens emblèmes royaux encore existants furent rassemblés et de nouveaux ornements confectionnés pour son couronnement en 1661. »

Judith parcourut lentement l'étage inférieur du donjon, s'arrêtant pour contempler la cuillère du sacre, la couronne de Saint-Edward, l'ampoule de l'aigle contenant l'huile consacrée servant à l'onction du monarche, le sceptre, avec le diamant Étoile d'Afrique…

Le sceptre et l'ampoule furent spécialement exécutés pour son couronnement, songea Margaret, John et moi assistions à ce déploiement de magnificence. Des huiles pour consacrer la poitrine d'un menteur, un sceptre que tiendra une main vengeresse, une couronne placée sur la tête d'un autre despote.

Soudain, Margaret passa en courant devant la sentinelle de la garde royale. C'est là, dans la Tour de Wakefield, qu'ils m'ont enfermée, pensa-t-elle. Ils m'ont dit que j'avais de la chance de ne pas être logée dans le donjon en attendant mon exécution. Ils ont ajouté que le roi s'était montré clément uniquement parce que j'étais la fille d'un duc autrefois proche de son père. Mais ils ont trouvé d'autres moyens de me torturer. Oh Dieu, il faisait si froid et ils prenaient plaisir à décrire la mort de John. Il est mort en nous appelant, Vincent et moi, et ils ont placé sa tête au bout d'une pique afin que je la voie en me dirigeant vers le billot. C'est Hallett qui a tout organisé. Il est venu me voir et m'a narguée en me contant son existence à Edge Barton.

« Mademoiselle Chase, vous ne vous sentez pas bien ? »

La voix anxieuse du gardien suivit Margaret tandis qu'elle montait précipitamment l'escalier circulaire, frôlant au passage les groupes de touristes qui progressaient lentement. Dans la cour, elle passa sa main sur son front. Hallett m'a pris la main et a examiné la cicatrice, se rappela-t-elle. Il m'a dit qu'il était navrant de voir une aussi jolie main à ce point abîmée. Se retournant, elle regarda fixement les vieilles casernes de Waterloo. La couronne et les ornements créés pour Charles II n'orneront jamais la tête et les mains de Charles III, se jura-t-elle.

« Et voilà à nouveau la femme à la cape verte. » Philip Barnes martela les mots. « Malgré l'ordre donné à tous les agents de police de Londres de garder l'œil ouvert, elle trouve le moyen de placer une bombe dans la Tour de Londres, ni plus ni moins ! Nos types dorment ou quoi ?

— Il y avait beaucoup de touristes, expliqua calmement Sloane. Une femme passe inaperçue si elle se mêle à un groupe, et cette année les capes sont à la mode. Je présume que les policiers sont restés sur le qui-vive dans les premières semaines, puis voyant qu'il n'y avait pas d'autres incidents, ils ont dû mettre la femme au second plan de leurs préoccupations… »

On frappa un coup à la porte et l'inspecteur Lynch entra d'un pas précipité. Il était manifestement bouleversé. « Je reviens de l'hôpital, annonça-t-il. « Le second gardien de la salle des bijoux ne survivra pas, mais il est assez conscient pour parler. Il ne cesse de répéter un nom – Judith Chase.

— Judith Chase ! s'exclamèrent ensemble Philip Barnes et Jack Sloane, avec une même stupéfaction.

— Bon sang, mon vieux, dit Barnes. Ignorez-vous qui elle est ? Le célèbre écrivain. De tout premier plan. » Il fronça les sourcils. « Attendez. Où ai-je lu qu'elle écrit un livre sur la Guerre Civile, sur la période entre Charles Ier et Charles II ? Peut-être tenons-nous un indice. Sa photo se trouve sur la jaquette de son dernier livre – je l'ai chez moi. Envoyez quelqu'un l'acheter. Nous pourrons comparer la photo avec celles que nous avons et la montrer à Watkins. *Judith Chase !* Dans quel monde vivons-nous ? »

Jack Sloane eut un moment d'hésitation. « Monsieur, dit-il, il est essentiel que personne n'apprenne que nous enquêtons sur Judith Chase. J'irai moi-même chercher ce livre. Même votre secrétaire ne doit rien savoir de notre intérêt pour cette dame. »

Barnes fronça les sourcils. « Où voulez-vous en venir ?

— Comme vous le savez, monsieur, ma maison de famille se trouve dans le Devonshire, à une huitaine de kilomètres d'Edge Barton, la propriété de campagne de Sir Stephen Hallett.

— Et alors ?

— Mlle Chase était l'invitée de Sir Stephen à Edge Barton, le mois dernier. Le bruit court qu'ils se marieront dès la fin des élections. »

Philip Barnes se dirigea vers la fenêtre et regarda dehors. Ses hommes savaient ce que cela signifiait. Il pesait et analysait les risques du désastre. Ministre de l'Intérieur, Sir Stephen avait en charge l'administration de la justice. Élu Premier ministre, il deviendrait l'un des hommes les plus puissants de la planète. Un soupçon de scandale pouvait aujourd'hui changer le cours de son élection.

« Qu'a dit exactement le gardien ? » demanda-t-il à Lynch.

Lynch sortit son carnet de notes. « Je l'ai recopié, monsieur. "Judith Chase. Elle est revenue. La cicatrice." »

La photo de Judith, découpée sur la jaquette de son livre, fut montrée à Rob Watkins. « C'est elle ! » s'exclama-t-il, puis tandis que les hommes qui l'interrogeaient attendaient, bouleversés, son expression se fit hésitante. « Non. Regardez ses mains. Y a pas de cicatrice. Et la bouche, les yeux… c'est pas tout à fait les mêmes. Oh, elles se ressemblent. Assez pour être sœurs. » Il repoussa la photo et haussa les épaules. « J' serais pas contre sortir avec celle-là. Vous pouvez peut-être m'arranger ça. »

Atterrée, Judith entendit la nouvelle de l'attentat de la Tour de Londres au journal télévisé de 23 heures. « J'y étais ce matin même, dit-elle à Stephen lorsqu'il téléphona quelques minutes plus tard. Je voulais seulement respirer l'atmosphère. Stephen, ces pauvres gens… Comment a-t-on pu… ?

— Je l'ignore, chérie. Je remercie seulement le Seigneur que tu ne te sois pas trouvée dans la salle au moment de l'explosion. Une chose est en tout cas certaine. Si mon parti l'emporte, et si je deviens Premier ministre, je ferai tout pour rétablir la peine capitale pour les terroristes, au moins pour ceux qui tuent.

— Après les événements d'aujourd'hui, beaucoup te soutiendront, même si j'en reste incapable. Quand seras-tu de retour à Londres ? Tu me manques.

— Pas avant une semaine, mais le compte à rebours a commencé, Judith. Encore dix jours avant les élections et ensuite, que je gagne ou non, le temps nous appartiendra.

— Tu vas gagner et je mets la dernière main à mon manuscrit. Je suis satisfaite de ce que j'ai écrit cet après-midi sur la Tour. Je crois sincèrement être parvenue à évoquer ce que devaient ressentir les prisonniers dans cet endroit. J'aime cette impression de bien avancer dans mon travail. Je perds la notion du temps, comme si je m'immergeais totalement dans une autre époque. »

Après avoir raccroché, Judith alla dans sa chambre et constata avec étonnement que les portes de la seconde partie de la penderie, celle que Lady Ardsley avait réservée pour ses effets personnels, étaient entrebâillées. Probablement n'étaient-elles pas complètement fermées, pensa-t-elle en les repoussant fortement jusqu'à ce qu'elle entende le déclic de la fermeture. Elle ne remarqua pas le sac à dos ordinaire à moitié dissimulé derrière la rangée de robes habillées et de tailleurs qui constituaient la garde-robe de Lady Ardsley à Londres.

À 10 heures le lendemain matin, Judith s'étonna d'entendre le bourdonnement de l'interphone dans l'entrée. Personne à Londres ne passait jamais vous voir sans prévenir, se dit-elle. C'était un des charmes de la vie en Angleterre. Elle quitta sa table à contrecœur et se dirigea vers l'interphone. C'était Jack Sloane, l'ami de Stephen dont la famille habitait le Devonshire, qui lui demandait si elle pouvait lui consacrer quelques minutes.

Elle le regarda boire la tasse de café qu'il avait acceptée sans se faire prier. Séduisant. Environ quarante-cinq ans. Très « british » avec ses cheveux blonds et ses yeux bleus. Embarrassé, montrant cette retenue caractéristique de la bonne bourgeoisie anglaise. Elle l'avait rencontré à plusieurs reprises aux réceptions de Fiona et savait qu'il faisait partie de Scotland Yard. Les rumeurs qui couraient sur Stephen et elle l'obligeaient-elles déjà à mener une enquête à titre officiel ? Elle attendit, le laissant mener la conversation.

« Cet attentat à la bombe dans la Tour de Londres hier, c'est terrible, fit-il.

— Terrifiant. En fait, je m'y trouvais le matin même, quelques heures à peine avant l'explosion. »

Jack Sloane se pencha en avant. « Mademoiselle Chase, Judith, si je puis me permettre, c'est la raison de ma présence ici. Apparemment, l'un des gardes dans la salle des diamants de la couronne vous a reconnue. S'est-il adressé à vous ? »

Judith poussa un soupir. « Je vais vous paraître idiote. Je suis allée visiter la Tour pour en transcrire l'atmosphère dans l'un des chapitres de mon nouveau livre. Je crains, lorsque je suis concentrée, d'être complètement repliée sur moi-même. S'il m'a parlé, je ne l'ai pas entendu.

— Quelle heure était-il ?

— Environ 10 h 30, je crois.

— Mademoiselle Chase, essayez de rassembler vos souvenirs. Je suis sûr que vous êtes une fine observatrice, même si, comme vous le dites, vous étiez plongée dans vos pensées. Quelqu'un est parvenu à introduire une bombe dans l'après-midi. Du plastic, mais de fabrication grossière d'après ce que nous avons constaté. Sans doute placé quelques minutes avant l'explosion. Au moment où le garde a aperçu le paquet et l'a ramassé, l'engin a sauté. Lorsque vous êtes entrée dans la salle des bijoux, avez-vous remarqué si les gardes étaient attentifs en passant votre sac à main dans le détecteur ?

— Je ne portais pas de sac, hier. J'avais mis mon portefeuille dans la poche de mon imperméable. » Judith sourit. « Pendant les trois derniers mois, j'ai fait des recherches d'un bout à l'autre de l'Angleterre, et j'ai l'épaule en marmelade à force de porter des livres et des appareils-photo. Hier, je n'avais besoin de rien à l'exception d'un peu de monnaie pour le taxi et le ticket d'entrée. Je crains donc de ne vous être d'aucune aide. »

Sloane se leva. « Puis-je vous donner ma carte ? demanda-t-il. Parfois, nous voyons quelque chose et nous le repoussons inconsciemment. Si nous interrogeons notre mémoire, à la façon dont nous utilisons les banques de données d'un ordinateur, un nombre surprenant d'informations utiles peuvent surgir. Vous avez eu de la chance de ne pas vous trouver dans la Tour au moment de l'explosion.

— Je n'ai pas quitté ma table de travail de l'après-midi », indiqua Judith, avec un geste en direction du bureau.

Sloane aperçut la pile de feuillets près de la machine à écrire. « C'est impressionnant. J'envie votre talent. »

D'un regard, il enregistra la disposition de l'appartement tandis que Judith le raccompagnait à la porte. « Après les élections, et lorsque les choses se seront calmées, je sais que ma famille sera très heureuse de faire votre connaissance. »

Il est au courant de mes relations avec Stephen, se dit Judith. Elle lui tendit la main en souriant. « Ce sera avec plaisir. »

Jack Sloane baissa rapidement les yeux. La trace imperceptible d'une ancienne cicatrice ou d'une tache de naissance marquait vaguement son poignet droit, mais rien qui ressemblât au croissant rouge vif décrit par Watkins. Une femme charmante, pensa-t-il tout en descendant les escaliers. Au rez-de-chaussée, il ouvrit la porte sur la rue au moment où une femme d'un âge avancé gravissait le perron, chargée de gros sacs de provisions. Elle s'arrêta pour reprendre son souffle. Sloane savait que l'ascenseur était en panne.

« Puis-je vous aider ? demanda-t-il.

— Oh, merci, dit la femme d'une voix haletante. Je n'étais pas sûre d'arriver à grimper les trois étages, et notre homme à tout faire s'est volatilisé, comme d'habitude. » Puis elle le fixa d'un œil pénétrant, se demandant probablement s'il ne cherchait pas à s'introduire dans son appartement.

Jack devina ses pensées. « Je suis un ami de Mlle Chase, au troisième étage, dit-il. Je sors de chez elle. »

Il vit son visage s'éclairer. « J'habite en face de chez elle. Quelle femme charmante. Et si jolie. Écrivain de talent, de surcroît. Savez-vous que Sir Stephen Hallett vient souvent la voir ? Oh, je n'aurais pas dû en parler. C'est très indiscret de ma part. »

Ils montaient lentement les escaliers, Jack portant les sacs. Elle se présenta. Martha Hayward. Mme Alfred Hayward. À l'accent de tristesse dans sa voix, Jack comprit que son mari n'était plus de ce monde.

Il déposa les provisions sur la table de la cuisine de Mme Hayward et, sa bonne action accomplie, s'apprêta à partir. Sur le pas de la porte, une question jaillit inopinément de ses lèvres. « Mlle Chase met-elle parfois une cape pour sortir ?

— Bien sûr, répondit vivement Mme Hayward. Je ne l'ai pas vue très souvent la porter, mais elle est très élégante. Vert bouteille. Alors que je la complimentais le mois dernier, elle m'a dit l'avoir achetée chez Harrods. »

Reza Patel lut les journaux du matin dans son cabinet. Tenant sa tasse de café d'une main tremblante, il examina les photos des victimes de l'attentat de la Tour de Londres. Heureusement, ou malheureusement, la bombe n'avait pas atteint son but. On l'avait déposée là où elle aurait dû causer un maximum de dégâts parmi les couronnes et ornements royaux, mais grâce à la présence d'esprit du gardien, la déflagration s'était produite loin des épaisses vitrines de verre armé qui abritaient les trésors de la couronne. Les vitrines avaient volé en éclats, mais leur précieux contenu avait été préservé. Le gardien qui s'était emparé du paquet y avait perdu la vie, ainsi qu'un touriste près de lui.

Un article à part faisait l'historique des ornements royaux, racontant comment ils avaient été cassés et démantelés après l'exécution de Charles Ier, puis restaurés pour le couronnement de Charles II. « Encore ces deux rois, dit Patel d'une voix blanche. C'est Judith. J'en suis sûr.

— Pas Judith – Lady Margaret Carew, corrigea Rebecca. Reza, n'êtes-vous pas dans l'obligation de prévenir Scotland Yard ? »

Il frappa son poing sur la table. « Non, Rebecca, non. J'ai le devoir envers Judith de tout faire pour la soustraire à cette présence maléfique. Mais j'ignore comment. Elle est la victime la plus innocente de toutes, ne comprenez-vous pas ? Notre seul espoir réside dans sa forte personnalité. Anna Anderson s'est laissé sans résister asservir par l'esprit de la grande-duchesse Anastasia. Judith dans son subconscient luttera pour garder sa propre identité. Nous devons lui en laisser le temps. »

À plusieurs reprises dans la journée, Patel chercha en vain à joindre Judith au téléphone. Avant de quitter son bureau, il fit une dernière tentative. Judith répondit enfin, une Judith dont la voix exultait. « Docteur Patel, j'ai reçu les certificats de naissance. On les avait envoyés à une mauvaise adresse. Voilà pourquoi ils ont mis si longtemps à me parvenir. Nous habitions Kent House dans Kensington Court. Vous vous rappelez ? Je vous ai parlé de Kent Court. C'était presque ça, n'est-ce pas ? Si je ne me suis pas trompée dans toute cette histoire, ma mère s'appelait Elaine. Mon père était un officier de la RAF, le lieutenant d'aviation Jonathan Parrish.

— Judith, ce sont d'excellentes nouvelles ! Quelles sont vos projets, maintenant ?

— Demain je vais me rendre à Kent House. Quelqu'un se souviendra peut-être de ma famille, un occupant de l'immeuble qui habiterait là depuis cette époque. Si cela ne donne aucun résultat, je chercherai comment accéder aux dossiers de la RAF. Ma seule inquiétude est que Stephen apprenne mes démarches, si je commence à mettre mon nez dans les rapports officiels, et vous connaissez ses sentiments à ce sujet.

— Je sais. Et comment progresse votre livre ?

— Encore une semaine et j'aurai complètement fini. Savez-vous que les sondages donnent les conservateurs en tête ? Ne serait-ce pas merveilleux si Stephen remportait les élections au moment où je termine mon livre, et que je retrouve ma famille naturelle, en prime ?

— Merveilleux. Mais ne travaillez pas trop. Avez-vous constaté d'autres trous de mémoire ?

— Pas le moindre. Je reste assise devant ma machine à écrire, et le jour se fond dans la nuit. »

En raccrochant, Patel se tourna vers Rebecca qui avait pris l'écouteur. « Qu'en pensez-vous ? demanda-t-elle.

— Il y a un espoir. Son livre terminé, Judith oubliera la Guerre Civile. Retrouver ses racines comblera un désir enfoui en elle et son mariage avec Sir Stephen l'occupera à temps complet. Peu à peu, l'emprise de Lady Margaret s'estompera. Attendons. »

À Scotland Yard, Sloane fit un rapport complet au commissaire principal Barnes. Seul l'inspecteur Lynch reçut l'autorisation de rester dans la pièce avec eux. « Avez-vous parlé à Mme Chase ? » demanda Barnes.

Sloane remarqua que, depuis le premier attentat, le visage mince de Barnes s'était creusé de rides qui marquaient ses joues et son front. À la tête de la section anti-terroriste, Barnes rendait généralement compte de ses activités au directeur de la Criminelle, l'officier le plus haut placé à Scotland Yard après le préfet de police. Or il avait pris la terrible responsabilité de taire à ses deux supérieurs la découverte d'un lien éventuel entre Judith Chase et les attentats à la bombe. L'un comme l'autre seraient sans hésitation allés trouver Stephen Hallett. Le préfet n'aimait pas Stephen, et aurait sauté sur l'occasion de le mettre dans l'embarras. Sloane admirait la décision de Barnes de ne pas divulguer le nom de Judith ; en même temps, il ne l'enviait pas s'il se trouvait que c'était une erreur.

Il faisait chaud dans le bureau, mais Sloane aurait volontiers bu une tasse de café par ce temps gris et maussade. Il détestait le rapport qu'il avait à rendre.

Barnes appuya sur l'interphone, ordonna à sa secrétaire de ne passer aucune communication, hésita, puis corrigea d'un ton sec : « Excepté les indispensables. » Se renversant dans son fauteuil, il joignit les mains, signe pour son équipe qu'il valait mieux offrir des réponses à ses questions.

« Vous lui avez parlé, Jack, dit-il sans transition. Qu'en avez-vous sorti ?

— Elle ne porte pas la moindre cicatrice. Juste une marque imperceptible sur la main droite, mais il faut être à un centimètre pour l'apercevoir. Elle se trouvait dans la Tour hier *matin*, pas dans l'après-midi. Elle n'a pas parlé au gardien, et s'il s'est adressé à elle, elle ne l'a pas entendu.

— Son histoire concorde donc avec les propos du pauvre type. Mais qu'entendait-il en disant qu'elle "était revenue" ?

— Monsieur, intervint Lynch. Cela ne correspond-il pas à ce qu'affirme Watkins – pas la même femme, mais une qui lui ressemblerait fortement ?

— On le dirait, en effet. Je suppose qu'il nous faut remercier Dieu de ne pas avoir à arrêter la future épouse du prochain Premier ministre, si la rumeur est exacte. Messieurs, le fait que le gardien a vu Mlle Chase et qu'elle a confirmé s'être rendue à la Tour dans la matinée doit évidemment être consigné dans le rapport officiel. Mais n'insistez pas – en aucune manière – sur le terme "revenue". Il est clair qu'une personne ressemblant à Judith Chase, celle qui prétend s'appeler Margaret Carew, est la femme que nous recherchons, mais par respect pour Mlle Chase et Sir Stephen, son nom ne doit pas être mêlé à cette affaire. »

Jack Sloane songea à sa longue amitié avec Stephen, à l'inquiétude réelle manifestée par Judith Chase quand elle s'était entretenue de l'attentat avec lui. L'air rembruni, il dit d'une voix sourde : « Il existe un autre fait que vous devez connaître. Judith Chase possède une cape verte, achetée chez Harrods il y a environ un mois. »

Judith se tint devant Kent House, au 34 Kensington Court, et leva les yeux vers les balcons en encorbellement et la tour ouvragée d'un immeuble d'habitation construit dans le style Tudor. Mary Elizabeth Parrish et Sarah Courtney Parrish avaient vécu dans cette maison après leur naissance au Queen Mary Hospital. Elle sonna à la porte du concierge et contempla le sol en marbre dépoli de l'entrée, se demandant si son esprit lui jouait un tour. Se souvenait-elle d'avoir autrefois couru sur ces dalles jusqu'à la cage de l'escalier ?

La concierge était une femme d'une soixantaine d'années. Vêtue d'un long chandail sur une jupe de lainage sans forme, les pieds serrés dans des chaussures en similicuir bleu et blanc, elle avait un visage plaisant et dénué de tout maquillage qu'encadrait une masse de cheveux blancs. Elle garda la porte entrouverte. « Il ne reste rien à louer, dit-elle.

— Je ne viens pas pour ça. » Judith tendit sa carte à la femme. Elle avait déjà prévu ce qu'elle dirait. « Ma tante avait une très bonne amie qui vivait dans cet immeuble durant la guerre. Elle s'appelait Elaine Parrish. Elle avait deux petites filles. Il y a très longtemps de cela, mais ma tante aimerait retrouver leur trace.

— Oh, ma pauvre, je crois même pas qu'il y ait des registres. Les appartements ont été vendus plusieurs fois, et à quoi ça servirait de garder des dossiers sur des gens qui ont déménagé, il y a combien d'années ? Quarante-cinq ou cinquante ! Pas la peine de chercher. » La concierge commença à refermer la porte.

« Attendez, je vous en prie, supplia Judith. Je sais que vous êtes très occupée, mais je pourrais vous donner une compensation... »

La femme sourit. « Je m'appelle Myrna Brown. Entrez donc. Il reste quelques vieux registres dans la réserve. Suivez-moi. »

Deux heures plus tard, les ongles cassés, sale et grise de poussière à force d'avoir feuilleté une pile de dossiers crasseux, Judith quitta le petit bureau et alla retrouver Myrna Brown. « Je crains que vous n'ayez raison. C'est pratiquement sans espoir. Il y a eu un renouvellement complet des occupants dans les vingt dernières années. J'ai remarqué juste une chose. L'appartement 4 B. D'après ce que j'ai pu constater, il n'y a aucun dossier prouvant un changement de locataire ou de propriétaire avant le dernier déménagement, il y a quatre ans.

Myrna Brown leva les mains au ciel. « Je dois être idiote. Bien sûr. Nous sommes ici depuis trois ans, mais le précédent concierge nous avait parlé de Mme Bloxham. Quatre-vingt-dix ans quand elle a fini par quitter son appartement pour aller dans une maison de retraite. En pleine forme, qu'ils ont dit, et partie contre son gré, mais son fils ne voulait pas qu'elle vive seule plus longtemps.

— Depuis combien de temps habitait-elle ici ? » Judith sentit sa bouche se dessécher.

« Oh, depuis toujours, mon chou. Elle est arrivée ici après son mariage, je suppose.

— Est-elle toujours en vie ?

— J' peux pas vous dire. Probablement pas, je dirais. Mais on sait jamais, hein ? »

Judith avala sa salive. Elle était si près, si près du but. Cherchant à retrouver son sang-froid, elle parcourut lentement du regard la petite pièce de séjour aux murs tendus de papier fleuri, le canapé de crin et la chaise assortie, les radiateurs électriques sous les longues fenêtres étroites.

Les radiateurs. Elle et Polly avaient fait la course. Elle avait trébuché et était tombée contre l'appareil. Elle se rappelait l'odeur atroce de cheveux brûlés, l'impression que ses cheveux restaient collés sur le métal. Et puis des bras la soulevaient, la calmaient, la portaient en bas des escaliers, une voix appelait à l'aide. La voix jeune et effrayée de sa mère.

« Sûrement qu'on doit lui faire suivre son courrier.

— La poste n'a pas le droit de communiquer les adresses, mais pourquoi ne pas demander au gérant de l'immeuble ? Il doit l'avoir. »

Tard dans l'après-midi, dans une voiture de location, Judith franchissait les grilles de la maison de retraite de Preakness à Bath. Elle avait téléphoné. Muriel Bloxham résidait toujours ici, lui avait-on répondu, mais elle avait pratiquement perdu la mémoire.

La directrice la conduisit dans la salle commune. C'était une pièce ensoleillée, avec une large fenêtre, des rideaux et une moquette de couleur vive. Quatre ou cinq vieillards en fauteuil roulant se pressaient autour du poste de télévision. Trois femmes qui semblaient presque octogénaires bavardaient et tricotaient. Un homme au visage émacié et aux cheveux blancs regardait droit devant lui, agitant la main avec des gestes de chef d'orchestre. En passant devant lui, Judith se rendit compte qu'il fredonnait d'une voix juste. Mon Dieu, pensa-t-elle, ces pauvres gens…

La directrice vit sans doute l'expression que reflétait son visage. « Peut-être vivons-nous parfois plus longtemps qu'il ne faudrait, mais je puis vous assurer que nos hôtes ne sont pas malheureux ici. »

Judith sentit le reproche implicite. « J'en suis certaine », dit-elle doucement. Elle se sentait épuisée. Elle arrivait à la fin de son livre et peut-être au bout de son enquête. Elle savait que la directrice la prenait pour une parente de la vieille Mme Bloxham – peut-être une parente mue par un sentiment de culpabilité qui faisait une rapide visite de politesse.

Elles se trouvaient devant la fenêtre donnant sur le parc. « Eh bien, madame Bloxham, dit la directrice d'une voix joviale. Nous avons de la visite aujourd'hui. N'est-ce pas gentil ? »

Menue mais encore droite dans son fauteuil roulant, la vieille femme répliqua : « Mon fils est aux États-Unis. Je n'attends personne d'autre. » Sa voix était ferme et posée.

« Est-ce une façon de traiter les gens qui viennent vous voir ? » s'indigna la directrice.

Judith lui effleura le bras. « Je vous en prie. Tout ira bien. » Il y avait une chaise devant une petite table. Elle la tira et s'assit près de la vieille dame. Quel beau visage, songea-t-elle, et son regard est encore très vif. Le bras droit de Muriel Bloxham reposait sur la couverture qui lui recouvrait les genoux. Il était maigre et ridé.

« Eh bien, qui êtes-vous ? demanda Mme Bloxham. Je sais que je deviens vieille, mais je ne vous reconnais pas. » Elle sourit. « Que je vous connaisse ou non, j'aime avoir de la compagnie. » Puis une expression inquiète contracta ses traits. « Devrais-je vous connaître ? Ils me disent que je perds la mémoire. »

Parler lui demandait un effort. Si elle voulait la questionner, Judith devait faire vite. « Je suis Judith Chase, dit-elle sans attendre. Il semble que vous auriez connu mes parents, autrefois, et je voudrais vous parler d'eux. »

Muriel Bloxham leva la main et effleura le visage de Judith. « Vous êtes très jolie. Vous êtes américaine, n'est-ce pas ? Mon frère a épousé une Américaine, mais c'était il y a longtemps. »

Judith referma ses doigts sur la main froide et veinée de bleue. « Je parle d'une époque très éloignée, dit-elle. C'était durant la guerre.

— Mon fils a fait la guerre, dit Mme Bloxham. Il a été fait prisonnier, mais lui au moins est revenu. Pas comme d'autres. » Sa tête s'inclina sur sa poitrine et ses yeux se fermèrent.

C'est inutile, se dit Judith. Elle ne se souviendra pas. Elle regarda Muriel Bloxham respirer régulièrement et s'aperçut qu'elle s'était endormie. Pendant son sommeil, elle étudia chaque trait du visage de la vieille dame. *Blammy s'occupait de nous. Elle nous cuisinait des petits gâteaux et nous lisait des histoires.*

Au bout d'une demi-heure, Muriel Bloxham ouvrit les yeux. « Excusez-moi. Je me fais vraiment vieille. » Elle avait retrouvé son regard vif.

Judith sut qu'elle ne devait pas perdre de temps. « Madame Bloxham, essayez de vous souvenir. Vous rappelez-vous d'une famille nommée Parrish qui vivait dans Kent House durant la guerre ? »

Mme Bloxham hocha la tête. « Non, je n'ai jamais entendu ce nom-là.

— Blammy, faites un effort, je vous en prie.

— Blammy. » Le visage de Muriel Bloxham s'éclaira. « Personne ne m'a appelée comme ça depuis les jumelles. »

Judith s'efforça de ne pas élever la voix. « Les jumelles ?

— Oui. Polly et Sarah. De bien jolies petites filles. Elaine et Jonathan s'étaient installés dans l'immeuble juste après leur mariage. Elle, si blonde. Et lui, un grand et beau garçon aux cheveux noirs. Ils s'aimaient tellement. Il a été tué la semaine qui a suivi la naissance des petites. J'avais l'habitude d'aider Elaine. Elle était si malheureuse. Puis, lorsque notre quartier a été bombardé, elle a décidé d'emmener les enfants à la campagne. Ni elle ni Jonathan n'avaient de famille, vous savez. J'ai demandé à des amis de les abriter chez eux à Windsor. Le jour de leur départ, une bombe est tombée près de la gare. »

Sa voix trembla. « Affreux. Elaine morte. La petite Sarah disparue dans l'explosion comme tant d'autres. On n'a jamais retrouvé son corps. Polly blessée.

« *Polly n'est pas morte !* »

Mme Bloxham la regarda d'un air absent. « Polly ?

– Polly Parrish, Blammy. Qu'est-elle devenue ? » Judith était au bord des larmes. « Je suis sûre que vous vous en souvenez... »

Un sourire flotta sur les lèvres de la vieille dame. « Ne pleurez pas, mon petit. Polly va bien. Elle m'écrit de temps en temps. Elle tient une librairie – à Beverley, dans le Yorkshire. Parrish Pages.

— Excusez-moi, madame, mais je dois interrompre votre visite. Je vous ai laissé dépasser les heures autorisées. » La directrice avait l'air désapprobateur.

Judith se leva, se pencha et embrassa le front de la vieille dame. « Au revoir, Blammy. Dieu vous bénisse. Je reviendrai vous voir. »

Tout en s'éloignant, elle entendit Muriel Bloxham parler à la directrice des jumelles qui l'appelaient Blammy.

Le vaste service des renseignements de Scotland Yard commença secrètement son enquête sur Judith Chase. En quelques jours, les résultats s'empilèrent sur le bureau du commissaire Sloane. Dossiers complets sur son enfance, rapports psychologiques, copies de ses articles publiés dans le *Washington Post*, relations mondaines, résultats scolaires, activités, clubs, interviews discrets de ses collaborateurs à Washington, de son éditeur, son comptable.

« Une montagne de louanges, commenta Sloane à Philip Barnes. Pas un soupçon d'opposition gouvernementale ou d'affiliation avec les radicaux. Trois fois déléguée de sa classe, présidente du conseil des étudiants à Wellesley, cours bénévoles d'alphabétisation, œuvres de charité. Heureusement que nous n'avons pas dévoilé notre jeu. Nous nous serions couverts de ridicule.

— Il y a quand même un détail curieux. » Barnes tenait l'album annuel du collège ouvert devant lui. Sous la photo de classe, avec l'habituelle notice, il y avait une phrase qu'il souligna. *Mlle Mecano. Veut devenir écrivain mais pourrait aussi bien construire des ponts.*

« Ces bombes étaient grossières mais efficaces. Si Watkins n'a fourni que la mélinite, il fallait être sacrément douée en mécanique pour les fabriquer afin qu'elles échappent à toute détection.

— Ça ne prouve rien, monsieur, protesta Sloane. Mes deux sœurs sont des mécaniciennes-nées, mais je doute qu'elles utilisent leurs talents à des fins terroristes.

— En tout cas, je veux qu'on continue à la surveiller jour et nuit. Lynch ou Collins ont-ils quelque chose à signaler ?

— Pas vraiment, monsieur. Mlle Chase n'est pratiquement pas sortie de son appartement, mais hier elle est entrée dans Kent House, Kensington Court. Elle a demandé des renseignements sur une famille qui habitait là il y a des années – des gens que connaissait sa tante.

— Sa tante ? » Barnes leva brusquement la tête. « Elle n'a aucun parent. »

Sloane se rembrunit. C'était le point qui l'avait tracassé. « J'aurais dû me méfier, mais elle s'est ensuite rendue directement dans une maison de retraite à Bath et s'est entretenue avec une dame d'un âge très avancé, ce qui m'a paru anodin.

— Qui recherchait-elle ?

— Nous n'avons pu le savoir. Lorsque Lynch a voulu parler à la vieille dame, elle s'est montrée incapable de lui répondre. Il semble que sa mémoire vacille.

— Je vous conseille d'aller vous-même voir cette vieille dame et de *vous* débrouiller pour lui parler. N'oubliez pas, Judith Chase était une orpheline de guerre britannique. D'après le peu que nous savons, elle a retrouvé des gens de son passé qui pourraient avoir une influence sur elle. »

Barnes se leva. « Il ne reste que six jours avant les élections. Ça se joue encore dans un mouchoir, mais je crois que les conservateurs l'emporteront. C'est pourquoi nous devons à tout prix innocenter Judith Chase avant de nous trouver dans la fâcheuse situation de fiche le gouvernement par terre avant même qu'il n'entre en fonction ! »

Lorsqu'elle regagna l'appartement en revenant de Bath, Judith se sentait émotionnellement et physiquement moulue. Elle fit couler un bain chaud, s'y attarda pendant une vingtaine de minutes et passa son habituelle robe de chambre. Son visage lui parut livide dans la glace, ses cheveux avaient besoin d'une bonne coupe, et ses traits étaient creusés. J'ai besoin de m'accorder un jour de congé, se dit-elle, demain je m'offrirai soins du visage, manucure et mise en plis... Elle laisserait son livre de côté pendant un jour ou deux. Et demain, elle téléphonerait à la librairie Parrish Pages à Beverley et vérifierait les dires de Blammy à propos de Polly Parrish...

Polly, *en vie !* Ma *sœur. Ma sœur jumelle !* Savoir qu'elle avait peut-être une proche parente l'emplissait à la fois d'excitation et de crainte. J'entrerai dans la librairie, se dit-elle. Je commencerai par feuilleter les livres. Elle savait qu'elle ne devrait pas se présenter à Polly avant d'en savoir davantage sur elle. Mais plus tard, après la campagne, Stephen pourrait engager des recherches, à condition que personne ne connaisse la raison de l'enquête. Mais c'est sûrement quelqu'un de bien, se persuada Judith en se glissant dans son lit, trop fatiguée pour faire réchauffer une tasse de bouillon. C'est drôle, elle aussi travaille dans le monde des livres... Je me demande si elle a jamais essayé d'écrire...

Elle s'endormit si profondément que le téléphone sonna longtemps avant qu'elle ne l'entendît.

La voix inquiète de Stephen la tira complètement du sommeil. « Judith, je commençais à m'inquiéter. Es-tu à ce point épuisée ?

— À ce point *heureuse*, répondit-elle. J'ai l'intention de prendre deux jours de vacances pour m'éclaircir les idées, puis je termine mon livre et je l'expédie à mon éditeur.

— Chérie, je ne pourrai pas rentrer à Londres avant les élections, finalement. Cela ne t'ennuie pas ? »

Judith sourit. « Je dirais presque que ça m'arrange. J'ai l'air d'un chat sorti du ruisseau. Ces quelques jours me donneront le temps de reprendre figure humaine. »

Elle se rendormit en pensant : *Stephen, je t'aime… Polly, c'est moi… Sarah…*

Margaret sentait faiblir son emprise sur Judith. Une fois le livre terminé, elle savait que Judith se désintéresserait de la Guerre Civile. Margaret avait mis toute son énergie à se préparer en vue du jour où elle pourrait conquérir Judith. Elle se savait à présent capable d'imiter sa voix sans cette intonation qui avait tant amusé Bob Watkins. Elle s'était familiarisée à l'univers de Judith. Aujourd'hui, elle avait pris conscience d'un fait qui échappait à Judith. Elles étaient suivies.

Il restait tant à faire. Elle avait choisi l'endroit où déposer la prochaine bombe. Avait-elle encore le pouvoir de dominer Judith ?

L'inspecteur Lynch passa une bonne partie de la journée du lendemain à attendre devant l'institut de beauté d'Harrods. Lorsque Judith en sortit à 17 heures, elle avait les cheveux brillants, un teint éclatant, des ongles parfaits. Elle semblait heureuse et reposée.

Je perds mon temps, songea Lynch tout en la suivant au restaurant où elle mangea une assiette de pâtes et but un verre de chianti avant de rentrer directement chez elle. Pas plus terroriste que ma grand-mère, marmonna-t-il tandis qu'il prenait son poste dans une voiture de l'autre côté de la rue en face de la porte de son immeuble. Sam Collins viendrait bientôt prendre la relève. Sam était un officier de police sûr et discret. On lui avait raconté qu'une lettre anonyme impliquait Mlle Chase dans les attentats à la bombe, et qu'ils devaient suivre l'affaire, même si ça paraissait complètement loufoque. On l'avait prévenu que c'était « top-secret ».

Lynch vit la lumière s'allumer derrière la première fenêtre de l'appartement de Judith. Le bureau, d'après la description du commissaire Sloane. Ça signifiait qu'elle s'était remise à travailler. Quelques minutes plus tard, Collins arriva. « Tu vas passer une nuit pépère, lui dit Lynch. C'est pas le genre à vadrouiller. »

Collins hocha la tête. C'était un homme aux traits lourds qui ressemblait davantage à un terrassier qu'à un policier. Lynch savait qu'il était étonnamment agile.

Judith n'avait pas l'intention de travailler, mais les massages, manucure et soins divers l'avaient si bien ravigotée qu'elle se sentit capable de corriger les feuillets mis de côté pour une dernière mise au point. Après le coup de téléphone qu'elle avait passé ce matin à Beverley, elle s'était sentie joyeuse pendant toute la journée. Les renseignements lui avaient tout de suite communiqué le numéro de téléphone de Parrish Pages. Elle avait appelé et demandé les heures d'ouverture de la librairie, ajoutant d'un ton détaché : « Polly Parrish s'occupe-t-elle toujours de la librairie ?

— Bien sûr, lui avait-on répondu. Elle va arriver dans quelques instants. Désirez-vous qu'elle vous rappelle ?

— Ce n'est pas la peine. Merci. »

Demain. Je la verrai demain. Et dans quelques jours les élections prendront fin... Ces derniers temps, elle avait relégué dans un coin de son esprit la perspective des années qui l'attendaient avec Stephen. Maintenant, il lui tardait de retrouver Edge Barton et d'y passer avec lui des jours et des semaines ininterrompues. Des jours et des semaines ininterrompues alors que Stephen sera Premier ministre ? Judith sourit piteusement. Elle pourrait s'estimer heureuse avec quelques *heures* sans interruption !

Le menton posé sur sa main, elle parcourut d'un regard attendri la petite bibliothèque de Lady Ardsley qui lui servait de bureau. De vieilles revues mêlées à des romans classiques, des babioles victoriennes côtoyant de la porcelaine fine, un napperon amidonné sur une jolie table XVIIe.

Edge Barton, avec ses hauts plafonds et ses pièces aux belles proportions, ses élégantes fenêtres, ses portes anciennes... L'intérieur avait besoin d'un peu de chaleur, de douceur, d'une touche féminine. Il faudrait faire recouvrir certains meubles, remplacer les rideaux. Ce serait merveilleux d'ajouter sa note personnelle à la maison.

Poursuis ton œuvre. Le Royal Hospital.

Elle eut l'impression de recevoir un ordre. Étonnée, elle repoussa ses cheveux sur son front et nota que la marque sur sa main était légèrement rose. Il faut que j'aille consulter un chirurgien esthétique pour cette cicatrice. La façon dont elle apparaît et disparaît est incroyable.

Elle feuilleta son manuscrit jusqu'au dernier chapitre qui lui restait à réviser, le passage concernant le Chelsea Royal Hospital. Un beau bâtiment magnifiquement conservé, édifié par Charles II comme résidence pour les invalides et les vieux soldats.

Les vieux soldats de Charles II. Les Simon Hallett du monde entier pendus aux basques de l'Heureux Monarque ! C'est ainsi qu'ils le nommaient, l'Heu-

reux Monarque. Vincent tombé au champ d'honneur, John exécuté, moi-même trompée et assassinée – et l'Heureux Monarque a construit une résidence pour ses soldats où ils pouvaient vivre « comme dans un collège ou un monastère ».

D'un geste délibéré, Margaret repoussa les feuillets qui s'éparpillèrent au pied du bureau. Elle se leva brusquement, entra dans la chambre, et prit dans la penderie le sac que Rob Watkins lui avait donné. L'éclairage était plus fort dans la cuisine. Elle y porta le sac et en disposa le contenu sur la table.

Dehors, Sam Collins observait avec un intérêt grandissant les lumières qui s'allumaient successivement dans l'appartement de Lady Ardsley. Judith Chase avait sans doute quitté son bureau sans éteindre la lumière, avec par conséquent l'intention d'y revenir. Il était seulement 19 h 45. La lumière dans la chambre signifiait-elle qu'elle se préparait à se coucher ? À moins qu'elle n'ait décidé de passer des vêtements plus confortables ? Il regarda la lumière s'allumer dans la cuisine, puis consulta le plan de l'appartement. Les fenêtres du bureau, de la cuisine, du salon et de la chambre donnaient toutes sur la rue ; la porte d'entrée et le couloir se trouvaient à l'arrière.

Sam constata que le temps changeait tout à coup. Le ciel clair en début de soirée se couvrait de gros nuages menaçants et l'air humide annonçait la pluie. Les quelques passants pressaient le pas, visiblement impatients d'atteindre au plus vite leur destination.

Dans l'obscurité de la voiture banalisée, Sam continua à surveiller l'appartement de Lady Ardsley. La lumière de la cuisine, puis celle de la chambre s'éteignirent. Le temps de se changer et de faire bouillir de l'eau pour le thé, pensa-t-il, et il s'apprêta à se carrer dans son siège. Puis il se figea. Le store de la fenêtre du bureau avait bougé. Pendant un instant, il aperçut clairement Judith Chase. Elle regardait la voiture. Elle portait une sorte de surtout.

Sam se renfonça dans la pénombre de la voiture. Elle sait que je suis ici, se dit-il. Elle a l'intention de sortir. Il avait inspecté les lieux le premier soir, et savait qu'il y avait une porte de service à l'arrière de l'immeuble et un passage étroit entre les bâtiments qui donnait sur la rue suivante.

Il attendit, conclut au bout de quelques minutes que Judith laissait intentionnellement la lumière allumée dans le bureau, se glissa hors de la voiture et fonça vers le passage qui séparait les immeubles. La porte de service s'ouvrit et Judith sortit. Sam recula d'un pas. Le faible éclairage lui permit néanmoins de voir qu'elle était vêtue d'une cape sombre. On a peut-être mis en plein dans le mille, jubila-t-il. Peut-être a-t-elle un lien avec les attentats ! Il savoura à l'avance le plaisir d'être celui qui avait découvert le mystère de la terroriste de Londres. Ça fera pas de mal à ma vieille carrière…

Margaret marchait d'un pas vif dans les rues presque désertes. L'officier de Scotland Yard était sûrement en train de somnoler dans sa voiture en ce moment même. Sous sa cape, elle portait le paquet qu'elle avait préparé, camouflé au fond d'un petit sac à provisions, pommes et raisins bien en évidence sur le dessus – le genre de sac avec lequel vous entrez dans une maison de retraite pour anciens combattants. Les heures de visite seraient bientôt terminées. Il lui restait juste assez de temps.

Sam fila discrètement la mince silhouette qui traversait rapidement la ville en direction de la Tamise. Près d'une demi-heure plus tard, quand elle tourna sur Royal Hospital Road, il écarquilla les yeux de surprise. Qu'est-ce qu'elle mijotait ? Avait-elle seulement l'intention d'aller rendre visite à un vieux soldat ? Consciente d'être suivie, avait-elle décidé de sortir par la porte de service pour échapper au désagrément d'une filature ? Elle portait certes une cape vert foncé, mais la propre femme de Sam lui avait fait remarquer que ces capes étaient à la mode cette année et en avait acheté une pour l'anniversaire de leur fille.

Un flot de gens entrait et sortait sans discontinuer dans le grand hall voûté du superbe bâtiment. L'horloge de la réception indiquait 20 h 20. Sam vit Judith se diriger directement vers le bureau et y déposer un petit sac remplit de fruits.

Dès qu'elle aurait obtenu son laissez-passer, il irait demander à l'hôtesse le nom du pensionnaire qu'elle avait demandé à voir, décida-t-il. Puis une impulsion le poussa à s'avancer vers le bureau et à se tenir derrière elle.

Je voudrais rendre visite à Sir John Carew, dit Margaret d'une voix basse et précipitée.

Carew ! Collins fit un mouvement en avant. « Puis-je vous dire un mot, madame ? »

Margaret pivota sur elle-même, les yeux noirs de rage. Elle vit l'homme fortement charpenté, sans doute celui qui l'avait suivie, fixer sa main.

Elle saisit le sac sur le bureau de la réception et le lança aux pieds de trois employés de l'équipe d'entretien qui s'avançaient dans le hall.

Sam sut que le paquet contenait une bombe. En une seconde, il traversa la pièce, plongea…

Margaret était dans la cour lorsque la bombe à retardement explosa, projetant une pluie de débris dans le hall, tandis que les murs s'abattaient au milieu des hurlements des victimes. Les fenêtres volèrent en éclats. Un bout de verre lui frôla la joue alors qu'elle se faufilait sous le sombre manteau de la pluie.

Reza Patel et Rebecca regardaient la télévision lorsque le flash d'informations annonça la tragédie survenue au Royal Hospital. Cinq morts, douze blessés graves. Patel, le visage blême, téléphona à Judith. Elle répondit immédiatement. « Je n'ai pas quitté ma table de travail, docteur. Comme d'habitude. » Sa voix avait un ton normal et joyeux. Puis elle rit. « J'espère seulement que mes lecteurs n'auront pas la même réaction que moi ce soir en lisant mon livre. Je me suis littéralement endormie. »

J'ai dû perdre à moitié conscience, songea Judith, en repérant un feuillet qui était resté par terre lorsqu'elle avait ramassé le manuscrit. Elle éteignit la lumière du bureau et se prépara à aller se coucher. Stephen l'avait prévenue qu'il assistait à une réunion tardive et qu'il ne l'appellerait pas ce soir.

Elle avait les jambes douloureuses. Comme si j'avais couru le marathon, se dit-elle. Décidant qu'une aspirine l'aiderait à se détendre, elle se dirigea vers l'armoire à pharmacie et s'examina dans la glace. Sa récente mise en plis n'était plus qu'un souvenir. Les petites mèches qui encadraient joliment son visage s'étaient transformées en frisettes et elle s'aperçut qu'elle avait les cheveux humides. J'ai dû avoir trop chaud en travaillant... Mais je ne transpire jamais...

Elle se démaquilla et s'étonna à la vue d'une goutte de sang sur sa joue. Il y avait une petite égratignure. Elle n'avait pourtant rien senti pendant le massage facial, mais l'esthéticienne avait des ongles très longs...

En se dirigeant vers le lit, elle remarqua avec irritation que les portes de la penderie de Lady Ardsley étaient à nouveau entrebâillées. Je vais les fermer à double tour, décida-t-elle. J'aurai l'air malin si elle arrive à l'improviste et me soupçonne de fouiller dans ses affaires.

Une fois au lit, les lumières éteintes, Judith s'efforça de se détendre mais elle avait mal aux jambes et à la tête et se sentait inexplicablement déprimée. C'est sûrement le fait d'avoir trop travaillé, pensa-t-elle, et parce que je n'ai pas parlé à Stephen ce soir. « Stephen et Polly », murmura-t-elle, mais sans que leurs noms lui apportent le réconfort. Elle se sentait le cœur triste, comme s'ils s'éloignaient tous les deux d'elle.

La colère et l'inquiétude creusaient le visage du commissaire principal Barnes. Les yeux rougis par la fatigue, Sloane et l'inspecteur Lynch s'efforçaient de rester droits sur leurs chaises. Ils savaient que, quelle que soit la gravité de la situation, Barnes réprouvait les manifestations de fatigue. Ils avaient passé la nuit sur les lieux de l'explosion, mais sans résultat. Un médecin avait vu le sac voler à travers le hall, et un homme de forte carrure se jeter dessus. Lui-même avait instinctivement fait un bond de côté dans le couloir – réaction qui lui avait sans nul doute sauvé la vie. Les autres blessés n'avaient vu personne portant un sac. Les trois employés près desquels la bombe avait atterri, la réceptionniste et l'inspecteur Collins étaient morts.

« La question, dit sèchement Barnes, est de savoir si Collins suivait Judith Chase. Tous les indices concordent dans ce sens. La seule autre possibilité serait que quelqu'un soit sorti de l'immeuble, éveillant les soupçons de Collins. Avez-vous téléphoné à Mlle Chase, Jack ?

— Oui, monsieur, il y a environ une heure. J'ai pris le fallacieux prétexte que nous cherchions désespérément à trouver une piste, même infime, et lui ai demandé si elle avait remarqué quelque chose d'inhabituel quand elle se trouvait dans la salle des bijoux de la couronne.

— Et sa réponse ?

— Sans détour. Elle n'a rien vu. À répété qu'elle est complètement plongée dans ses pensées lorsqu'elle fait des recherches. Qu'elle ne voit rien de ce qui se passe autour d'elle.

— Avez-vous décelé une trace de nervosité dans sa voix ? »

Lynch fronça les sourcils. « Aucune nervosité, monsieur. Une sorte de lassitude, plutôt. Elle a dit qu'elle avait terminé son livre, et se sentait fatiguée. Qu'elle avait l'intention de rester toute la journée au lit pour le relire avant de l'envoyer à son agent. »

Barnes frappa un poing rageur sur son bureau. « Pourquoi diable Collins ne nous a-t-il pas prévenus qu'il quittait la voiture ? Utiliser le téléphone lui aurait à peine pris trente secondes.

— Peut-être n'a-t-il pas eu ces trente secondes, monsieur.

— Ou peut-être ne s'en est-il pas soucié. Bonté divine, Sam était l'un de nos meilleurs gars. Il a sauvé des douzaines de vie en se jetant sur cette bombe. Jack, cette vieille femme à qui Judith Chase a rendu visite, que vous a-t-elle dit exactement ?

— Absolument rien, monsieur. Pas un mot de sensé. La directrice m'a dit qu'elle peut être totalement lucide, et perdre ensuite la mémoire pendant plusieurs jours de suite. La seule information que j'en ai tirée, c'est qu'après le départ de Mme Chase, Mme Bloxham a parlé à la directrice de deux sœurs jumelles, Sarah et Polly, qui avaient l'habitude de l'appeler Blammy.

— *Des jumelles !* » L'inspecteur Lynch sursauta, sa fatigue oubliée. « Monsieur, comme vous le savez, Judith Chase à l'âge de deux ans a été trouvée en train d'errer dans Salisbury. Personne ne l'a jamais réclamée, bien qu'elle fût bien vêtue. Serait-il possible qu'elle cherche à retrouver, ou qu'elle ait retrouvé, sa famille naturelle ? Et découvert une sœur jumelle ? »

Barnes se mordit la lèvre inférieure, et repoussa d'un geste impatient la mèche de cheveux qui lui tombait sur le front. « Une sœur jumelle qui lui ressemblerait et aurait des accointances politiques douteuses ? C'est plausible. Bon Dieu, les élections sont pour après-demain. Nous n'avons pas une minute à perdre. Judith Chase interrogeait cette vieille femme il y a seulement deux jours. Il ne semble pas qu'elle ait trouvé tout ce qu'elle cherchait. Aussi pouvons-nous présumer qu'elle n'est pas encore entrée en relation avec d'éventuels individus appartenant à son passé. Dans ce cas – si nous pouvons découvrir qui sont ces individus, et si nécessaire la prévenir de ne pas prendre contact avec eux –, il nous reste une chance de tenir Sir Stephen hors de toute l'affaire. Si, par contre, elle les a retrouvés et s'est mise d'une façon ou d'une autre à fréquenter des gens peu recommandables, je veux le savoir avant que Sir Stephen ne devienne Premier ministre. Jack ! »

Sloane se leva d'un bond. « Monsieur.

— Retournez à cette maison de retraite ! Dénichez un psychiatre. Racontez-lui ce que vous cherchez à apprendre. Peut-être trouvera-t-il un moyen d'interroger cette Mme Bloxham, si tel est son nom. Judith Chase a questionné la concierge de Kent House, l'autre jour, n'est-ce pas ?

— Oui.

— Allez revoir cette femme. Je veux aussi que vous interrogiez tous les pensionnaires du Royal Hospital. Trouvez ceux que leurs visiteurs auraient quittés vers 20 h 30. Questionnez ces visiteurs. Il y en a peut-être un qui a vu entrer Collins ou la personne qu'il suivait. Et pour l'amour du ciel, assurez-vous que Judith Chase ne fasse pas un pas sans quelqu'un sur ses talons. »

Le téléphone sur le bureau de Barnes sonna avec insistance. La voix de sa secrétaire était haletante. « Je suis désolée de vous déranger. Le préfet de police a demandé de vous prévenir que Sir Stephen exige une réunion exceptionnelle sur la progression de l'enquête. »

Stephen téléphona à Judith à 9 heures le lendemain matin, la sortant du profond sommeil où l'épuisement l'avait plongée. Au son de sa voix, elle agrippa le téléphone. Elle avait l'impression de nager dans une eau chaude et noire, d'essayer de revenir à terre. Se forçant à reprendre ses esprits, elle murmura son nom, puis se redressa sur un coude en l'entendant dire : « Je suis dans la voiture, chérie, à dix minutes de chez toi. On m'attend à Scotland Yard pour une réunion exceptionnelle. Je repartirai ensuite directement à la campagne, mais offrirais-tu une tasse de café à un homme qui meurt d'envie de te voir ?

— Stephen, avec joie ! »

Judith laissa retomber le téléphone et sortit en hâte du lit. Dans le miroir de la salle de bain, elle vit ses yeux gonflés de sommeil. Une goutte de sang séché soulignait la légère coupure sur sa joue. J'ai l'air fripée comme un vieux chiffon, pensa-t-elle. Une bonne douche secouerait sa léthargie.

Un peu de fond de teint pour dissimuler l'égratignure, un nuage de poudre pour cacher la pâleur de son teint, un coup de brosse sur ses cheveux et, pour s'envelopper de couleurs, une robe d'intérieur en fin lainage ornée de volutes bleues, mauves et roses sur fond noir. Elle se précipita dans la cuisine, fit chauffer le café, dressa la petite table près de la fenêtre. Quelque chose par terre attira son regard. Un morceau tordu de fil de fer. D'où sortait-il ? se demanda-t-elle en le jetant dans la poubelle. L'interphone bourdonna. Elle saisit le combiné. « Le café est prêt, Sir. »

Lorsqu'elle ouvrit la porte, Stephen et elle se jetèrent dans les bras l'un de l'autre.

Entre deux gorgées de café, Stephen la mit au courant de l'horrible explosion survenue au Royal Hospital.

« J'ai travaillé tard et n'ai même pas ouvert la télévision, dit Judith. Stephen, quel est le monstre qui peut placer une bombe dans une maison de retraite pour anciens combattants ?

— Nous l'ignorons. Habituellement, les attentats sont revendiqués par un groupe ou un autre. Sinon, trouver le coupable n'est souvent qu'une question de chance. L'indignation publique ce matin est à son paroxysme. Même Buckingham Palace a officiellement exprimé son inquiétude, tout en adressant des condoléances aux familles des victimes.

— Quelles peuvent être les conséquences sur les élections ? »

Stephen secoua la tête. « Chérie, je détesterais passer le restant de ma vie à penser que je suis entré en fonction parce que quelqu'un a fait sauter Londres, mais ma détermination à l'égard de l'application de la peine capitale aux terroristes va certainement faire la différence dans les bureaux de vote. Les travaillistes ne changeront pas d'avis, et leur slogan en faveur de la prison à perpétuité semble peu convaincant à une nation qui se demande si ses enfants pourront aller visiter un monument, ou se faire enlever les amygdales à l'hôpital sans risquer d'être réduits en pièces. »

Les cinq minutes promises par Stephen se transformèrent en trente. Sur le seuil de la porte, il lui dit : « Judith, je pense sincèrement gagner les élections. Je devrai alors me présenter à Buckingham Palace et Sa Majesté me demandera de former un nouveau gouvernement. Il serait malséant que tu m'accompagnes, mais voudrais-tu faire le trajet en voiture avec moi ?

— Rien ne me ferait plus plaisir.

— Il y a bien d'autres choses qui me feraient plaisir, mais ce sera déjà un début. » Stephen l'embrassa à nouveau et s'apprêta à tourner la poignée de la porte. Dans un mouvement involontaire, Judith lui toucha le bras, le forçant à se retourner vers elle. « Connais-tu cette vieille chanson : “Retiens-moi, retiens-moi dans tes bras” ? » demanda-t-elle presque tristement.

Pendant une longue minute, il la tint serrée contre lui, et Judith pria intérieurement : je vous en prie, Seigneur, que rien ne vienne gâcher ça. Je vous en prie.

Après le départ de Stephen, elle se versa une autre tasse de café et se recoucha. J’ai dû attraper un virus qui me met à plat, tenta-t-elle de se persuader. Elle n’avait pas le courage de faire le trajet jusqu’au Yorkshire. Je vais repousser ma visite d’un jour et finir la relecture du manuscrit. Je veux être en forme quand je verrai Polly.

À midi, le téléphone sonna. Le Dr Patel voulait savoir si elle avait l’intention de se rendre à Beverley.

« Pas avant demain, lui dit Judith. Je préfère rester tranquille, aujourd’hui. Je me sens un peu patraque. Mais je vous téléphonerai dès que je l’aurai vue, c’est promis. »

Patel s’efforça de prendre un ton dégagé. « Judith, vous êtes une experte sur le XVIIe siècle. Dans vos recherches, avez-vous rencontré le nom de Lady Margaret Carew ?

— Bien sûr. Une femme fascinante. C’est manifestement elle qui a poussé son mari à signer l’arrêt de mort de Charles Ier, elle a perdu son fils unique dans l’une des grandes batailles de la Guerre Civile, puis a tenté d’assassiner Charles II à son retour sur le trône. Il en a conçu une telle fureur qu'il a exceptionnellement tenu à assister à son exécution.

— En connaissez-vous la date ?

— J'ai ça quelque part dans mes papiers. Pourquoi vous y intéressez-vous ? »

Patel s'attendait à la question. « Vous souvenez-vous du jour où nous nous sommes retrouvés à la Portrait Gallery ? Un autre de mes amis s'y trouvait et il a cru reconnaître Lady Margaret dans un tableau. Elle ressemble beaucoup à une femme qui fut désavouée par la branche maternelle de sa famille. Il se demande si ce n'est pas elle.

— Je rechercherai dans mes notes. Mais peut-être ferait-il mieux de l'oublier. Lady Margaret n'était pas de tout repos. »

Lorsqu'il raccrocha, Patel se tourna vers Rebecca. « Je sais que c'était risqué, mais le seul espoir pour Judith est de la renvoyer à l'instant de la mort de Lady Margaret. Si je veux y parvenir, je dois connaître la date exacte de sa mort. Judith ne s'est doutée de rien. »

Rebecca eut l'impression de jouer à chaque fois les Cassandre. « Demain à la même heure, qu'elle se fasse connaître ou non, Judith saura sans doute si elle a retrouvé non seulement une parente, mais sa sœur jumelle. Pourquoi accepterait-elle de subir à nouveau une séance d'hypnotisme ? Avez-vous l'intention de lui dire la vérité ?

— Non ! s'écria Patel. Bien sûr que non. Ne comprenez-vous pas l'effet que cela produirait sur elle ? Elle se sentirait moralement responsable quoi que je puisse lui dire. Je dois trouver un moyen de la faire régresser dans le passé sans qu'elle en sache la raison. »

Rebecca avait sur son bureau les journaux du matin, couverts des photos du carnage du Royal Hospital. « Vous feriez mieux de faire vite, dit-elle à Patel. Que cela vous plaise ou non, vous êtes à partir de maintenant coupable de protéger un malfaiteur. »

Judith passa la journée au lit sans pour autant se sentir reposée. La relecture de son manuscrit lui permit néanmoins de relever des fautes de frappe mineures et des répétitions – et de constater que d'une part c'était à ce jour son meilleur livre, et de l'autre qu'il était beaucoup plus orienté contre Charles Ier et Charles II qu'elle n'en avait eu l'intention au départ. J'ai réuni de bons arguments en faveur du système parlementaire, songea-t-elle, et il me faudrait tout récrire si je voulais changer maintenant. Curieusement, elle n'éprouvait pas le soulagement et le bien-être qui accompagnaient généralement l'achèvement d'un livre.

Son sommeil cette nuit-là fut à nouveau agité. À 5 heures du matin, elle renonça à dormir et resta éveillée dans la chambre encombrée de meubles de Lady Ardsley. Que m'arrive-t-il ? se demanda-t-elle. En arrivant en Angleterre il y a six mois, je n'avais pas un seul parent au monde. Aujourd'hui, je suis sur le point d'épouser l'homme que j'aime et je vais voir ma sœur jumelle. Pourquoi est-ce que je pleure ? Elle essuya impatiemment ses larmes.

À 6 h 30, elle se prépara à partir pour Beverley. Elle prenait un train à 8 h 30. C'est l'émotion, se dit-elle en s'habillant. J'ai à la fois hâte et peur de voir Polly.

L'envie lui traversa l'esprit de mettre sa nouvelle cape, parce que le capuchon lui cachait la figure, mais inexplicablement cette pensée lui fut désagréable. Elle préféra prendre son vieux Burberry et chercha dans le tiroir un foulard de soie qu'elle noua autour de sa tête. Les grosses lunettes noires et l'écharpe suffiraient à dissimuler son visage au cas où elle et Polly se ressembleraient énormément.

Sur le trajet de la gare, elle s'arrêta pour photocopier son manuscrit et envoyer l'original à son agent à New York. Puis elle alla prendre son train à King's Cross.

Était-ce un effet de son imagination ou se rappelait-elle clairement le moment où les bombes étaient tombées ? Sa main agrippant celle de sa mère, Polly qui hurlait, l'obscurité, le bruit d'une course précipitée, et elle qui courait derrière en sanglotant, croyant que sa mère l'abandonnait. En montant dans le train, elle perçut combien les marches avaient dû paraître hautes à un enfant de deux ans. Assise près de la fenêtre, elle se souvint – ou crut se souvenir – de la secousse du train au moment où il quittait la gare de Waterloo. Il lui sembla sentir le contact du sac sur lequel elle s'était couchée, raide et peu confortable. Les sacs du courrier, pensa-t-elle, bourrés et fermés par une ficelle. Elle était si absorbée dans ses souvenirs qu'elle ne remarqua pas l'homme d'une quarantaine d'années au visage en lame de couteau qui s'était assis sur le siège derrière elle de l'autre côté du couloir, et qui ne la quittait pas du regard par-dessus son journal.

À Scotland Yard, ils avaient fait une découverte capitale. En arrivant à la maison de retraite, le commissaire Sloane avait trouvé Mme Bloxham parfaitement lucide. La voix tremblante d'émotion, elle lui avait parlé des charmantes jumelles qui vivaient avec leur mère veuve dans l'appartement voisin du sien ; elle lui avait raconté que leur mère, Elaine Parrish, avait été tuée dans un raid alors qu'elle emmenait ses filles à la campagne, que l'on n'avait jamais retrouvé le corps de la petite Sarah, que Polly tenait une librairie à Beverley dans le Yorkshire. De retour au bureau, sa satisfaction à l'idée de communiquer ces informations fut tempérée par la nouvelle que Judith se rendait dans le Yorkshire et qu'elle était prise en filature par l'inspecteur Lynch. « J'aurais préféré que nous puissions nous renseigner sur Polly Parrish avant que Mlle Chase ne se fasse connaître d'elle, si tel est son but », dit-il à Barnes.

Ils avaient fait une autre découverte, si tant est qu'on puisse l'appeler ainsi, lui dit-on. L'interrogatoire des visiteurs à l'hôpital le soir de l'attentat avait donné des résultats. En quittant les lieux à 8 h 20, un homme avait tenu la porte à une femme en cape vert foncé qui était passée devant lui sans même un remerciement. Il se rappelait avoir remarqué une cicatrice sur sa main. Quelques pas derrière elle, un homme de forte carrure avait retenu la porte avant qu'elle ne se referme. « Et nous retrouvons la dame à la cape et à la cicatrice, dit Barnes. Demain nous ferons venir Judith Chase pour l'interroger.

— Sous quel prétexte ? demanda Sloane.

— Nous lui dirons que, d'après certains renseignements, la personne recherchée par nos services lui ressemble fortement et que nous aimerions savoir si elle a retrouvé un membre de sa famille. Nous lui demanderons aussi si elle connaît une dénommée Margaret Carew.

— Et si elle la connaît ? demanda Sloane.

— Demain ont lieu les élections. Nous ferons en sorte que Judith n'approche pas Sir Stephen. Si la presse se met à enquêter sur leur relation, Sir Stephen peut se trouver dans l'obligation de renoncer à son poste à la tête du parti, c'est-à-dire qu'un autre deviendra Premier ministre.

— Un désastre pour lui et pour le pays ! s'exclama Sloane.

— Un désastre pire si la dame à la cape, qui que ce soit, continue son sale boulot et est liée à lui. »

Le trajet prit trois heures. Judith changea de correspondance à Hull. À partir de là elle arriva rapidement à Beverley. En traversant la place du marché, elle remarqua à peine l'exquise architecture des églises de la ville. Un agent de police lui indiqua la direction de Queen Mary Lane, l'étroite ruelle où se situait la librairie Parrish. Le vent était frais et piquant. Judith remonta le col de son manteau. Elle passa devant une pharmacie, une épicerie, un fleuriste, puis vit l'enseigne : *Parrish Pages*.

Le tintement d'une cloche annonça son entrée lorsqu'elle poussa la porte. Une jeune femme au visage aimable derrière de larges lunettes rondes se tenait devant la caisse. Elle leva la tête et sourit, puis continua à s'occuper d'un client.

Judith vit avec soulagement qu'au moins une demi-douzaine de personnes feuilletaient les livres devant les rayonnages. Cela lui donnait le temps d'observer les lieux. C'était un espace long et étroit où chaque centimètre avait été utilisé sans pour cela sacrifier l'atmosphère confortable et accueillante de la librairie. Au fond était disposé une sorte de petit salon avec un vieux canapé de cuir, un gros fauteuil de velours et des petites tables munies de lampes de lecture. Une femme y travaillait, assise devant un bureau en chêne – une femme dont le profil donna à Judith l'impression de se regarder dans une glace. Son cœur battit soudain plus vite et elle sentit ses mains devenir moites. Polly ! Ce ne pouvait être que Polly !

« Cherchez-vous quelque chose de particulier ? » demanda la jeune femme à la caisse.

Judith sentit une boule lui serrer la gorge. « Je jette un coup d'œil, mais je vais sûrement trouver mon bonheur. C'est une charmante boutique.

— Vous venez pour la première fois ? s'enquit la jeune femme avec un sourire. Parrish Pages est célèbre, vous savez. Les gens y viennent de très loin. Avez-vous entendu parler de Mlle Parrish ? »

Judith secoua la tête.

« C'est une conteuse très connue. Elle est invitée à se produire partout mais préfère avoir son propre programme le dimanche à la radio locale et elle consacre deux jours par semaine aux enfants. C'est plus facile pour elle que de voyager. Elle est à son bureau. Voulez-vous lui parler ?

— Je ne veux pas la déranger.

— Vous ne la dérangerez pas. Mlle Parrish reçoit toujours avec plaisir les visiteurs. »

Judith se sentit entraînée à l'arrière de la librairie et se retrouva devant le bureau, le cœur battant. Polly leva la tête.

Elle était un peu plus grosse qu'elle. Sous une masse de cheveux poivre et sel, son beau visage dénué de tout maquillage respirait une énergie pleine de chaleur.

« Mademoiselle Parrish, voici quelqu'un qui vient chez nous pour la première fois », dit la vendeuse.

Polly Parrish sourit et tendit la main. « C'est très gentil à vous de passer par ici. »

Judith avança timidement la main à son tour, émue à l'idée d'entrer en contact physique avec sa sœur jumelle. « Je... Je suis Judith Kurner », dit-elle, utilisant instinctivement son nom de femme mariée. Polly, pensa-t-elle, Polly. Elle fut à deux doigts de s'écrier : « *C'est moi, je suis Sarah* », mais elle savait que le moment n'était pas venu. Polly était une narratrice célèbre. Elle avait son programme à la radio et cette agréable librairie. Ne crains rien, Stephen, pensa-t-elle, nous n'aurons pas à cacher *cette* parente-là !

Dissimulé dans un angle, l'inspecteur Lynch surveillait la scène. Il retint un sifflement. Mis à part les cheveux, la femme ressemblait comme deux gouttes d'eau à Judith. Vous cachiez les cheveux gris, mettiez à Polly Parrish une perruque, et vous aviez la réplique exacte de Judith Chase. Quelle aubaine si en enquêtant sur Parrish, ils découvraient qu'elle était en rapport avec une organisation terroriste. Il sut instantanément que Judith n'avait pas l'intention de se faire connaître. Elle est venue l'observer, se dit-il. C'est la raison du foulard et des lunettes noires. Une chance qu'elle ait ce bon sens !

Lynch voulait prouver que Judith Chase n'était pas la femme à la cape. La lecture de ses livres et du dossier établi sur elle par Scotland Yard l'avait amené à éprouver pour elle de la sympathie et de l'admiration. Il lui fallait toutefois rester parfaitement objectif. Soudain, il se rembrunit.

En même temps que Judith, il venait de se rendre compte que Polly Parrish était assise dans un fauteuil roulant.

Il était près de 18 heures lorsque Judith poussa la porte de l'appartement. Après avoir quitté Polly, elle avait pris un thé au café du coin. La serveuse irlandaise avait volontiers répondu à ses questions. Polly Parrish avait grandi à Beverley. Adoptée par de braves gens quand elle était sortie de l'hôpital. La colonne vertébrale brisée lors d'un raid aérien où sa mère et sa sœur avaient trouvé la mort. Elle vivait seule dans une jolie petite maison, à quelques kilomètres de là. Elle écrivait dans un tas de revues et de journaux. Et quand elle racontait une histoire, les gens de tous les âges, des plus jeunes aux plus vieux, restaient à l'écouter sans mot dire, buvant ses paroles. « J'peux vous le dire, mademoiselle, elle vous ensorcelle.

— Raconte-t-elle de vieilles légendes ou des histoires de son invention ? était parvenue à demander Judith malgré le nœud qui lui serrait la gorge.

— Les deux. » Puis la serveuse s'était interrompue dans son discours. « Vous savez, j' peux pas m'empêcher de penser qu'elle est seule, voyez-vous. Elle a beaucoup d'amis mais personne à elle. »

Mais elle *a* quelqu'un pensa Judith en accrochant son manteau. Elle m'a, *moi* !

Sur le trajet du retour, d'autres souvenirs s'étaient bousculés dans son esprit. Polly et elle jouant dans l'appartement de Kent House. Nous avions la même voiture de poupée en osier blanc, se souvint-elle. La capote de la mienne était jaune, celle de Polly était rose.

Demain avaient lieu les élections. À la gare, elle avait acheté les principaux journaux. Tous présidaient un raz de marée des conservateurs. Loin d'obéir à l'appel au changement lancé par le parti travailliste, les sondages montraient que l'électeur moyen s'inquiétait sérieusement du terrorisme et que la proposition de Sir Stephen Hallett en faveur du rétablissement de la peine capitale pousserait de nombreux travaillistes dans l'âme à s'écarter de la ligne traditionnelle du parti pour assurer sa nomination à la tête du parti.

Son livre était terminé. Elle avait retrouvé Polly. Demain les conservateurs gagneraient les élections, et le jour suivant Stephen serait nommé Premier ministre. Pourquoi ne débordait-elle pas de joie ? Pourquoi se sentait-elle si triste, si peu confiante ?

C'est la fatigue accumulée, décida-t-elle. Elle prépara une salade et une omelette et lut la presse tout en mangeant, se souvenant qu'hier matin Stephen et elle étaient assis côte à côte à la même table sur l'étroite banquette. Elle sentait encore la chaleur de son épaule contre elle, sa main sur la sienne tandis qu'ils buvaient leur café. Dans quelques jours elle apparaîtrait ouvertement à ses côtés. Les élections terminées, ils n'auraient plus besoin de se cacher. Elle sourit en soulevant la grosse théière de porcelaine – songeant que cette sangsue de chroniqueur mondain, Harley Hutchinson, chercherait certainement à faire savoir qu'il était depuis longtemps au courant de leur relation !

Ce n'est qu'après avoir lavé, essuyé et rangé les quelques assiettes et couverts qu'elle alla dans le bureau et s'aperçut qu'il y avait un message sur son répondeur. Le commissaire Jack Sloane lui serait très reconnaissant de bien vouloir se présenter à Scotland Yard dans la matinée. Pouvait-elle lui téléphoner pour convenir d'une heure ?

À 11 heures, le matin des élections, Sloane était dans le bureau du commissaire principal Barnes. L'ambiance n'était pas à la plaisanterie.

« Rien n'est aisé dans cette affaire, reconnut Barnes. Je n'ai aucun motif valable pour inculper Mlle Chase. Selon Lynch, la sœur, sans ses cheveux gris, est le portrait craché de Judith Chase. Avez-vous trouvé les certificats de naissance et lu le dossier de la RAF sur le père ? »

Sloane hocha la tête. « Il n'y avait pas d'autres jumelles.

— Ça n'exclut pas qu'il pourrait exister une cousine, ou même une étrangère ressemblant de très près à Judith Chase. Notre seule certitude jusqu'à présent est que Collins surveillait Judith Chase, et qu'il se trouvait à l'hôpital lors de l'explosion. Savez-vous ce que ferait un avocat avec ce genre de preuve ? Il trouverait une demi-douzaine de personnes ressemblant à Judith Chase, et l'affaire tomberait à l'eau.

— Et dans le même temps nous aurions ruiné la réputation de Mlle Chase.

— Exactement.

— Cette cicatrice dont ont parlé Watkins et le témoin de l'hôpital – y a-t-il une chance qu'elle soit fausse, qu'elle l'ait peinte sur sa main comme une sorte de symbole bizarre ?

— Watkins a subi un interrogatoire serré sur ce point. Il affirme qu'il l'a examinée de près, qu'il en a senti la texture et qu'à son avis personne ne s'était soucié de la recoudre correctement, que la peau est boursouflée et plissée. Il a même mentionné que lorsqu'il était au lit avec elle, il lui a demandé de frotter sa cicatrice contre son dos, parce que ça lui donnait des sensations. »

L'expression de Jack Sloane refléta son dégoût. « Judith Chase n'est pas le genre de femme à coucher avec ce butor.

— Nous ignorons qui est Judith Chase, répliqua sèchement Barnes. Et il est grandement temps de le découvrir. Vous lui avez donné rendez-vous à 11 heures, n'est-ce pas ?

— Oui, monsieur. Il est juste l'heure ». Sloane espéra que Judith ne ferait pas attendre son supérieur : Barnes avait la religion de l'exactitude. Mais il n'eut pas à s'inquiéter plus longtemps. La secrétaire annonçait l'arrivée de Mlle Chase.

Le vague malaise qu'elle ressentait depuis deux jours avait incité Judith à s'habiller avec un soin particulier. Une promesse de printemps flottait dans l'air, et elle avait choisi un tailleur sport fuschia avec une jupe droite et une veste à peine cintrée. Une petite licorne en or piquée au revers du col, une écharpe noire et fuschia nouée autour du cou, son sac Gucci en cuir noir assorti à ses mocassins. Ses cheveux tombaient en vagues souples et un maquillage soigneux accentuait les reflets violets de ses yeux bleus.

En la voyant entrer, les deux hommes eurent la même pensée : elle ferait une parfaite femme de Premier ministre.

Judith tendit la main à Philip Barnes. En la prenant, il l'examina rapidement. Pas une marque. Peut-être juste l'imperceptible trace d'une blessure ancienne, mais rien de plus. Ni boursouflure ni dépigmentation. Un immense soulagement l'envahit – il ne *voulait* pas que cette femme soit coupable.

Le regard scrutateur que Barnes posa sur la main de Judith n'échappa pas à Jack Sloane. Voilà au moins une chose d'éliminée, pensa-t-il.

Barnes aborda immédiatement le sujet. Leur seule véritable piste était qu'un ouvrier du bâtiment avait donné un explosif à une femme qui se faisait appeler Margaret Carew et offrait apparemment une forte ressemblance avec Judith. « Par hasard, connaîtriez-vous quelqu'un de ce nom ?

— Margaret Carew ! s'exclama Judith. Il y avait une Margaret Carew au XVIIe siècle. J'ai rencontré son nom au cours de mes recherches. »

Les deux hommes sourirent. « Ça ne nous avance pas beaucoup, dit Barnes. Nous en avons aussi repéré dix dans l'annuaire de Londres, trois à Worcester, deux à Bath, six dans le pays de Galles. Un nom assez répandu. Mademoiselle Chase, avez-vous reçu des gens chez vous, mardi soir ?

— Mardi dernier ? Non. Je suis allée chez le coiffeur, j'ai dîné dans un pub, et suis rentrée directement à la maison. Je terminais les dernières corrections de mon livre. Je viens de le poster. Pourquoi cette question ? » Judith sentit ses paumes devenir moites. Ils ne l'avaient pas convoquée uniquement parce qu'elle s'était rendue à la Tour de Londres le jour de l'explosion.

— Vous n'êtes plus sortie de chez vous ?

— Non. Commissaire, puis-je savoir ce que vous insinuez ?

— Je n'insinue rien, mademoiselle Chase. L'ouvrier que nous soupçonnons d'avoir procuré l'explosif à la femme qui a posé les bombes a vu votre photo sur la couverture d'un de vos livres. Il a dit que la personne qui se fait appeler Margaret Carew vous ressemble tout en assurant catégoriquement que ce n'est pas vous. En fait, cette femme porte une cicatrice sur la main. Avant de mourir, le gardien de la Tour de Londres semblait dire que vous étiez revenue, si bien que là aussi nous nous trouvons avec une femme qui manifestement vous ressemble. Nous avons des photos prises au moment de l'attentat contre la statue équestre, et sur l'une d'elles on retrouve une femme portant une cape et des lunettes noires, et qui à nouveau vous ressemble, en train de déposer le paquet contenant la bombe au milieu des couronnes. Cette photo a été agrandie, et la cicatrice est parfaitement visible. Le point est le suivant : quelqu'un vous ressemblant *fortement* accomplit ces actes de démence. Avez-vous une idée de qui il pourrait s'agir ? »

Ils sont au courant au sujet de Polly, pensa Judith. Elle avait été suivie. Cela ne faisait aucun doute. « Vous voulez dire quelqu'un qui me ressemble assez pour être ma sœur jumelle, si ce n'est que ma sœur est invalide ? Depuis combien de temps me suivez-vous ? »

Barnes répondit à sa question par une autre. « Mademoiselle Chase, avez-vous été en contact avec d'autres membres de votre famille naturelle, spécialement avec une personne qui vous ressemblerait ? »

Judith se leva. La cicatrice, pensait-elle, la cicatrice. Lady Margaret Carew. Les trous de mémoire qu'elle avait rapportés à Patel. « Sir Stephen se trouvait ici il y a quelques jours pour une réunion exceptionnelle sur les progrès de l'enquête. A-t-on mentionné mon nom ?

— Non.

— Pourquoi non ? Il semble qu'il devrait être informé de vos soupçons. »

Sloane répondit pour Barnes. « Mademoiselle Chase, même lors des réunions au plus haut niveau, la presse parvient toujours à bénéficier d'une fuite. Pour votre sécurité, pour celle de Sir Stephen, nous ne voulons pas que votre nom soit prononcé dans cette affaire. Mais vous *pouvez* nous aider. Vous possédez une cape vert foncé, n'est-ce pas ?

— Oui. Je la mets rarement. Franchement, il semble que la moitié des femmes de Londres portent la même, cet hiver.

— Nous le savons. N'avez-vous jamais prêté la vôtre ?

— Non, jamais. Est-ce tout ce que vous avez à me demander ?

— Oui, lui dit Barnes. Je vous en prie, mademoiselle Chase, puis-je insister sur…

— Ne vous donnez pas la peine d'insister sur quoi que ce soit. » Par un effort de volonté, Judith parvint à garder une voix calme.

En silence, Jack lui ouvrit la porte. Lorsqu'il la referma sur elle, il regarda son patron. « Sous son maquillage, elle a blêmi en m'entendant mentionner la cicatrice, lui dit Barnes. Mettez son téléphone sur écoute. »

Dès son retour dans l'appartement, Judith appela le cabinet du Dr Patel. Son standard lui apprit que les Drs Patel et Wadley s'étaient rendus à Moscou pour un congrès de deux jours et ne seraient pas de retour avant ce soir. « Demandez-lui de me rappeler dès qu'il vous contactera », dit Judith.

Elle alluma la télévision et resta sans bouger devant le poste. Une séquence montrait Stephen votant dans sa circonscription. La fatigue se lisait sur son visage, mais il avait un regard confiant. Pendant un instant, il fixa la caméra et Judith eut l'impression qu'il la regardait. Oh, mon Dieu, pensa-t-elle. Je l'aime tant !

Elle alla chercher son agenda sur le bureau et compara son emploi du temps avec les dates des attentats à la bombe. Avec un désespoir grandissant, elle constata que les explosions coïncidaient avec les périodes où elle s'était endormie à son bureau ou avec les heures qu'elle n'avait pas vues passer en travaillant.

La semaine qui avait précédé le début des attentats, elle avait souffert de pertes de mémoire et les avait signalées à Patel. Pourquoi lui avait-il demandé la date exacte de la mort de Margaret

Carew ? Et que signifiait cette cicatrice sur sa main qui réapparaissait périodiquement ?

Elle tourna à nouveau son attention vers la télévision et regarda avidement les apparitions de Stephen sur l'écran, avec l'envie douloureuse d'être auprès de lui, de sentir ses bras autour d'elle.

À 15 heures, il téléphona. Sa voix exultait. « Rien n'est jamais joué avant la fin, chérie, mais tous les indices montrent que nous avons gagné.

— *Tu* as gagné. » Elle parvint à prendre un ton excité et joyeux. « Quand le sauras-tu avec certitude ?

— Les bureaux de vote ne ferment pas avant 21 heures, et les premiers résultats tomberont à partir de minuit. Il faudra attendre les premières heures demain matin pour connaître la tendance générale. Les médias nous prédisent une victoire écrasante, mais nous savons tous que des aléas de dernière minute peuvent surgir. Judith, je voudrais que tu sois auprès de moi. L'attente serait plus facile.

— Je sais ce que tu ressens. » Judith agrippa le téléphone en entendant la fêlure dans sa voix. « Je t'aime, Stephen. À bientôt, chéri. »

Elle entra dans sa chambre, enfila une chemise de nuit chaude et se coucha. Elle grelottait sous les couvertures. Une sensation de profond désespoir l'accablait, rendant le moindre geste, le moindre effort insurmontable. Heure après heure, elle resta immobile, les yeux fixés au plafond, sans remarquer que la nuit tombait.

À 6 heures du matin le lendemain, le Dr Patel l'appela de Moscou. « Que se passe-t-il ? »

La question lui fit perdre le peu de sang-froid qui lui restait. « Vous savez très bien ce qui se passe ! Que m'avez-vous fait ? » Sa voix prit un ton perçant. « Que m'avez-vous fait lorsque j'étais sous hypnose ? Pourquoi m'avez-vous interrogé sur Margaret Carew ? »

Patel l'interrompit. « Judith, mon avion part dans quelques minutes. Soyez à mon bureau à 14 heures. Avec la date exacte de la mort de Margaret Carew. Avez-vous cette information ?

— Oui, mais pourquoi ? Je veux savoir *pourquoi ?*

— Cela a un rapport avec le Syndrome d'Anastasia. »

Judith raccrocha et ferma les yeux. *Le Syndrome d'Anastasia.* Non. Ce n'est pas possible.

Se forçant à sortir du lit, elle prit une douche, enfila un gros chandail et un pantalon, prépara du thé et des toasts, et alluma la télévision.

Peu avant midi, les travaillistes reconnurent leur défaite. Le regard plein d'une infinie détresse, Judith regarda Stephen annoncer sa victoire devant l'hôtel de ville. Son discours pour remercier ses partisans et ceux qui l'avaient loyalement combattu fut longuement applaudi. De là, il se rendit à Edge Barton où la foule s'était rassemblée pour le féliciter. Debout sur les marches du perron, il distribua sourires et poignées de main.

Judith le buvait des yeux, regardait la belle demeure où elle avait espéré revenir.

Revenir ?

Stephen salua la foule une dernière fois et entra dans Edge Barton. Un moment plus tard, Judith entendit la sonnerie du téléphone. Elle sut que c'était lui. Au prix d'un effort considérable, elle parvint cette fois encore à paraître transportée de joie. « J'en étais sûre, j'en étais sûre ! s'écria-t-elle. Félicitations, chéri.

— Je rentre à Londres. À 16 h 30, je me présenterai devant Sa Majesté. Rory viendra te prendre trois quarts d'heure avant et te conduira à la maison. Nous aurons quelques minutes avant de partir pour le Palais. J'aurais aimé que tu entres avec moi dans Buckingham, mais ce ne serait pas convenable. Nous irons passer le week-end à Edge Barton et y annoncerons notre mariage. Enfin ! »

Les joues inondées de larmes, la voix cassée, Judith persuada Stephen qu'elle pleurait de joie. Dès qu'elle eut raccroché, elle commença à fouiller l'appartement.

À Scotland Yard, Barnes et Sloane entendaient pour la dixième fois un enregistrement de la conversation téléphonique entre Judith et le Dr Patel.

Barnes écouta avec stupeur Sloane lui expliquer la théorie du Syndrome d'Anastasia développée par Patel. « Faire régresser des gens dans le temps ? Vous vous fichez de moi ? Par contre il se pourrait qu'il ait hypnotisé Judith Chase et l'ait envoyée poser des bombes. Nous ferions bien d'avoir un petit entretien avec lui avant l'arrivée de Mlle Chase dans son cabinet. »

Lorsque Judith se présenta au cabinet du Dr Patel, elle était pâle comme la mort. Elle portait la cape verte sur son bras et tenait à la main un petit paquet rebondi. Elle ne s'aperçut pas que le commissaire principal Barnes et son adjoint Sloane l'observaient depuis le laboratoire derrière la glace sans tain.

« Je n'ai pas dormi de la nuit, dit-elle à Patel. J'ai repassé sans cesse en esprit tout ce qui me semblait anormal. Savez-vous quoi ? J'étais agacée parce que les portes de la penderie personnelle de Lady Ardsley s'ouvraient continuellement. Le problème est qu'elles ne s'ouvraient pas toutes seules. Quelqu'un se chargeait de les ouvrir. Et ce quelqu'un, c'était *moi*. Cette cape m'appartient. À ma connaissance, je ne l'ai portée qu'une fois ou deux, et uniquement par beau temps, or l'ourlet est maculé de boue. Les bottes qui l'accompagnent sont tout aussi boueuses. » Elle jeta les bottes et la cape sur une chaise. « Et regardez ça : de la poudre, du fil de fer. Vous pouvez fabriquer une bombe chez vous avec ce matériel. » Elle déposa avec précaution le paquet sur la table ancienne surmontée d'un miroir près de la porte. « J'ai peur de rester près de ce truc-là. Mais pourquoi est-ce en ma possession ? *Qu'est-ce que vous m'avez fait ?*

— Asseyez-vous, Judith, ordonna Patel. Le jour où vous êtes venue regarder l'enregistrement vidéo de votre séance d'hypnose, je ne vous ai pas tout montré. Vous allez mieux comprendre en le revoyant. »

Dans le laboratoire, Rebecca Wadley vit la stupéfaction se peindre sur les visages des officiers de Scotland Yard tandis qu'ils voyaient défiler sous leurs yeux les images de l'hypnose de Judith.

« La fois précédente, j'ai arrêté la projection à cet endroit précis, dit Patel à un moment. Regardez la suite. »

Figée sur place, Judith vit le changement brutal dans son attitude, elle s'entendit hurler, se regarda en train de se tordre sur le divan.

« Je vous ai inoculé une dose trop forte de drogue, vous ramenant à une période dans l'histoire dont votre esprit était captif. Judith, vous avez prouvé l'exactitude de ma théorie. Il est possible de faire revivre une présence du passé, mais c'est un pouvoir à ne pas utiliser. À quelle date Lady Margaret Carew est-elle morte ? »

Ce n'est pas possible, pensa Judith. Ça ne peut pas m'être arrivé. « Elle fut décapitée le 10 décembre 1660.

— Je vais vous faire à nouveau régresser jusqu'à cette date. Vous assistiez à l'exécution. Cette fois, détournez la tête. Ne regardez pas. Ne fixez surtout pas le visage de Lady Margaret. Rencontrer ses yeux serait extrêmement dangereux. Laissez-la mourir, Judith. Libérez-vous d'elle. »

Patel pressa le bouton sur son bureau, et Rebecca apporta du laboratoire un plateau avec une seringue et le flacon de litencum. Sloane et Barnes regardèrent sans mot dire derrière la glace, chacun songeant en son for intérieur aux conséquences de la séance à laquelle ils assistaient.

Cette fois-ci, Patel inocula immédiatement à Judith la dose maximum, et les moniteurs signalèrent une réduction de l'activité fonctionnelle atteignant presque un état comateux.

Patel se rapprocha du divan où elle était allongée, posa sa main sur son bras. « Judith, une chose regrettable s'est produite durant votre séance ici. Vous avez assisté à l'exécution de Lady Margaret Carew le 10 décembre 1660. Vous allez revenir sur les mêmes lieux, traverser les siècles jusqu'à la date et l'endroit de l'exécution. La première fois, vous vous êtes sentie remplie de pitié pour Lady Margaret. Vous avez voulu la sauver. Aujourd'hui, n'oubliez pas que vous *devez* vous détourner d'elle. Laissez-la aller dans la tombe. Judith, racontez-moi. Nous sommes le 10 décembre 1660. Une image se forme-t-elle dans votre esprit ?

Lady Margaret gravit les marches de l'estrade où l'attendait le bourreau. Elle était presque parvenue à conquérir Judith, à se substituer à elle, et voilà qu'on la ramenait à cet instant terrible. Mourir maintenant serait trahir Vincent et John. Elle regarda fébrilement autour d'elle. Où était Judith ? Elle ne la repérait pas parmi tous ces visages grossiers de paysans, rouges d'excitation, attendant avec impatience le moment où sa tête tomberait. « Judith ! appela-t-elle. Judith ! »

« Il y a une telle foule, murmura faiblement Judith. Ils crient. Ils attendent l'exécution. Le roi est dans l'enceinte. Oh, regardez cet homme près de lui. Il ressemble à Stephen. Ils font monter Lady Margaret. Elle crache en direction du roi. Elle invective Simon Hallett. »

Elle ne pourrait identifier personne si Margaret Carew ne la tenait encore sous son emprise, pensa Patel. « Judith, ne restez pas. Tournez le dos. Fuyez. »

Margaret aperçut la nuque de Judith. Judith tentait de se frayer un passage dans la foule, mais les gens la poussaient en avant, la forçaient à revenir vers l'estrade. Margaret se tenait devant le billot. Des mains puissantes sur ses épaules la forçaient à s'agenouiller. On lui recouvrait les cheveux de la coiffe blanche. « Judith ! » cria-t-elle.

« Elle m'appelle. Je ne veux pas me retourner ! Je ne veux pas ! » s'écria Judith. Ses mains s'agitaient fébrilement devant elle. « Laissez-moi passer. Laissez-moi passer. »

« Courez, ordonna Patel. Ne vous retournez pas. »

« Judith ! hurla à nouveau Margaret. Regarde. Stephen est ici. Ils vont exécuter Stephen. » Judith pivota sur elle-même et rencontra le regard exigeant, irrésistible de Lady Margaret Carew. Un cri s'échappa de sa gorge, une plainte affolée, terrifiée.

« Judith, qu'y a-t-il ? Que se passe-t-il ? demanda Patel.

— Le sang. Le sang qui jaillit de son cou. Sa tête. Ils l'ont tuée. Je veux rentrer chez moi. Je veux voir Stephen.

— Vous allez rentrer chez vous à présent, Judith. Vous allez vous réveiller. Vous vous sentirez en paix, au chaud, détendue. Pendant les quelques minutes qui vont suivre, vous vous rappellerez tout ce qui s'est passé, et nous en parlerons. Puis vous oublierez. Lady Margaret ne sera plus qu'un nom dans votre livre. Vous laisserez ici votre cape, vos bottes, les fils de fer et la poudre que vous avez apportés. Ils seront détruits ainsi que tous les enregistrements. Vous épouserez Sir Stephen Hallett et serez heureuse avec lui. Maintenant, réveillez-vous, Judith. »

Elle ouvrit les yeux et voulut se lever. Patel l'arrêta. « Doucement. Vous revenez d'un long et pénible voyage.

— C'était affreux, murmura-t-elle. Je croyais savoir ce qu'ils avaient fait aux régicides, mais voir cette foule hystérique... comme à un spectacle. Docteur, elle a disparu à jamais. Elle est morte. Mais ai-je le droit de revoir Stephen ? Je dois tout lui raconter.

— Dans quelques instants, il ne vous restera aucun souvenir. Allez retrouver Stephen. Apprenez-lui ce qu'il doit savoir sur votre sœur. Puis contactez-la. Je suis convaincu qu'elle ne peut être votre jumelle et ne pas vous ressembler. »

Des larmes roulèrent sur les joues de Judith. Elle les essuya d'un geste impatient et se dirigea vers la glace. « Pourquoi est-ce que je pleure ? s'étonna-t-elle. C'est sans doute de bonheur. » Elle s'approcha lentement du miroir.

« Judith est déjà en train d'oublier, annonça Rebecca Wadley à Barnes et à Sloane.

— Vous ne croyez tout de même pas nous faire avaler cette histoire ? dit sèchement Barnes. Ces dossiers seront tous consignés. Un policier viendra s'assurer qu'on ne touche à rien. Ce n'est pas à nous de décider de la suite de cette affaire. »

Sloane regardait Judith. Elle retouchait le maquillage de ses yeux. Il vit son reflet dans la glace au-dessus de la table. Le bonheur illuminait son sourire. « Je n'aurais pas dû m'attarder aussi longtemps, dit-elle à Patel. Je ne peux faire attendre Stephen. Il m'a demandé de l'accompagner dans la voiture jusqu'à Buckingham quand il ira se présenter à la reine. Oh, docteur, merci de m'avoir aidé à retrouver ma sœur. »

Avec un geste de la main, elle partit. Sloane sentit son sang se glacer. Il y avait une cicatrice rouge sur sa main droite. Au même instant, il s'aperçut que le paquet qu'elle avait posé en arrivant sur la table devant laquelle elle venait de retoucher son maquillage était maintenant placé sous un angle différent. « Nom de Dieu ! hurla-t-il. Sortez d'ici ! » Il ouvrit en trombe la porte du laboratoire, mais trop tard. La bombe explosa avec un bruit de tonnerre. Les corps de Sloane, Barnes, Patel et Wadley volèrent en morceaux dans le bureau avec les dossiers, les enregistrements et les films. Les flammes jaillirent et le cabinet se transforma en brasier.

Lynch suivit la silhouette qui avançait rapidement dans la rue. Il entendit la déflagration en tournant au coin de la rue, faillit revenir sur ses pas, mais constata que contrairement aux autres passants, Judith ne ralentit pas le pas, pas plus qu'elle ne tourna la tête dans la direction du bruit. Elle héla un taxi. Lynch grimpa rapidement dans un autre et ordonna au chauffeur de la suivre. Il sortit de sa poche son téléphone portatif et appela le quartier général.

Judith sortait du taxi devant son immeuble et montait dans une Rolls Royce en stationnement lorsque Lynch apprit qu'une explosion venait d'avoir lieu au 79 Welbeck Street. *L'adresse de Patel !* Il demanda le bureau du commissaire divisionnaire Sloane au téléphone. On lui répondit que le commissaire divisionnaire Sloane et le directeur de la Sûreté étaient partis ensemble chez un certain Dr Patel. Leur chauffeur ? Non, ils n'en avaient pas. Ils avaient pris une voiture banalisée.

Oh, non ! *Ils se trouvaient dans le bureau de Patel quand la bombe a explosé !*

La foule habituelle de journalistes et de cameramen se tenait devant le domicile de Sir Stephen Hallett. La présentation d'un nouveau Premier ministre à la reine était toujours un moment historique. Lynch attendit sur le trottoir en face, près d'un camion de la BBC. Personne ne semblait encore au courant de l'explosion.

Quelques minutes plus tard, la limousine s'approcha lentement de la maison. Le chauffeur se gara le long du trottoir. Les fenêtres fumées protégeaient l'intérieur du regard curieux des passants.

Lynch était sûr que Judith se trouvait à l'intérieur de la voiture. Il y eut un moment de bousculade quand la porte de la maison s'ouvrit et que Sir Stephen sortit, entouré par les responsables de la sécurité. Le chauffeur descendit de la Rolls et se tint le dos tourné à la voiture en attendant que le Premier ministre s'avance dans l'allée.

C'était le moment. Tous les regards étaient tournés vers la maison. Remontant le col de son manteau, le bord de son chapeau rabattu, Lynch traversa la rue d'un bond et ouvrit la portière. « Mademoiselle Chase. » Et il la vit. La cicatrice sur sa main droite, qu'elle tapotait avec un peu de poudre. « Vous *êtes* Margaret Carew », dit-il et il plongea la main dans sa poche…

Lady Margaret leva les yeux et vit l'arme pointée vers elle. J'étais si près du but, pensa-t-elle. J'ai trompé Judith en utilisant le nom de Stephen. Je l'ai tuée et suis revenue à sa place, et maintenant c'est la fin.

Elle ne ferma pas les yeux quand Lynch appuya sur la gâchette.

La détonation se perdit dans les cris de la foule au moment où Stephen, serrant les mains sur son passage, s'avançait vers la voiture. Son garde du corps monta sur le siège avant, et Rory lui ouvrit la portière à l'arrière. « Tout va bien, chérie ? » demanda Stephen, puis il poussa un hurlement : « *Judith !* »

Margaret sentit des bras l'entourer, des lèvres frôler ses joues, entendit un appel désespéré au secours. C'est fini, se dit-elle. Puis, tandis qu'elle sombrait dans le noir et se frayait un chemin vers l'éternité, vers John et Vincent, elle sut qu'elle avait accompli l'ultime vengeance. Elle entendit les sanglots de Stephen, sentit ses larmes se mêler au sang qui jaillissait de son front, « Simon Hallett, triompha-t-elle, j'ai brisé son cœur comme il avait brisé le mien ».

Terreur sur le campus

Il surveillait Kay du coin de l'œil. Durant ces trois jours, il avait soigneusement évité de s'approcher d'elle, d'être pris dans une photo de groupe avec elle. Cela n'avait pas été difficile. Près de six cents anciens élèves étaient venus à cette réunion. Il était resté trois jours les nerfs tendus, à les écouter rabâcher d'ineptes souvenirs d'écoliers du temps de leur jeunesse au lycée du Garden State dans le comté de Passaic, New Jersey.

Kay venait de finir son hot-dog. Il en restait sans doute une miette sur ses lèvres car elle s'essuya la bouche en riant et suça le bout de son doigt. Ce soir, il tiendrait ces doigts dans ses mains.

Il se tenait à l'écart d'un groupe. Avec les kilos qu'il avait perdus en huit ans, la barbe qu'il avait laissé pousser, les verres de contact remplaçant ses grosses lunettes, et sa calvitie naissante, il avait beaucoup plus changé que la plupart des autres anciens élèves. Personne ne s'était avancé vers lui pour lui dire : « Salut Donny, ça fait plaisir de te revoir. » De toute façon, si quelqu'un l'avait reconnu, il serait passé sans même s'arrêter. Comme autrefois. Il revoyait la cafétéria de l'école, quand il apportait son sandwich dans une serviette en papier et allait de table en table. « Désolé, Donny, marmonnaient-ils. Pas de place. »

Il avait pris l'habitude d'aller furtivement manger son déjeuner près de l'escalier de secours.

Mais aujourd'hui, il se réjouissait que personne ne lui ait tapé dans le dos, saisi le bras ou crié : « Ravi de te revoir. » Il avait pu rester en marge, observer Kay, élaborer son plan. Dans exactement une demi-heure elle serait à lui.

« Dans quelle classe étiez-vous ? »

Il se demanda un instant si la voix s'adressait à lui. Kay buvait un soda. Elle parlait à une ancienne élève de la classe de Donny, Virginia quelque chose. Les cheveux couleur de miel de Kay brillaient plus que dans son souvenir. Mais elle vivait à Phoenix à présent. Le soleil les avait peut-être éclaircis. Ils étaient coupés court et bouclaient autour de son visage. Ils lui tombaient sur les épaules autrefois. Peut-être lui demanderait-il de les laisser pousser à nouveau. « Kay, je te préfère avec les cheveux longs. Tu dois obéir à ton mari. » Il la taquinerait, mais resterait le maître.

Quelle question stupide lui posait ce crétin ? Oh – l'année de son diplôme. Il se retourna. Il le reconnaissait à présent ; le nouveau proviseur. C'était lui qui avait fait le discours d'inauguration, mardi. « J'ai quitté le lycée il y a huit ans, dit-il.

— Voilà pourquoi je ne vous reconnais pas. Je ne suis là que depuis quatre ans. Je me présente, Gene Pearson.

— Donny Rubel, dit-il entre ses dents.

— Ces trois jours ont été fantastiques, continua

Pearson. Une assistance nombreuse. Un formidable esprit d'école. On s'attend à ça à l'université. Mais au lycée… C'est épatant. »

Donny hocha la tête. Il cligna des paupières et fit mine d'avoir le soleil dans l'œil pour pouvoir se déplacer. Il voyait Kay dire au revoir à des gens. Elle se préparait à partir.

« Où vivez-vous maintenant ? » Pearson semblait décidé à poursuivre la conversation.

« À une cinquantaine de kilomètres d'ici. » Afin de devancer d'autres questions, Donny continua d'un ton rapide : « J'ai une petite affaire de dépannage. Mon camion me sert d'atelier. Je me rends sur place n'importe où dans un rayon d'une cinquantaine de kilomètres. Bon, j'ai été content de faire votre connaissance, monsieur Pearson.

— Écoutez, peut-être accepteriez-vous de participer à la journée d'orientation professionnelle. Les gosses ont besoin de savoir qu'il existe d'autres choix en dehors de l'université… »

Donny leva une main comme s'il n'avait pas entendu. « Je dois m'en aller. On a prévu de dîner ensemble avec quelques copains de classe. » Il ne laissa pas à Pearson le temps d'ajouter un mot. Il s'esquiva de l'aire du pique-nique sans se faire remarquer. Il s'était habillé avec soin, pantalon kaki, chemise-polo bleue. La moitié des types portaient pratiquement la même tenue. Il avait voulu se fondre dans la foule, passer inaperçu de la même manière qu'il s'était fait remarquer pendant ces années interminables au lycée. Le seul gosse de la classe vêtu d'un pardessus alors que tous les autres portaient une veste d'uniforme.

Kay traversait le bosquet qui se dressait entre le parking et le terrain du pique-nique. L'école était contiguë au parc municipal, un endroit idéal pour la réunion. Et l'idéal pour Donny. Il la rattrapa au moment où elle ouvrait la portière de sa voiture. « Mademoiselle Wesley, commença-t-il. Je veux dire, madame Crandell. »

Elle parut étonnée. Il savait que d'une minute à l'autre, la foule affluerait dans le parking. Il lui fallait agir vite. « Je suis Donny Rubel, dit-il. Je parie que vous ne me reconnaissez pas. »

Elle eut l'air hésitant, puis ce sourire qui avait si souvent hanté les nuits blanches de Donny se dessina lentement sur ses lèvres. « Donny. Quelle joie de vous revoir. Vous avez tellement changé. Êtes-vous ici depuis longtemps ? Comment se fait-il que je ne vous aie pas vu ?

— Je viens de débarquer, expliqua-t-il. C'est vous seule que je désirais voir. Où logez-vous ? »

Il le savait déjà. Le motel du Garden View sur la nationale 8. « C'est parfait, dit-il, lorsqu'elle lui répondit. Une voiture doit venir m'y prendre dans une demi-heure. J'ai fait demander un taxi. Vous serait-il possible de me déposer ? Ça nous permettrait de bavarder. »

Se doutait-elle de quelque chose ? Se souvenait-elle de cette dernière soirée où elle lui avait annoncé qu'elle ne reviendrait pas pour le dernier trimestre, qu'elle allait se marier, et où il s'était mis à pleurer ? Elle hésita à peine avant de dire : « Bien sûr, Donny. Nous rattraperons le temps perdu. Montez. »

Il se baissa subrepticement pour défaire le lacet de sa chaussure, puis fit rapidement le tour de la voiture. Une fois à l'intérieur, il se pencha pour renouer son lacet. Tout le monde pourrait jurer que Kay avait quitté seule le pique-nique.

Kay conduisit rapidement, s'efforçant de contenir l'irritation que lui causait la présence du jeune homme à côté d'elle. Dans une heure, Mike serait de retour de New York. Elle s'était montrée si méchante au téléphone hier soir qu'elle avait hâte d'arranger les choses entre eux. La réunion d'anciens élèves lui avait fait du bien. C'est avec plaisir qu'elle avait revu ses anciens collègues, retrouvé ses élèves. Elle aimait enseigner. C'était l'un des problèmes entre elle et Mike. L'implantation de nouvelles usines dont le chargeait sa société ne leur permettait jamais de s'installer plus d'un an au même endroit. Douze déménagements en huit ans. En le quittant au motel, elle lui avait dit de prévenir ses employeurs qu'il voulait un poste permanent.

« Ça ressemble à un ultimatum, Kay.

— Peut-être, Mike. Je veux me fixer quelque part. Je veux un enfant. Je veux rester suffisamment longtemps dans un endroit pour pouvoir enseigner à nouveau. Je ne supporte plus de changer tout le temps de résidence. J'en ai assez, voilà tout. »

Hier soir, il avait commencé à lui expliquer que sa société lui promettait un statut d'associé et un poste permanent à New York s'il acceptait encore une mission. Elle lui avait raccroché au nez.

Elle était tellement plongée dans ses pensées qu'elle ne remarqua pas le silence de son passager jusqu'au moment où il prononça : « Votre mari s'est rendu à une réunion d'affaires à New York. Il doit rentrer ce soir.

— Comment le savez-vous ? » Kay jeta un coup d'œil rapide au profil impassible de Donny Rubel, puis garda son regard fixé sur la route.

« J'ai bavardé avec des gens qui vous connaissaient.

— Je croyais que vous veniez d'arriver au pique-nique.

— C'est ce que vous avez cru. Ce n'est pas ce que j'ai dit. »

La ventilation soufflait de l'air froid dans la voiture. Kay eut brusquement la chair de poule, comme si l'agréable soirée de juin s'était soudain refroidie. Ils étaient à moins de deux kilomètres du motel. Son pied enfonça l'accélérateur. Un instinct la retint de poser des questions. « Cela s'arrangeait très bien, dit-elle. Mon mari avait un rendez-vous à New York. On m'a annoncé cette réunion et…

— J'ai lu le bulletin des anciens élèves, l'interrompit Donny Rubel. On y annonçait : “Le professeur préféré du lycée du Garden State assistera à la réunion.”

— C'était gentil de leur part. » Kay s'efforça de rire.

« Vous ne m'avez pas reconnu. » Donny semblait satisfait. « Mais vous vous souvenez sûrement que vous m'avez accompagné au bal du lycée. »

Elle enseignait l'anglais et le chant. La conseillère d'éducation, Marian Martin, avait suggéré que Donny Rubel participe à la chorale. « C'est un des gosses les plus tristes qui soient, avait-elle dit à Kay. Un empoté en sport, sans un seul ami. Je suis certaine qu'il est intelligent mais il s'en tire à peine sur le plan scolaire, et Dieu sait si le pauvre garçon n'a pas tiré le gros lot sur le plan physique. Si nous pouvions le faire participer à une activité lui permettant de se faire des amis… »

Elle se souvint des efforts appliqués de Donny, des gloussements des autres élèves du groupe jusqu'au jour où elle leur avait parlé en son absence. « J'ai une chose à vous dire, les enfants. Vous êtes franchement moches. » Ils s'étaient alors montrés plus gentils avec lui, du moins pendant les cours de chant. Après le concert du printemps, il avait pris l'habitude de venir lui parler. C'était ainsi qu'elle avait su son intention de ne pas assister au bal de fin d'année. Il avait invité trois filles et toutes les trois avaient refusé de l'accompagner. Dans un élan, Kay lui avait proposé de venir malgré tout et de s'asseoir à côté d'elle au dîner. « Je fais partie des surveillants, lui avait-elle dit. Je serais très contente de t'avoir avec moi. » Elle se souvint avec un certain malaise que Donny s'était mis à pleurer à la fin de la soirée.

Le panneau du motel était sur la droite. Elle préféra ignorer que la main de Donny avait bougé, effleurant sa jambe.

« Vous souvenez-vous qu'au bal je vous ai demandé si je vous reverrais après l'été ? Vous m'avez répondu que vous alliez vous marier et que vous quittiez la ville. Vous avez vécu dans beaucoup d'endroits. J'ai essayé de vous retrouver.

— Vraiment ? » Kay s'efforça de ne pas paraître trop nerveuse.

« Oui. Je suis passé vous voir à Chicago il y a deux ans, mais vous étiez déjà partie pour San Francisco.

— Je suis désolée de vous avoir manqué.

— Ça vous plaît de déménager aussi souvent ? » Sa main reposait carrément sur le genou de Kay à présent.

« Hé, mon vieux, c'est mon genou, fit-elle d'un ton qu'elle voulut amusé.

— Je le sais. Vous en avez marre de changer tout le temps de maison, hein ? Vous n'aurez plus à le faire. »

Kay lui jeta un coup d'œil. Les épaisses lunettes noires cachaient ses yeux et la moitié de son visage, mais il faisait une moue, les lèvres entrouvertes, et respirait avec un sifflement presque silencieux qui résonnait étrangement.

« Conduisez jusqu'à l'extrémité du parking et tournez à gauche derrière le bâtiment principal, lui dit-il. Je vous dirai où vous garer. »

Sa main se resserra sur son genou. Elle sentit avant de le voir le revolver qu'il pressait contre son flanc. « Je l'utiliserai, vous savez », chuchota-t-il.

Elle ne parvenait pas à y croire. Elle n'aurait jamais dû le raccompagner. Ses mains tremblaient tandis qu'elle tournait le volant suivant ses instructions. Un étau glacé lui serrait la gorge. Devait-elle essayer d'attirer l'attention, provoquer un accident ? Elle entendit le déclic du cran de sécurité.

« Ne tentez rien, Kay. Il y a six balles dans le revolver. Une seule me suffira pour vous, mais je ne veux pas gaspiller les autres. Garez-vous près de cette camionnette, de l'autre côté. Le dernier emplacement. »

Elle lui obéit, puis constata que sa voiture était totalement invisible depuis les fenêtres du motel, cachée par la camionnette gris foncé sur la gauche. « Maintenant sortez de votre côté et ne criez pas. » Il avait posé la main sur son bras. Il se glissa derrière elle. Elle l'entendit ôter la clé du démarreur et la laisser tomber sur le plancher. D'un geste rapide, il la poussa en avant et fit glisser la portière de la camionnette. Du bras, il la força à monter à l'intérieur et grimpa derrière elle. La portière se referma. Une obscurité presque totale remplaça le soleil de la fin d'après-midi. Kay cligna des yeux.

« Donny, ne faites pas ça, implora-t-elle. Je suis votre amie. Parlez-moi, mais ne… »

Elle se sentit projetée en avant, trébucha et tomba sur une étroite banquette. Quelque chose lui recouvrait le visage. Un bâillon. Puis d'une main il la maintint couchée, de l'autre lui entrava les poignets et les chevilles et les relia par une lourde chaîne métallique. Il fit coulisser la portière latérale de la camionnette, sauta à terre et la referma d'un coup sec. Elle entendit claquer la portière à l'avant. Un instant plus tard, la camionnette se mit en branle. Le roulement des pneus sur le macadam réduisit à zéro les efforts désespérés de Kay pour attirer l'attention en frappant ses jambes enchaînées contre la paroi du véhicule.

Mike se mordit impatiemment les lèvres en voyant le chauffeur de taxi ralentir pour permettre à une camionnette de traverser la route devant eux à la sortie du motel. Sa hâte d'arriver au plus vite tendait son corps mince et musclé.

Il se sentait malheureux après la dispute qu'il avait eue avec Kay, hier soir. Il avait failli la rappeler quand elle lui avait raccroché au nez. Mais il connaissait Kay – ses accès de colère ne duraient pas. Et désormais, il pouvait lui offrir ce qu'elle désirait. *Encore une seule mission, chérie. Une année au plus… peut-être sept ou huit mois. Ensuite ils me donneront un poste permanent à New York, comme associé*. Si elle le voulait, ils pourraient acheter une maison par ici. Elle aimait cette région.

Le chauffeur s'arrêta devant le hall d'entrée.

Mike bondit hors du taxi, traversa le hall en trois enjambées.

Kay et lui occupaient la chambre 210. Il eut un mouvement de déception lorsqu'il tourna la clé et ouvrit la porte. Il était un peu tôt pour que Kay fût de retour, mais il avait espéré la trouver. La pièce était une chambre typique de motel : moquette à poils longs, dessus-de-lit beige et marron, lourde armoire à double battant en plaquage de chêne, poste de télévision dissimulé dans un placard, fenêtres donnant sur le parking. L'autre soir, il avait eu le temps de déposer Kay avant de filer à New York pour la première réunion de ventes. Il revit avec un pincement au cœur la façon dont Kay avait plissé le nez en disant : « Ces pièces. Elles se ressemblent toutes et j'en ai tellement connu. »

Et là encore, comme à l'habitude, elle était parvenue à ajouter une note personnelle. Des fleurs fraîches dans un vase près de trois petits cadres en argent. L'une des photos le montrait arborant une perche qu'il venait de pêcher, une autre était un instantané de Kay devant leur immeuble en Arizona, la troisième, une photo-carte de Noël de la sœur de Kay avec sa famille.

Ses livres étaient empilés sur la table de nuit. Son nécessaire de coiffure, le peigne en nacre, la brosse et la glace à main qui avaient appartenu à sa mère, soigneusement disposés sur la coiffeuse. Lorsqu'il ouvrit la porte de la penderie, il s'en dégagea la légère odeur des sachets parfumés qu'elle accrochait à ses portemanteaux en satin.

Mike sourit malgré lui. L'ordre raffiné de Kay lui procurait toujours le même plaisir.

Une douche rapide lui ferait du bien. Dès que Kay serait de retour, ils reprendraient la discussion et il l'emmènerait dîner dehors. *Associé, Kay, Dans un an. Ça valait la peine de faire tous ces déplacements. Je t'avais promis que cela arriverait.* Il rangea son costume, fourra ses sous-vêtements, ses chaussettes et sa chemise dans le sac de linge sale, songeant que ces constants déménagements ne lui avaient jamais paru pénibles parce que Kay s'était toujours arrangée pour donner un air familier à chaque chambre d'hôtel, à chaque meublé qu'ils avaient habités.

À 18 h 15, assis à la table ronde devant la fenêtre qui donnait sur le parking, il regardait les informations à la télévision tout en attendant le bruit de la clé dans la serrure. Il avait sorti une bouteille de vin du réfrigérateur mural. À 18 h 30, il déboucha la bouteille et se servit un verre. À 19 heures, il regarda Dan Rather commenter la recrudescence du terrorisme. À 19 h 30, il se trouva de bonnes raisons d'être contrarié... Bon, Kay est encore furieuse contre moi. Si elle dîne avec des amis, elle aurait pu laisser un message. À 20 heures, il appela le standard du motel pour la troisième fois et entendit une fois de plus l'opératrice excédée lui répondre qu'*il n'y avait aucun message pour M. Crandell chambre 210.* À 21 heures, il se mit à feuilleter le carnet d'adresses de Kay et trouva le nom d'une ancienne élève avec laquelle Kay était restée en relation. Virginia Murphy O'Neil. Elle répondit dès la première sonnerie. Oui, elle avait vu Kay. Elle avait été l'une des premières à quitter le pique-nique à la fin de la réunion. Virginia l'avait d'ailleurs vue partir au volant de sa voiture. Entre 17 h 15 et 17 h 30. Elle était certaine que Kay était seule.

Quand il eut terminé de parler à Virginia O'Neil, Mike appela la police. Il demanda si des accidents avaient eu lieu entre le lycée et le motel, et la réponse étant négative, il signala la disparition de Kay.

Les menottes lui compressaient les poignets ; les fers lui meurtrissaient les chevilles ; le bâillon l'étouffait.

Donny Rubel ? Pourquoi agissait-il ainsi avec elle ? Elle se rappela soudain Marian Martin, la conseillère d'éducation qui l'avait priée de prendre Donny dans la chorale. La dernière semaine, elle avait raconté à Marian son intention d'inviter Donny à sa table pour le bal du lycée. Marian avait paru troublée. « Je suis déjà au courant, avait-elle dit. Donny se vante à qui veut l'entendre que vous lui avez demandé d'être votre cavalier. Je suppose que c'est explicable étant donné la façon dont les autres se moquent toujours de lui, mais tout de même... Oh, tout ça n'a pas d'importance... Vous partez, vous allez vous marier dans deux semaines. »

Il a suivi ma trace pendant toutes ces années. Kay sentit la panique l'envahir. Elle plissa les yeux mais ne put le voir à travers la cloison. La camionnette semblait inhabituellement spacieuse et dans la pénombre elle distingua vaguement les contours d'un établi à l'opposé de la banquette. Au-dessus, plusieurs outils étaient accrochés à un panneau de liège. À quoi servaient-ils ? Qu'avait-il l'intention de lui faire ? *Mike, viens à mon secours, je t'en prie.*

La route semblait grimper en lacet. L'étroite banquette oscilla, cognant l'épaule de Kay contre la paroi du véhicule. Où allaient-ils ? Ils descendaient maintenant. Il y eut davantage de virages, de chocs, puis la camionnette stoppa.

« Nous sommes arrivés. » La voix de Donny était haut perchée et triomphante. Un instant plus tard, la porte latérale coulissa bruyamment sur le côté. Kay eut un mouvement de recul en voyant Donny se pencher sur elle. Son souffle était précipité et chaud contre sa joue tandis qu'il détachait le bâillon. « Kay, je ne veux pas que vous criiez. Il n'y a personne à des kilomètres à la ronde pour vous entendre et vous n'arriveriez qu'à me rendre nerveux. Promettez. »

Sa gorge se contracta en avalant l'air frais. Elle avait la bouche desséchée. « Promis », murmura-t-elle. Il ôta les fers et lui frotta les chevilles avec sollicitude. Puis il lui libéra les poignets, passa un bras autour d'elle et la souleva de la banquette. Elle avait les jambes engourdies. Elle trébucha et il la porta à moitié pour l'aider à descendre le haut marchepied.

L'endroit où il l'avait conduite était une misérable maison de bois nichée dans une petite clairière. Il y avait une balancelle rouillée sous la véranda de guingois. Les volets étaient fermés. L'épais rideau d'arbres autour de la clairière obstruait presque totalement les derniers rayons du soleil. Donny la guida vers la maison, déverrouilla la porte, poussa Kay à l'intérieur et alluma le plafonnier.

La pièce était petite et sombre. La peinture blanche d'un vieux piano s'écaillait par endroits, révélant la laque noire d'origine. Il manquait plusieurs touches. Le canapé recouvert de velours et le fauteuil avaient dû être rouge vif à une époque. Les couleurs avaient passé aujourd'hui, laissant des traces de violet et d'orange. Au milieu de la pièce, un tapis plein de taches recouvrait le plancher inégal. Sur une table en fer étaient disposés deux verres et une bouteille de champagne dans un seau à glace en plastique. Près du canapé, quelques rayonnages rudimentaires débordaient de cahiers d'écolier.

« Regardez », dit Donny. Il fit pivoter Kay vers le mur opposé au piano. Il était recouvert d'une photo agrandie au format d'une affiche la représentant assise avec Donny au bal du lycée. Au plafond pendait une bannière grossièrement imprimée. On y lisait :

BIENVENUE À LA MAISON, KAY.

L'inspecteur Jimmy Barrot fut chargé de donner suite à l'appel téléphonique provenant de Michael Crandell, le type qui avait signalé la disparition de sa femme. Sur le chemin du motel du Garden View, il s'arrêta dans un fast-food et commanda un hamburger et un café.

Il mangea tout en conduisant et, à son arrivée au motel, son léger mal de tête s'était dissipé et il avait retrouvé son habituel cynisme. Après vingt-cinq ans de métier, il estimait avoir tout vu.

Son instinct lui disait qu'il perdait son temps. Une femme de trente-deux ans qui assiste à une réunion d'anciens élèves et ne rentre pas chez elle à l'heure dite. Le mari pris de panique. Jimmy Barrott en savait un bout sur les gens qui rentraient en retard sans prévenir. C'était la raison principale de ses deux divorces.

Quand la porte de la chambre 210 s'ouvrit, Jimmy dut reconnaître que le jeune homme, Michael Crandell, semblait malade d'inquiétude. Beau garçon, pensa-t-il. Environ un mètre quatre-vingt-cinq. Le genre viril qui fait galoper les filles. Mais la première question de Mike le prit au dépourvu. « Pourquoi avez-vous mis si longtemps ? »

Jimmy se cala dans une chaise devant la table et ouvrit son carnet de notes. « Écoutez, dit-il. Votre femme a deux heures de retard. Il faut un minimum de vingt-quatre heures pour qu'elle soit officiellement portée disparue. Vous êtes-vous querellés ? »

L'expression coupable sur le visage de Mike ne lui avait pas échappé. « Vous avez eu une dispute, insista-t-il. Pourquoi ne pas m'en parler ? Ça nous permettrait peut-être de trouver où elle est partie prendre l'air. »

Mike eut l'impression de mal rapporter les faits. Kay était hors d'elle hier soir, au téléphone. Elle lui avait raccroché au nez. Mais ce n'était pas ce que l'on pouvait croire. Il fit un tableau rapide de leur situation. Kay avait enseigné au Garden State pendant deux ans. Ils s'étaient rencontrés à Chicago chez sa sœur et s'étaient mariés là-bas. Il ne connaissait aucun de ses amis dans le New Jersey. On ne pouvait pas téléphoner à sa sœur. Jane, son mari et leurs enfants étaient en vacances en Europe.

« Décrivez-moi la voiture, ordonna Jimmy Barrott. Toyota blanche, modèle 1986. Immatriculée en Arizona. » Il inscrivit les numéros. « Un sacré trajet en voiture, fit-il remarquer.

— J'avais quelques jours de congé. Nous avions décidé de les combiner avec un meeting de ma société et la réunion des anciens élèves du lycée de Kay. Nous devions reprendre dès demain la route pour l'Arizona. »

Jimmy referma son carnet. « Si vous voulez mon avis, elle est allée dîner et prendre un verre avec des vieux copains et elle sera de retour dans une heure ou deux. » Il jeta un coup d'œil aux photos encadrées sur la table. « Il y en a une de votre femme ?

— Celle-ci. » Mike l'avait prise devant leur immeuble. Il faisait très chaud ce jour-là. Kay portait un short et un T-shirt. Ses cheveux étaient retenus par un bandeau. Elle avait l'air d'avoir seize ans. Avec le T-shirt plaqué sur sa poitrine et ses longues jambes minces pieds nus dans des sandales, elle avait aussi l'air terriblement sexy. Mike sentit que c'était l'impression de l'inspecteur.

« Voyez-vous un inconvénient à me confier cette photo ? » demanda Jimmy Barrott. Il la sortit habilement hors de son cadre. « Si elle n'est pas rentrée d'ici vingt-quatre heures, nous lancerons un avis de recherche. »

L'habitude poussa Jimmy Barrott à faire un tour dans le parking avant de monter dans sa voiture. Il était presque plein à présent. Il y avait deux Toyota blanches, mais aucune portant une plaque immatriculée en Arizona. Puis une voiture à l'écart, à l'extrémité du parking, attira son attention. Il s'en approcha d'un pas nonchalant.

Cinq minutes plus tard, il frappait un coup sec à la porte de la chambre 210. « Votre voiture est garée dans le parking, dit-il à Mike. Les clés sont sur le plancher. Il semblerait que votre femme les ait laissées à votre intention. »

Tandis qu'il regardait la stupéfaction se peindre sur le visage de Mike, le téléphone sonna. Les deux hommes s'élancèrent pour répondre. Jimmy Barrott atteignit en premier l'appareil, souleva le récepteur et le garda dans sa main afin d'entendre ce qui se disait.

Le « allô » de Mike fut presque inaudible. Puis les deux hommes entendirent Kay dire : « Mike, je regrette d'agir comme ça, mais j'ai besoin de réfléchir. J'ai laissé la voiture dans le parking. Repars en Arizona. C'est fini entre nous. Je te contacterai pour divorcer.

— Non… Kay… je t'en prie… Je ne partirai pas sans toi. »

Il y eut un déclic. Jimmy Barrott ressentit malgré lui de la pitié pour le jeune homme qui se tenait interdit et bouleversé devant lui. Il reposa la photo de Kay sur la table. « C'est exactement comme ça que ma seconde femme est partie, dit-il. À la seule différence qu'elle a fait venir les déménageurs pendant que j'étais au bureau. Elle m'a laissé avec une chope de bière et mon linge. »

La remarque tira Mike de son abattement. « Justement, dit-il. Vous ne comprenez pas ? » Il désigna la commode. « Les affaires de toilette de Kay. Elle ne serait pas partie sans elles. Son nécessaire de maquillage est dans l'armoire de la salle de bain. Le livre qu'elle lisait. » Il ouvrit la porte de la penderie. « Ses vêtements. Quelle femme s'en irait sans rien emmener de personnel ?

– Il y en a eu plus que vous ne le croyez, lui dit Jimmy Barrott. Désolé, monsieur Crandell, mais je dois classer ça dans le catalogue des querelles conjugales. »

Il passa rédiger son rapport à son bureau avant de rentrer chez lui. Mais une fois couché, Jimmy Barrott ne put s'endormir. Les vêtements bien rangés, les affaires de toilette soigneusement disposées. Quelque chose lui disait que Kay Crandell les aurait emportés avec elle. Mais elle avait téléphoné.

Avait-elle vraiment téléphoné ?

Jimmy se redressa brusquement dans son lit. Une femme avait téléphoné. Seul Mike Crandell lui avait dit que c'était la voix de sa femme. Et Mike Crandell et sa femme s'étaient querellés juste avant sa disparition.

Mike resta assis près du téléphone sans sentir passer les heures. Elle allait rappeler, se disait-il. Elle allait changer d'avis. Elle allait revenir.

Le ferait-elle ?

Il finit par se lever. Il se déshabilla et se laissa tomber sur le lit, du côté du téléphone, prêt à saisir le récepteur à la première sonnerie. Puis il ferma les yeux, et se mit à pleurer.

Kay se mordit les lèvres, étouffant un cri de protestation au moment où Donny coupa la communication. Donny lui souriait avec sollicitude. « C'était très bien, Kay. »

Aurait-il mis sa menace à exécution ? Il l'avait prévenue que si elle ne disait pas mot pour mot et avec conviction ce qu'il avait écrit, il se rendrait dès cette nuit au motel et tuerait Mike. « Je suis entré à deux reprises dans votre chambre la semaine dernière, vous savez, lui avait-il dit. Ils me demandent de temps en temps de venir les dépanner, au motel. Ça n'a pas été difficile de me procurer une clé. » Puis il l'avait conduite dans la chambre. Le mobilier consistait en un lit double défoncé recouvert d'un couvre-lit en chenille de mauvaise qualité, d'une table de jeu en guise de table de nuit et d'une commode en piteux état. « Vous aimez le couvre-lit ? avait demandé Donny. J'ai expliqué à la vendeuse que c'était un cadeau pour ma femme. Elle a dit que la plupart des femmes adorent la chenille blanche. » Puis, désignant le peigne, la brosse et le miroir sur le dessus de la commode : « Ils sont presque de la même couleur que les vôtres. » Il avait ouvert la penderie. « Vos nouveaux vêtements vous plaisent-ils ?

Taille trente-huit, comme les vôtres au motel. » Il y avait deux jupes de coton et deux T-shirts, un imperméable, une robe imprimée. « Il y a des sous-vêtements et une chemise de nuit dans les tiroirs, lui annonça fièrement Donny. Et regardez, les chaussures sont aussi à votre pointure, du sept et demi. Je vous ai acheté des tennis, des mocassins et des escarpins. Je veux que ma femme soit élégante.

— Donny, je ne peux pas être votre femme », avait-elle murmuré.

Il avait eu l'air surpris. « Mais vous allez le devenir. Vous avez toujours voulu m'épouser. » C'est alors qu'elle avait remarqué la chaîne soigneusement repliée dans le coin près du lit et fixée à une plaque métallique sur le mur. Son expression horrifiée n'avait pas échappé à Donny. « Ne vous inquiétez pas, Kay. J'en ai une dans chaque pièce. C'est parce que je dormirai la nuit dans le living-room, et je ne veux pas que vous tentiez de me quitter. Et comme je dois aller travailler pendant la journée, j'en ai installé une autre dans le living-room pour que vous attendiez confortablement mon retour. »

Revenu dans le living-room, il avait débouché solennellement le champagne. « À nous deux. »

Maintenant, en le regardant reposer le téléphone, un goût amer monta aux lèvres de Kay au souvenir du champagne chaud et sucré, des hamburgers graisseux que Donny avait préparés.

Pendant tout le repas, il était resté silencieux. Puis il lui avait dit de terminer son café, qu'il allait revenir. Il était réapparu rasé de frais. « Je m'étais laissé pousser la barbe pour qu'on ne me reconnaisse pas au lycée », avait-il annoncé d'un ton satisfait.

Ensuite, il l'avait forcée à terminer le champagne avec lui et à téléphoner à Mike.

Il poussa un soupir. « Kay, vous devez être fatiguée. Je vais vous laisser dormir. Mais d'abord, je voudrais vous lire deux chapitres de mon premier livre sur vous. » D'un pas presque titubant, il se dirigea vers les rayonnages et prit un des cahiers.

Tout ça n'est pas réel, songea Kay.

Mais c'était la réalité. Donny s'installa confortablement dans le fauteuil en face d'elle. Il faisait froid dans la pièce à présent, mais la sueur luisait sur son visage et sur ses bras, tachait sa chemise-polo. Des cercles sombres sous ses yeux accentuaient la pâleur anormale de sa peau. Lorsqu'il avait retiré ses lunettes de soleil, elle s'était étonnée de lui voir les yeux si bleus. Elle croyait se rappeler qu'ils étaient bruns. Ils *sont* bruns, se dit-elle. Il porte probablement des verres de contact colorés. Tout n'est que fantasme chez lui, pensa-t-elle. Il leva vers elle un regard presque timide. « J'ai l'impression de me retrouver môme au lycée », dit-il.

Saisie d'une lueur d'espoir, Kay se dit qu'elle serait peut-être en mesure d'assurer une certaine autorité sur lui, du professeur à l'élève. Mais dès qu'il commença à lire, elle sentit l'effroi lui serrer la gorge. « 3 juin. Hier soir, j'ai accompagné Kay au bal du lycée, entonna-t-il. Nous avons dansé sans arrêt. Quand je l'ai reconduite chez elle, elle a pleuré dans mes bras. Elle a dit que sa famille la forçait à épouser un homme qu'elle n'aimait pas et m'a demandé de venir la chercher lorsque je serais capable de m'occuper d'elle. Ma jolie Kay. Je te promets qu'un jour tu seras ma femme. »

Passer une nuit blanche et découvrir au petit matin qu'il ne restait pas de café dans l'appartement mirent Jimmy Barrott de mauvais poil. Après un arrêt en chemin pour avaler un espresso, il se rendit au bureau. Il attendit que le procureur fût seul pour frapper à sa porte.

« Il y a quelque chose qui cloche dans cette histoire de querelle conjugale, dit-il à son patron. J'ai rédigé le rapport hier soir. Je voudrais l'autorisation d'enquêter sur le mari. » Il relata laconiquement son entretien avec Mike, la découverte de la voiture, l'appel téléphonique.

Le procureur écouta et hocha la tête. « Commencez à fouiller, dit-il. Prévenez-moi si vous avez besoin d'aide. »

Dès la première lueur de l'aube, Mike se leva, se rasa et prit une bonne douche chaude puis froide, espérant dissiper ainsi sa léthargie.

À mesure que passaient les heures sombres de la nuit, son désespoir en apprenant la disparition de Kay s'était mué en certitude qu'elle ne l'aurait pas abandonné ainsi. Il prit un carnet dans sa serviette et tout en avalant son café à petites gorgées commença à noter les démarches qu'il pouvait éventuellement mener de son côté. Virginia Murphy O'Neil. Elle se trouvait avec Kay à la fin du pique-nique. Elle avait vu Kay partir. Peut-être Kay lui avait-elle dit quelque chose qui lui avait paru sans importance sur l'instant. Il allait rendre visite à Virginia et l'interroger. L'inspecteur Barrott avait repéré la voiture à 22 heures. Mais personne ne savait depuis quand elle se trouvait là. Il questionnerait le personnel du motel. Peut-être avait-on vu Kay seule ou avec quelqu'un.

Il aurait voulu rester près du téléphone, au cas où Kay le rappellerait, mais c'était absurde. Le sang de Mike se glaça à la pensée qu'elle ne puisse plus le rappeler.

Il passa d'abord au standard téléphonique du motel. L'opératrice lui déclara qu'elle avait trop de travail pour communiquer des messages aux personnes qui appelaient, mais qu'elle noterait volontiers ceux qu'il recevrait. Il prit un ton confidentiel. « Écoutez, vous êtes-vous déjà disputé avec votre petit ami ? »

Elle rit. « Presque tous les soirs.

— Hier soir, j'ai eu une querelle de tous les diables avec ma femme. Elle est partie en claquant la porte. Je dois sortir, mais je suis certain qu'elle va téléphoner. Je vous en prie, pouvez-vous faire une exception et vous souvenir de lui transmettre ce message ? »

Les yeux lourdement chargés de mascara de la standardiste brillèrent de curiosité. Elle lut le billet à voix haute. Mike avait inscrit en lettres capitales : « Si Kay Crandell téléphone, dites-lui que Mike doit lui parler. Il acceptera tout ce qu'elle voudra, mais qu'elle soit gentille de laisser un numéro de téléphone ou l'heure à laquelle elle rappellera. »

La standardiste prit l'air à la fois compatissant et aguicheur. « Je ne comprends pas qu'une femme soit assez bête pour vous laisser tomber », dit-elle.

Mike lui glissa un billet de vingt dollars dans la main. « Je compte sur vous pour jouer les Cupidons. »

Interroger les employés susceptibles d'avoir vu une Toyota blanche pénétrer dans le parking ne donna aucun résultat. Le parking n'était pas gardé. Le seul et unique vigile était resté à l'intérieur du motel pendant presque toute la soirée. « C'est mon premier jour, dit-il à Mike. Sinon j' serais pas là. Rien. Le calme plat. » Il se gratta le crâne. « J'y pense, on a volé une voiture l'an dernier, mais ils l'ont abandonnée à trois kilomètres d'ici. Le propriétaire a dit qu'elle valait pas un clou, même pour un voleur. » Il éclata de rire.

Deux heures plus tard, Mike était à quarante-cinq kilomètres de là, assis à une table chez Virginia

O'Neil. Petite, d'apparence soignée, Virginia avait fait partie de la chorale durant la dernière année où Kay enseignait au lycée du Garden State. La cuisine était spacieuse et accueillante et donnait sur une pièce claire et jonchée de jouets. Les deux jumeaux de deux ans de Virginia s'y ébattaient avec une bruyante vitalité.

Mike ne chercha pas à dissimuler pourquoi il cherchait Kay. Virginia lui plaisait et il lui fit instinctivement confiance. Mais lorsqu'il eut terminé son récit, il vit sa propre inquiétude se refléter dans les yeux de la jeune femme. « C'est étrange, lui dit-elle. Kay n'aurait jamais fait une chose pareille. Elle est bien trop attentionnée.

— L'avez-vous beaucoup vue à la réunion ? »

Un ours en peluche atterrit aux pieds de Mike. Un instant plus tard, une petite silhouette déboula dans la pièce et s'en empara.

« Du calme, Kevin », ordonna Virginia. Elle expliqua à Mike : « Hier, ma tante leur a offert à chacun un ours en peluche. Dina cajole le sien. Kevin est plus brutal. »

C'était le désir de Kay, songea Mike. Une maison comme celle-ci, deux enfants. Cette pensée éveilla en lui une nouvelle inquiétude. « Les gens étaient-ils venus en famille à la réunion ?

— Oh, il y avait une flopée d'enfants. » Le visage de Virginia devint songeur. « Vous savez, Kay avait l'air un peu nostalgique en tenant Dina dans ses bras, l'autre jour, et elle a dit : “Tous mes élèves ont fondé une famille. Je ne pensais pas qu'il en serait autrement pour moi." »

Quelques minutes plus tard, Mike se prépara à partir. « Qu'allez-vous faire ? » demanda Virginia. Il prit la photo de Kay dans sa poche. « Je vais en faire développer plusieurs agrandissements et les distribuer. C'est la seule chose qui me vienne à l'esprit. »

Lorsque Donny décida enfin qu'il était temps de dormir, il pria Kay d'aller se changer dans la minuscule salle de bain. Il y avait un petit lavabo, une coiffeuse et une douche de fortune. Il lui tendit la chemise de nuit qu'il avait achetée, un voile de nylon transparent, coupé court, bordé de fausse dentelle. Avec une robe de chambre assortie. Tout en se changeant, Kay se demanda anxieusement comment réagir s'il tentait de s'attaquer à elle. Il aurait facilement le dessus. Prendre la situation en main, établir une relation professeur-élève était son seul espoir.

Mais il ne tenta pas de la toucher. « Couchez-vous, Kay », dit-il. Il défit le dessus-de-lit. Les draps et les oreillers étaient en cotonnade à fleurs bleues. Ils paraissaient rêches et neufs. Elle se dirigea d'un pas assuré vers le lit. « Je suis épuisée, Donny, dit-elle d'un ton cassant. J'ai envie de dormir.

— Oh, Kay, ne craignez rien, je ne vous toucherai pas avant notre mariage. » Il la borda et dit : « Ne m'en veuillez pas, Kay, mais je ne peux pas courir le risque de vous laisser vous enfuir pendant que je dors. » Et il lui attacha la chaîne au pied.

Kay ne ferma pas l'œil de la nuit, s'efforçant de prier, de réfléchir, seulement capable de murmurer : *Mike, au secours Mike, retrouve-moi.* À l'aube, elle sombra dans un sommeil agité. Lorsqu'elle se réveilla, Donny la contemplait. Malgré la pénombre, elle sentit l'insistance de son regard. Il chuchota entre ses dents serrées : « Je voulais seulement m'assurer que vous étiez à votre aise, Kay. Vous êtes si jolie quand vous dormez. J'ai hâte que nous soyons mariés. »

Il lui demanda de préparer le petit déjeuner. « Votre futur mari a un solide appétit, Kay. » À 8 h 30, il l'installa dans le living-room. « Je regrette de devoir laisser les volets fermés, mais je ne peux risquer que quelqu'un regarde à l'intérieur. Il ne passe généralement personne par ici, mais on ne sait jamais. » Il lui attacha la jambe à la chaîne disposée dans le living-room. « Je l'ai mesurée, dit-il. Elle est assez longue pour vous permettre d'aller aux toilettes. Je vous laisse de quoi préparer des sandwiches, un pichet d'eau et des sodas sur la table. Vous pouvez atteindre le piano. J'aimerais que vous vous exerciez. Et si vous voulez lire, vous avez tous mes cahiers à votre disposition. Ils parlent tous de vous, Kay. Ça fait huit ans que j'écris sur vous. »

Il enferma le répondeur téléphonique dans la cage métallique cadenassée et fixée en haut du mur. « Je laisse le haut-parleur branché, Kay. Vous pourrez entendre les appels. J'écoute mes messages environ toutes les heures, en téléphonant de ma camionnette. Je vous parlerai à chaque fois, mais vous ne pourrez pas me répondre. Je suis désolé. J'ai une journée très chargée, je ne serai peut-être pas de retour avant 6 ou 7 heures du soir. » Au moment de partir, il lui prit le menton dans sa main.

« Je vous manquerai, n'est-ce pas, ma chérie ? »

Le baiser qu'il déposa sur sa joue était chaste. Elle sentit la pression de son bras autour de sa taille.

Il avait fermé les volets avant de partir et le faible éclairage du plafonnier jetait des ombres dans la pièce. Kay se hissa sur le canapé, tirant sur la chaîne jusqu'à ce que l'anneau lui écorche la cheville, mais la cage métallique était hors de sa portée et, de toute façon, elle était cadenassée. Impossible de se servir du téléphone.

Quatre vis fixaient la plaque métallique au mur. Si elle trouvait un moyen de desserrer ces vis, elle pourrait s'enfuir. Quelle était la distance jusqu'à l'autoroute ? Pourrait-elle se déplacer assez rapidement avec la cheville entravée et le poids de la chaîne ? Avec quoi défaire ces vis ?

Fébrilement, Kay fouilla le living-room. La lame du couteau de plastique qu'il avait laissé cassa lorsqu'elle voulut l'introduire dans la tête d'une vis. Des larmes de frustration lui emplirent les yeux. Elle ôta les coussins du divan. Le capiton était déchiré, laissant apparaître les ressorts, mais elle n'avait aucun moyen d'en arracher un.

Elle se traîna jusqu'au piano. Si elle parvenait à atteindre les cordes, peut-être pourrait-elle détacher quelque chose de pointu.

Elle ne trouva rien.

Rien à faire pour dévisser la plaque métallique. Son seul espoir aurait été que quelqu'un arrive pendant l'absence de Donny. Mais qui ? Elle aperçut du courrier sur le dessus des rayonnages. La plupart des lettres étaient adressées à une boîte postale d'Howville. Quelques-unes portaient l'adresse de la maison, 4 Timber Lane, Howville. Le numéro de la boîte postale était inscrit sur toutes les enveloppes, indiquant que Donny ne recevait pas son courrier à domicile.

Ses yeux tombèrent sur les rangées de cahiers d'écolier blanc et noir. Elle en sortit une demi-douzaine et alla s'installer sur le canapé. La lumière était faible et elle fronça les sourcils sous l'effort de la concentration. Elle avait mis la robe qu'elle portait hier au pique-nique, voulant conserver le sentiment de son identité. Mais sa robe était froissée à présent, et Kay se sentit salie. Salie par le fait de se trouver dans cet endroit, par le souvenir des mains de Donny serrant convulsivement sa taille, par l'impression d'être un animal en cage gardé par un cinglé. Elle faillit se mettre à hurler à cette pensée. Garde ton sang-froid, dit-elle à voix haute. Mike essaie de te retrouver. Il y parviendra. Il lui sembla soudain ressentir l'amour de Mike dans toute son intensité. Mike. Je t'aime. Elle ne voulait plus déménager. Elle voulait se fixer quelque part. Même Donny Rubel l'avait compris. Et il exauçait ce souhait. Kay s'aperçut qu'elle riait tout haut, un rire perçant, hoquetant, qui se termina en crise de larmes.

Cela eut au moins pour effet de la calmer. Au bout de quelques minutes, elle sécha ses joues avec le revers de sa main et commença à lire.

Les cahiers se ressemblaient tous. Le récit jour après jour d'une existence imaginaire qui commençait le soir du bal du lycée. Certains passages prenaient la forme de projets d'avenir. « Lorsque nous serons ensemble, Kay et moi, nous irons faire du camping dans le Colorado. Nous vivrons sous la tente et partagerons la vie au grand air de nos ancêtres. Nous aurons un sac de couchage pour deux et elle se blottira dans mes bras parce qu'elle aura un peu peur des bruits des animaux. Je la protégerai et la réconforterai. » À d'autres moments, il écrivait comme s'ils avaient déjà vécu ensemble. « Kay et moi avons passé une journée merveilleuse. Nous sommes allés à South Sea Port, à New York. Je lui ai acheté une robe neuve et des escarpins bleus. Kay aime tenir ma main lorsque nous marchons. Elle m'aime et ne veut jamais s'éloigner de moi. Nous avons décidé que si l'un de nous deux tombait malade, nous ne prendrions pas le risque de vivre séparés. Nous n'avons pas peur de mourir ensemble. Nous irons au paradis pour l'éternité. Nous nous aimons. »

Par moments, ses gribouillis étaient presque illisibles. Ignorant son mal de tête grandissant, Kay lut un cahier après l'autre. La folie profonde de Donny la plongea dans une terreur sans nom. Elle devait absolument achever la lecture de ces cahiers. Elle finirait par trouver un indice lui montrant comment le persuader de la relâcher, de l'emmener dans un lieu public. Il racontait sans cesse les promenades qu'ils faisaient ensemble.

À partir de 10 heures, le téléphone se mit à sonner. Elle entendait les messages adressés à Donny. Chaque fibre de son corps vibrait au son des voix impersonnelles. *Écoutez-moi*, avait-elle envie de crier. *Venez à mon aide*.

Apparemment, le service de dépannage de Donny marchait bien. On téléphona d'une pizzeria – ils avaient besoin de lui le plus rapidement possible. L'un des fours était en panne. Plusieurs clientes personnelles – pouvait-il venir jeter un coup d'œil à la télévision ? au magnétoscope ? Un carreau était cassé. Toutes les heures, Donny prenait ses messages et en profitait pour lui adresser quelques mots. « Kay chérie, vous me manquez beaucoup. Vous voyez, j'ai beaucoup de travail.

J'ai déjà gagné deux cents dollars ce matin. J'aurai les moyens de prendre soin de vous. »

Après chaque appel, elle retournait à sa lecture. Donny parlait sans cesse de sa mère dans ses cahiers. « À l'âge de dix-huit ans, elle a laissé mon père aller trop loin et elle s'est retrouvée enceinte de moi et obligée de se marier. Mon père l'a plaquée quand j'étais bébé et il l'a chargée de tous les torts. Je ne serai jamais comme lui. Je ne poserai pas un doigt sur Kay avant le mariage. Sinon elle pourrait se mettre à me haïr et à détester nos enfants. »

Dans l'avant-dernier cahier, elle apprit ses intentions. « À la télévision, j'ai entendu un prêcheur dire qu'un mariage a la meilleure chance de réussir si l'homme et la femme se connaissent depuis quatre saisons. Que ce cycle est nécessaire à l'esprit humain comme à la nature. J'étais dans la classe de Kay en automne et en hiver. Je l'emmènerai pendant la réunion des anciens élèves. À la fin du printemps. Nous échangerons nos vœux devant Dieu seul dès le premier jour de l'été. Le dimanche 21 juin. Ensuite, nous partirons et nous voyagerons ensemble, en amoureux. »

On était jeudi 18 juin.

À 16 heures, un appel provint du motel du Garden View. Donny pouvait-il passer dans l'après-midi ? Deux postes de télévision étaient tombés en panne.

Le Garden View. Chambre 210. Mike.

Donny téléphona quelques minutes plus tard. Il y avait une curieuse résonance dans sa voix. « Vous voyez, Kay. Je travaille beaucoup pour le motel. Je suis content qu'ils aient appelé. Ça me donnera l'occasion de voir si Mike Crandell va débarrasser le plancher. J'espère que vous avez répété nos chansons. J'ai envie que nous chantions ensemble ce soir. Au revoir maintenant, ma chérie. »

La colère vibrait dans sa voix lorsqu'il prononça le nom de Mike. Il a peur, pensa Kay. Si quelque chose se met en travers de ses plans, il va perdre les pédales. Surtout ne pas le contrarier. Elle reposa les cahiers sur les étagères et se traîna péniblement jusqu'au piano. Il était affreusement désaccordé. Des clés manquaient et tous les airs qu'elle tenta de jouer étaient envahis de sons discordants.

Il était presque 20 heures lorsque Donny revint. Un pli sombre barrait son visage. « Crandell n'a pas l'intention de retourner chez lui, dit-il à Kay. Il pose un tas de questions sur vous. Il a fait circuler votre photo. »

Mike était resté au motel. Il avait compris qu'il était arrivé quelque chose. Oh, Mike. Retrouve-moi. J'irai n'importe où, dans n'importe quel bled au monde. J'aurai un bébé à Kalamazoo ou à Peoria. Qu'importe où nous vivons tant que nous sommes ensemble !

On aurait dit que Donny lisait dans ses pensées. Il resta sur le seuil de la porte, la fusillant du regard.

« Il ne vous a pas crue quand vous lui avez parlé l'autre soir. C'est votre faute, Kay. »

Il se dirigea vers elle. Elle se renfonça dans le canapé et la chaîne tira sur le fer qui lui entravait la cheville. Un filet de sang coula de la blessure, chaud et visqueux.

Donny le remarqua. « Oh, Kay, vous avez mal. » Il alla dans la salle de bain et en revint avec un linge humide. Tendrement, il souleva la jambe de Kay, la reposa sur ses genoux. « Ça ira beaucoup mieux maintenant, assura-t-il tout en enveloppant le linge autour de sa jambe, et dès que j'aurai la certitude que vous êtes à nouveau tombée amoureuse de moi, je vous délivrerai. » Il se redressa et effleura son oreille de ses lèvres. « Est-ce que nous appellerons notre premier bébé Donald Junior ? demanda-t-il. Je sais que ce sera un garçon. »

Jeudi après-midi, Jimmy Barrott se rendit au siège de Fields, Warner, Quinlan et Brown, l'entreprise d'ingénierie qui employait Michael Crandell. Edward Fields le reçut et se montra bouleversé en apprenant la disparition de Kay Crandell. Non, ils n'avaient pas eu de nouvelles de Mike aujourd'hui, mais cela n'avait rien d'étonnant. Mike et Kay avaient l'intention de regagner l'Arizona en voiture. Mike prenait une semaine de congé. Mike Crandell ? Un dessinateur de premier plan. Le meilleur. D'ailleurs, ils avaient décidé de le nommer associé une fois terminée sa prochaine mission qui débutait le mois prochain à Baltimore. Oui, ils savaient que Kay supportait mal tous ces déménagements. C'est le cas pour la plupart des épouses. Jimmy savait-il où se trouvait Mike ?

Jimmy Barrott dit prudemment qu'il s'agissait sans doute d'un simple malentendu.

Edward Fields prit soudain un ton cérémonieux. « Monsieur Barrott, dit-il, si vous cherchez à vous renseigner sur Mike Crandell, il est inutile que vous perdiez votre temps. Je bâtis sur lui ma réputation et celle de ma société. »

Jimmy téléphona à son bureau pour savoir s'il y avait des messages. Personne ne l'ayant appelé, il rentra directement chez lui. Il ne restait pas grand-chose dans le réfrigérateur et il décida d'aller chercher un plat préparé chez le Chinois. Mais il se retrouva en train de rouler vers le Garden View.

Il y arriva à 21 h 30. Le réceptionniste lui apprit que Mike avait montré des photos de sa femme à tous les employés, qu'il avait donné vingt dollars à la standardiste pour transmettre un message à sa femme si jamais elle téléphonait. « Il ne s'est rien passé de spécial durant la nuit dernière, ajouta-t-il nerveusement. Je ne pouvais pas l'empêcher de distribuer ces photos, mais ce n'est pas le genre de publicité que nous recherchons. » À sa demande, il en montra une à Jimmy, un agrandissement de l'instantané sous-titré en grosses lettres capitales : KAY CRANDELL A DISPARU. ELLE EST PEUT-ÊTRE MALADE. TRENTE-DEUX

ANS, 1,62 MÈTRE, 51 KILOS. RÉCOMPENSE IMPORTANTE POUR TOUTE INFORMATION. Suivaient le nom et le numéro de téléphone du motel.

À 22 heures, Jimmy frappa à la porte de la chambre 210. Elle s'ouvrit immédiatement et Jimmy nota la vive déception qui se peignit à sa vue sur le visage de Mike. Il était indéniable que Mike Crandell avait la tête d'un type torturé par l'inquiétude. Ses vêtements étaient froissés comme s'il avait passé une partie de la nuit éveillé. Jimmy entra d'un pas nonchalant et aperçut la pile de photos de Kay sur la table. « Où les avez-vous distribuées jusqu'à présent ? demanda-t-il.

— Principalement dans les parages de l'hôtel. Demain, j'irai les afficher dans les gares et aux arrêts d'autobus dans les villes avoisinantes, et je demanderai qu'on les placarde dans les vitrines.

– Vous n'avez eu aucune nouvelle ? »

Mike hésita.

« Vous avez eu des nouvelles, insista Jimmy Barrott. Lesquelles ? »

Mike désigna le téléphone. « Je n'ai pas fait confiance à la standardiste. J'ai installé un enregistreur, cet après-midi. Kay a téléphoné à nouveau pendant que j'étais sorti acheter un hamburger. Il devait être environ 20 h 30.

— Aviez-vous l'intention de m'en parler ?

— Pour quelle raison ? demanda Mike. Pourquoi vous ennuyer avec… ce que vous appelez une querelle conjugale ? » Il y avait un soupçon d'hystérie dans sa voix.

Jimmy Barrott se dirigea vers l'appareil, rembobina la cassette et appuya sur le bouton d'écoute. La même voix féminine que celle entendue hier s'éleva. « Mike, j'en ai vraiment assez. Repars et ne laisse pas ma photo traîner partout. C'est humiliant. Je suis ici parce que je le désire. » La communication fut coupée avec un bruit sec.

« Ma femme a une voix douce et mélodieuse, fit remarquer Mike. J'y perçois de l'angoisse, rien d'autre. Ce qu'elle dit ne compte pas.

— Écoutez, dit Jimmy d'un ton aimable venant de sa part. Les femmes ne brisent pas leur mariage sans une certaine angoisse. Je suis payé pour le savoir. Même ma première femme a pleuré au tribunal le jour du divorce, alors qu'elle était déjà enceinte d'un autre type. J'ai parlé à vos employeurs. Ils ont beaucoup d'estime pour vous. Vous devriez vous remettre à votre boulot et vous estimer heureux. Il n'y a pas une nana qui en vaille la peine. »

Il vit Mike blêmir. « Les gens de mon bureau ont téléphoné, dit-il. Ils m'ont proposé d'engager un détective privé. Je vais sans doute accepter leur offre. »

Jimmy Barrott se pencha et sortit la cassette de l'enregistreur. « Pouvez-vous m'indiquer quelqu'un capable d'identifier la voix de votre femme ? » demanda-t-il.

Pendant toute la nuit, Mike resta assis la tête dans les mains. À 6 h 30, il quitta le motel et sillonna en voiture les gares et les arrêts d'autobus des villes avoisinantes. À 9 heures, il se rendit au lycée du Garden State. Les cours étaient interrompus pendant les vacances d'été, mais le personnel administratif travaillait encore. Il fut introduit dans le bureau du principal, Gene Pearson. Pearson l'écouta attentivement, fronçant les sourcils, son visage mince soudain songeur. « Je me souviens très bien de votre femme, dit-il. Je lui ai offert de revenir travailler ici, si elle le désirait. Si j'en crois ce que m'ont dit ses anciens élèves, c'était un excellent professeur. »

Il avait proposé un poste à Kay. Avait-elle décidé de l'accepter ?

« Comment Kay a-t-elle réagi ? »

Pearson plissa les yeux. « Elle m'a dit d'un ton désinvolte : "Faites attention, je pourrais vous prendre au mot." » Il devint soudain plus guindé. « Monsieur Crandell, je comprends votre inquiétude, mais je ne vois pas en quoi je peux vous aider. » Il se leva.

« S'il vous plaît, pria Mike. On a sans doute pris des photos pendant la réunion. Y avait-il un photographe officiel ?

— Oui.

— Pouvez-vous me communiquer son nom ? Je dois obtenir l'ensemble des tirages le plus vite possible. Vous ne pouvez pas me refuser ça. »

Son arrêt suivant fut pour le photographe de Center Street – à six rues du lycée. Là, au moins, il fut uniquement question de prix. Il passa sa commande et regagna le motel pour écouter le répondeur. À 11 h 30, il retourna chez le photographe qui avait développé à son intention une série en 13 X 18 de tous les films pris lors de la réunion – en tout plus de deux cents tirages.

Son paquet de photos sous le bras, Mike se rendit chez Virginia O'Neil.

Pendant toute la nuit du jeudi, Kay resta éveillée sur le matelas défoncé paré de draps neufs et rêches, envahie par le sentiment que quelque chose en Donny était près d'éclater. Après avoir laissé le message à l'intention de Mike, elle avait préparé le dîner. Il avait apporté des boîtes de pâté, des légumes surgelés et du vin. Elle l'avait aidé, feignant d'y prendre plaisir.

Pendant le repas, elle l'avait incité à parler de lui, de sa mère. Il lui avait montré une photo d'elle, une blonde élancée d'une quarantaine d'années vêtue d'un bikini. Mais Kay avait senti sa peau se hérisser. Il y avait une ressemblance incontestable entre elle-même et la mère de Donny. Elles étaient à l'opposé l'une de l'autre, mais avaient la même taille, le même type de visage et de chevelure.

« Elle s'est remariée, il y a sept ans, lui dit Donny, d'une voix sans expression. Son mari travaille dans un casino à Las Vegas. Il est beaucoup plus vieux qu'elle, mais ses enfants sont fous d'elle. Ils ont son âge. » Donny montra une autre photo de deux hommes d'une quarantaine d'années, entourant sa mère de leurs bras. « Elle aussi les adore. »

Puis il s'intéressa à ce qu'il y avait dans son assiette. « Vous êtes une très bonne cuisinière, Kay. Ça me plaît. Ma mère n'aimait pas faire la cuisine. Je mangeais le plus souvent des sandwiches. Elle n'était pas souvent à la maison. »

Après le dîner, elle joua du piano et chanta avec lui. Il se rappelait les paroles accompagnant tous les airs qu'elle leur avait appris à la chorale. Il avait ouvert les volets pour laisser pénétrer l'air frais de la nuit, ne craignant visiblement pas qu'on les entende. Elle s'en étonna. « Personne ne vient plus par ici, lui dit-il. Il n'y a pas un poisson dans le lac. Il est trop pollué pour qu'on s'y baigne. Et toutes les autres maisons tombent en ruine. Nous ne risquons rien, Kay. »

Lorsqu'il décida que le moment était venu de se coucher, il libéra la jambe de Kay et à nouveau l'attendit devant le seuil de la salle de bain. En sortant de la douche, elle entendit le grincement de la porte qui s'ouvrait lentement, mais elle la referma d'un coup sec et il n'y toucha plus. Puis, alors qu'elle pénétrait d'un pas rapide dans la chambre, il demanda soudain : « Que désirez-vous pour notre repas de noces, Kay ? Nous devrions prévoir quelque chose de spécial. »

Elle feignit de réfléchir sérieusement à la question, secoua la tête et annonça d'un ton ferme :

« Je ne peux rien envisager avant d'avoir une robe de mariée. Il nous faudra attendre.

— Je ne pensais pas à ça, Kay », dit-il tout en la bordant dans le lit et en fixant le fer à sa cheville.

Elle dormit d'un sommeil entrecoupé. Chaque fois qu'elle se réveillait, c'était pour voir Donny debout au pied du lit, le regard fixé sur elle. Ses yeux s'ouvraient malgré elle et elle se forçait immédiatement à les refermer, mais il ne s'y trompait pas. La faible lumière qu'il avait laissée allumée dans le living-room éclairait l'oreiller. « Tout va bien, Kay. Je sais que vous êtes réveillée. Parlez-moi, chérie. Avez-vous froid ? Dans quelques jours, lorsque nous serons mariés, je vous tiendrai chaud. » À 7 heures, le lendemain, il lui apporta du café. Elle se redressa, attentive à remonter le drap et la couverture sous ses bras. Son « merci » fut étouffé sous un baiser.

« Je ne travaillerai pas de la journée, lui annonça Donny. J'ai réfléchi pendant toute la nuit à ce que vous m'avez dit, que vous n'aviez pas de robe pour notre mariage. Je vais vous en acheter une aujourd'hui. »

La tasse de café se mit à trembler dans la main de Kay. Au prix d'un effort énorme, elle parvint à rester calme. C'était peut-être son unique chance. « Donny, pardonnez-moi, dit-elle. Je ne veux pas paraître ingrate, mais les vêtements que vous m'avez achetés ne me vont pas. Toute femme aime choisir sa robe de mariage.

— Je n’y avais pas pensé », dit Donny. À nouveau, il parut étonné et pensif. « Ça signifie qu’il me faudrait vous emmener dans le magasin. Je ne suis pas certain d’en avoir envie. Mais je ferais tout pour vous rendre heureuse. »

Vendredi matin à 6 h 30, Jimmy Barrott renonça à se rendormir et se dirigea d’un pas lourd dans la cuisine. Il mit la cafetière à bouillir, prit un stylo à bille sur la table et commença à inscrire des notes sur le dos d’une enveloppe.

1. Ces appels téléphoniques proviennent-ils de Kay Crandell ? Demander à Virginia O’Neil d’identifier la voix.

2. Si la voix est véritablement celle de Kay Crandell, vérifier le degré d’angoisse au labo.

3. Si c’est Kay Crandell qui a téléphoné, elle savait que sa photo était affichée quelques heures après que Mike Crandell eut commencé à la distribuer dans le motel. Comment ?

La dernière question dissipa les ultimes traces de sommeil dans l’esprit de Jimmy. Mike et Kay pouvaient-ils avoir monté une sorte de canular ?

À 10 h 30, Jimmy Barrott se retrouva malgré lui en train de jouer au ballon avec le petit Kevin O’Neil âgé de deux ans. Il lança le ballon au bambin qui le lui renvoya en hurlant : « Papapoum. » Jimmy rata son coup.

« C’est sa façon de vous jeter un sort », expliqua Virginia. Elle identifia sans le moindre doute la voix de Kay. « Seulement, elle ne résonne pas comme d'habitude, dit-elle. Mlle Wesley, je veux dire Mme Crandell… oh, la barbe, elle me disait toujours de l'appeler Kay… Kay a une voix extrêmement mélodieuse. Avec une intonation joyeuse et chaleureuse. C'est sa voix, et en même temps ce n'est pas sa voix.

— Où se trouve votre mari ? » demanda Jimmy.

Virginia eut l'air surpris. « À son travail. Il est négociant au Mercantile Exchange.

— Êtes-vous heureuse ?

— Bien sûr que je suis heureuse. » Le ton de Virginia était glacial. « Puis-je vous demander pourquoi cette question ?

— Quel ton auriez-vous si vous fichiez le camp avec ou sans vos enfants et laissiez tomber votre mari ? Angoissé ? »

Virginia retint Kevin qui se préparait à fondre sur sa sœur jumelle. « Inspecteur Barrott, si j'avais l'intention de quitter mon mari, je prendrais place en face de lui et je lui dirais quand et pourquoi je m'en vais. Et voulez-vous savoir une chose ? Kay Wesley Crandell aurait agi exactement de la même façon. Vous projetez dans la réalité vos idées toutes faites. Maintenant, si vous n'avez pas d'autres questions, je suis très occupée. » Elle se leva.

« Madame O'Neil, dit-il. J'ai parlé à Mike Crandell avant de venir ici. Je sais qu'il a commandé des tirages des photos prises à la réunion du lycée et qu'il sera ici vers midi pour vous les montrer.

Je reviendrai à midi. Entre-temps, essayez de vous rappeler si Kay avait rendez-vous avec quelqu'un. Ou donnez-moi le nom des professeurs avec lesquels elle était liée. »

Virginia sépara les jumeaux, qui se disputaient à présent la propriété de l'ours en peluche encore en état. Elle se détendit. « Vous commencez à me plaire, inspecteur Barrott », lui dit-elle.

Alors qu'il roulait vers la maison de Virginia O'Neil, Mike fut frappé par la même pensée qu'avait eue Jimmy Barrott : Kay savait qu'il montrait sa photo quelques heures à peine après qu'il l'eut distribuée dans le motel.

Lorsque Virginia ouvrit la porte, Mike était à bout. La vue du visage renfrogné de Jimmy Barrott fut une épreuve supplémentaire pour ses nerfs déjà à vif.

« Qu'est-ce que vous fabriquez ici ? » cria-t-il presque.

Il prit conscience de la main de Virginia O'Neil posée sur son bras, du calme inhabituel qui régnait dans la maison. « Mike, dit Virginia, l'inspecteur Barrott désire vous aider. Quelques-unes des anciennes élèves de notre classe se sont jointes à nous ; nous avons de quoi préparer des sandwiches ; nous allons regarder les photos ensemble. »

Pour la seconde fois depuis bien longtemps, Mike sentit les larmes lui monter aux yeux. Cette fois-ci, il parvint à les refouler. On le présenta aux autres jeunes femmes, Margery, Joan et Dotty, toutes élèves du Garden State durant les années où Kay y avait enseigné. Elles s'assirent côte à côte et étudièrent les photos apportées par Mike. « C'est Bobby… il vit à Pleasantwood. Sur cette photo, Kay parle à John Durkin. Sa femme est avec lui. C'est… »

Jimmy Barrott collait chaque photo sur un carton de la taille d'une affichette, numérotait chaque visage, et demandait ensuite aux jeunes femmes d'identifier tous ceux qu'elles connaissaient. Il apparut rapidement qu'elles ne pouvaient reconnaître tout le monde dans les groupes autour de Kay.

À 15 heures, Jimmy déclara : « Navré, mais nous n'aboutissons à rien. Je sais que vous avez un nouveau principal. Il ne nous sera pas d'une grande aide, mais existe-t-il un professeur ayant enseigné au lycée depuis assez longtemps pour se souvenir des anciens étudiants que vous ne connaissez pas ?

Virginia et ses amies échangèrent un long regard. Virginia prit la parole. « Marian Martin, dit-elle. Elle a travaillé au Garden State depuis le premier jour. Elle a pris sa retraite il y a deux ans. Elle vit à Litchfield, dans le Connecticut. Elle aurait dû venir à la réunion, mais elle avait d'autres engagements qu'elle n'a pu annuler.

— C'est elle qui peut nous aider, dit Jimmy Barrott. Quelqu'un a-t-il son numéro de téléphone ou son adresse ? »

Mike sentit grandir la lueur d'espoir qui s'était allumée en lui en apprenant que Jimmy Barrott se trouvait désormais de son côté. Des gens travaillaient avec lui, s'efforçaient de l'aider. *Kay, attends-moi. Laisse-moi te retrouver.*

Virginia chercha dans son carnet de téléphone. « Voilà le numéro de Mlle Martin. » Elle le composa.

Vina Howard avait réalisé l'ambition de toute sa vie en ouvrant la boutique Vêtements Cartel à Pleasantwood, dans le New Jersey. Elle avait été acheteuse chez J.C. Penney avant un mariage incontestablement malheureux. Quand, au bout de dix-huit ans, elle avait enfin quitté Nick Howard, elle était revenue dans la maison familiale pour soigner ses deux parents vieillissants, victimes de crises cardiaques et d'attaques à répétition. Après leur mort, Vina avait vendu la vieille maison, acheté un petit appartement et réalisé son rêve le plus cher, ouvrir une boutique de mode pour femmes d'une banlieue chic et moderne. Après coup, elle avait ajouté une collection destinée aux filles de ces mêmes femmes. Une erreur qui lui gâchait chaque jour la vie.

Le vendredi matin, 19 juin, Vina disposait les robes sur les portants, nettoyait la vitre du comptoir des bijoux fantaisie, remettait en place les chaises le long des cabines d'essayage séparées par un rideau, marmonnant : « Quelles sales gosses.

Elles entrent ici comme dans un moulin, essaient tout ce qui leur tombe sous la main, barbouillent les cols de maquillage, laissent tout traîner par terre. C'est bien la dernière saison que j'habille des mal élevées pareilles. »

Vina avait une raison concrète d'être furieuse. Elle venait de faire poser un luxueux papier mural dans la minuscule cabine d'essayage, et une de ces horribles gamines avait gribouillé les cinq lettres sur tout le mur. Elle était parvenue à les effacer mais le papier restait taché et déchiré.

Néanmoins, la journée commença bien. Vers 10 h 30, à l'heure où arriva son assistante, Edna, la boutique était comble et la caisse enregistreuse tintait agréablement.

À 15 h 15, il y eut un moment d'accalmie dont Vina et Edna profitèrent pour avaler tranquillement une tasse de café. Edna promit que son mari viendrait poser le reste du rouleau de papier mural pour remplacer la partie endommagée dans la cabine d'essayage. Et c'est avec un sourire réconforté et chaleureux que Vina accueillit le couple qui poussait la porte du magasin, une jolie jeune femme de vingt-cinq ou vingt-six ans, vêtue d'un T-shirt et d'une jupe ordinaires et un homme du même âge, décharné, un bras serré autour d'elle. Avec ses cheveux roux et frisés, il avait l'air de sortir de chez le coiffeur. Ses yeux d'un bleu de porcelaine étincelaient. Il y a quelque chose d'anormal chez ces deux-là, pensa Vina. Son sourire s'évanouit. Une série de vols liés à la consommation de drogue avaient eu lieu récemment dans la région.

« Nous voudrions une robe longue blanche, dit l'homme. Taille trente-huit.

— La saison des bals est terminée, répondit Vina mal à l'aise. Il me reste peu de choix en robes longues.

— C'est pour un mariage. »

Vina se tourna vers la jeune femme. « Avez-vous une préférence pour un modèle particulier ? »

Kay chercha désespérément un moyen de communiquer avec cette femme. Du coin de l'œil, elle voyait que l'employée à la caisse se méfiait d'elle et de Donny. Cette perruque rousse lui donnait un air bizarre. Elle savait aussi que la main droite de Donny tenait le revolver dans sa poche et que la moindre tentative de sa part pour prévenir ces femmes signerait leur arrêt de mort.

« Quelque chose en coton, dit-elle. Du plumetis peut-être, ou un simple jersey ? » Elle avait repéré la cabine d'essayage. Elle y entrerait seule pour se changer… Peut-être pourrait-elle laisser un message. Plus elle essaierait de robes, plus elle gagnerait du temps.

Mais il n'y avait qu'une seule robe longue de taille trente-huit en plumetis blanc. « Nous allons la prendre, décida Donny.

— Je voudrais l'essayer, dit résolument Kay. La cabine d'essayage est juste derrière. » Elle s'y dirigea et tira le rideau. « Regarde. »

Il y avait tout juste la place pour une seule personne. Le rideau de séparation ne tombait pas jusqu'au sol. « Très bien, tu peux l'essayer, dit Donny. J'attendrai dehors. » Il refusa fermement que Vina aidât Kay. « Passez-lui simplement la robe. »

Kay ôta son T-shirt et sa jupe, parcourant fébrilement du regard l'étroit réduit. Sur une petite étagère était placée une boîte contenant deux épingles. Aucun crayon. Aucun moyen de laisser un message. Elle leva les bras pour enfiler la robe et saisit une épingle. Le papier mural sur un côté était taché et déchiré. Elle essaya de tracer les lettres S.O.S. sur l'autre côté. L'épingle était trop fine. Elle n'arrivait pas à la déplacer assez rapidement. Elle parvint à inscrire un grand S irrégulier.

« Vite, chérie. »

Elle écarta le rideau. « Je n'arrive pas à agrafer les boutons dans le dos », dit-elle à la vendeuse.

Tout en l'aidant, Vina jeta un regard inquiet vers la caisse. Edna secoua légèrement la tête. Débarrasse-toi d'eux, disait-elle en silence.

Kay s'examina dans la glace de plain-pied. « Elle ne me va pas très bien. Avez-vous autre chose ?

— Nous la prenons, l'interrompit Donny. Tu es ravissante dans cette robe. » Il sortit une liasse de billets. « Vite, mon chou, la pressa-t-il. Nous allons être en retard. »

Dans la cabine, Kay ôta la robe, la tendit à la vendeuse à travers le rideau, remit à la hâte sa jupe et son T-shirt, et prit l'autre épingle. Faisant mine de se recoiffer d'une main, elle tenta de l'autre de graver la lettre O sur le mur, mais n'en eut pas le temps. Elle pivota sur elle-même en entendant Donny ouvrir brusquement le rideau. « Qu'est-ce que tu fabriques pour mettre si longtemps, chérie ? » demanda-t-il. Le dos contre le mur qu'elle avait commencé à gratter, elle continua à passer ses doigts dans ses cheveux, lâcha l'épingle derrière elle et regarda Donny inspecter des yeux la minuscule cabine. Apparemment rassuré, il la prit par la main et, le carton sous le bras, l'entraîna précipitamment hors de la boutique.

Marian Martin finissait de repiquer les jeunes plants d'azalées quand la sonnerie du téléphone la fit accourir dans la maison. C'était une grande femme de soixante-sept ans, mince et bien conservée, avec des cheveux courts et souples, des yeux bruns pétillants et un solide bon sens. Depuis qu'elle avait pris sa retraite, il y a deux ans, et quitté son poste de conseillère d'éducation au lycée du Garden State pour s'installer dans cette paisible ville du Connecticut, elle s'adonnait à temps complet aux joies du jardinage. Son jardin anglais faisait aujourd'hui sa fierté. Ce fut donc à regret, en ce vendredi après-midi, qu'elle s'interrompit pour aller répondre au téléphone. Mais lorsqu'elle eut fini d'écouter Virginia O'Neil, Marian oublia ses dahlias non plantés.

Kay Wesley, songea-t-elle. Un professeur-né. Toujours prête à aider les enfants à problèmes. Ses élèves l'adoraient. Kay, *disparue*. « J'ai deux courses à faire, dit-elle à Virginia. Mais je pourrai me mettre en route vers 18 heures. Le trajet me prendra environ deux heures. Préparez les photos. Il n'y a pas un gosse du Garden State dont je ne connaisse le visage. »

En raccrochant, Marian se souvint brusquement de Wendy Fitzgerald, l'élève de terminale du Garden State qui avait disparu, il y avait vingt ans, au cours d'un pique-nique organisé par le lycée. Son meurtrier était un dénommé Rudy Kluger, l'homme à tout faire de l'école. Rudy était sans doute sorti de prison à l'heure actuelle. Marian eut soudain la bouche sèche. Pas ça, pitié.

À 17 h 45, son nécessaire de voyage jeté à la hâte sur le siège arrière, elle roulait en direction du New Jersey. Les heures d'angoisse qu'elle avait vécues entre le moment où Wendy Fitzgerald avait été déclarée disparue et le jour où on avait retrouvé son corps lui revenaient à l'esprit. Absorbée par ce souvenir terrifiant, elle enfouit dans son subconscient une impression fugitive ; un détail lui échappait concernant Kay.

Virginia raccrocha le téléphone. « Mlle Martin devrait arriver vers 20 heures », dit-elle.

Jimmy Barrott repoussa sa chaise. « Je vais faire un tour au bureau. Si cette conseillère d'éducation a une idée ce soir, quelle qu'elle soit, appelez à ce numéro. Sinon, je repasserai dans la matinée de demain. » Il tendit à Virginia une carte un peu écornée.

Les autres jeunes femmes se levèrent également. Elles aussi reviendraient le lendemain.

Mike les imita. « Je vais afficher d'autres avis de recherche dans les environs. Puis je retournerai au motel. Il reste toujours une chance que Kay téléphone à nouveau. »

Cette fois-ci, il colla les photos de Kay sur les cabines téléphoniques des rues principales de toutes les villes qu'il traversait et dans les centres commerciaux de la région. À Pleasantwood, il faillit heurter une camionnette qui passa en trombe à côté de lui au moment où il entrait dans le parking municipal. Quel cinglé ! pensa-t-il. Il va tuer quelqu'un.

Donny avait parqué la camionnette dans le parking municipal derrière les Vêtements Cartel. Une fois hors de la boutique, il ne desserra pas son bras autour de Kay avant d'avoir regagné la voiture, puis il ouvrit la porte latérale et poussa la jeune femme en avant. Désespérément, Kay fixa son regard sur le jeune homme à l'air costaud qui faisait démarrer sa voiture deux emplacements plus loin. Pendant un moment, ses yeux rencontrèrent les siens, puis elle sentit le canon du revolver pressé contre son flanc. « Il y a un petit enfant à l'arrière de cette voiture, Kay. Ouvrez la bouche et ce type avec son gosse sont morts. »

Les jambes en coton, elle gravit la marche en trébuchant. « Voilà le carton, chérie », dit Donny à voix haute. Il regarda la voiture passer devant eux, puis grimpa dans la camionnette et claqua la portière.

« Vous vouliez faire signe à ce type, hein ? » siffla-t-il. Le bâillon qu'il lui appliqua brutalement sur la bouche était trop serré. Avec des gestes rudes, il lui entrava les chevilles et les poignets, fixa la chaîne qui les reliait. Il déposa le carton à côté d'elle sur la banquette. « N'oubliez pas pourquoi nous avons acheté cette robe, Kay, et ne faites pas de l'œil aux autres hommes. » Il entrebâilla la portière, regarda autour de lui, puis ouvrit un peu plus grand et se glissa dehors. Un rai de lumière pénétra à l'intérieur de la camionnette et Kay aperçut sur le plancher en dessous de l'établi un objet long et mince.

Un tournevis.

Avec ça, elle pourrait détacher la plaque métallique fixée au mur dans le bungalow, elle aurait peut-être une chance de s'enfuir pendant que Donny s'absentait pour son travail.

La camionnette fit un bond en avant. Donny devait être à bout pour conduire à une telle vitesse. Faites que la police le voie, pria-t-elle, je vous en supplie. Mais la camionnette ralentit sensiblement. Il s'était rendu compte qu'il conduisait trop vite.

Elle se tourna sur le côté, abaissa lentement ses mains entravées par les menottes et du bout des doigts tenta d'attraper le tournevis. Des larmes de fureur et de frustration lui brouillèrent les yeux et elle les secoua impatiemment. Dans l'obscurité presque totale, elle distinguait tout juste les contours de l'outil, mais elle eut beau s'escrimer à le saisir, jusqu'à sentir la brûlure des menottes dans la chair de ses poignets, il resta hors de sa portée.

Elle roula sur le dos et reposa péniblement ses mains sur ses genoux. Elle parvint à s'asseoir, faisant craquer la banquette, puis balança ses jambes vers le bas, se tortilla pour se placer à l'extrême bord du siège et allongea ses pieds en direction du tournevis. Il lui manquait à peine deux centimètres pour l'atteindre. Ignorant la morsure cuisante du fer, elle étira le bout de ses sandales, sentit le contact de la lame étroite, la saisit entre ses semelles et fit glisser l'outil vers la banquette, juste en dessous d'elle. Elle s'allongea à nouveau sur le dos, et baissa les bras vers le sol. Insensible à toute douleur, elle approcha ses doigts du manche du tournevis, les referma autour de lui, s'en empara, le remonta vers elle.

Pendant un moment, elle resta sans bouger, haletante, tout à la joie d'avoir réussi. Puis une pensée soudaine la saisit et elle serra plus fort le tournevis entre ses mains. Comment l'emporter dans la maison ? Elle ne pouvait pas le cacher sur elle. Le T-shirt était trop collant, la jupe de coton ne possédait pas de poche ; ses sandales étaient ouvertes.

Ils approchaient du bungalow. Elle sentit le mouvement de la camionnette qui virait, tournait et rebondissait sur le chemin de terre. Le carton de la robe tressauta et lui frôla le bras. *Le carton de la robe !* La vendeuse l'avait maintenu avec une ficelle serrée par un double nœud. Kay n'avait aucune chance de le défaire, mais elle glissa avec précaution ses doigts sous le couvercle, et lentement commença à introduire le tournevis dans l'ouverture. Le couvercle se déchira un peu sur le côté.

La camionnette stoppa. Affolée, Kay poussa l'outil à l'intérieur du carton, tâchant de le dissimuler entre les plis de la robe, et parvint à basculer la boîte sur le côté avant que la porte ne s'ouvrît. « Nous sommes arrivés », Kay, dit Donny d'une voix sans timbre.

Elle pria le ciel qu'il ne remarquât pas les nouvelles meurtrissures sur ses poignets et ses chevilles, le couvercle déchiré. Mais il défit machinalement la chaîne et les menottes, prit la boîte sous son bras sans y jeter un regard, ouvrit la porte du bungalow et poussa précipitamment Kay à l'intérieur, comme s'il craignait d'être suivi. La chaleur était suffocante dans la maison.

Du plus profond de son instinct, Kay sut qu'il lui fallait trouver un moyen de le calmer. « Vous avez faim, lui dit-elle. Vous n'avez rien mangé depuis des heures. » Elle avait préparé le déjeuner lorsqu'il était revenu du travail à 13 heures, mais il était alors trop agité pour manger. « Je vais vous préparer un sandwich et un verre de limonade, dit-elle. Cela vous fera du bien. »

Il laissa tomber le carton de la robe sur le canapé et dévisagea Kay. « Dites-moi que vous m'aimez », lui ordonna-t-il. Ses pupilles étaient agrandies, l'étau de ses doigts autour de ses poignets plus serré que celui des menottes. Son souffle était court, saccadé. Terrifiée, Kay recula jusqu'à ce qu'elle sentît le velours rêche du canapé lui effleurer les mollets. Il était sur le point de perdre son contrôle. Il ne serait pas dupe si elle essayait de l'apaiser avec des mensonges. Elle choisit de lui parler d'un ton cassant. « Donny, j'aimerais en savoir plus sur *votre amour* pour moi. Vous dites m'aimer, mais vous êtes constamment en colère contre moi. Comment pourrais-je vous croire ? Lisez-moi un de vos cahiers pendant que je prépare quelque chose à manger. » Elle prit une intonation froidement autoritaire. « Donny, je veux que vous lisiez *tout de suite*.

— Bien sûr, mademoiselle Wesley. » Toute trace de colère disparue, il parlait d'une voix haut perchée, presque enfantine. « Mais je dois d'abord écouter les messages sur mon répondeur. »

Il avait laissé le téléphone sur la table près du canapé quand ils étaient sortis. Il prit un carnet et un crayon dans sa poche et pressa sur le bouton d'écoute. Il y avait trois messages. L'un de la quincaillerie : Donny pouvait-il venir les dépanner demain ? Leur réparateur était malade. Un autre du Garden View : ils avaient besoin de quelqu'un pour installer un équipement électronique dans la salle de séminaire. C'était urgent. Ils l'attendaient dans la soirée.

Le dernier appel provenait manifestement d'un homme âgé. Il y avait un tremblement dans sa voix hésitante quand il se nomma. Clarence Gerber. Donny pouvait-il venir jeter un coup d'œil sur le grille-pain ? Il ne chauffait pas et sa femme faisait brûler tous les toasts en les mettant dans le four. Suivit un rire essoufflé. « Mettez-nous en premier sur votre liste, Donny. Rappelez-moi pour me faire savoir quand vous viendrez. »

Donny rangea son carnet, rembobina la cassette et se hissa sur le canapé pour placer le répondeur dans la cage. « Ce vieux bonhomme, Gerber, me casse les pieds, dit-il à Kay. J'ai beau le lui interdire, quand je répare un de ses trucs, il rentre dans la camionnette et n'arrête pas de parler pendant que je travaille. De toute façon, je dois me rendre en premier au motel. Ils me paient rubis sur l'ongle. J'ai économisé beaucoup d'argent pour nous, Kay. » Il descendit du canapé. « Et maintenant je vais vous faire la lecture. Montrez-moi les cahiers que vous n'avez pas encore lus.

— “Dès le premier jour à la chorale, quand Kay a posé ses mains sur ma poitrine et m’a dit de chanter, j’ai senti qu’il y avait quelque chose de spécial et de beau entre nous” », lut Donny tout en buvant sa limonade à petites gorgées. Sa voix s’adoucit tandis qu’il mentionnait les nombreuses fois où elle lui avait téléphoné pour lui demander de venir la voir. Assise en face de lui, Kay avait la gorge nouée. Il répétait comme un leitmotiv combien il serait heureux de mourir avec elle, combien il lui semblerait glorieux de mourir en défendant ses droits sur elle.

Il termina sa lecture et sourit. « Oh, j’oubliais », dit-il. Levant la main, il ôta la perruque frisée rousse, dévoilant sa maigre couronne de cheveux bruns. Il se pencha en avant et pour la première fois enleva ses verres de contact bleus. Ses pupilles, d’un marron terreux moucheté d’étranges points verts, la fixèrent. « Me préférez-vous lorsque je suis vraiment moi-même ? » interrogea-t-il. Sans attendre sa réponse, il fit le tour de la table et la força à se lever. « Je dois me rendre au motel, Kay. Je vais vous laisser dans le living-room. »

Aux Vêtements Cartel, Vina Howard et son assistante, Edna, vitupérèrent pendant cinq minutes contre le couple qui venait d’acheter la robe de plumetis blanc. « Je suis prête à parier qu’ils étaient drogués, déclara Edna. Mais écoute, nous n’aurions jamais dû prendre cette robe en magasin, nous le savions. Tu étais sur le point de la solder, n'est-ce pas ? Or ils ont payé le prix fort. Et comptant qui plus est. »

Vina acquiesça. « Ça n'empêche pas qu'il avait l'air bizarre. Ses cheveux étaient teints. J'en mettrais ma main au feu. » La porte s'ouvrit et une nouvelle cliente entra. Vina l'aida à choisir plusieurs jupes, puis la conduisit dans la cabine d'essayage. Son cri d'indignation fit sursauter Edna et la cliente. « Regarde, s'écria Vina, hors d'elle, pointant un doigt tremblant vers le S gratté irrégulièrement sur le mur. Elle était pire que lui, enragea-t-elle. Maintenant nous n'aurons pas suffisamment de papier pour réparer les deux murs. Ah ! si je la tenais ! » Ni les exclamations de sympathie de la cliente ni les paroles apaisantes d'Edna répétant qu'elle avait vendu la robe au prix fort ne calmèrent l'indignation de Vina.

Elle continua à fulminer intérieurement, au point qu'à 18 heures, lorsqu'elle ferma la boutique et commença à parcourir les trois blocs qui la séparaient de chez elle, son regard fixa la photo sur le poteau téléphonique sans prendre conscience que la femme dont elle voyait le visage était la même misérable créature qui avait détérioré le reste de son papier mural.

Il était près de 21 heures lorsque Mike arriva au Garden View. La soirée était chaude et lourde et des gouttes de transpiration perlèrent sur son front dès qu'il quitta sa voiture à air conditionné. Il commença à marcher vers le motel. Une sensation d'étourdissement le força à s'arrêter et à reprendre son équilibre contre le véhicule le plus proche, une camionnette gris foncé. Il réalisa qu'il n'avait rien mangé depuis le sandwich offert par Virginia. Il se rendit directement dans sa chambre et écouta le répondeur. Il n'y avait pas de message.

La cafétéria était encore ouverte. Seules trois ou quatre tables étaient occupées. Il commanda un sandwich au rosbif et un café. La serveuse lui sourit d'un air compatissant. « C'est vous dont la femme a disparu ? Bonne chance. Je suis sûre que ça va s'arranger. Je le sens.

— Merci. » Je donnerais tout pour avoir le même sentiment, pensa Mike. D'un autre côté, cela prouvait que la photo de Kay ne passait pas inaperçue.

La serveuse le quitta et revint avec son sandwich empaqueté et l'addition pour l'homme assis deux tables plus loin. « Travaillez tard ce soir, hein Donny ? »

Il était 18 heures passées lorsque Donny s'éloigna au volant de la camionnette. Dès qu'elle entendit diminuer le bruit du moteur, Kay introduisit sa main dans le carton de la robe à la recherche du tournevis. Si elle pouvait détacher du mur la plaque métallique, elle parviendrait à atteindre le téléphone. Mais son espoir fondit à la vue du gros cadenas posé sur la cage. C'était la plaque ou rien.

Elle se traîna vers elle et s'accroupit sur le sol. Les vis étaient si bien serrées qu'on les aurait crues soudées. Le tournevis était petit. Les minutes passèrent, une demi-heure, une heure. Insensible à la chaleur, à la sueur qui ruisselait sur son corps, à la fatigue de ses doigts, elle s'acharna. Ses efforts finirent par être récompensés. L'une des vis se mit à tourner. Elle lâcha peu à peu, avec une lenteur exaspérante, et finit par céder complètement. Avec précaution, Kay la resserra légèrement pour l'empêcher de tomber, et s'attaqua à la suivante. Combien de temps s'était-il écoulé ? Dans combien de temps Donny serait-il de retour ?

Elle sentait un engourdissement l'envahir peu à peu. Elle travaillait comme un robot, sans se préoccuper des élancements violents qui lui traversaient les mains et les bras, des crampes dans ses jambes. Elle venait de sentir bouger la seconde vis quand elle prit conscience que le bruit étouffé à l'extérieur était celui de la camionnette. Elle se traîna précipitamment jusqu'au canapé, glissa le tournevis entre les ressorts et prit le cahier que Donny avait laissé sur le canapé.

La porte grinça en s'ouvrant. Le pas lourd de Donny résonna sur le plancher. Il tenait un sachet en papier à la main. « Je vous ai apporté un hamburger et un soda, Kay, dit-il. J'ai vu Mike Crandell à la cafétéria. Votre photo est placardée partout. Vous n'auriez pas dû me demander de vous emmener faire des courses. Nous allons avancer notre mariage d'un jour. Je dois retourner au motel demain matin – ils s'étonneraient de ne pas me voir. Et ils me doivent de l'argent. Mais dès mon retour, nous nous marierons et filerons d'ici. »

La décision sembla l'avoir calmé. Il s'approcha de Kay et posa le sachet sur le canapé. « N'êtes-vous pas heureuse de voir que je pense à vous chaque fois que je m'achète à manger ? » Son baiser s'attarda sur son front.

Kay s'efforça de dissimuler son dégoût. Au moins le faible éclairage de la pièce empêchait-il Donny de remarquer ses mains gonflées. Et demain matin, il devait se rendre au motel. Cela lui laissait à peine quelques heures si elle ne voulait pas disparaître avec lui.

Donny s'éclaircit la gorge. « Je crains d'être un jeune marié très nerveux, Kay. Répétons nos vœux de mariage. Moi, Donald, je te prends, Kay… »

Il avait appris par cœur les formules traditionnelles. Les mots emplirent le souvenir de Kay : « Moi, Katherine, je te prends, Michael. » Oh ! Mike, Mike.

« Alors, Kay ? » Le ton crispé la ramena à l'heure présente.

« Ma mémoire est moins bonne que la vôtre, dit-elle. Vous devriez plutôt mettre les paroles par écrit afin que je puisse m'exercer demain pendant que vous serez à votre travail. »

Donny sourit. Dans la pénombre, ses yeux semblaient enfoncés dans leurs orbites, son visage paraissait émacié, presque squelettique. « C'est une bonne idée, dit-il. À présent, si vous mangiez votre hamburger ? »

Cette nuit-là, Kay garda les yeux résolument fermés, se forçant à respirer régulièrement. Elle était consciente des allées et venues de Donny qui venait la regarder, mais une seule pensée la préoccupait : même si elle parvenait à détacher la plaque métallique avant le retour de Donny, rien ne garantissait qu'elle puisse lui échapper. Jusqu'où pourrait-elle s'enfuir dans ces bois inconnus, avec un pied entravé et chargé du poids de la plaque et de la chaîne ?

La circulation était dense sur la route 95 Sud. À 18 h 30, Marian Martin se rendit compte qu'une légère migraine lui serrait les tempes, sans doute parce qu'elle n'avait pratiquement pas déjeuné. Elle aurait volontiers pris une tasse de thé et un beignet. Mais un sentiment d'urgence la força à garder le pied sur l'accélérateur jusqu'au moment où sa voiture roula dans l'allée de la maison de Virginia O'Neil à Jefferson Township. Il était 19 h 50.

Virginia avait préparé du fromage, des crackers et une bouteille de vin frais dans le living-room. Marian savoura le brie, but un verre de chablis et admira la pièce agréablement meublée avec son piano à queue couvert de partitions dans une alcôve.

Les partitions réveillèrent ses souvenirs. « Vous accompagniez au piano la chorale de Kay Wesley, n'est-ce pas ?

— Pas toute l'année. Seulement durant son cours du dernier semestre.

— *Quelque chose m'échappe à propos de ce cours. Quoi ?* » s'interrogea impatiemment Marian à voix haute.

Un poulet au citron, du riz sauvage et une salade composaient le dîner, mais malgré sa faim, Marian remarqua à peine ce qu'elle mangeait. Elle tint à examiner les photos du pique-nique pendant le repas. Rudy Kluger était grand et mince. Il était âgé d'une trentaine d'années lorsqu'il avait assassiné Wendy Fitzgerald. Il avait donc à peu près cinquante ans aujourd'hui. Marian parcourut rapidement les photos. Les plus vieux des anciens élèves s'étageaient autour de quarante ans. Les hommes plus âgés devaient être peu nombreux.

Il y en avait effectivement très peu et les rares qu'elle repéra ne ressemblaient en rien à Rudy. Tandis qu'elle passait les photos en revue, Virginia lui apprit que Mike distribuait le portrait de Kay dans les villes avoisinantes, que l'inspecteur chargé de l'enquête, après avoir paru douter qu'il s'agissait d'une véritable disparition, se montrait d'une aide efficace. « Il restera tard à son bureau. Il m'a dit de lui téléphoner si quelque chose nous venait à l'esprit. » Elle déplaça sa chaise pour s'asseoir près de Marian tandis que Jack débarrassait la table et apportait les tasses à café. Virginia prit une photo. « Elle a été prise à la fin du pique-nique. Kay venait de terminer la dernière bouchée de son hot-dog. Elle s'apprêtait à dire au revoir autour d'elle. Je suis la dernière à qui elle ait parlé. Ensuite, elle s'est éloignée dans l'allée en direction du parking. »

Marian examina la photo. Kay se tenait au bord de l'allée. Mais quelque chose attira le regard de Marian dans le bosquet qui menait au parking. « Avez-vous une loupe ? » demanda-t-elle.

Quelques minutes plus tard, elles tombaient d'accord. À moitié cachée derrière un gros orme près du parking, il y avait une forme qui pouvait être celle d'un homme cherchant à éviter d'être vu. « C'est sans doute sans intérêt, dit Marian, s'efforçant de garder un ton calme. Mais il serait peut-être bon que je parle dès maintenant à ce détective. »

Jimmy Barrott était à son bureau lorsque le téléphone sonna. Il examinait par acquit de conscience le dossier d'un certain Rudy Kluger qui avait, vingt ans auparavant, « brutalement assassiné » une élève de seize ans du lycée du Garden State après l'avoir attaquée dans les bois près du terrain de pique-nique. Relâché de la prison de Trenton il y a six semaines, Rudy Kluger avait déjà rompu son engagement en omettant de se présenter devant l'agent de police chargé de sa surveillance.

Jimmy Barrott sentit un poids lui compresser la poitrine en écoutant l'ancienne conseillère d'éducation lui raconter qu'elle croyait voir sur une photo quelqu'un se cacher dans les bois au moment où

Kay Crandell se préparait à partir et qu'elle éprouvait un affreux pressentiment en songeant à Rudy Kluger.

« Mademoiselle Martin, dit Jimmy Barrott, je vais être franc. Rudy Kluger est sorti de prison. Nous le recherchons à l'heure qu'il est. Mais voudriez-vous me faire une faveur ? Faites comme si Kluger n'existait pas. Gardez l'esprit clair en examinant ces photos. J'ignore pourquoi, mais j'ai l'impression que vous allez découvrir un élément qui peut nous aider. »

Il avait raison. Elle devait garder l'esprit clair. Marian raccrocha le téléphone et recommença à étudier les photos.

À 23 h 30, elle sentit ses yeux se fermer malgré elle. « Je ne suis plus aussi jeune qu'autrefois », s'excusa-t-elle.

La chambre d'invités se trouvait au second étage, à l'extrémité opposée de la chambre d'enfants. Néanmoins, Marian entendit vaguement l'un des jumeaux gémir au milieu de la nuit. Elle se rendormit, mais quelque chose la tracassa pendant ce bref moment d'éveil, quelque chose qu'elle avait vu sur les photos et dont il était essentiel qu'elle se souvînt.

Clarence Gerber dormit mal dans la nuit du vendredi. Il n'y avait rien que Brenda appréciât plus que des gaufres pour le petit déjeuner et le toaster était en panne depuis deux jours. Comme le disait Brenda, à quoi bon en acheter un neuf quand Donny Rubel pouvait réparer le vieux pour dix dollars.

Pendant ses moments d'insomnie, Clarence songea que le véritable problème de la retraite était de n'avoir rien à faire lorsque vous vous réveilliez, et en conséquence rien à raconter. Maintenant, les deux sœurs de Brenda venaient si souvent à la maison qu'il ne pouvait plus jamais placer un mot. Elles l'interrompaient dès qu'il ouvrait la bouche.

À 5 heures du matin, tandis que Brenda grommelait et ronflait à ses côtés, aussi loin de lui que possible dans le lit double, Clarence conçut son plan. Pourquoi déranger Donny pour dix dollars ? Clarence avait une solution. À une ou deux reprises, il s'était trouvé à court d'argent liquide pour payer Donny, et lui avait posté un chèque. Il connaissait son adresse. Quelque part à Howville. Timber Lane. C'était ça. Près des étangs où Clarence allait se baigner quand il était gosse. Plus tard dans la matinée, il trouverait la maison de Donny, et si ce dernier était absent, il déposerait le toaster avec un billet disant qu'il passerait le reprendre une fois réparé.

Les paupières soudain lourdes de sommeil, il se rendormit, un demi-sourire aux lèvres. C'était épatant d'avoir un projet, quelque chose à faire en se réveillant.

Longtemps avant l'aube, Kay entendit des bruits dans le living-room. Que fabriquait Donny ? Des sons mats lui parvenaient, comme s'il laissait tomber des paquets. Il faisait les bagages. En comprenant la signification de ce remue-ménage, Kay pressa ses poings contre sa bouche. Si elle voulait éviter que Donny ait des soupçons, c'était le moment ou jamais de rester calme. Sa seule chance de lui échapper était d'attendre qu'il parte terminer son travail et ses livraisons dans la matinée. S'il avait le moindre doute, il s'enfuirait tout de suite avec elle.

Elle parvint à simuler un sourire ensommeillé lorsqu'il lui tendit une tasse de café à 7 heures. « Vous êtes tellement attentionné, Donny », murmura-t-elle en s'asseyant, prenant soin de relever la couverture sous ses bras.

Il parut ravi. Il était vêtu d'un pantalon bleu foncé et d'une chemisette blanche. Au lieu de ses habituels tennis, il portait des chaussures marron clair impeccablement cirées. Il avait manifestement pris un soin particulier de sa coiffure. Ses cheveux étaient plaqués sur son crâne comme s'il utilisait de la laque. Dans ses yeux bruns couvait une lueur d'excitation. « J'ai tout préparé, Kay, lui dit-il. Je rangerai la plupart des affaires dans la camionnette avant de partir. Nous pourrons ainsi nous marier dès mon retour et avoir un déjeuner de noces. Ce sera un déjeuner, car je ne veux pas attendre jusqu'à ce soir. Puis nous nous en irons. Je vais dès maintenant laisser un message sur le répondeur, prévenant que j'ai l'intention de prendre des vacances prolongées. Ce matin, je dirai à mes meilleurs clients que je me marie. De cette façon, personne ne s'étonnera de ne pas nous voir revenir avant longtemps. »

Il était apparemment enchanté de ses plans. Il se pencha et embrassa Kay sur les cheveux. « Quand vous aurez un bébé, peut-être irons-nous rendre visite à ma mère. Elle se moquait de moi parce que je ne sortais jamais avec des filles. Elle disait que je n'aurais jamais une fille à moins de l'attacher. Mais quand elle verra combien vous êtes jolie et à quel point nous aimons notre bébé, je parie qu'elle s'excusera. »

Il ne permit pas à Kay de s'habiller avant le petit déjeuner. « Enfilez juste votre robe de chambre. » Il y avait une intensité fiévreuse dans tout son corps. Elle refusa de rester en simples vêtements de nuit.

« Donny, il fait horriblement froid. Prêtez-moi votre imperméable en attendant. »

Il avait laissé quelques ustensiles de cuisine, la cafetière, le toaster et deux assiettes. Tout le reste était empaqueté. « La majeure partie du temps, nous camperons sous la tente et dans des cabanes jusqu'à ce que nous arrivions dans le Wyoming. Vous aimez la vie à la dure, n'est-ce pas, Kay ? »

Elle dut se mordre les lèvres pour retenir un rire hystérique. Les appartements meublés, dont beaucoup étaient très confortables, représentaient pour elle « la vie à la dure ». Mike. Mike. À sa pensée, son envie de rire se changea en larmes. Ne pleure pas, se gourmanda-t-elle. Ne pleure pas.

« Vous pleurez, Kay ? » Donny se pencha à travers la table et la scruta. Elle réussit à ravaler ses pleurs.

« Mais non. » Kay parvint à prendre un ton précipité et moqueur. « Toutes les jeunes mariées ont le trac avant le grand jour. »

Ses lèvres se retroussèrent en une caricature de sourire. « Finissez votre petit déjeuner, Kay. Vous devez faire vos bagages. »

Il exhiba une valise rouge vif. « Une surprise ! Je l'ai achetée pour vous. » Mais il ne lui permit pas de passer un jean et un T-shirt. « Non, Kay. Empaquetez tout excepté votre robe de mariée. »

Il partit à 9 h 30, promettant d'être de retour dans deux ou trois heures. Dans le living-room, ses deux vieilles valises encadraient la nouvelle valise rouge destinée à Kay. Il ne restait plus que leur photo sur le mur. « Nous échangerons nos vœux devant elle », avait dit Donny.

La robe de plumetis était trop étroite aux épaules. Elle se déchira quand Kay voulut saisir le tournevis entre les ressorts du canapé. Elle parvint à s'en emparer, le posa par terre et déchira le morceau de papier sur lequel Donny avait gribouillé à son intention les vœux de mariage. De toute façon, il allait la tuer. Mieux valait le braver ici ; on finirait par retrouver son corps et Mike pourrait cesser de la chercher.

Avec le calme du désespoir, elle ramassa le tournevis et se dirigea vers la plaque métallique, traînant la lourde chaîne derrière elle. Elle s'accroupit, défit la vis déjà desserrée, plaça la tête du tournevis dans la seconde vis qu'elle avait commencé à desserrer la veille au soir.

Mike arriva chez les O'Neil à 9 heures.

C'était une belle journée de juin ensoleillée. Il paraissait incongru qu'un malheur pût arriver par un jour pareil. Comme en rêve, il vit un jeune homme mettre en place un arroseur sur la pelouse voisine. Autour de Mike, les gens accomplissaient les tâches habituelles d'un samedi ordinaire, allaient jouer au golf, emmenaient leurs enfants se promener. *Lui* avait passé trois heures ce matin à placarder d'autres photos de Kay sur les cabines téléphoniques autour des clubs de natation de la région.

Il frappa un petit coup à la porte de la maison et entra. Les autres étaient déjà installés autour de la table de la cuisine. Virginia et Jack O'Neil, Jimmy Barrott, les trois amies de classe de Virginia. Mike fut présenté à Marian Martin. Il sentit immédiatement l'atmosphère de tension dans la pièce. Redoutant de poser une question, il regarda Jimmy Barrott droit dans les yeux. « Dites-moi ce que vous savez.

— Nous ne *savons* rien, lui dit Jimmy Barrott. Mlle Martin *croit* avoir repéré quelqu'un en train de se cacher dans l'allée au moment où Kay quittait le pique-nique. Nous avons demandé un agrandissement de cette photo. Il s'agit peut-être seulement d'une branche d'arbre ou de n'importe quoi d'autre. » Il hésita comme s'il était sur le point de poursuivre, puis se ravisa : « Ne perdons pas de temps. Continuons notre travail d'identification. »

À 9 h 30, Marian Martin secoua la tête avec impatience. « Je pensais pouvoir reconnaître chaque visage. Mais les gens changent. Ce dont j'ai besoin, c'est d'une liste des anciens élèves qui s'étaient inscrits pour la réunion.

— On est samedi, dit Virginia. Le bureau est fermé. Mais je vais appeler Gene Pearson chez lui. Il habite à quatre rues du lycée. C'est le directeur du Garden State, dit-elle à Mike.

— Je l'ai rencontré. » Mike se rappela le peu d'empressement manifesté par Pearson.

Mais lorsque Gene Pearson se présenta trente minutes plus tard, il était manifeste que son attitude, comme celle de Barrott, avait changé. Il n'était pas rasé, semblait avoir enfilé les premiers vêtements venus, s'excusa d'avoir mis si longtemps.

Pearson tendit à Marian la liste des participants à la réunion. « En quoi puis-je vous être utile ? » demanda-t-il.

Le téléphone sonna. Ils sursautèrent tous. Virginia souleva le récepteur. « C'est pour vous », dit-elle à Jimmy Barrott. Mike s'efforça en vain de déchiffrer l'expression de Jimmy. « Très bien, dit Jimmy. Récitez-lui les mises en garde habituelles et assurez-vous qu'il signe la déclaration. J'arrive. »

Un silence mortel plana dans la pièce. Jimmy reposa le récepteur et regarda Mike. « Nous filions un dénommé Rudy Kluger qui vient de sortir de prison. Condamné à vingt ans de réclusion pour l'assassinat d'une jeune fille qu'il avait enlevée à un pique-nique près du Garden State. »

Mike sentit sa poitrine se contracter.

Jimmy s'humecta les lèvres. « Ça n'a peut-être rien à voir avec la disparition de votre femme, mais on vient de piquer Kluger dans les mêmes bois. Il s'en prenait à une jeune femme en train de faire du jogging.

— Et il s'y trouvait peut-être mercredi, dit Mike.

— C'est possible.

— Je vous accompagne. » *Kay, Kay.*

Comme si la tâche paraissait soudain vaine, tout le monde à la table laissa tomber les photos. L'une des amies de classe de Virginia se mit à sangloter.

« Mike, Kay vous a téléphoné avant-hier soir, lui rappela Virginia.

— Mais pas hier soir. Et aujourd'hui Kluger a tenté de s'attaquer à quelqu'un d'autre. »

Mike suivit Jimmy Barrott jusqu'à la voiture. Il aurait dû se sentir bouleversé, pourtant il ne ressentait absolument rien, ni douleur, ni chagrin, ni colère. À nouveau, il murmura le nom de Kay, mais sans émotion.

Jimmy Barrott roulait en marche arrière dans l'allée quand Jack O'Neil se rua hors de la maison. « Attendez ! cria-t-il. Votre bureau vous appelle. Une dénommée Vina Howard a vu la photo de Kay et elle affirme qu'elle est venue hier après-midi dans sa boutique de vêtements à Pleasantwood. »

Jimmy Barrott enfonça le frein. Mike et lui sautèrent de la voiture et s'élancèrent vers la maison. Jimmy s'empara du téléphone. Mike et les autres se pressèrent autour de lui. Jimmy posa des questions, aboya ses instructions. Il raccrocha, s'adressa à Mike.

« Cette Vina Howard et son assistante jurent toutes les deux qu'il s'agissait de Kay. Elle se trouvait avec un type âgé d'un peu plus de vingt ans. Howard a cru qu'ils étaient drogués ou quelque chose comme ça, mais après avoir parlé à mes gars, elle s'est ravisée et elle pense que Kay était probablement terrifiée. Kay a gravé la lettre S sur le mur de la cabine d'essayage.

— Un type d'un peu plus de vingt ans, s'exclama Mike. Ça ne peut être Kluger ! » Le soulagement fit place à une inquiétude nouvelle. « Elle a essayé d'écrire quelque chose dans la cabine. » Sa voix s'étrangla tandis qu'il murmurait. Un mot commençant par S…

— Peut-être S.O.S., marmonna Barrott. Une chose est au moins certaine, elle n'était pas avec Kluger.

— Mais que faisait-elle dans une boutique de mode ? » interrogea Jack O'Neil.

Jimmy Barrott ne cacha pas son incrédulité. « Je sais que ça semble insensé, mais elle achetait une robe de mariée.

— Je vais parler à cette femme, dit Mike.

— Elle et son assistante seront ici dans quelques instants. Une voiture de police les conduit. » Jimmy Barrott désigna les photos sur la table. « Il est très probable qu'elles pourront repérer le type avec lequel se trouvait votre femme. »

Clarence Gerber constata avec surprise combien les abords d'Howville avaient changé. De son temps, c'était la campagne, avec des collines et des étangs nichés dans les creux. L'endroit ne s'était pas développé comme la plupart des villes alentour. La pollution s'y était peu à peu installée, et les déchets d'usines interdisaient les baignades et la pêche. Mais Clarence n'était pas préparé à cette désolation absolue. Les maisons étaient délabrées comme si on les avait à jamais abandonnées. Des tas de ferraille et des voitures accidentées et rouillées s'amoncelaient dans les fossés de part et d'autre de la route. Comment un garçon comme Donny Rubel supportait-il cet environnement ?

De vieux souvenirs lui revinrent en mémoire. Timber Lane ne se trouvait pas directement à la sortie de l'autoroute. Il lui faudrait prendre l'embranchement sur la route à deux ou trois kilomètres, continuer pendant huit kilomètres, puis tourner à droite sur un chemin de terre.

Clarence était content de rouler par cette journée ensoleillée, content de sentir que sa vieille voiture marchait encore correctement. Il venait de la faire vidanger et même si elle s'essoufflait un peu dans les côtes, « tout comme moi », c'était une bonne et robuste automobile. Pas comme ces caisses de fer-blanc qu'ils appellent voitures aujourd'hui et qui coûtent le prix demandé pour un château à son époque.

Les sœurs de Brenda étaient arrivées avant qu'il n'ait pu avaler une tasse de café. Elles le virent partir avec plaisir, impatientes de jacasser sur ce type qui collait des photos de sa femme disparue dans tout le pays.

Il trouva l'embranchement sur la route. Reste sur la droite, se dit-il. Le panneau pour Timber Lane risquait d'avoir disparu, mais il reconnaîtrait l'endroit quand il le verrait. Le toaster était posé à côté de lui sur le siège. Il n'avait pas oublié d'emporter une feuille de papier vierge et une enveloppe. Si Donny n'était pas chez lui, il lui laisserait un mot. Lorsqu'il viendrait reprendre le toaster, peut-être Donny l'inviterait-il à passer un moment avec lui. On devait se sentir seul par ici. Il semblait ne pas y avoir âme qui vive à des kilomètres à la ronde.

La seconde vis était posée par terre. La troisième commençait à céder. Kay pesait de tout son poids pour tourner le manche du tournevis. Elle sentit du jeu dans la lame. Oh mon Dieu, je vous en prie, faites qu'elle ne se casse pas. Depuis combien de temps Donny était-il parti ? Une heure ? Le téléphone avait sonné à deux reprises, mais Donny n'avait pas appelé. Elle se redressa et essuya les gouttes de sueur sur son front. Un vertige lui fit comprendre qu'elle était au bord de l'épuisement. Elle avait des crampes dans les jambes. Refusant de perdre du temps, elle se mit debout et s'étira. Au moment où elle se retournait, son regard tomba sur la photo prise au cours du bal sur le mur opposé. Malade de dégoût, elle se laissa retomber sur le canapé et avec un nouveau sursaut d'énergie tourna le manche du tournevis. Brusquement, il tourna à vide dans sa main. La troisième vis était desserrée. Elle la retira de son logement et pour la première fois osa espérer qu'elle avait une chance de s'enfuir.

C'est alors qu'elle l'entendit. Le bruit d'une voiture, le crissement des freins. Non, non, non. Paralysée, elle reposa le tournevis sur le sol et serra les poings, souhaitant qu'il voie ce qu'elle était en train de faire. Qu'il la tue, tout de suite.

Elle crut d'abord que son imagination lui jouait un tour. Elle rêvait. Mais c'était la vérité. Quelqu'un frappait à la porte. La voix d'un vieil homme appelait : « Hé, il y a quelqu'un ? »

Malgré le mugissement de la sirène de la voiture de police, la course éclair à travers les feux rouges, les quinze kilomètres qui séparaient Pleasantwood de la maison des O'Neil à Jefferson Township parurent une éternité à Vina Howard et à Edna. *J'ai vu la photo de cette femme hier soir, se reprocha Vina en silence, et la seule chose qui me préoccupait était le papier mural de la cabine. Si seulement*... Il était évident que quelque chose clochait. Ce type semblait tellement pressé. Et la jeune femme insistait pour essayer la robe, tentait de gagner du temps. Il a ouvert le rideau de la cabine d'essayage comme s'il ne lui faisait pas confiance. Et je n'ai pensé qu'à mon papier mural.

Jimmy Barrott interrompit Vina quand elle voulut lui raconter son histoire en arrivant chez les O'Neil. « Madame Howard, je vous en prie. L'homme qui a enlevé Kay Crandell se trouve peut-être sur ces photos. Voulez-vous les examiner ? Vous êtes certaine qu'il avait les cheveux roux ? Certaine qu'il avait les yeux bleus ?

— Absolument, dit Vina. En fait, nous avons même fait la remarque qu'il paraissait sortir de chez le coiffeur. »

Marian Martin quitta la table. « Asseyez-vous là. Je voudrais étudier à nouveau la liste des anciens élèves. » Le sentiment qu'un détail lui avait échappé grandissait en elle. Elle se dirigea dans la salle de séjour à côté. Gene Pearson la suivit.

Virginia fit signe à ses amies. Elles se pressèrent sur un canapé en demi-cercle à l'autre extrémité de la pièce.

Debout devant la table, Mike regarda les visages graves des deux femmes qui avaient vu Kay hier. Pleasantwood. Il s'y était rendu. « À quelle heure Kay se trouvait-elle dans votre boutique ? demanda-t-il à Vina.

— Vers 15 heures. Peut-être un quart d'heure plus tard. »

Il avait quitté la maison de Virginia hier à 15 heures et roulé sans arrêt jusqu'à Pleasantwood. Il s'était probablement trouvé en ville en même temps que Kay. L'ironie de la situation lui donna envie de marteler le mur à coups de poing.

Jack O'Neil empilait les photos au fur et à mesure que Vina et Edna les examinaient. « Il est reconnaissable entre mille, dit Vina à Jimmy Barrott. Tout ce qu'il faut, c'est repérer cette chevelure. » Elle s'arrêta, souleva l'une des photos. « C'est drôle. Il y a quelque chose...

— Quoi ? dit sèchement Jimmy Barrott.

— Quelque chose de familier. » Vina se mordit la lèvre avec irritation. « Oh, je perds du temps. C'est *sa* photo que je regarde. » Elle désigna Gene

Pearson en train de vérifier la liste des participants avec Marian.

Edna lui prit la photo des mains. « Je vois ce que tu veux dire, mais… » Elle s'interrompit, continuant à étudier la photo. « C'est peut-être insensé, dit-elle, mais cet homme qui porte une barbe et des lunettes noires a un air… »

Dans la pièce à côté, Marian Martin considérait la liste des anciens élèves avec une optique différente. Elle cherchait un nom qui pour une raison ou une autre lui aurait échappé. Elle commençait la liste des R quand une phrase prononcée par Virginia éveilla son attention.

« Vous rappelez-vous que nous voulions toutes nous habiller comme Kay Wesley ? Elle aurait pu être la reine du bal. »

Le bal, pensa Marian. Voilà ce dont je cherchais à me souvenir. Donny Rubel, ce garçon bizarre et renfermé qui avait un béguin pour Kay. Son doigt parcourut la page. Il s'était inscrit pour la réunion, mais elle ne l'avait vu sur aucune des photos. Voilà pourquoi son nom ne lui était pas venu immédiatement à l'esprit.

« Virginia, demanda-t-elle. L'une de vous a-t-elle rencontré Donny Rubel à la réunion ? »

Virginia regarda ses amies. « Je ne l'ai pas vu », dit-elle lentement. Les autres firent un signe négatif de la tête. « J'ai vaguement entendu dire qu'il faisait du dépannage à domicile, mais il était toujours tellement solitaire, poursuivit Virginia.

Je doute qu'il soit resté en relation avec aucun de nous après ses études. Je crois que je l'aurais remarqué s'il était venu à la réunion.

— Donny Rubel, coupa Gene Pearson. Je suis *sûr* de lui avoir parlé. Il m'a même dit qu'il était réparateur. Je lui ai demandé s'il accepterait de participer à la journée d'orientation. C'était à la fin du pique-nique. Il était tellement pressé qu'il m'a bousculé en partant.

— Plutôt costaud, énonça Marian. Cheveux châtain foncé, yeux bruns. Environ un mètre quatre-vingts.

— Non. Ce garçon était très maigre. Il avait une barbe et le cheveu plutôt rare. À vrai dire, j'ai été surpris d'apprendre qu'il était sorti du lycée il y a seulement huit ans. Attendez. » Gene Pearson se leva et passa sa main sur ses joues mal rasées. « Il est avec moi sur une des photos. Laissez-moi la trouver. »

D'un seul mouvement, Pearson, Marian Martin, Virginia et ses amies se précipitèrent dans la cuisine. Vina Howard venait d'arracher la photo de Pearson et de Donny Rubel des mains de son assistante.

« Il portait une perruque ! s'écria-t-elle. Voilà pourquoi nous avons cru qu'il s'était fait faire une mise en plis. C'est l'homme qui est entré dans ma boutique. »

Marian Martin, Virginia et les autres jeunes femmes contemplèrent l'inconnu maigre et barbu qu'aucune d'entre elles n'avait reconnu. Mais Gene Pearson hurlait : « C'est Rubel ! C'est Rubel ! »

Jimmy Barrott saisit la liste. L'adresse de Donny Rubel était inscrite à côté de son nom. « Timber Lane, Howville, dit-il. C'est à une vingtaine de kilomètres d'ici. La voiture de police est dehors, dit-il à Mike. Allons-y. »

Clarence Gerber n'en croyait pas ses oreilles. Une voix de femme à l'intérieur de la maison lui criait d'aller chercher de l'aide, de téléphoner à la police, de leur dire qu'elle était Kay Crandell. Et si c'était une plaisanterie, si cette femme à l'intérieur était droguée ou autre chose ? Clarence tenta de jeter un coup d'œil. Mais les portes et les volets étaient hermétiquement clos.

« Ne vous attardez pas, cria Kay. Il va revenir d'une minute à l'autre. Allez chercher du secours. Il vous tuera s'il vous trouve ici. »

Clarence tira une dernière fois sur le volet de la fenêtre de devant. Elle était verrouillée de l'intérieur. « Kay Crandell », dit-il à voix haute, réalisant soudain pourquoi le nom lui était familier. C'était la femme dont parlaient Brenda et ses sœurs ce matin, dont le mari collait des affiches. Mieux valait se rendre tout de suite à la police. Oubliant le toaster qu'il avait posé sur le porche, Clarence regagna sa voiture et poussa au maximum le vieux moteur qui soufflait et grondait en grimpant la route de terre sinueuse et bosselée.

Kay entendit la voiture s'éloigner. *Faites qu'il arrive à temps, faites qu'il arrive à temps.* À quelle distance se trouvait le premier téléphone ? Combien de temps faudrait-il à la police pour arriver ici ? Dix minutes ? Quinze ? Une demi-heure ? Ce serait peut-être trop tard. La quatrième vis était encore en place. Elle ne pourrait jamais la défaire. Mais qui sait... Avec trois vis manquantes, elle parvint à soulever un coin de la plaque métallique à l'aide du tournevis. Elle passa la chaîne entre le mur et la plaque, la saisit à deux mains, arqua son dos, raidit ses bras, et tira de toutes ses forces jusqu'à ce qu'elle entendît le bruit d'un craquement ; elle trébucha en arrière tandis que la plaque de métal se détachait du mur, emportant avec elle un morceau de vieux plâtre.

Kay se releva. Un mince filet de sang coulait sur son front, à l'endroit où sa tête avait heurté un coin du canapé. La plaque métallique était lourde. Elle la saisit sous un bras, enroula la chaîne autour de son poignet, et tourna son regard vers la porte.

Le bruit familier de la camionnette s'engageant dans la clairière lui parvint aux oreilles.

L'état d'excitation de Donny le rendait fébrile. Il s'était débarrassé de tout ce qu'il avait à faire. Il avait expliqué à ses clients qu'il allait se marier et prenait un long congé. Ils avaient paru surpris, puis l'avaient félicité, ajoutant qu'il allait leur manquer. Faites-nous savoir la date de votre retour.

Il ne reviendrait jamais. Sur tout le trajet, il n'avait cessé de voir des photos de Kay. Mike Crandell la cherchait partout. Donny tâta le revolver dans la poche intérieure de sa veste. Il tuerait Mike, Kay et lui-même plutôt que de la perdre.

Mais il ne voulait pas y penser. Tout se passerait bien. Il avait songé à chaque détail. Dans quelques minutes, Kay et lui seraient mariés et savoureraient leur déjeuner de noces. Il avait acheté du champagne, des petits plats chez le traiteur et un truc à la noix de coco qui ressemblait un peu à un gâteau de mariage. Puis ils s'en iraient. À la tombée de la nuit, ils seraient en Pennsylvanie. Il connaissait quelques bons terrains de camping. Il s'en voulut de n'avoir pu acheter une chemise de nuit de noces pour Kay. Mais celle qu'elle portait était très jolie.

Il atteignit l'embranchement sur la route. Encore dix minutes. Il espéra que Kay avait appris les formules du mariage. Une mariée de juin. Il aurait dû acheter des fleurs. Il se rattraperait. « Ton mari prendra soin de toi, Kay », dit-il à voix haute. Le soleil brillait si fort qu'il cligna des yeux malgré ses lunettes noires. Heureuse est la mariée pour qui le soleil luit. Ce soir, elle reposerait sa tête sur son épaule. Elle mettrait ses bras autour de lui. Elle lui dirait combien elle l'aimait.

Il entendit la vieille voiture avant de la voir. Il dut se rabattre sur le côté pour la laisser passer. Il aperçut une chevelure blanche ébouriffée, une petite silhouette maigre penchée sur le volant. Il avait placé un gros ENTRÉE INTERDITE dans le dernier virage sur la route qui menait chez lui, et de toute façon qui pouvait s'intéresser à une maison aux volets clos ? Malgré tout, Donny sentit la colère brûler ses veines. Il n'aimait pas les fureteurs.

Il appuya à fond sur l'accélérateur. La camionnette bondit en avant sur la route sinueuse. Des cheveux blancs ébouriffés. Cette voiture. Il l'avait déjà vue. Au moment où il coupait le moteur, Donny se rappela le coup de téléphone d'hier. *Clarence Gerber*. C'était le conducteur de la voiture.

Il sauta de la camionnette et s'élança vers la maison, puis il aperçut le toaster sur le porche. Il revit le regard intense de Gerber fixé sur la route, comme s'il s'efforçait de faire avancer plus vite sa voiture. *Gerber allait prévenir la police*.

Donny remonta d'un bond dans la camionnette. Il fallait rattraper Gerber. Le tas de ferraille qu'il conduisait ne faisait sûrement pas plus de cinquante kilomètres à l'heure. Il le coincerait sur la route. Et alors… Donny mit le contact, sa bouche se serra en un pli cruel. Ensuite, il reviendrait ici et s'occuperait de Kay qui l'avait trahi, il le savait maintenant.

Assis à côté de Jimmy Barrott à l'arrière de la voiture de police, Mike écoutait le mugissement perçant de la sirène. « Kay est à vingt kilomètres, quinze kilomètres, dix kilomètres. Oh, mon Dieu, je vous en prie, si vous existez et je sais que vous existez, je ferai tout ce que vous voudrez de moi, je le jure. Je vous en prie. Je vous en prie », supplia-t-il.

Le paysage avait brusquement changé. Soudain ils ne traversaient plus de jolies banlieues avec des pelouses bien entretenues et des buissons de roses. L'autoroute était bordée de fossés remplis de détritus. Il n'y avait pratiquement aucune circulation.

Jimmy Barrott étudiait une carte de la région. « Je parie qu'il n'y a plus de poteaux indicateurs dans le coin depuis des lustres, marmonna-t-il. Nous devrions trouver un embranchement sur la route dans un peu plus d'un kilomètre, cria-t-il au policier au volant. Restez à droite. »

Ils étaient presque arrivés au croisement lorsque le conducteur freina brusquement pour éviter un vieil homme qui titubait au milieu de la route, les cheveux sanguinolents collés sur le crâne. Dans le fossé en dessous ils aperçurent une voiture en flammes. Jimmy ouvrit d'un coup la portière, sauta sur la chaussée, et fit monter le vieil homme dans la voiture de police.

Clarence Gerber haleta : « Il m'est rentré dedans. Donny Rubel. Il a enlevé Kay Crandell. »

Stupéfaite, Kay entendit les pneus crisser tandis que la camionnette repartait dans un rugissement en direction de la route. Donny avait dû voir la voiture que conduisait le vieil homme, il avait probablement soupçonné quelque chose. Ne laissez pas Donny s'en prendre à lui, supplia-t-elle, invoquant un Dieu qui paraissait silencieux et lointain. Elle alla en clopinant jusqu'à la porte, tira les verrous, ouvrit la porte. Si ce vieil homme parvenait jusqu'à un téléphone, elle avait une chance. Elle pourrait se cacher dans les bois jusqu'à l'arrivée des secours. Inutile d'essayer de s'enfuir. Elle pouvait à peine bouger avec le poids qu'elle traînait. Son instinct la poussa à refermer la porte derrière elle. Si Donny fouillait la maison, cela lui donnerait quelques minutes supplémentaires.

Où se cacher ? Le soleil brillait haut dans le ciel, dardant impitoyablement ses rais entre les branches des arbres broussailleux. Donny présumerait qu'elle s'était enfuie vers la route. Elle s'éloigna en vacillant vers les bois de l'autre côté de la clairière, se dirigeant vers un bosquet d'érables. Elle l'avait à peine atteint quand la camionnette réapparut en haut de la côte et s'arrêta. Elle vit Donny, le revolver pointé, marcher d'un pas ferme et décidé vers la maison.

« Croyez-moi. Je sais où je vais, dit Clarence Gerber à Jimmy Barrott d'une voix étranglée et tremblante. J'y étais il y a cinq minutes.

— D'après la carte… », Jimmy Barrott pensait manifestement que Gerber avait l'esprit troublé.

« Laissez tomber la carte, ordonna Mike. Faites ce qu'il vous dit.

— C'est une sorte de raccourci », précisa Clarence. Il parlait avec peine. Il se sentait étourdi, à peine remis de ses émotions. Il conduisait sa bonne vieille voiture, la poussant au maximum de sa vitesse, et en un instant il avait eu la route coupée, s'était retrouvé projeté sur la droite. Il avait à peine entrevu la camionnette de Donny Rubel avant de sentir les roues quitter la route. Avec une autre voiture, il aurait été tué. Mais il s'était cramponné de toutes ses forces au volant, jusqu'à ce que la voiture cesse de bondir. Il avait senti l'odeur d'essence et su qu'il devait sortir au plus vite. La porte du conducteur était coincée contre le sol, mais il était parvenu à ouvrir la porte du passager et avait escaladé le fossé. « Par ici, dit-il au conducteur. Écoutez-moi, voulez-vous. C'est la prochaine à droite, après le panneau ENTRÉE INTERDITE. Sa maison se trouve dans une clairière à deux cents mètres. »

Mike regarda Jimmy Barrott et les policiers sortir leurs revolvers. *Faites que Kay soit là, qu'elle soit en vie.* La voiture de police pénétra en trombe dans la clairière et s'arrêta derrière la camionnette de dépannage de Donny Rubel.

Kay vit Donny ouvrir la porte et la repousser d'un coup de pied. Elle perçut presque sa rage quand il constata qu'elle était partie. La cabane se trouvait à moins de trente mètres du bosquet d'arbres où elle se dissimulait. *Pourvu qu'il commence à chercher du côté de la route*, pria-t-elle.

Un instant plus tard, il s'encadrait dans le seuil de la porte, regardant fiévreusement autour de lui, le revolver braqué droit devant lui. Elle serra ses bras contre elle. Si jamais il regardait de son côté, il apercevrait la robe de plumetis blanc à travers les feuilles et les branches. Le moindre geste ferait cliqueter la chaîne.

Elle entendit le bruit d'un véhicule et au même moment vit Donny rentrer brusquement à l'intérieur de la maison. Mais il ne ferma pas la porte. Il resta immobile, sur le qui-vive. La voiture s'arrêta derrière la camionnette. Kay vit le gyrophare étinceler. Une voiture de police. Attention, pensa-t-elle. Attention. Il est prêt à tuer n'importe qui. Elle vit deux policiers en uniforme sortir de la voiture. Ils l'avaient garée sur le côté du bungalow. Les volets étaient fermés. Ils ne pouvaient voir Donny, qui s'avançait d'un pas sous la véranda à présent, un sourire grimaçant sur le visage. La portière à l'arrière de la voiture de police s'ouvrit. Deux hommes en sortirent. *Mike, Mike était là.* Les policiers avaient sorti leurs armes. Ils marchaient sans bruit sur le côté de la maison. Mike se trouvait avec eux. Donny longeait la véranda sur la pointe des pieds. Il tirerait dès qu'ils apparaîtraient à l'angle. Peu lui importait de mourir. *Il allait tuer Mike !*

La clairière était plongée dans un silence absolu. Même le cri des geais et le bourdonnement des mouches s'étaient tus. Kay eut une impression fugitive de fin du monde. Mike s'était avancé. Il n'était qu'à quelques pas de l'angle où se tenait Donny.

Kay s'écarta de l'arbre. « Je suis là, Donny », appela-t-elle.

Elle le vit s'élancer vers elle, essaya de se presser contre l'arbre, sentit la balle frôler son front, entendit la détonation des autres revolvers, vit Donny se recroqueviller sur le sol. Mike courait à sa rencontre. Sanglotant de joie, Kay avança en vacillant dans la clairière, tomba dans les bras qui se tendaient vers elle.

Jimmy Barrott n'était pas un homme sentimental, mais ses yeux s'embuèrent bizarrement en regardant Kay et Mike, silhouettes découpées à contre-jour, comme accrochées l'une à l'autre pour l'éternité.

L'un des policiers se penchait sur Donny Rubel. « Il est mort », dit-il à Jimmy.

L'autre policier enveloppait d'un bandage la tête de Clarence Gerber. « Vous êtes un dur à cuire, dit-il au vieil homme. Des blessures superficielles, autant que je puisse en juger. On va vous conduire à l'hôpital. »

Clarence repassait tous les détails dans son esprit pour les raconter à Brenda et à ses sœurs. Comment Kay Crandell avait essayé d'attirer le coup de feu de Donny Rubel, comment Donny avait couru vers elle, lui avait tiré dessus. La façon dont le jeune couple se tenait embrassé, pleurant dans les bras l'un de l'autre. Il regarda autour de lui, afin de décrire plus tard le bungalow. Les femmes voudraient tout savoir. Son regard repéra un objet sous la véranda et il demanda à le récupérer. Même s'il était un héros, c'était tout à fait le genre de Brenda de lui rappeler qu'il avait oublié de ramener le toaster.

Un jour de chance

C'était un froid mercredi de novembre. Nora marchait d'un pas vif, heureuse que le métro ne soit qu'à deux rues. Elle et Jack avaient eu la chance de pouvoir louer un appartement dans Claridge House il y a six ans. Les prix avaient atteint de tels sommets qu'ils seraient bien incapables aujourd'hui de s'offrir une seule pièce dans l'immeuble. Et son emplacement sur la 87e Rue et la Troisième Avenue le rendait accessible par le métro ou l'autobus. En taxi aussi. Mais ce n'était pas dans leurs moyens.

Elle eût souhaité porter un vêtement plus chaud que la veste distribuée à l'équipe à la fin du tournage du dernier film auquel elle avait participé. Mais le titre cousu sur la poche de poitrine rappelait qu'elle possédait une bonne expérience de comédienne.

Elle s'arrêta à l'angle de la rue. Le feu était vert pour les piétons, mais les voitures tournaient sur la droite, et traverser tenait de l'exploit. Thanksgiving tombait la semaine prochaine. Entre Thanksgiving et Noël, Manhattan allait se transformer en un gigantesque parking. Elle repoussa la pensée que Jack ne bénéficierait plus de la prime de Noël accordée par Merril Lynch. Il venait de lui avouer au petit déjeuner qu'il avait fait partie de la compression de personnel de la boîte, mais qu'il commençait un nouveau job à partir d'aujourd'hui. Un de plus.

Elle s'élança pour traverser la rue quand le feu passa au rouge, échappant de justesse au taxi qui fonçait au croisement. Le chauffeur lui cria : « T'auras pas le même air, poulette, si tu te fais aplatir ! » Nora se retourna. Il pointait un doigt en l'air. Nora lui rendit la pareille dans un geste de réflexe dont elle eut immédiatement honte. Elle longea rapidement le bloc sans regarder les vitrines, contourna la clocharde vautrée contre une devanture de magasin.

Elle allait s'engouffrer dans l'escalier du métro quand elle entendit crier son nom : « Alors, Nora, on ne dit plus bonjour ? » Derrière l'étal des journaux, Bill Regan, son visage tanné plissé par un sourire qui révélait une rangée étincelante de fausses dents, lui tendait un exemplaire plié du *Times*. « T'es dans la lune, lui reprocha-t-il.

— Sans doute. » Elle et Bill avaient lié connaissance à force de se rencontrer tous les matins. Livreur à la retraite, Bill meublait ses journées en aidant le marchand de journaux aveugle le matin à l'heure de pointe, et l'après-midi comme coursier. « Ça m'occupe, avait-il expliqué à Nora. Depuis la mort de May, je me sens trop seul à la maison. Ça me donne quelque chose à faire. Je rencontre un tas de gens sympas et j'ai l'occasion de bavarder. May disait que j'étais bavard comme une pie. »

Quatre mois auparavant, pour l'anniversaire de la mort de May, Nora avait commis l'erreur d'inviter spontanément Bill à boire un verre chez elle. Depuis, il avait pris l'habitude de téléphoner tous les huit ou quinze jours et de trouver une excuse pour passer chez eux. Jack était excédé. Une fois dans l'appartement, Bill s'attardait au moins pendant deux heures, et elle n'avait plus qu'une solution, soit le mettre dehors, soit l'inviter à dîner.

« J'ai une intuition, Nora, dit Bill. Je sens que c'est mon jour de chance aujourd'hui. Ils vont tirer un gros lot cet après-midi. »

La loterie s'élevait à treize millions de dollars. Il n'y avait pas eu un seul billet gagnant depuis six mois. « J'ai oublié d'acheter un billet, lui dit Nora. Mais je ne me sens pas en veine. » Elle chercha de la monnaie dans sa poche. « Je ferais mieux de me dépêcher. J'ai une audition.

— Je te dis merde. » Bill était visiblement fier de connaître le jargon de rigueur. « J'arrête pas de le dire, t'es le portrait de Rita Hayworth dans *Gilda*. Tu seras une star. » Pendant un moment, Nora ne put détacher son regard du sien. Elle se sentit étrangement glacée. Les yeux bleu pâle de Bill avaient perdu leur habituelle expression morose. Des mèches de cheveux d'un blanc jaunâtre ondulaient sur son front. Son sourire semblait à jamais figé.

« D'une façon ou d'une autre, peut-être aurons-nous de la chance tous les deux, dit-elle. Salut, Bill. »

Au théâtre, il y avait déjà quatre-vingt-dix candidats pleins d'espoir devant elle. On lui donna un numéro et elle trouva difficilement un endroit où s'asseoir. Un visage familier s'approcha. L'année précédente, Sam et elle avaient obtenu un petit rôle dans un film de Bogdanovich.

« Pour combien de rôles auditionnent-ils ? demanda-t-elle.

— Deux. Un pour toi. Un pour moi.

— Très drôle. »

Il était 13 heures quand elle passa l'audition. Impossible de dire si elle avait été bonne. Le producteur et l'auteur restèrent assis, impavides.

Elle se rendit à un casting pour une campagne d'affichage et se présenta pour un film industriel J.C. Penny. Ce serait pas mal d'obtenir le rôle ; ça signifiait au moins trois jours de travail.

Il restait encore un endroit où elle avait prévu de déposer sa photo, mais à 16 h 30, elle décida d'y renoncer et de rentrer chez elle. Le sentiment de malaise qui la tenaillait depuis le début de la journée s'était changé en noir pressentiment. Elle se dirigea vers le métro, arriva sur le quai au moment où son train partait et s'assit, résignée, sur un banc couvert de graffitis.

Cela lui donna le temps de faire ce qu'elle s'interdisait depuis ce matin. Penser. Penser à Jack.

À elle et à Jack. Au fait que l'appartement allait être mis en vente et qu'ils n'avaient pas de quoi l'acheter. À Jack qui changeait à nouveau de job. Il y avait tellement de sociétés de placements à Manhattan. Elle n'avait même pas écouté le nom de son nouvel employeur.

Regardons les choses en face. Jack détestait la vente d'obligations. Il s'y était mis uniquement parce qu'ils avaient besoin d'un revenu fixe pendant qu'elle essayait de se faire un nom comme actrice, et il écrivait pendant le week-end. Ils étaient arrivés à New York avec leurs diplômes tous frais, leurs alliances neuves, convaincus de faire un malheur à Manhattan. Et aujourd'hui, six ans plus tard, la frustration de Jack se manifestait à chaque instant.

Un train bondé entra lourdement dans la station. Nora monta, se fraya un chemin une fois la porte franchie, et s'agrippa à une poignée. Alors qu'elle s'efforçait de garder l'équilibre dans le wagon bringuebalant, elle réalisa qu'il s'était sans doute mis à pleuvoir. Les passagers autour d'elle avaient leurs manteaux humides et une forte odeur de chaussures mouillées envahissait l'atmosphère.

L'appartement lui sembla un havre après cette journée. Leurs fenêtres donnaient à la fois sur l'East River, le Triborough Bridge et Grace Mansion. Nora ne parvenait pas à imaginer qu'ils n'étaient pas nés à Manhattan. Ils étaient new-yorkais dans l'âme. Si seulement elle pouvait obtenir un rôle dans un feuilleton, elle pourrait faire bouillir la marmite pendant un temps et permettre à Jack d'écrire. À deux ou trois reprises, elle n'était pas passée loin. Cela arriverait un jour.

Elle n'aurait pas dû le harceler ce matin. Il s'était montré si embarrassé en lui avouant qu'il avait perdu sa situation chez Merril Lynch. Était-elle devenue inconsciemment si critique qu'il ne pouvait plus lui parler, ou perdait-il toute confiance en lui ? Je t'aime, Jack, pensa-t-elle. Elle alla dans la cuisine et sortit un morceau de cheddar et une grappe de raisin du réfrigérateur. Il les trouverait prêts avec la carafe de vin, quand il rentrerait. Préparer le plateau, sortir les verres, tapoter les coussins du canapé et baisser les lumières afin de mettre le panorama en valeur apaisa le sentiment d'angoisse qui étreignait Nora. En entrant dans sa chambre pour enfiler un vêtement d'intérieur, elle s'aperçut que le répondeur clignotait.

Il y avait un seul message. De Bill Regan. Sa voix excitée avait un son sifflant, râpeux. « Nora, disait-il, ne sors pas ce soir. J'ai quelque chose à fêter avec vous. Je serai là vers 19 heures. Nora, je te l'avais dit. Je le savais. *C'est mon jour de chance.* »

Oh, non ! Juste ce dont avait besoin Jack, avoir Bill à la maison ce soir. Jour de chance. C'était sûrement la loterie. Il avait probablement encore gagné quelques centaines de dollars. Il allait s'attarder toute la soirée ou insister pour les emmener dîner à la cafétéria.

Jack téléphonait toujours lorsqu'il était en retard. Il n'en fit rien ce soir. À 18 heures, Nora grignota un morceau de fromage, à 18 h 30, elle se servit un verre de vin. Si seulement Jack était rentré plus tôt aujourd'hui. Ils auraient eu un moment ensemble avant que Bill ne fasse irruption chez eux.

À 19 h 30, personne n'était arrivé. Ce n'était pas le genre de Bill d'être en retard. Il aurait sûrement téléphoné s'il avait changé d'avis et décidé de ne pas venir. À l'inquiétude de Nora se mêla l'exaspération. Qu'il vienne ou non, la soirée était gachée. Et où diable était Jack ?

Vers 20 heures, Nora hésitait sur ce qu'elle devait faire. Elle ne se rappelait plus le nom de la nouvelle société de Jack. L'agence de coursiers où travaillait Bill dans le Fisk Building, 57e Rue Ouest, était fermée. Y avait-il eu un accident ? Si seulement elle avait regardé les nouvelles locales. Bill traversait toujours Central Park à pied lorsqu'il venait chez eux. Ça lui faisait prendre de l'exercice, disait-il. Même sous la pluie. Trente blocs à travers le parc. Par un soir pareil, il n'y aurait pas beaucoup d'amateurs de jogging. Lui était-il arrivé quelque chose ?

Jack arriva à 20 h 30. Son visage mince à la physionomie intense était pâle comme la mort, ses pupilles énormes. Lorsqu'elle courut vers lui, il l'étreignit et se mit à la bercer lentement. « Nora, Nora.

— Jack, que s'est-il passé ? J'étais terriblement inquiète. Toi et Bill, tous les deux tellement en retard... »

Il s'écarta. « Ne me dis pas que tu attends Bill Regan !

— Si. Il a téléphoné. Il devait passer vers 19 heures. Jack, que t'est-il arrivé ? Je suis désolée pour ce matin. Je ne voulais pas être désagréable. Jack, je me fiche que tu changes de job. Je m'inquiète seulement pour toi... Peut-être pourrais-je renoncer à jouer pendant un certain temps et chercher un travail régulier. Je veux que tu aies ta chance. Jack, je t'aime. »

Elle entendit un son étrange, puis sentit les épaules de Jack trembler. Il pleurait. Nora lui attira la tête vers elle. « Je te demande pardon. Je ne savais pas que c'était si dur pour toi. »

Il ne répondit pas, la tint seulement contre lui. Nora et Jack. Ils s'étaient rencontrés il y avait dix ans, le jour de leur entrée à l'université de Brown. Elle avait été attirée par l'intensité tranquille qu'elle sentait en lui, son visage mince et intelligent, le sourire rapide qui dissipait son expression habituellement sérieuse. Le coup de foudre. Ils ne s'étaient intéressés à personne d'autre après cette première rencontre.

Elle l'aida à retirer son faux Burberry. « Jack, tu es trempé !

— Ce n'est pas étonnant. Oh mon Dieu, chérie, j'ai quelque chose à te dire, mais je préfère attendre. Puisque tu dis que Bill doit venir. » Il se mit à rire, puis les larmes jaillirent à nouveau de ses yeux.

Lui obéissant comme un enfant, il alla prendre une douche chaude. Il s'était passé quelque chose, mais ils ne pourraient visiblement pas en parler avant que Bill Regan ne soit venu et reparti.

Qu'était-il arrivé à Bill Regan ? Il habitait dans Queen's. Il leur avait montré des photos de sa petite bicoque. Peut-être était-il dans l'annuaire ? Il paraissait impossible qu'il ait simplement oublié de venir, mais il avait soixante-quinze ans.

Il y avait une douzaine de William Regan dans Queen's. Désespérément, Nora se creusa la cervelle, cherchant si elle se rappelait une adresse. Elle raccrocha, fouilla dans sa liste de cartes de Noël. L'année dernière, elle avait demandé à Bill son adresse afin de lui envoyer une carte. Armée de l'information qu'elle cherchait, elle appela les renseignements et obtint le numéro. Mais personne ne répondit chez Bill.

Depuis la chambre, elle entendit un son métallique. Que diable fabriquait Jack ? La question traversa fugitivement son esprit tandis qu'elle composait à nouveau le numéro de Bill. Il n'était pas chez lui.

Jack sortit en pyjama et peignoir. Il semblait plus calme maintenant, même s'il émanait de lui une excitation contenue qui emplissait littéralement l'air d'électricité. Il avala goulûment un verre de vin et attaqua voracement l'assiette de fromage.

« Tu dois mourir de faim. Il reste de la sauce des spaghettis de l'autre soir. » Nora se dirigea vers la cuisine.

Jack la suivit. « Je peux t'aider. » Il commença à préparer une salade tandis qu'elle mettait de l'eau à bouillir pour les pâtes. Un instant plus tard, elle entendit un petit cri. Elle se retourna. Jack s'était profondément coupé un doigt. Le sang coulait de l'entaille. Ses deux mains tremblaient. Il s'efforça d'apaiser l'inquiétude de Nora. « Quel maladroit. Le couteau m'a glissé des doigts. Ce n'est rien. Va juste me chercher un sparadrap ou n'importe quoi d'autre. »

Elle ne put le persuader que la coupure était profonde, qu'elle méritait peut-être des points de suture. « Je t'assure que ce n'est rien, répéta-t-il.

— Jack, il s'est passé quelque chose. Dis-le-moi, je t'en prie. Si tu as perdu ton nouveau job, ne t'en fais pas. Nous nous arrangerons. »

Il éclata d'un rire rauque, sans joie, qui venait du fond de sa poitrine, semblait se moquer d'elle, l'exclure. « Oh, mon chou, excuse-moi, parvint-il enfin à dire. Seigneur, quelle soirée ! Allons. Va me chercher deux sparadraps et commençons à dîner. Nous parlerons plus tard. Nous sommes trop nerveux pour l'instant.

— Je vais mettre trois couverts au cas où Bill arriverait.

— Pourquoi pas quatre ? ! Il a peut-être ramassé une blonde.

— Jack !

— Oh, la barbe, commençons à dîner et qu'on n'en parle plus. »

Ils mangèrent en silence, la place vide à la droite de Nora rappelant silencieusement le retard indéniable de Bill. Dans la lumière tremblotante des bougies, le pansement sur le doigt de Jack commença à prendre une teinte rouge qui vira bientôt au brun.

La sauce bolognaise était la spécialité de Nora, mais elle eut l'impression qu'une boule lui bloquait la gorge. La couleur était trop proche de celle du sang sur le doigt de Jack. Un sentiment d'angoisse la tenaillait, lui raidissant les muscles des épaules. Elle finit par repousser sa chaise. « Je dois appeler la police, leur demander si on ne leur a pas signalé un accident concernant quelqu'un qui correspondrait au signalement de Bill.

— Nora, Bill fait des courses dans tout Manhattan. Pour l'amour du ciel, par quel commissariat vas-tu commencer ?

— Celui dont dépend Central Park. S'il avait eu un accident, ou un malaise pendant son travail, quelqu'un l'aurait conduit à l'hôpital. Mais tu sais qu'il s'obstine toujours à traverser ce foutu parc à pied. »

Elle téléphona au commissariat du quartier. « Le parc a son propre commissariat – le vingt-deux. Je vais vous donner leur numéro. »

Le policier de garde qu'elle eut en ligne se montra aimablement rassurant. « Non, madame, on n'a rien signalé dans le parc. Même les agresseurs sont restés au sec ce soir. » Il rit de sa plaisanterie. « Bien sûr, je vais noter son nom et sa description ainsi que votre nom. Mais ne vous inquiétez pas. Il est sans doute seulement en retard.

— S'il s'était rendu à l'hôpital à la suite d'un malaise, vous aurait-on prévenu ?

— Vous rigolez. Les seules urgences que nous vérifions sont les victimes de blessures par balle ou arme blanche, ou celles que nous ramassons nous-mêmes. On ne peut pas envoyer un flic chaque fois qu'un type a mal à l'estomac, vous savez.

— À votre avis, je devrais donc téléphoner moi-même à toutes les urgences ?

— Ça peut faire de mal à personne. »

En quelques mots Nora rapporta à Jack les propos du policier. Jack était un peu plus calme. « Je vais relever les numéros de téléphone et tu appelleras », dit-il.

Ils commencèrent par le plus grand hôpital de Manhattan. Un homme dont la description correspondait à Bill avait été amené à l'hôpital Roosevelt sans aucun papier d'identité. Une voiture l'avait renversé aux environs de 18 h 30 sur la 57e Rue, près de la Huitième Avenue. S'il s'agissait de Bill Regan, Nora pouvait-elle venir l'identifier ? Il était dans le coma et ils avaient besoin de joindre quelqu'un de sa famille pour avoir l'autorisation de l'opérer.

C'est sûrement Bill, pensa Nora. « Il a une nièce dans le Maryland, dit-elle. Si c'est lui, je pourrai me rendre à son domicile et trouver le nom de cette parente. »

Jack insista pour l'accompagner. Ils s'habillèrent sans dire un mot ; le pansement encore humide sur le doigt de Jack laissa des traces sur ses sous-vêtements, son sweater et son jean. Tout en enfilant ses Adidas, il fit un signe de tête en direction du lit. « Tu ne peux imaginer combien j'avais envie d'être au chaud dans les draps avec toi cette nuit.

– Tu parles au passé ? » La réplique lui avait échappé. Le visage de Bill hantait son esprit. Pauvre vieux bonhomme, avec sa physionomie empreinte de solitude, son besoin de bavarder, essayant désespérément d'intéresser quelqu'un, de se faire écouter. « *Et Nora, j'me suis dit. Tu peux pas finir tes jours à Queen's. Sans May, la maison vaut pas un clou. Le toit tombe en ruine, c'est plein de plâtras partout. Avec un peu de chance, j'pourrais me retrouver en Floride avec tous les retraités. Peut-être même dans une maison de retraite où je me ferais des nouveaux amis.* »

Ils prirent un taxi jusqu'à l'hôpital Roosevelt. La victime de l'accident était dans un coin de la salle des urgences derrière un rideau, des tubes dans les narines, la jambe dans une attelle, une perfusion dans le bras. Il respirait difficilement. Nora prit la main de Jack avant de regarder. Les yeux de l'homme étaient clos, un bandage lui recouvrait à demi le visage. Mais les mèches grises étaient trop clairsemées. Bill avait une vraie crinière sur la tête. Elle aurait dû penser à le leur signaler. « Ce n'est pas M. Regan », dit Jack au médecin.

Au moment de s'en aller, Nora demanda à Jack de faire examiner son doigt.

« Sortons d'ici », répondit-il.

Ils quittèrent l'hôpital au plus vite, anxieux d'échapper à l'odeur de médicament et de désinfectant et à la vue d'un blessé qui arrivait sur une civière. « Accident de moto, disait un infirmier. Ce crétin a traversé devant un bus. » Il semblait furieux et accablé, comme si toute la misère humaine pesait sur ses épaules.

Le téléphone sonnait lorsqu'ils pénétrèrent dans l'appartement. Nora se précipita pour répondre.

C'était le policier qui lui avait répondu d'un ton jovial tout à l'heure. « Mme Barton, je crains que votre pressentiment ne soit exact. On a trouvé un corps dans Central Park, à hauteur de la 74e Rue. D'après le portefeuille, il s'agit de William Regan. Pourriez-vous venir l'identifier ?

– Ses cheveux. Est-ce qu'il a beaucoup de cheveux… d'un blanc jaunâtre, mais fournis pour un vieil homme ? Voyez-vous, l'autre homme n'était pas Bill. Une erreur. Peut-être est-ce également le cas. »

Mais elle savait que ce n'était pas une erreur. Elle *savait* depuis ce matin que quelque chose allait arriver à Bill. Au moment où elle lui avait dit au revoir, elle l'avait su. Elle sentit que Jack lui prenait le téléphone des mains. Hébétée, elle l'écouta dire oui, il allait se rendre immédiatement à la morgue pour l'identifier. « Mais je ne voudrais pas soumettre ma femme… Très bien, je comprends. » Il raccrocha et se tourna vers elle.

Comme à travers une vitre brisée, elle vit un pli sombre se former autour de sa bouche, un muscle tressauter sur sa joue. Il y porta la main pour l'arrêter, et fit une grimace de douleur. Le pansement était entièrement rougi. Puis les bras de Jack l'entourèrent. « Chérie, je suis sûr que c'est Bill. Ils voudraient que nous venions tous les deux. J'aurais aimé t'épargner ça, mais ils ont insisté pour te parler. Bill a le crâne enfoncé. Il n'y a pas un sou dans son portefeuille. Ils pensent qu'il s'agit d'une agression. »

Ses bras la serraient comme un étau, l'écrasant. Elle tenta de le repousser. « Tu me fais mal. »

Il ne parut pas l'entendre. « Nora, allons-y et finissons-en. Essaie de te dire que Bill a vécu longtemps. Demain… oh, chérie, demain, tu verras. Le monde entier, tout *semblera* différent… *sera* différent. » Encore sous le choc, malgré l'émotion et le chagrin qui la submergeaient, Nora se rendit compte que la voix de Jack était différente, haut perchée, presque hystérique.

« Jack, lâche-moi. » Elle avait crié. Il laissa tomber ses bras et la dévisagea.

« Nora, excuse-moi. Est-ce que je t'ai fait mal ? Je ne me rendais pas compte... Oh, bon Dieu, partons et que ce soit fini. »

Pour la troisième fois en moins de deux heures, ils hélèrent un taxi. Cette fois ils durent attendre de longues minutes dans le froid. Deux mille taxis dans Manhattan, tous occupés.

La pluie se transformait en neige fondue. Un crachin glacial frappait le visage de Nora sous le parapluie, et elle ne pouvait s'empêcher de grelotter malgré la doublure de mouton de sa vieille veste d'étudiante qui garnissait son imperméable. Jack n'avait pu remettre le sien qui était trempé, et son manteau s'imbibait d'eau tandis qu'il arpentait en vain la chaussée. Un taxi finit malgré tout par s'arrêter à leur hauteur. La fenêtre se baissa de quelques centimètres. « Où allez-vous ?

— À la... Heu, 31e Rue, Première Avenue.

— OK. Montez. »

Le chauffeur était bavard. « Ça roule mal aujourd'hui. J'vais pas faire de vieux os. C'est un soir à rentrer se coucher. »

Bill aurait dû être chez lui en ce moment, dans cette pauvre bicoque que lui et May avaient achetée en 1931. Il aurait dû mourir dans son lit, songea Nora. Il ne méritait pas d'être couché dans le froid et la pluie. Combien de temps y était-il resté ? Était-il mort sur le coup ? Pourvu que oui, pria-t-elle.

L'homme qui s'approcha d'eux lorsqu'ils entrèrent dans l'immeuble les attendait visiblement. Pas tout à fait la quarantaine, des cheveux blonds, des yeux étroits au regard vif. Il se présenta, l'inspecteur Peter Carlson, et les conduisit dans un petit bureau. « Je suis certain que vous allez le reconnaître dès que vous verrez le corps, dit-il. Si vous êtes prêts, j'aimerais que nous procédions sans tarder à l'identification. Mais si vous craignez d'être bouleversés par sa vue, il vaut peut-être mieux que nous ayons d'abord un entretien.

— Je veux en être sûre. » Nora savait qu'il les étudiait. Que voyait-il ? Ils devaient faire une jolie paire de chats mouillés. Se demandait-il pourquoi elle avait téléphoné avec autant d'insistance pour signaler une victime éventuelle avant même qu'on ne la trouve ? Mais les avis de disparition étaient toujours formulés ainsi, non ? *A peut-être été victime d'une agression.*

Jack tapotait du pied sur le sol – un bruit régulier, exaspérant. Jack toujours si calme, qui manifestait si rarement son inquiétude ou sa souffrance. Pour commencer la journée, elle s'en était prise à lui. Aurait-elle entamé la carapace qui le protégeait jusqu'à présent ?

Comme mus par un signal invisible, ils se levèrent tous les trois en même temps. « Ça ne prendra pas longtemps. »

Elle s'attendait à ce qu'il les emmène dans un endroit rempli de tables alignées. Comme dans les films. Mais l'inspecteur Carlson les conduisit au bout du couloir jusqu'à une cloison vitrée derrière un rideau. De façon incongrue, Nora se rappela les parois en vitre à la maternité, son premier coup d'œil sur le bébé de son frère. Le rideau tiré, ce n'est pas un nouveau-né braillant avec vigueur qu'elle aperçut, mais le visage immobile et ensanglanté de Bill Regan. Un drap lui recouvrait le corps jusqu'au cou, sa bouche était fermée par un ruban adhésif, une affreuse blessure lui barrait le front, collant ses cheveux qui dans la mort semblaient mous et peu épais.

« Il n'y a pas de doute possible », dit Jack. Les mains sur les épaules de Nora, il voulut la détourner de la cloison. Pendant un instant, elle parut figée sur place, le regard fixé sur la bouche de Bill. Il lui semblait que l'adhésif avait disparu, que le sourire trop brillant l'avait remplacé, et qu'elle entendait à nouveau la voix rauque, pleine d'espoir. « J'ai une intuition, Nora, l'intuition que c'est mon jour de chance. »

De retour dans le bureau, elle raconta à l'inspecteur Carlson la conversation qu'elle avait eue avec Bill, le fait que Bill avait souvent de la chance à la loterie. Plusieurs fois, il avait gagné quelques centaines de dollars et il était toujours persuadé qu'il allait remporter le gros lot. « Quand il a parlé de "jour de chance», il s'agissait de loterie. J'en suis convaincue. Il est même possible qu'il ait gagné un des gros lots.

— Il n'y a eu qu'un seul gros gagnant, dit l'inspecteur Carlson. Autant que je le sache, personne ne s'est présenté. » Elle remarqua qu'il griffonnait distraitement sur son carnet tout en prenant des notes. « Vous êtes certaine que Bill possédait un billet ?

— Il me l'avait dit.

— Il n'en avait pas sur lui quand nous l'avons trouvé. Mais l'individu qui a fouillé son portefeuille peut avoir pris le billet en même temps que l'argent et ne même pas savoir qu'il se trouve en sa possession. Et à supposer qu'il ait eu le billet gagnant, est-ce qu'il s'en serait vanté ? C'est aussi risqué de se balader avec un billet de loterie qu'avec du liquide. »

Un demi-sourire éclaira le visage de Nora sans qu'elle en fût consciente. Elle repoussa ses cheveux sur son front ; la pluie les avait frisés. « Vous ressemblez à Rita Hayworth dans *Gilda* », lui disait souvent Bill. Elle regrettait maintenant de ne pas lui avoir dit qu'elle avait loué la cassette de *Gilda* et s'était aperçue de la ressemblance. Bill aurait été ravi de le savoir. Mais il n'était pas facile de glisser un mot dans une conversation avec lui. Elle répondit à la question de l'inspecteur Carlson. « Bill était bavard, dit-elle. Il l'a sûrement raconté.

— Mais vous m'avez dit qu'il n'en avait pas parlé précisément au téléphone. Qu'il avait seulement dit : c'est mon jour de chance. Ça pouvait signifier une augmentation, un gros pourboire lors d'une livraison, de l'argent trouvé dans la rue. N'importe quoi, non ?

— Je ne peux m'empêcher de croire qu'il s'agissait de la loterie, insista Nora.

— Nous allons enquêter, mais il y a eu une série d'agressions dans les parages depuis les trois dernières semaines. Nous trouverons celui qui a fait ça, je peux vous le promettre… et s'il a tué M. Regan, il le paiera. »

Tué M. Regan. Elle n'avait jamais pensé à Bill comme à « M. Regan ».

Elle regarda Jack. Il regardait fixement le sol et s'était remis à taper du pied en cadence. Et soudain, elle eut l'impression que les murs de la pièce se refermaient sur elle. Elle tombait, n'arrivait pas à respirer. Elle voulut appeler : « Jack », mais ne put remuer les lèvres. Elle se sentit glisser de sa chaise.

Lorsqu'elle rouvrit les yeux, elle était étendue sur le dur canapé recouvert de plastique. Jack lui appliquait un linge humide sur le front. Très loin, elle entendit l'inspecteur Carlson demander à Jack s'il désirait une ambulance.

« Je vais bien. » Elle parvint à parler, d'une voix si basse que Jack dut se pencher pour saisir ce qu'elle disait. Elle lui effleura la joue de ses lèvres. « Je veux rentrer à la maison », murmura-t-elle.

Ils n'eurent pas à attendre un taxi. Carlson les fit raccompagner par une voiture de police. Nora tenta de s'excuser. « C'est la première fois de ma vie que je m'évanouis… C'est à cause de cette affreuse prémonition qui m'a poursuivie pendant toute la journée et s'est révélée exacte…

— Vous nous avez été d'une grande aide. J'aimerais que tout le monde se soucie autant de ces pauvres vieux. »

Ils se dirigèrent tous les trois d'un même pas vers la porte principale. Les deux hommes soutenaient Nora, une main sous chaque bras. Dehors, il pleuvait moins, mais la température avait brusquement chuté. L'air froid lui fit du bien. L'odeur du formol à l'intérieur du bâtiment ne fut bientôt qu'un souvenir.

« Que va-t-il se passer maintenant ? demanda Jack à Carlson au moment où s'arrêtait la voiture de police.

— Cela dépend beaucoup de l'autopsie. Nous allons accroître la surveillance dans le parc. C'est insensé que des gens traversent le parc à pied par une nuit pareille. Nous n'avions que des voitures de patrouille, pas d'agents en civil. Nous vous tiendrons au courant. »

Cette fois-ci, ce fut Jack qui insista pour qu'elle prenne une douche chaude, Jack qui l'attendait avec une citronnade et un somnifère lorsqu'elle sortit de la salle de bain.

« Un somnifère. » Nora fixa la pilule rouge et jaune. « Quand as-tu acheté des somnifères ?

— Oh, lorsqu'ils m'ont fait un check-up le mois dernier, j'ai mentionné que j'avais du mal à dormir.

— Et c'est dû à quoi, à leur avis ?

— Un peu de dépression. Rien de sérieux. Mais je n'ai pas voulu t'inquiéter avec ça. Allez, au lit, maintenant. »

Un peu de dépression. Et il ne lui avait rien dit. Nora songea à tous ces soirs où elle lui avait parlé pendant des heures entières des rôles qu'elle avait décrochés – « C'est seulement pour deux jours, mais écoute, Mike Nichols est le réalisateur » –, des critiques pour son premier véritable rôle off-Broadway au printemps dernier. Jack avait partagé ses joies, lui demandant si elle resterait avec lui une fois devenue une star, et il avait continué à vendre des obligations. Son roman enfin terminé avait failli être accepté par plusieurs maisons d'édition. « Pas tout à fait pour nous, mais revenez nous voir. » Le découragement dans son regard lorsqu'il disait : « Après une journée entière à jouer au vendeur quand je sais que je n'y connais rien, à essayer de m'enthousiasmer lorsque la bourse monte ou qu'une action a triplé alors que je m'en fiche comme d'une guigne, je ne sais pas, Nora, c'est comme si j'étais vidé. Je me mets devant ma machine à écrire et tout ce que j'essaie de mettre sur le papier ne sort pas comme je le voudrais. Pourtant je sais que c'est là. Je n'arrive simplement pas à trouver le ton en sachant que lundi matin, il me faudra retourner dans ce cirque. »

Elle ne l'avait pas réellement écouté. Elle lui avait dit combien elle était fière qu'ils n'aient pas accueilli son roman par l'habituelle circulaire de refus, qu'un jour il serait célèbre, qu'il ferait le récit de ses premiers échecs ; cela faisait partie du jeu.

La chambre servait de bureau à Jack. Sa machine à écrire était installée sur la table de chêne qu'ils avaient achetée dans une vente. Il y avait des bouteilles d'effaceur, une tasse sans anse servant de récipient pour ses crayons et les Magic Markers, la pile de feuillets qui représentait son nouveau manuscrit, la pile dont elle constata qu'elle ne grossissait plus.

« Allez, bois cette citronnade et nous prendrons tous les deux un somnifère. »

Elle obéit, sans trouver le courage de parler, se demandant si son amour pour lui se lisait dans ses yeux. Comment s'étonner que Bill ait eu un tel besoin de compagnie ? Si quelque chose arrivait à Jack, elle préférerait ne pas se réveiller.

Jack se glissa de l'autre côté du lit, lui ôta la tasse des mains et éteignit la lumière. Il la prit dans ses bras. « Quelle est cette chanson sur "deux êtres endormis" ? Si quelqu'un m'avait dit que cette journée tournerait comme ça… »

Nora dormit d'un sommeil lourd et se réveilla le lendemain avec la sensation d'avoir fait des rêves confus. Elle ouvrit difficilement les yeux ; ses paupières lui semblaient collées. Lorsqu'elle parvint à se redresser sur un coude, ce fut pour s'apercevoir que Jack était déjà levé. Les aiguilles du réveil étaient toutes les deux sur le neuf. *Neuf heures moins le quart*. Elle n'avait jamais dormi aussi tard. S'efforçant de secouer sa léthargie, elle passa sa robe de chambre et alla dans la cuisine. Le percolateur était en marche, Jack avait pressé un jus d'orange, un de ces gestes quotidiens qu'elle tenait pour dus. Il savait combien elle appréciait son jus de fruits frais, même s'il se contentait pour sa part de surgelé.

Il était déjà prêt à partir travailler. Il semblait aussi tendu que la veille au soir. Des cernes sombres sous ses yeux prouvaient que le somnifère avait eu peu d'effet sur lui. Lorsqu'il l'embrassa, ses lèvres étaient sèches et fiévreuses. « Je sais maintenant comment avoir la paix le matin dans cette maison. Te refiler une bonne dose de calmant.

— À quelle heure t'es-tu réveillé ?

— Vers 5 heures. Ou peut-être 4. Je ne sais pas.

— Jack, ne pars pas travailler. Reste ici et parlons. Parlons vraiment. » Elle s'efforça de retenir un bâillement. « Oh, Seigneur, je n'arrive pas à me réveiller. Comment font les gens pour avaler ces pilules tous les soirs ?

— Écoute, il faut que j'aille au bureau. J'ai des choses à faire… Retourne au lit et rendors-toi. Je reviendrai tôt, pas plus tard que 16 heures, et ce soir… eh bien, ce sera une soirée particulière. »

Un autre bâillement et la sensation que ses yeux se refermaient malgré elle suffirent à lui prouver que ce n'était pas le moment d'essayer de sonder Jack. « Mais si tu es en retard, téléphone. Hier soir, je me suis vraiment inquiétée.

— Je ne serai pas en retard. Juré. »

Nora débrancha la cafetière, but le jus d'orange en regagnant son lit et se rendormit dans les trois minutes qui suivirent. Cette fois son sommeil fut sans rêves, et lorsque le téléphone la réveilla deux heures plus tard, elle avait l'esprit clair.

C'était l'inspecteur Carlson. « Madame Barton, j'ai pensé que vous aimeriez être tenue au courant. J'ai vérifié avec la société de coursiers où travaillait Bill Regan. Il y est revenu vers 18 heures hier soir, juste avant la fermeture des bureaux. Deux autres coursiers venaient de terminer leur journée. Il était très excité ; heureux ; il a en effet dit que c'était son jour de chance, mais lorsqu'ils lui ont demandé ce qu'il entendait par là, il n'a pas dit un mot. Seulement pris l'air mystérieux. Nous aurons les rapports d'autopsie dans l'après-midi. Mais notre hypothèse est qu'étant donné le coup violent sur la tête et le portefeuille vide, il a sans doute été attaqué par l'individu que nous tentons d'attraper. »

Vous vous trompez, pensa Nora. Elle essaya de ne pas prendre un ton critique en disant : « Une chose m'étonne. S'il a été agressé, pourquoi lui ont-ils laissé son portefeuille ? Je crois que Bill ne portait jamais plus de quelques dollars sur lui. Avait-il de la monnaie dans ses poches, ou des jetons de métro ?

— Deux ou trois dollars en monnaie, environ six jetons. Madame Barton, je sais que vous aimiez beaucoup M. Regan et que ces explications ne vous satisfont pas. S'il en a le temps, un agresseur laissera le portefeuille sur sa victime. Pour plus de sécurité, au cas où il serait pris. Le pauvre vieux avait des poches profondes. Si le type qui l'a attaqué a trouvé suffisamment d'argent dans son portefeuille, il aura négligé de prendre la petite monnaie. Vous ne pouvez pas savoir avec certitude si M. Regan avait ou non de l'argent sur lui, n'est-ce pas ?

— Non, bien sûr que non. Et avez-vous cherché le billet de loterie ? »

La voix de Carlson devint plus contrainte, avec une touche d'accent réprobateur. « Il n'y avait pas de billet de loterie, madame Barton. »

Tandis qu'elle raccrochait, une phrase lui revint avec insistance à l'esprit. *Pas satisfaite*. Non, elle n'était pas satisfaite.

Tu es folle, se dit-elle intérieurement tout en marchant d'un pas vif dans la rue. Le temps avait complètement changé. Il faisait beau et ensoleillé, avec une douce brise – on se serait cru en avril plutôt qu'en novembre. Tant mieux. Ça lui avait permis de mettre la veste qu'elle réservait aux castings. Son imperméable et celui de Jack étaient encore trempés après le trajet jusqu'à la morgue hier soir. Le trench-coat que Jack portait en revenant du bureau hier était encore humide. Ce matin, il avait dû sortir avec son vieil imperméable. Un clochard triait la collection de sandwiches à moitié mangés qu'il avait récupérés dans la poubelle. Où était passée la vieille clocharde d'hier ? se demanda Nora. Avait-elle trouvé un abri pour la nuit ?

Devant le kiosque à journaux, elle détourna les yeux. L'aveugle qui tenait le stand avait dû s'étonner de l'absence de Bill ce matin. Mais elle se sentait incapable de lui annoncer ce qui était arrivé à son ami.

Elle prit l'Express de Lexington Avenue jusqu'à la 59e Rue, changea pour le RR, et se dirigea vers le Fisk Building. L'agence de coursiers Dynamo Express n'occupait qu'une seule pièce au quatrième étage. Il y avait pour seuls meubles un bureau avec un standard téléphonique, quelques classeurs gris métallisé à trois tiroirs, et deux longs bancs sur lesquels attendaient plusieurs hommes chichement vêtus. Alors qu'elle refermait la porte, l'homme derrière le bureau aboya : « Toi, Louey, file 40e Rue. Un paquet à livrer Broadway et 90e.

Relis-moi ça pour m'assurer que tu as bien compris. Je ne veux pas te voir perdre ton temps à la mauvaise adresse. »

Le vieil efflanqué au milieu du banc se leva d'un bond, anxieux de satisfaire le patron. Nora le regarda lire péniblement les instructions dans un anglais approximatif.

« Ça va. Grouille-toi. »

Pour la première fois, l'homme derrière le bureau regarda Nora. Un postiche mal ajusté lui recouvrait le crâne. De grosses rouflaquettes recouvraient ses joues rebondies, contrastant singulièrement avec un petit nez pointu. Ses yeux couleur d'huître la parcoururent de haut en bas, comme s'il la déshabillait mentalement. « Que puis-je pour vous, ma ravissante ? » La voix était doucereuse à présent, différente du ton sarcastique et brutal de la minute précédente.

Alors qu'elle s'avançait vers lui, les clignotants s'allumèrent sur le tableau du standard, et une sonnerie se fit entendre. Il mania plusieurs fiches. « Dynamo Express, ne quittez pas. » Il sourit à Nora. « Ils attendront. »

Il était déjà au courant pour Bill. « Un flic est venu poser des questions ce matin. Cette vieille pie. Nom de Dieu, il la fermait jamais. Je devais gueuler pour qu'il cesse de perdre son temps partout où il se rendait. J'ai eu des plaintes. »

Nora dut faire une grimace. « Bien sûr, je gueulais pas vraiment, je lui disais : "Écoute, Regan, tout le monde n'a pas envie de connaître l'histoire de ta vie." Je parie qu'il m'a parlé de vous. Vous êtes l'actrice, hein ? Il disait que vous ressembliez à Rita Hayworth. Pour une fois, il avait pas tort... Attendez une minute, je dois prendre ces appels. »

Elle resta près du bureau pendant qu'il répondait au téléphone, griffonnait les informations, dépêchait les coursiers. Entre deux communications, elle parvint à obtenir quelques renseignements.

« Bill était excité comme une puce hier soir. Racontait à qui voulait l'entendre que c'était son jour de chance. Mais il a pas voulu dire pourquoi. Je lui ai demandé s'il avait levé une nana, histoire de rire.

— Pensez-vous qu'il ait pu en parler à quelqu'un d'autre ?

— J'en sais pas plus que vous.

— Auriez-vous la liste des endroits où il s'est rendu hier ? Je voudrais interroger les personnes avec lesquelles il a parlé. S'il se rendait souvent dans les mêmes bureaux, il connaissait peut-être la réceptionniste ou quelqu'un d'autre.

— Possible. » L'homme paraissait agacé maintenant. Mais il sortit la liste. La journée d'hier avait été chargée. Bill avait fait quinze courses. Nora commença par la première : 101, Park Avenue, Sandrell and Woodworth, prendre une enveloppe à la réception du dix-septième étage et la porter au 205, Central Park South.

La digne et aimable réceptionniste du dix-septième étage se souvenait de Bill. « Un brave vieux. On le voit souvent. Un jour, il m'a montré une photo de sa femme. Lui est-il arrivé quelque chose ? »

Nora s'attendait à la question et avait une réponse toute prête. « Il a eu un accident hier soir. Je voudrais prévenir sa nièce. Il avait laissé un message sur mon répondeur en disant que c'était son jour de chance. Je voudrais la mettre au courant, lui demander ce que ça signifiait. Vous en avait-il parlé ? »

La réceptionniste comprit manifestement qu'il s'agissait d'un accident fatal, et une ombre de regret passa brièvement sur son visage. « Oh, je suis navrée. Non, ou plutôt si, en fait, j'étais occupée et je lui ai donné l'enveloppe en disant : "Passez une bonne journée, Bill», et il a dit quelque chose comme : "J'ai l'intuition que c'est mon jour de chance." »

La femme imita inconsciemment la voix de Bill. Nora ne put s'empêcher de frémir en l'entendant. « C'est exactement ce qu'il m'a dit. »

L'étape suivante fut pour l'appartement situé Central Park South. Le concierge se souvenait de Bill. « Certainement, il a déposé une enveloppe pour M. Parker. De la part de l'expert-comptable, je crois. J'ai téléphoné pour savoir s'il fallait la porter à l'appartement, mais M. Parker m'a dit de la garder, qu'il s'apprêtait à descendre. Non, il n'a rien dit. Je ne lui en ai pas laissé l'occasion. J'ai trop de travail avec le courrier à cette heure-là. »

Il semblait que tout le monde hier ait été trop occupé pour s'intéresser à Bill. Une secrétaire maigre comme une levrette dans un bureau de Broadway déclara à Nora qu'elle n'encourageait jamais les coursiers à s'attarder. « Ils sont tous pareils. Vous tournez le dos et ils vous piquent votre portefeuille. » Son haussement d'épaules désabusé invitait Nora à partager son mépris pour cette race de voleurs.

En sortant, Nora s'aperçut qu'elle ne viendrait jamais à bout de la liste si elle n'organisait pas mieux son temps. Bill avait traversé Manhattan d'est en ouest, fait plusieurs courses dans le centre ville, trois entre la 40e et la 50e Rue, deux aux environs de la 30e, quatre en bas de la Cinquième Avenue, et deux dans le quartier de Wall Street. Au lieu de suivre exactement son chemin, elle commença par grouper les appels par quartier. Les deux premiers ne donnèrent aucun résultat. Personne ne se souvenait même de la tête du coursier. Le troisième provenait d'une femme écrivain qui avait envoyé son manuscrit à son agent et répondit à Nora depuis la cabine téléphonique du hall de son hôtel. Effectivement, elle avait demandé un coursier hier. Bien sûr que non, elle n'avait pas engagé la conversation avec lui. Quel était le problème ? Ne me dites pas que le manuscrit n'est pas parvenu à son destinataire !

À 15 heures, Nora se rendit compte qu'elle avait oublié de déjeuner, que sa tentative était sans espoir, que Jack devait rentrer tôt et qu'elle avait envie d'être avec lui. Puis elle alla interroger le jeune vendeur de la boutique de pianos.

Il leva un regard rempli d'espoir en la voyant entrer. La salle d'exposition était vide à l'exception des pianos et des orgues électriques, disposés à des angles différents pour les mettre en valeur. Une affiche : FAITES ENTRER LA MUSIQUE DANS VOTRE VIE, était placardée derrière un orgue miniature avec une poupée de la taille d'un enfant de quatre ans assise sur le tabouret, ses doigts de coton disposés sur les notes.

La déception momentanée du vendeur lorsqu'il se rendit compte que Nora n'était pas une cliente potentielle s'évanouit à la perspective de passer un moment avec un autre être humain. Il n'avait pas l'intention de rester dans le commerce des instruments de musique, dit-il. Ça marchait mal. Même le directeur avouait que les belles années avaient pris fin il y a six ou sept ans. Tout le monde voulait un piano, à l'époque. Aujourd'hui, ça n'intéressait plus personne.

Hier ? Un coursier ? Un type avec des drôles de dents ? Oui, un vieux mec sympa. Avait-il parlé ? Comme à son habitude ! Il était tout excité. M'a raconté que c'était son jour de chance.

« Il a dit qu'il se sentait dans un jour de chance, c'est ça ? demanda vivement Nora.

— Non, pas tout à fait. Il a dit exactement que c'était son jour de chance. Mais il n'a rien ajouté d'autre, et m'a fait un grand clin d'œil quand je lui ai demandé ce qu'il entendait par là. »

Bill n'avait fait qu'une seule autre course ensuite. Il était passé à la boutique de pianos à 16 h 30. Juste après avoir laissé le message sur le répondeur. Et avant, il avait livré un paquet chez le comptable qui avait dit à Nora : « Oui, un vieux coursier. Il a raconté qu'il se sentait dans un jour de chance ou quelque chose comme ça. Je me trouvais au téléphone et je lui ai juste fait un signe. Je parlais au patron et n'ai pas pu entendre.

— Vous êtes sûr qu'il n'a pas dit qu'il *avait* eu de la chance ?

— Il a dit qu'il se *sentait* dans un jour de chance parce que je me souviens que je me *sentais* mal fichu. »

Il s'était senti dans un jour de chance à 15 h 45. Lorsqu'il avait déposé le paquet suivant, à 16 h 10, il avait eu de la chance. J'ai raison, pensa Nora, je le savais. Le tirage de la loterie avait eu lieu entre 15 h 30 et 16 heures. Bill était-il en possession de l'un des billets gagnants ? Elle s'arrêta pour prendre rapidement un café dans un drugstore de Madison Avenue. La radio marchait. Hier, il y avait eu douze cents gagnants de mille dollars, trois gagnants de cinq mille dollars et un gros gagnant de treize millions de dollars. Le speaker conseillait de vérifier leurs numéros à tous ceux qui avaient acheté un billet à Manhattan.

Supposons que Bill ait gagné cinq mille dollars. Cette somme aurait représenté une fortune pour lui. À deux reprises, il avait touché quelques centaines de dollars. C'était incroyable que l'on puisse ainsi avoir de la chance à répétition. Nora repassa la liste en revue. Elle pouvait éliminer toutes les courses exécutées par Bill avant 15 h 30. Dans ce cas, il ne lui restait qu'un seul endroit. Elle s'aperçut avec consternation qu'il se situait au World Trade Center. Mais elle ne pouvait pas renoncer maintenant. Elle allait vérifier cette dernière piste et rentrer chez elle.

En pénétrant dans le métro pour la huitième fois de la journée, Nora se demanda comment Bill avait pu faire ce boulot. S'était-il jamais avoué à lui-même que les gens se fichaient pas mal de ce qu'il racontait, ou lui suffisait-il pour éclairer sa journée de rencontrer un jeune vendeur qui accueillait avec plaisir sa compagnie ?

Le métro était bondé. Il était à peine trois heures moins le quart de l'après-midi. Une heure où soi-disant vous n'aviez pas à vous retenir aux poignées ou aux barres centrales. L'homme de forte stature à côté de Nora s'appuya délibérément sur elle lorsque le train tangua. Elle s'écarta prestement de lui.

Le rez-de-chaussée du World Trade Center fourmillait de gens qui se hâtaient d'un pas résolu dans le hall, disparaissaient dans les bouches du métro, traversaient en direction des autres immeubles, entraient dans les restaurants et les boutiques. La plupart était élégamment vêtus. Nora perdit cinq minutes dans la deuxième tour, au lieu de se rendre directement dans la première.

Quarante et unième étage. En arrivant en haut, elle se demanda pourquoi le nom de la société lui semblait familier. Probablement parce qu'elle l'avait souvent regardé sur sa liste.

Lyon and Becker était une société de placements. De taille moyenne, constata-t-elle. Tant mieux. Elle risquait plus facilement de trouver quelqu'un se souvenant de Bill.

Le bureau de réception était petit mais bien aménagé. Derrière les cloisons vitrées, Nora aperçut des jeunes gens qui vendaient d'un air sérieux des titres et des obligations.

L'hôtesse ne se rappelait pas Bill. « Mais attendez une minute, c'était mon jour de congé. Je vais demander à ma remplaçante. »

Arriva une blonde aux longues jambes minces et à la poitrine généreuse. Elle écouta Nora avec surprise, puis eut soudain un large sourire. « Mais bien sûr, dit-elle. Où avais-je la tête ? Bien sûr que je me souviens de ce vieux type. Il a failli oublier ce qu'il devait prendre. »

Nora attendit.

« Je venais de lui tendre le paquet quand il a regardé autour de lui et aperçu un de nos agents. »

Elle se tourna vers sa compagne. « Tu sais bien. Jack Barton, le nouveau beau gosse. »

Nora sentit un froid lui saisir le cœur. Voilà pourquoi l'endroit lui semblait familier. C'était la société dont Jack lui avait parlé à contrecœur hier. Sa nouvelle place.

« En tout cas, le vieux a repéré Jack, et il a eu l'air drôlement surpris. Il a dit : "C'est Jack Barton ? Est-ce qu'il travaille ici ?" J'ai dit oui. Jack venait juste de sortir par cette porte. » D'un signe de la tête, elle indiqua une porte réservée au personnel au fond de la pièce. « Et le vieux bonhomme a semblé tout excité. Il a dit : "Faut que je raconte à Jack que c'est mon jour de chance." J'ai dû le rappeler pour qu'il prenne le paquet. Dieu du ciel, il était pourtant venu pour ça, non ? »

Pourquoi Jack lui avait-il caché qu'il avait vu Bill ? Il y avait sûrement une raison. Laquelle ?

S'efforçant d'étouffer la peur venant confirmer le sentiment de malaise qu'elle avait éprouvé hier, Nora acheta le journal et le lut pendant le trajet du métro. Mais les lettres dansaient devant ses yeux. En arrivant chez elle, son premier geste fut d'entrer dans la salle de bain, où leurs manteaux étaient suspendus sur la tringle du rideau de douche. Celui qu'elle portait hier soir était complètement sec, bien que Jack et elle soient restés sous la pluie durant dix minutes. Le manteau que Jack avait mis pour se rendre à l'hôpital et à la morgue, son bon manteau, était encore légèrement humide. Mais son trench-coat, celui qu'il portait en rentrant hier soir, était encore trempé. Jack n'avait pas uniquement fait le trajet à pied depuis le métro. Elle se souvint à nouveau de son excitation, de la tension qui émanait de tout son corps, de la façon dont il l'avait prise contre lui et pleuré.

Jusqu'où avait-il marché hier soir ? Et pourquoi ? Qui se trouvait avec lui ?… Ou qui avait-il suivi ?

« Je vous en prie, mon Dieu, non, murmura-t-elle. Non. » Il était rentré à la maison, et elle lui avait dit de prendre une douche et s'était mise à téléphoner à la police. Lorsqu'il était sorti de la chambre, il l'avait aidé à donner les appels téléphoniques. Il avait cherché les numéros dans l'annuaire. Mais elle était au téléphone au moment où il était sorti. Et avant ça, elle avait entendu un drôle de bruit, un son métallique, et elle s'était demandé ce qu'il fabriquait.

Comme un condamné marchant vers un sort inexorable, elle pénétra dans la salle de bain et chercha dans le placard le petit coffret métallique qui contenait leurs papiers importants, certificat de mariage, polices d'assurance, certificats de naissance. Elle apporta la boîte sur son lit et l'ouvrit. Le certificat de naissance de Jack était sur le dessus de la pile. Lentement elle souleva les documents un par un, jusqu'à ce qu'elle arrive au dernier, un billet de loterie rose et blanc. Non, Jack, pensa-t-elle. Non, pas toi. Par pour mille dollars. Tu ne peux pas. C'est impossible. Il doit y avoir une explication.

Mais quand elle compara les numéros avec la combinaison gagnante rapportée dans le journal, elle comprit. Elle tenait dans sa main le billet qui rapportait treize millions de dollars.

Bill Regan avait su que la chance lui souriait. Elle avait su que quelque chose de terrible allait arriver à Bill. Elle parcourut la chambre d'un regard mort, cherchant une explication. Les feuillets près de la machine à écrire, le manuscrit en panne parce que Jack s'était usé à travailler. Les somnifères, pour « un peu de dépression ». Puis elle se rappela l'interrogatoire qu'elle lui avait fait subir, hier matin, jusqu'à ce qu'il prononce dans un murmure embarrassé le nom de sa nouvelle société et avoue que Merril Lynch l'avait renvoyé… ajoutant pour se disculper : « Fait partie de la restriction de personnel. J'étais seulement un de ceux qui se trouvaient au bas de l'échelle. Rien à voir avec mes capacités. »

Ainsi hier, Bill lui avait parlé de son billet, et quelque chose en Jack s'était cassé. Il avait dû voir Bill quitter le Fisk Building et le suivre à travers le parc.

Qu'allait-elle faire ? Avec violence, Nora rejeta la pensée qu'elle devrait prévenir la police. Jack était toute sa vie. Elle se tuerait plutôt que de l'abandonner.

C'est mon jour de chance. Bill rêvait d'aller en Floride, de vivre dans une maison de retraite avec des gens intéressants comme ceux de *Cocoon.* Il avait mérité cette chance.

Nora était assise sur le canapé du living-room lorsque la clé tourna dans la serrure. Elle était parvenue à se concentrer sur le fait que le tissu qui recouvrait le canapé était réellement en mauvais état et que les housses neuves ne dissimulaient pas les coussins affaissés. Bien qu'il fût seulement 16 h 15, le crépuscule tombait, lui rappelant qu'on n'était qu'à un mois du jour le plus court de l'année.

Elle se leva quand la porte s'ouvrit. Jack portait une brassée de roses. « Nora. » Toute tension avait disparu en lui. Il avait partagé son chagrin hier soir en apprenant la mort de Bill Regan, mais cette soirée était *la sienne.* « Nora, assieds-toi, écoute. Chérie, écoute ce qui nous arrive. Je vais pouvoir écrire, tu auras une femme de ménage, nous pouvons acheter cet appartement, et aussi une maison à Cape Cod. Nous sommes parés pour le reste de notre vie. J'aurais aimé te l'annoncer hier en rentrant. Mais je ne voulais pas y mêler Bill Regan. Alors j'ai attendu. Et avec ce qui est arrivé ensuite, c'était impossible.

— Tu as vu Bill hier. »

Jack parut surpris. « Non, je ne l'ai pas vu.

— Il a couru derrière toi quand tu as quitté ton bureau à 16 heures.

— Alors, il ne m'a pas rattrapé. Nora, ne comprends-tu pas ? J'ai entendu annoncer les numéros gagnants de la loterie d'hier. Et ils m'ont paru familiers. C'était insensé. Je les avais pris au hasard. Habituellement, quand j'achète un billet, je marque la date de notre anniversaire de mariage, ton anniversaire, un truc de ce genre. Puis, je n'arrivais pas à retrouver ce satané billet. »

Jack, ne mens pas, ne mens pas.

« J'ai cru devenir cinglé. C'est alors que je me suis souvenu. Lorsque j'avais débarrassé mon bureau chez Merril Lynch, la semaine dernière, le billet était sur le dessus d'une pile de papiers. À moins qu'on ne l'ait jeté, il se trouvait sans doute dans l'un des dossiers que j'avais rangés. Je me suis précipité là-bas et je les ai tous feuilletés un par un. Nora, je devenais fou. Et je l'ai enfin trouvé. Je n'en croyais pas mes yeux. J'ai eu un vrai choc. Je suis rentré à pied à la maison. Ensuite, lorsque tu as proposé de renoncer à ta carrière pour moi, tu as dû penser que je perdais la tête en me voyant pleurer. J'ai failli tout te raconter, mais à la pensée que ce pauvre Bill allait débarquer et se mêler de la conversation, j'ai préféré attendre. Cela devait être notre soirée à nous seuls. »

Il ne sembla pas remarquer son absence de réaction. Lui tendant les fleurs, il dit : « Attends, je vais te montrer », et il se précipita dans la chambre.

Le téléphone sonna. Elle décrocha machinalement, regrettant aussitôt son geste. Mais il était trop tard. « Allô.

— Madame Barton, ici l'inspecteur Carlson. » Sa voix était amicale. « Je dois dire que vous aviez raison.

— J'avais raison ?

— Oui, vous insistiez tellement que nous avons vérifié à nouveau les vêtements de M. Regan. Le pauvre vieux avait effectivement un billet de loterie dans la doublure de sa casquette. Il a gagné mille dollars hier. Et vous serez heureuse de savoir qu'il n'a pas été attaqué. Je suppose que l'excitation fut trop forte pour lui. Il est mort d'une crise cardiaque. Il a dû se heurter la tête contre le rocher en tombant.

— Non !.... non !.... non !.... » Le hurlement de Nora se mêla au gémissement de Jack qui sortait de la chambre, la boîte métallique à la main, les cendres du billet glissant à travers ses doigts.

L'une pour l'autre

Jimmy Cleary se tapit dans les buissons qui bordaient l'appartement sur jardin où habitait Caroline à Princeton. Ses épais cheveux châtains retombaient sur son front et il les repoussa de ce geste étudié qui était devenu une habitude. Malgré l'air anormalement frais et pénétrant pour un soir de mai, sa tenue de jogging était trempée de sueur. Il se passa la langue sur les lèvres, sentant une impatience fébrile gagner tout son corps.

Cinq ans auparavant, jour pour jour, il avait commis l'erreur de sa vie. Il avait tué *l'autre* fille. Lui, le meilleur acteur du monde, avait raté sa dernière scène. Aujourd'hui, il allait rectifier le tir, et cette fois-ci il n'y aurait pas de méprise.

La porte à l'arrière de l'appartement s'ouvrait sur un parking. Il avait étudié les alentours depuis plusieurs jours. Hier soir, il avait dévissé l'ampoule de la lampe à l'extérieur, plongeant l'entrée de service dans l'obscurité. 20 h 15, il était temps de pénétrer dans les lieux.

Il sortit un poinçon de sa poche, l'introduisit dans le trou de la serrure, et le manœuvra jusqu'au moment où il entendit un déclic. De sa main gantée, il tourna la poignée, ouvrit la porte suffisamment pour se glisser à l'intérieur, la repoussa et referma à clé. Il y avait une chaîne de sécurité qu'elle mettait probablement durant la nuit. Parfait. Ce soir, ils seraient enfermés ensemble. Imaginer Caroline en train de verrouiller soigneusement son appartement l'emplit d'un plaisir irrésistible. Ça ressemblait à cette histoire de fantômes qui se terminait par : « Et maintenant, nous voilà tous barricadés pour la nuit. »

Il se trouvait dans la cuisine, qui donnait par une porte en plein cintre dans le living-room. Hier soir, il s'était dissimulé dehors, à l'extérieur de la cuisine, pour observer Caroline. Des plantes vertes ornaient l'appui de la fenêtre, et le store ne descendait pas complètement. À 22 heures, elle était sortie de sa chambre vêtue d'un pyjama rayé blanc et rouge. Elle s'était mise à faire de la gymnastique tout en regardant les informations, courbant la taille de gauche à droite, ses cheveux blonds balayant alternativement ses épaules.

Elle avait regagné sa chambre, et sans doute lu un moment, car la lumière était restée allumée pendant environ une heure. Il aurait pu en finir dès cet instant avec elle, mais son goût du drame lui imposait d'attendre le jour anniversaire.

L'unique éclairage provenait des lampadaires dans la rue, mais les endroits où se cacher dans l'appartement n'étaient pas nombreux. Il aurait pu se glisser sous le lit paré d'une garniture à volants. Pourquoi pas ? il resterait là, immobile, pendant qu'elle lirait. Elle éteindrait la lumière, s'apprêtant à s'endormir. Il attendrait qu'elle ne bouge plus, et que sa respiration devienne régulière. Il pourrait alors sortir de sa cachette, s'agenouiller à côté du lit, la contempler comme il avait contemplé l'autre, et la réveiller. Mais avant de prendre une décision, il lui fallait examiner les autres possibilités.

Une lampe s'alluma automatiquement lorsqu'il ouvrit la porte du placard de la chambre. Jimmy aperçut un sac de voyage à moitié plein. Il referma rapidement la porte. Il n'y avait pas suffisamment de place pour se cacher.

Supposons qu'une femme n'ait plus que deux heures à vivre. En a-t-elle conscience ? Continue-t-elle à se comporter normalement ? avait un soir énoncé Cory Zola au cours d'art dramatique. Cory était un professeur célèbre qui acceptait uniquement les étudiants ayant en eux un potentiel de star. Il m'a pris dès ma première audition, se souvint Jimmy. Il sait reconnaître le talent.

Le living-room n'offrait aucune possibilité de se cacher. Mais il donnait directement dans l'entrée qui comportait une penderie sur la droite. La porte de la penderie était entrebâillée de quelques centimètres. Il s'y glissa promptement pour l'inspecter.

L'éclairage n'était pas automatique. Il prit la lampe stylo dans sa poche et éclaira l'intérieur, étonnamment profond. Plusieurs couches de plastique protégeaient une housse à vêtements suspendue sur le devant. Voilà pourquoi la porte n'était pas fermée. Pour ne pas froisser la robe. Il était prêt à parier que c'était sa robe de mariée. Hier soir, pendant qu'il la suivait, elle s'était attardée presque une demi-heure dans une boutique de mariage, probablement pour un dernier essayage.

Les épaisseurs de plastique fournissaient une cachette idéale. Jimmy pénétra au fond de la penderie, se glissa entre deux manteaux d'hiver, et les ramena sur lui. Et si Caroline le découvrait ? Le pire serait qu'il ne puisse la tuer comme il l'avait prévu. Mais le sac de voyage dans l'autre placard était presque plein. Il savait qu'elle prenait le lendemain matin l'avion pour Saint Paul. Elle allait se marier la semaine suivante. Elle *croyait* qu'elle allait se marier la semaine suivante.

Jimmy sortit sans hâte de la penderie. À 17 heures, dans une voiture de location, il avait attendu Caroline devant le tribunal de Trenton. Elle avait travaillé tard. Il l'avait suivie jusqu'au restaurant où l'attendait Wexford. Il était resté au-dehors, attendant pour s'en aller de les voir à travers la fenêtre commander leur dîner. Puis il s'était directement rendu chez elle. Elle ne rentrerait pas avant une heure. Il prit une boîte de soda dans le réfrigérateur et s'allongea sur le divan. Il était temps de se préparer pour le troisième acte.

Tout avait commencé voilà cinq ans et demi, pendant ce dernier semestre à l'université de Rawlings, à Providence. Il suivait les cours d'art dramatique. Caroline avait son diplôme de mise en scène. Il avait joué dans deux pièces dirigées par elle. Dès la première année, on lui avait confié le rôle de Biff dans *La Mort d'un commis voyageur*. Il l'avait si bien interprété que toute l'école s'était mise à l'appeler Biff.

Jimmy but tranquillement son soda. Il se revit au collège, sur la scène réservée aux étudiants de dernière année. Il tenait le rôle principal. Le président avait invité pour la première un de ses vieux amis, producteur de la Paramount, dont on disait qu'il recherchait de nouveaux talents. Dès le début, Caroline et lui n'avaient pas été d'accord sur l'interprétation du rôle. Et deux semaines avant la première, elle le lui avait retiré pour le donner à Brian Kent. Il la voyait encore, ses cheveux blonds relevés en chignon au-dessus de sa tête, en jean et chemise de flanelle, avec son air sérieux, préoccupé. « Tu n'es pas à ton mieux, Jimmy. Je crois que le second rôle, celui du frère, te conviendrait davantage. »

Le second rôle. Le frère ne prononçait pas plus de six répliques. Il aurait voulu discuter, supplier, mais il savait que c'était peine perdue. Quand Caroline Marshall changeait la distribution, rien ne la faisait revenir sur sa décision. Et il savait au fond de lui que le premier rôle dans cette pièce était capital pour sa carrière. À cette seconde même, il avait décidé de la tuer. Et il lui avait joué la comédie, déclarant avec un rire léger, un peu déçu : « Caroline, j'allais justement vous dire que j'ai trop de retard dans mon travail trimestriel et qu'il vaut mieux que je renonce à la pièce. »

Elle avait avalé l'excuse. Et paru soulagée. Le producteur de la Paramount était venu. Il avait invité Brian Kent sur la côte Ouest pour faire un essai dans une nouvelle série télévisée. Le reste concernait l'histoire, comme on dit à Hollywood. Cinq ans après, la série faisait encore partie des dix premières au hit-parade, et Brian Kent venait de signer un contrat de trois millions de dollars pour un film.

Deux mois après la remise des diplômes, Jimmy s'était rendu à Saint Paul. La maison de famille de Caroline était en fait une grande résidence, mais il avait rapidement découvert que la porte de service n'était pas verrouillée. Il avait franchi le rez-de-chaussée, gravi le large escalier courbe, longé le couloir devant la chambre à coucher principale. La porte était entrebâillée, le lit vide. Puis il avait ouvert la porte de la chambre contiguë et l'avait vue : elle reposait endormie. Il revoyait les contours de la chambre, le lit de cuivre à baldaquin, le reflet soyeux des draps de percale. Il s'était penché au-dessus de la forme pelotonnée dans le lit, ses cheveux blonds resplendissant sur l'oreiller. Il avait murmuré : « Caroline », et elle avait ouvert les yeux, l'avait regardé, s'écriant : « Non ! »

Il l'avait entourée de ses bras, lui couvrant la bouche de ses mains. Les yeux emplis de terreur, elle l'avait écouté lui chuchoter qu'il allait la tuer, que si elle ne lui avait pas retiré le rôle principal, il aurait rencontré le producteur de la Paramount à la place de Brian Kent. « Vous ne dirigerez jamais plus personne, Caroline, avait-il conclu. Vous allez jouer un nouveau rôle, celui de la victime. »

Elle avait essayé de lui échapper, mais il l'avait ramenée à lui, enroulant la corde autour de son cou. Les yeux agrandis, désespérément fixés sur lui, elle avait levé les mains, paumes tournées vers l'extérieur, en un geste de supplication, avant de les laisser retomber sur le lit, sans vie.

Le lendemain matin, il s'était précipité sur les journaux. « La fille d'un gros banquier de Saint Paul assassinée. » Il se souvenait de son éclat de rire, puis de ses larmes de rage à la lecture des premières phrases. *Le corps de Lisa Marshall, 21 ans, découvert ce matin par sa sœur jumelle.*

Lisa Marshall. Sœur jumelle.

L'article continuait : *La jeune fille a été étranglée. Les jumelles étaient seules dans la maison. La police n'a pas pu questionner Caroline Marshall. La vue du corps de sa sœur l'a mise en état de choc, et elle est sous tranquillisant.*

Ce soir, il raconterait sa méprise à Caroline. Pendant toutes ces années à Los Angeles, il avait souscrit des abonnements aux journaux de Minneapolis-Saint Paul, sans trouver la moindre nouvelle sur l'affaire. Puis il avait lu que Caroline était fiancée et allait se marier le 30 mai – la semaine prochaine. Caroline Marshall, avocate attachée au bureau du procureur de Trenton, dans le New Jersey, épousait un professeur de l'université de Princeton, le Dr Sean Wexford. Wexford venait d'obtenir son diplôme lorsque Jimmy étudiait à Rawlings. Jimmy l'avait eu comme professeur dans un cours de psychologie. Il se demanda quand Caroline et Wexford s'étaient connus. Ils ne sortaient pas ensemble lorsqu'elle était elle-même étudiante à Rawlings. Il en était certain.

Jimmy secoua la tête. Il prit la boîte de soda vide et alla la jeter dans la poubelle de la cuisine. Caroline pouvait arriver d'une minute à l'autre. Il alla aux toilettes et fit une grimace en entendant le bruit de la chasse d'eau. Puis, avec d'infinies précautions, il pénétra dans la penderie et se dissimula entre les manteaux. Il tâta la longueur de corde dans la poche de son survêtement. Elle provenait du même rouleau de ligne pour la pêche au gros qu'il avait utilisé pour la sœur. Il était prêt.

« Un cappuccino, chérie ? » Sean souriait en la contemplant à travers la table éclairée par les bougies. Le regard de Caroline était pensif, habité par cette tristesse qui l'envahissait parfois. Comment en aurait-il été autrement, ce soir ? C'était l'anniversaire de la dernière soirée qu'elle avait passée avec Lisa.

Il s'efforça de la distraire. « Je me suis senti aussi empoté qu'un éléphant dans un magasin de porcelaine en allant chercher ta robe de mariée, cet après-midi. »

Caroline haussa les sourcils. « Tu ne l'as pas regardée, j'espère ? Ça porte malheur.

— Je n'ai même pas pu m'en approcher. La vendeuse ne cessait de s'excuser de n'avoir pu la livrer.

— J'ai eu tellement de travail ce mois-ci que j'ai maigri. Ils ont dû la retoucher.

— Tu es trop maigre. Il va falloir prendre quelques kilos en Italie. Des pâtes trois fois par jour.

— Il me tarde d'y être. » Caroline sourit. Elle aimait la stature imposante de Sean, ses cheveux blonds un peu ébouriffés, son regard gris plein d'humour. « Ma mère m'a téléphoné ce matin. Elle s'inquiète parce que j'ai choisi une robe sans manches. Elle m'a répété cette vieille plaisanterie du Minnesota : “En été ne te découvre pas d'un fil.”

— Je te réchaufferai. Ta robe est rangée dans la penderie de l'entrée. Au fait, je ferais mieux de te rendre le deuxième jeu de clés.

— Garde-le. Si j'oublie quelque chose, tu pourras l'apporter la semaine prochaine. »

Lorsqu'ils quittèrent le restaurant, Caroline l'accompagna jusqu'à la spacieuse maison victorienne qu'ils habiteraient à leur retour de voyage de noces. Elle laisserait sa voiture dans le second garage pendant leur absence. Sean engagea la sienne dans l'allée, la rangea sur le côté, et monta dans celle de Caroline. Elle se glissa sur l'autre siège, il prit le volant, le bras passé autour de ses épaules.

Il se sentait en bonne forme, même après une heure d'immobilité. C'était grâce à la gymnastique et aux cours de danse. Il avait passé ces cinq dernières années à étudier, frapper aux portes, cherchant à rencontrer des responsables de casting, parvenant presque à obtenir un rôle, pour échouer au bout du compte. Pour avoir un bon agent, il fallait faire la preuve que vous aviez tenu quelques bons rôles. Pour rencontrer de bons directeurs de casting, il fallait avoir un agent de premier ordre. Et parfois on lui faisait cette réflexion qui l'achevait définitivement : « Vous êtes le genre de Brian Kent, et ça n'arrange pas vos affaires. »

Cette pensée le mit en rage et il secoua la tête. Et tout ça parce que sa mère avait convaincu son père de lui payer une année « à faire le pitre », comme il disait.

Jimmy sentit sa vieille rancune l'envahir. Son père n'avait jamais approuvé ce qu'il faisait. Quand Jimmy s'était fait remarquer dans *La Mort d'un commis voyageur*, son père en avait-il été fier ? Non. Il voulait applaudir un fils trois-quarts arrière, capable de gagner le trophée Heisman.

Jimmy n'avait pas eu à s'inquiéter lorsque son père avait mis fin aux versements. Tous les mois ou presque, sa mère lui envoyait ce qu'elle pouvait mettre de côté. Le vieux avait du fric, mais il tenait serrés les cordons de la bourse. Mais bon Dieu, c'est sûr qu'il aurait aimé voir James Junior signer le contrat de trois millions de dollars la semaine dernière. « C'est mon fiston », aurait-il crié sur les toits.

Voilà comment la scène se serait déroulée si cinq ans auparavant Caroline ne l'avait pas viré pour refiler le rôle à Brian Kent.

Jimmy se raidit. Il y avait un bruit de voix devant la porte d'entrée. Caroline. *Elle n'était pas seule.* Une voix d'homme. Jimmy se rencogna contre le mur. En entendant la porte s'ouvrir, le déclic de l'interrupteur, il baissa la tête et se figea. La lumière filtrait sous la porte. Il savait qu'on ne pouvait pas le voir, mais les pointes de ses chaussures dépassaient, trahissant sa présence.

Caroline parcourut le living-room du regard. L'appartement lui semblait différent ce soir, inconnu. Mais c'était uniquement ce soir, à cause de l'anniversaire de la mort de Lisa. Elle passa ses bras autour du cou de Sean et il lui massa doucement la nuque. « Tu sais que tu as eu l'air absent pendant toute la soirée ?

— Je suis toujours suspendue à tes lèvres. » Elle s'efforçait en vain de plaisanter. Sa voix se cassa.

« Caroline, je ne veux pas te laisser seule cette nuit. Laisse-moi rester avec toi. D'accord, je sais que tu ne veux personne à côté de toi, et je le comprends. Je dormirai sur le canapé du salon. »

Elle lui adressa un semblant de sourire. « Non, je me sens très bien. » Elle posa la tête sur son épaule. « Serre-moi seulement très fort avant de partir. Je vais mettre le réveil à 6 h 30. Je préfère préparer mes bagages demain matin. Tu me connais. Je suis du matin, pas du soir.

— Je n'avais pas remarqué. » Les lèvres de Sean lui effleurèrent le cou, le front, trouvèrent ses lèvres. Il la tint contre lui, sentant son corps raidi contre le sien.

« Tout ira bien une fois cet anniversaire passé, lui avait-elle dit. Mais pendant les deux jours précédents, je ressens toujours la présence de Lisa. De plus en plus fort. Comme aujourd'hui. Ce sera fini demain. Je partirai à Saint Paul pour les préparatifs du mariage et je serai heureuse. »

Sean la relâcha à regret. Elle semblait si fatiguée et, curieusement, n'en paraissait que plus jeune. Vingt-six ans. Elle aurait pu passer pour une de ses élèves. Il le lui dit, concluant : « Mais tu es beaucoup plus jolie qu'aucune d'entre elles. Ce sera merveilleux de te voir chaque matin en ouvrant l'œil jusqu'à la fin de ma vie. »

Jimmy Cleary était ruisselant de sueur. Et si elle laissait Wexford passer la nuit ici ? Ils le découvriraient sûrement au matin, lorsque Caroline viendrait chercher sa robe de mariée dans la penderie. Ils étaient enlacés à moins de deux pas de lui. Peut-être l'un d'eux allait-il sentir l'odeur de transpiration. Mais Wexford s'en allait.

« Je serai là à 7 heures », dit-il à Caroline.

Et tu la trouveras dans l'état où ils ont trouvé sa sœur, pensa Jimmy. C'est ainsi que tu la verras pour le restant de ta vie.

Caroline ferma la porte au verrou derrière Sean. Pendant une minute, elle fut tentée de la rouvrir, de l'appeler, de lui dire : oui, reste avec moi, je ne veux pas être seule. Mais je ne suis pas seule, pensa-t-elle, en retirant sa main de la poignée. Lisa est près de moi ce soir. Lisa.

Elle alla dans sa chambre, se déshabilla rapidement, prit une douche chaude qui lui détendit les muscles du dos et du cou, se rappelant la manière dont Sean lui avait massé la nuque. Je l'aime tant. Son pyjama rayé rouge et blanc était suspendu à la patère dans la salle de bain. Elle l'avait acheté dans une boutique de lingerie Madison Avenue. « S'il vous plaît, mieux vaut vous décider tout de suite, avait dit la vendeuse. Il ne nous en reste qu'un seul en rayé rouge. À la fois élégant et confortable. »

Un seul. C'est pour cette raison qu'elle l'avait pris. Le plus difficile pour elle depuis cinq ans avait été de ne plus acheter *deux* exemplaires de chaque chose. Elle avait passé des années à acheter en double ce qui lui plaisait. Lisa faisait de même. Elles avaient exactement la même taille, le même poids. Même leurs parents les reconnaissaient difficilement. Lorsqu'elles étaient plus jeunes, leur mère les avait poussées à acheter des robes différentes pour la fête du lycée. Elles étaient parties faire leurs achats séparément et étaient revenues avec des robes bleues à pois blancs, exactement similaires.

L'année suivante, après un entretien avec leurs parents et le psychologue du lycée, elles avaient accepté de s'inscrire dans deux universités séparées, reconnaissant malgré leur chagrin que c'était pour leur bien. « C'est merveilleux d'être si proches, avait dit le psychologue, mais vous devez vous considérer comme deux personnes à part entière. Vous ne pourrez développer vos capacités qu'en mettant un peu d'espace entre vous. »

Caroline s'était inscrite à Rawlings, Lisa à Southern Cal. À l'université, Caroline laissait avec un plaisir secret ses camarades croire qu'elle s'était dédicacé sa propre photo : « À ma meilleure amie. » Elles avaient été diplômées le même jour. Son père avait assisté à la remise du diplôme de Caroline, sa mère à la remise de celui de Lisa.

Caroline traversa le living-room, pensa à verrouiller la chaîne de la porte de service, alluma la télévision, et commença sans entrain ses flexions quotidiennes. Un film publicitaire pour des assurances-vie apparut sur l'écran. « N'est-il pas réconfortant de savoir que votre famille n'aura besoin de rien lorsque vous ne serez plus là ? » Caroline éteignit la télévision. Elle fit l'obscurité dans le living-room, entra rapidement dans sa chambre et se glissa sous les couvertures. Allongée en chien de fusil, elle enfouit son visage dans ses mains.

J'aurais dû refuser de la quitter, pensait Sean Wexford, hésitant à démarrer, fixant la porte de la maison. Mais elle avait besoin d'être seule. Secouant la tête, il chercha ses clés.

Sur la route qui le menait chez lui, il se sentit partagé entre son inquiétude à l'égard de Caroline et la pensée que dans une semaine ils seraient mariés. Quelle n'avait pas été sa surprise en la voyant, un matin de l'année dernière, faire du jogging sur le campus de Princeton. Elle avait suivi un de ses cours à Rawlings. Il préparait sa thèse à l'époque, et n'avait pas le temps de penser aux femmes. Ce matin-là, elle lui avait raconté qu'elle comptait s'inscrire en droit à Columbia, travailler ensuite pour un juge à la Cour supérieure du New Jersey, et entrer au cabinet du procureur de Trenton. Et, se rappela Sean en engageant la voiture dans l'allée, ils avaient su dès cet instant ce qui leur arrivait. Il arrêta la voiture de Caroline derrière la sienne, souriant à l'idée que bientôt leurs voitures seraient désormais et à jamais garées l'une derrière l'autre.

Jimmy Cleary s'étonna que Caroline eût éteint la télévision si soudainement. Il repensa à l'hypothèse posée par Cory Zola : *Supposons qu'une femme n'ait plus que deux heures à vivre. En est-elle consciente ? Continue-t-elle à se comporter normalement ?* Caroline sentait peut-être le danger. Lorsqu'il recommencerait à assister aux cours, il soulèverait à nouveau la question. « À mon avis, dirait-il, il se produit une accélération de l'esprit au moment où il se prépare à quitter le corps. » Zola jugerait certainement cette pensée très profonde.

Une crampe lui contracta la jambe. Il n'avait pas l'habitude de rester debout immobile pendant si longtemps, mais il s'y forcerait le temps qu'il le faudrait. Si l'intuition de Caroline la prévenait d'un danger, elle allait se mettre à écouter le moindre bruit. Les murs de ces appartements sur jardin n'étaient pas très épais. Quelqu'un pourrait entendre un cri. Heureusement qu'elle avait laissé la porte de sa chambre ouverte. Elle ne risquait pas de grincer quand il s'approcherait d'elle. Jimmy ferma les yeux. Il voulait reproduire les gestes exacts qu'il avait eus pour réveiller sa sœur. Un genou à terre à côté du lit, les bras prêts à l'étreindre, les mains prêtes à s'abattre sur sa bouche. En fait, il était resté agenouillé une minute ou deux avant de la réveiller. Il ne prendrait pas ce risque cette fois-ci. Caroline aurait le sommeil léger. Son inconscient resterait aux aguets.

Aux aguets. Jolie expression à murmurer sur scène. Il allait faire une carrière au théâtre, maintenant. Broadway. On gagnait moins d'argent qu'au cinéma. Mais il y avait le prestige. Son nom sur la façade.

Caroline était son mauvais génie, et bientôt elle n'existerait plus.

Recroquevillée dans son lit, Caroline frissonnait malgré l'édredon moelleux. Elle avait peur. Terriblement peur. Pourquoi ? « Lisa, murmura-t-elle, Lisa, est-ce cela que tu as ressenti ? T'es-tu réveillée ? Savais-tu ce qui t'arrivait ? » *T'ai-je entendue crier cette nuit-là dans mon sommeil ?*

Elle ne savait pas. Ce n'était qu'une impression, une image brouillée, incertaine, qui lui était venue à l'esprit quelques semaines après la mort de Lisa. Elle en avait discuté avec Sean. « Il est possible que je l'aie entendue. Si je m'étais forcée à me réveiller, peut-être… »

C'était une réaction caractéristique chez les proches des victimes, lui avait expliqué Sean. Le syndrome du « si seulement ». L'année dernière, grâce à lui et avec lui, elle avait peu à peu retrouvé la paix, comme si sa blessure se cicatrisait. Excepté en ce moment.

Elle se retourna dans son lit, s'obligeant à étendre ses bras et ses jambes. « Une anxiété irrationnelle et une tristesse profonde sont les symptômes de la dépression », avait-elle lu quelque part. D'accord pour la tristesse, pensa-t-elle. C'est le jour anniversaire. Mais je ne veux pas céder à l'anxiété. Je veux penser aux jours heureux avec Lisa. À notre dernière soirée.

Leurs parents s'étaient rendus à un congrès de banquiers à San Francisco. Lisa et elle avaient commandé une copieuse pizza, bu du vin et passé la soirée à bavarder. Elles avaient parlé de l'intention de Lisa de s'inscrire à la faculté de droit. Caroline s'y était également inscrite, mais elle n'était pas certaine de vouloir vraiment s'orienter dans cette voie.

« J'aimais beaucoup mon groupe de théâtre, avait-elle dit. Je ne suis pas une bonne comédienne mais je sais reconnaître le talent chez un acteur. Je pourrais faire de la mise en scène. La pièce a bien marché, et Brian Kent, que je savais très bon dans le rôle principal, a été engagé par un producteur. D'autre part, si j'obtiens un diplôme de droit, nous pourrions ouvrir un cabinet toutes les deux et démontrer à nos clients qu'ils en ont vraiment pour leur argent. »

Elles étaient allées se coucher vers 23 heures. Leurs chambres étaient contiguës. Habituellement, elles laissaient leur porte ouverte, mais Lisa voulait regarder la télévision et Caroline avait sommeil. Elles s'étaient envoyé un baiser du bout des doigts et enfermées chacune de leur côté. Si seulement j'avais laissé ma porte ouverte, pensa-t-elle. Je l'aurais sûrement entendue crier.

Elle avait dormi jusqu'à 8 heures du matin. Elle se rappelait s'être étirée en se redressant dans son lit, songeant que c'était formidable d'être en vacances. Pour les récompenser d'avoir obtenu leur diplôme, leurs parents leur avaient promis un voyage en Europe cet été-là.

Elle avait sauté du lit et décidé de préparer un jus de fruits et du café et de les apporter à Lisa. Elle avait pressé les oranges pendant que le café passait, disposé les verres, les tasses et la cafetière sur un plateau et monté les escaliers.

La porte de Lisa était entrebâillée. Elle l'avait poussée du pied. « Réveille-toi, ma belle. Nous avons un match de tennis dans une heure. »

Et elle avait vu Lisa. Sa tête bizarrement inclinée, la corde marquant son cou, ses yeux grands ouverts, emplis de terreur, ses paumes tendues comme si elle essayait de repousser quelqu'un. Caroline avait laissé tomber le plateau, s'éclaboussant de café ; elle était parvenue à atteindre le téléphone, à composer le 911, et ensuite elle avait hurlé, hurlé jusqu'à ce que sa voix se brise en un son sourd et guttural. Elle s'était réveillée à l'hôpital, trois jours plus tard. On l'avait trouvée étendue à côté de Lisa, la tête de sa sœur sur son épaule.

Il n'y avait qu'un seul indice : une demi-empreinte de chaussure de jogging sur le seuil de la porte de service. Comme l'avait dit l'inspecteur en chef, « il ou elle avait eu la délicatesse de nettoyer le reste de la boue sur le tapis ».

Si seulement ils avaient trouvé le meurtrier de Lisa, se dit Caroline étendue dans l'obscurité. Les inspecteurs croyaient fermement qu'il s'agissait de quelqu'un connaissant Lisa. Aucune trace de vol. Pas de tentative de viol. Ils avaient interrogé sans fin les amis de Lisa, les garçons avec lesquels elle sortait à l'université. Un de ses camarades était fou d'elle. On l'avait soupçonné, mais sans pouvoir prouver qu'il était à Saint Paul cette nuit-là.

Ils avaient examiné l'éventualité d'une erreur d'identité, surtout après avoir appris qu'aucune des deux jeunes filles n'avait révélé aux autres étudiants l'existence d'une sœur jumelle. « Au début nous l'avons tu à la suite d'une promesse. Puis c'est devenu un jeu.

— Et vos amis étudiants qui venaient vous rendre visite ?

— Nous n'en invitions jamais. Nous préférions passer notre temps ensemble pendant les vacances scolaires. »

Oh, Lisa, songea Caroline. Si seulement je savais pourquoi. Si seulement j'avais pu te sauver ce soir-là. J'aurais tellement voulu que tu connaisses le même bonheur que moi. Elle n'avait pas sommeil, elle se sentait anxieuse.

À la fin ses paupières commencèrent à se fermer malgré elle.

La fenêtre était soulevée de quelques centimètres. Les fermetures de sécurité de chaque côté du châssis empêchaient de la remonter davantage. Soudain, un coup de vent fit battre le store. Caroline se redressa brusquement, comprit l'origine du bruit et se força à se rallonger. Cesse de t'inquiéter pour rien, se gourmanda-t-elle. Elle ferma les yeux et finit par s'endormir d'un sommeil léger, entrecoupé de rêves, un sommeil où Lisa tentait désespérément de l'appeler, de la prévenir.

C'était le moment. Les bruissements de draps avaient cessé. Aucun son ne parvenait plus de la chambre. Jimmy Cleary se faufila entre les vêtements qui l'avaient dissimulé, écarta la housse de la robe de mariée. Les gonds grincèrent légèrement lorsqu'il poussa la porte. Il traversa le living-room, atteignit la porte de la chambre à coucher. Caroline avait laissé une veilleuse allumée. Elle éclairait suffisamment pour lui permettre de la voir dormir. Son sommeil était agité, elle respirait rapidement, tournait la tête d'un côté et de l'autre, comme si elle protestait.

Jimmy s'assura que la corde se trouvait bien dans sa poche. Savoir qu'elle provenait du même rouleau que le bout utilisé pour sa sœur lui procurait une étrange satisfaction. Il portait la même tenue de jogging qu'il y a cinq ans et les mêmes chaussures. Il avait pris un risque en les conservant, au cas où les flics l'auraient interrogé, mais il n'avait jamais pu se résoudre à les jeter. Il les avait rangées parmi d'autres choses dans un garde-meuble où personne ne posait de questions. En utilisant un faux nom, bien sûr.

Il s'avança sur la pointe des pieds jusqu'au bord du lit de Caroline et s'agenouilla, prenant le temps de la contempler pendant une minute avant qu'elle n'ouvre les yeux et qu'il ne lui applique sa main sur la bouche.

Sean regarda le journal de 22 heures, se rendit compte qu'il n'avait pas envie de dormir, et ouvrit un livre qu'il voulait lire depuis longtemps. Quelques minutes plus tard, il le repoussa avec impatience. Quelque chose le tracassait. Une impression presque palpable, comme s'il voyait de la fumée sortir de la pièce voisine. Il eut envie de téléphoner à Caroline, pour savoir comment elle allait. Mais si jamais elle était parvenue à s'endormir ? Il alla jusqu'au bar et se versa une généreuse rasade de scotch. Quelques gorgées l'aidèrent à reprendre son sang-froid.

Caroline ouvrit les yeux en entendant chuchoter son nom. C'est un cauchemar, pensa-t-elle, je suis en train de rêver. Elle laissa échapper un cri, puis sentit une main lui fermer brutalement la bouche, une main dure, musclée qui lui écrasait les pommettes, lui meurtrissait les lèvres et lui couvrait à moitié les narines. Elle se débattit, cherchant à retrouver son souffle. La main s'abaissa de quelques centimètres, lui permettant de respirer. Elle voulut se libérer, mais l'homme la maintenant de son autre bras. Son visage était près du sien. « Caroline, murmura-t-il, je suis venu réparer mon erreur. »

La veilleuse projetait des ombres fantastiques sur le lit. Cette voix. Elle l'avait déjà entendue.

Ce front bombé, la mâchoire carrée. Les épaules puissantes. Qui ?

« Caroline, le génie de la mise en scène. »

Elle reconnaissait la voix, à présent. Jimmy Cleary. Jimmy Cleary… Caroline comprit tout en un éclair. Comme une séquence de film, l'instant où elle avait déclaré à Jimmy qu'il n'était pas apte à tenir le rôle lui revint en mémoire. Il l'avait si bien pris. Trop bien. Elle n'avait pas voulu admettre qu'il lui jouait la comédie. Il était plus facile de prétendre qu'il acceptait sa décision. *Et il a tué Lisa en croyant me tuer. C'est de ma faute.* Un gémisscment s'échappa de ses lèvres, étouffé sous la paume de son agresseur. Ma faute. Ma faute.

Elle entendit alors la voix de Lisa aussi clairement que si sa sœur murmurait à son oreille, lui confiant un secret, comme lorsqu'elles étaient petites. *Tu n'es pas responsable, mais tu le seras si tu le laisses tuer encore une fois. Ne le laisse pas faire. Pense à maman et à papa. À Sean. Vis pour moi. Aie des enfants. Donne mon nom à l'un d'eux. Tu dois vivre. Écoute-moi. Dis-lui qu'il ne s'est pas trompé. Dis-lui que tu me haïssais toi aussi. Ça marchera.*

Elle sentit l'haleine chaude de Jimmy Cleary sur sa joue. Il parlait du rôle, du contrat signé par Brian Kent. « Je vais vous tuer, exactement comme j'ai tué votre sœur. Un acteur travaille son rôle jusqu'à atteindre la perfection. Voulez-vous entendre les derniers mots que j'ai dits à votre sœur ? » Il souleva sa main une seconde pour qu'elle put articuler une réponse.

Dis-lui que tu es moi.

Pendant une fraction de seconde, Caroline eut de nouveau six ans. Lisa et elle jouaient au milieu des fondations d'une maison dans le voisinage. Toujours plus aventureuse, plus assurée, Lisa montrait la voie à travers les piles de parpaings. « Ne sois pas une poule mouillée, la pressait-elle. Tu n'as qu'à me suivre. »

Elle s'entendit murmurer : « Racontez-moi. Je veux savoir comment elle est morte, pour que je puisse en rire. Vous avez tué Caroline ; c'est moi qui suis Lisa. »

La main s'abattit sur sa bouche avec une brutalité féroce.

Quelqu'un avait récrit le scénario. Furieusement, Jimmy lui enfonça ses doigts dans les joues. Les joues de qui ? De Caroline ? S'il l'avait déjà tuée, pourquoi la chance n'était-elle pas revenue ? Sans déplacer le bras qui pesait sur elle, il chercha la corde dans la poche de poitrine de son survêtement. Finis-en avec cette histoire, se persuada-t-il. Quand elles seront mortes toutes les deux, tu seras certain d'avoir eu Caroline.

Mais il avait l'impression d'être sur scène au troisième acte et de ne pas connaître la fin de la pièce. Si un comédien ignore quel est le moment le plus dramatique, comment peut-il espérer faire passer l'émotion dans le public ? Car il y avait un public, un public invisible appelé destin. Il avait besoin de savoir. « Si vous criez, je vous coupe à jamais le bec dans la minute qui suivra, lui dit-il. C'est exactement ce qui est arrivé à votre sœur. »

Elle *avait* entendu Lisa cette nuit-là.

« Faites un signe de tête si vous promettez de ne pas crier. Je vais tout vous raconter. Si vous parvenez à me convaincre, je vous laisserai peut-être la vie sauve. Wexford aimerait vous voir tous les matins à son réveil, hein ? C'est ce qu'il vous a dit. »

Jimmy Cleary se trouvait dans la maison lorsqu'ils étaient entrés. Caroline sentit l'obscurité l'envelopper.

Obéis-lui ! Surtout ne t'évanouis pas ! commandait la voix impérative de Lisa. « La Duchesse a parlé », lui disait souvent Caroline. Et elles éclataient de rire.

Jimmy déplaça son bras, passa la corde autour du cou de Caroline, et y fit un nœud coulant. Elle était deux fois plus longue que celle qu'il avait utilisée précédemment. Il avait décidé de faire un nœud double, cette fois-ci, geste symbolique signifiant qu'il se retirait des projecteurs de la mort. Cette plus grande longueur lui permettrait de tenir la jeune fille en laisse. Il lui ordonna de se lever, déclara qu'il avait faim – il voulait qu'elle lui prépare un sandwich et du café –, la prévenant qu'il l'étranglerait si elle tentait le moindre mouvement pour lui échapper.

Fais ce qu'il dit.

Docilement, Caroline s'assit sur le lit tandis que Jimmy la libérait de l'étreinte de son bras. Ses pieds en touchant le sol sentirent la fraîcheur du parquet. Elle chercha machinalement ses pantoufles. C'est stupide, je serai peut-être morte dans quelques minutes et je me soucie de marcher pieds nus. La corde lui scia le cou lorsqu'elle se pencha en avant « Non… pitié. » La panique perçait dans sa voix.

« La ferme ! » Elle sentit les mains de Jimmy Cleary lui frôler le cou en relâchant la corde.

Côte à côte, ils traversèrent le living-room et pénétrèrent dans la cuisine. Il garda les mains posées sur sa nuque, les doigts serrés autour de la corde. Même lâche, elle pesait sur son cou, comme un ruban d'acier. Elle revit en souvenir la marque grisâtre qui creusait la gorge de Lisa. Pour la première fois, elle se remémora ce qui avait suivi, après qu'elle eut découvert sa sœur. Elle avait composé le 911 et s'était mise à hurler. Puis elle avait lâché le récepteur. Le corps de Lisa gisait au bord du lit, comme si elle avait essayé de s'échapper au dernier moment. Sa peau était si bleue, j'ai pensé qu'elle avait froid, que je devais la réchauffer. Les images lui revenaient à l'esprit tandis qu'elle ouvrait la porte du réfrigérateur. J'ai fait le tour du lit, je l'ai entourée de mes bras et je me suis mise à lui parler tout en tentant de dénouer la corde autour de son cou, puis j'ai eu l'impression de sombrer dans un trou noir.

Aujourd'hui la corde était passée autour de son propre cou. Sean allait-il la trouver au matin comme elle avait trouvé Lisa ?

Non. Prépare-lui son sandwich. Fais chauffer du café. Agis comme si vous jouiez tous les deux sur scène. Raconte-lui que j'étais un véritable tyran. Allez. N'hésite pas à me critiquer. Accuse-moi de tous les griefs qu'il formule contre toi.

Caroline jeta un coup d'œil à l'intérieur du réfrigérateur et se félicita de ne pas avoir vidé tout son contenu, d'avoir gardé de quoi faire des sandwiches pour Sean ; la femme de ménage viendrait demain matin récupérer les restes. Elle prit du jambon et de la dinde, de la salade, de la mayonnaise et de la moutarde. Lorsque la troupe sortait pour manger un morceau, tard le soir, Jimmy Cleary commandait toujours un club-sandwich.

Comment aurais-tu pu le savoir ? Demande-lui ce qu'il veut.

Caroline leva la tête. La seule lumière provenait du réfrigérateur mais ses yeux s'accoutumaient à la pénombre. Elle distingua la mâchoire carrée qui donnait à Jimmy une expression de dureté où se mêlaient la colère et l'embarras. La bouche desséchée par la peur, elle murmura : « Que préférez-vous ? De la dinde ? Du jambon ? J'ai du pain complet ou des petits pains ronds. »

Elle se rendit compte qu'elle avait passé le premier test.

« De tout. Sur un pain rond. »

Elle sentit la corde se relâcher légèrement. Elle mit la bouilloire sur le feu, confectionna rapidement le sandwich, empilant la dinde, le jambon et le fromage, disposant la salade et tartinant le tout de mayonnaise et de moutarde.

Il la fit asseoir à côté de lui à la table. Elle se versa une tasse de café, se força à boire. La corde lui bloquait la gorge. Elle leva la main pour la desserrer.

« Pas touche ! » Il donna un peu de mou.

« Merci. » Elle le regarda engloutir son sandwich.

Parle-lui. Tu dois le convaincre avant qu'il ne soit trop tard.

« Je crois que vous m'avez dit votre nom, mais je ne l'ai pas retenu. »

Il fit disparaître la dernière bouchée du sandwich. « Sur l'affiche, c'est James Cleary. Mon agent et mes amis m'appellent Jimmy. »

Il avala son café. Comment faire pour qu'il la croie, qu'il lui fasse confiance ? Depuis sa place, Caroline voyait l'encadrement de la penderie. C'est là qu'il avait dû se cacher. Sean avait voulu rester avec elle. Si seulement elle l'avait laissé faire. Pendant les deux années qui avaient suivi la mort de Lisa, il y avait eu des moments où vivre une seule journée de plus lui avait paru insurmontable. Seules ses études intensives de droit l'avaient retenue de sombrer dans une dépression suicidaire. Aujourd'hui, elle voyait le visage de Sean, ce visage qui lui était devenu si cher, et pensait : je veux vivre. Je veux profiter de tous les jours de ma vie.

Jimmy Cleary se sentit ravigoté. Il n'avait pas réalisé à quel point il avait faim. D'une certaine façon, les choses se déroulaient mieux que la dernière fois. Il jouait au chat et à la souris. C'était lui qui menait le bal. Avait-il affaire à Caroline ou à Lisa ? Peut-être s'était-il trompé la fois précédente ? Mais s'il s'était débarrassé de Caroline, pourquoi le mauvais sort avait-il persévéré ? Il finit son café. Ses doigts s'enroulèrent autour de la corde, la resserrant imperceptiblement. Tendant le bras, il alluma la lampe posée sur la table. Il voulait pouvoir étudier son visage. « Alors dites-moi, fit-il d'un ton léger, pourquoi devrais-je vous croire ? Et si je vous crois, pourquoi devrais-je vous laisser en vie ? »

Sean se déshabilla et prit une douche. Il vit son reflet dans le miroir de la salle de bain. Il allait avoir trente-quatre ans dans dix jours. Caroline en aurait vingt-sept le lendemain. Ils célébreraient leurs anniversaires à Venise. Ce serait merveilleux de s'asseoir avec elle place Saint-Marc, de déguster un verre de vin, d'écouter chanter les violons en regardant les gondoles glisser devant leurs yeux. C'étaient des images qui lui venaient souvent à l'esprit ces derniers temps. Ce soir, on aurait dit qu'elles refusaient de se former, comme s'il y avait un blanc.

Il fallait qu'il parle à Caroline. S'enveloppant dans une épaisse serviette de bain, il alla jusqu'au téléphone de sa chambre. Bien qu'il fût presque minuit, il composa le numéro. Inutile de chercher midi à quatorze heures, pensa-t-il. Je lui dirai simplement que je l'aime.

« Il n'est pas facile d'être une jumelle. » Caroline inclina la tête afin de pouvoir regarder Jimmy Cleary en face. « Nous nous disputions beaucoup ma sœur et moi. Je l'appelais la Duchesse. Elle voulait tout diriger. Même petite, elle faisait des bêtises et m'en accusait. J'avais fini par la détester. C'est pourquoi nous sommes parties faire nos études chacune à un bout du continent. Je voulais m'éloigner d'elle. J'étais son ombre, son reflet, une non-personne. La dernière nuit, elle voulait regarder la télévision et son poste ne marchait pas, et elle m'a obligée à changer de chambre. Quand je l'ai trouvée morte le lendemain matin, je crois que je me suis évanouie. Mais même ma mère et mon père n'ont jamais découvert la méprise. »

Caroline ouvrit grand les yeux. Elle baissa la voix, prit un ton intime, confidentiel. « Vous êtes un acteur, Jimmy. Vous pouvez me comprendre. Lorsque je suis revenue à moi, ils m'appelaient Caroline. Savez-vous quels furent les premiers mots de ma mère à mon réveil ? "Oh, Caroline, grâce au ciel, tu es vivante !" »

Parfait. Tu es en train de l'ébranler.

Elle avait six ans à nouveau. Elles jouaient sur les fondations. Lisa courait de plus en plus vite. Caroline avait jeté un regard vers le bas et eu le vertige. Mais elle voulait se montrer à la hauteur.

Jimmy savourait cet instant ; il se sentait dans la peau d'un agent de casting, demandant à un candidat de lui lire un texte au pied levé. « Ainsi, vous avez brusquement décidé d'être Caroline. Comment vous y êtes-vous prise ? Caroline avait suivi des cours à Rawlings. Que s'est-il passé lorsque ses amis se sont manifestés ? »

Caroline finit son café. Elle discernait des éclairs de folie dans le regard de Jimmy Cleary. « Je n'ai pas eu grand mal à simuler. Le choc. Ce fut une bonne excuse. J'ai feint de ne pas reconnaître nos amis communs. Les médecins ont dit qu'il s'agissait d'amnésie psychologique. Tout le monde s'est montré très compréhensif. »

Soit c'était une comédienne remarquable, soit elle disait la vérité. Perplexe, Jimmy sentit se dissiper une partie de sa colère. Cette fille était différente de Caroline. Plus douce. Plus gentille. Il avait l'impression d'être proche d'elle, une impression teintée de regret. De toute façon, il ne pouvait la laisser en vie. Mais s'il avait tué Caroline, si elle ne mentait pas – et il n'en était pas absolument certain –, pourquoi le mauvais sort avait-il continué à s'abattre sur lui depuis cinq ans ?

Elle portait un joli petit pyjama rouge et blanc. Il posa sa main sur son bras, puis la retira, pris d'une idée soudaine. « Et Wexford ? Comment l'avez-vous amené à sortir avec vous ?

— Nous nous sommes rencontrés par hasard. En l'entendant appeler “Caroline”, j'ai su que j'étais censée le connaître. Il m'a dit son nom et s'est mis à faire du jogging à côté de moi, et tout en courant, il a fait une allusion suggérant que j'avais assisté à un de ses cours. Je n'ai eu qu'à faire semblant. »

Rappelle à Jimmy que Sean ne s'intéressait pas à la vraie Caroline à Rawlings. Ajoute qu'il est sur-le-champ tombé amoureux de toi.

Jimmy s'agitait nerveusement. Caroline poursuivit : « Sean ne cessait de répéter que j'avais changé, que j'étais devenue beaucoup plus gentille. N'est-ce pas extraordinaire ? Je suis contente que vous partagiez mon secret, Jimmy. Vous avez été mon bienfaiteur secret, et je vous connais enfin. Voulez-vous encore un peu de café ? »

Essayait-elle de le duper ? Était-elle sincère ? Il lui effleura le coude. « Ce n'est pas de refus. » Il se tint derrière elle, légèrement sur le côté, pendant qu'elle allumait le feu sous la bouilloire. Jolie fille. Mais il savait qu'il ne pouvait la laisser vivre. Il allait finir son café, la ramener dans sa chambre et la tuer. Il lui expliquerait d'abord que la poisse s'acharnait sur lui. Il regarda la pendule. Minuit et demi. Il avait tué l'autre à minuit moins vingt, le timing était parfait. Une image passa devant lui, celle des mains de l'autre jumelle qui se tendaient vers son visage comme pour le griffer ; des yeux qu'elle avait dardés sur lui, exorbités. Pendant la journée, ce souvenir le réconfortait. La nuit, il le laissait baigné de sueur.

Le téléphone se mit à sonner.

La main de Caroline se crispa convulsivement sur la poignée de la bouilloire. Elle savait que c'était Sean. Il lui téléphonait toujours lorsqu'il la devinait déprimée et sans doute éveillée.

Persuade Jimmy que tu dois répondre au téléphone. Il faut que Sean comprenne que tu as besoin de lui.

La sonnerie retentit une deuxième fois, une troisième fois.

La sueur brillait sur le front et la lèvre supérieure de Jimmy. « Laissez tomber, dit-il.

— Jimmy, je suis sûre que c'est Sean. Si je ne réponds pas, il va penser qu'il m'est arrivé quelque chose. Je ne veux pas qu'il vienne ici. Je veux vous parler. »

Jimmy réfléchit. Si c'était Wexford, elle disait probablement vrai. Le téléphone sonna à nouveau. Il était branché sur un répondeur. Jimmy pressa sur le bouton permettant d'entendre la conversation, souleva le récepteur et le tendit à Caroline. Il resserra la corde qui lui scia la chair du cou.

Il ne fallait pas que sa voix eût l'air mal assurée. « Allô ? » Elle parvint à prendre un ton endormi et fut récompensée par un léger relâchement de la pression autour de son cou.

« Chérie, tu dormais. Je suis désolé. Je m'inquiétais à l'idée de te savoir déprimée. Je sais ce que tu ressens ce soir.

— Au contraire, je suis heureuse que tu me téléphones. Je n'étais pas vraiment endormie. Je commençais seulement à m'assoupir. » Que puis-je lui dire ? Mon Dieu, que puis-je lui dire ?

La robe. Ta robe de mariée.

« Il est tard, disait Sean. As-tu finalement préféré faire tes bagages ce soir ? »

Jimmy lui tapa sur l'épaule et hocha la tête.

« Oui. Je n'avais pas sommeil et j'en ai profité pour tout boucler. »

Jimmy paraissait s'impatienter. Il lui fit signe de mettre fin à la conversation. Caroline se mordit la lèvre. Si elle laissait échapper cette occasion, c'en était fini. « Sean, je suis heureuse que tu aies téléphoné, je me sens vraiment bien. Ne t'inquiète pas. Je serai prête à 7 h 30. Juste une chose. Lorsqu'ils ont emballé ma robe, as-tu pensé à leur demander de bourrer les manches de tissu pour qu'elles ne se froissent pas ? » Pourvu que Sean ne me trahisse pas, pria-t-elle.

Sean sentit sa main sur le récepteur devenir moite. La robe. La robe de Caroline était sans manches. Et il y avait autre chose. Sa voix résonnait bizarrement. Elle n'était pas dans son lit. Elle utilisait le téléphone de la cuisine et le haut-parleur du combiné était branché. Elle n'était pas seule. Dans un effort désespéré il garda une voix calme.

« Chérie, je mets ma main au feu que la vendeuse a dit quelque chose à ce sujet. Et ta mère le lui a également rappelé. Tu devrais dormir un peu, maintenant. Je passerai te prendre demain matin, et n'oublie pas que je t'aime. » Il se força à reposer lentement le récepteur, puis laissa tomber sa serviette et enfila en vitesse un survêtement. Les clés de l'appartement de Caroline se trouvaient sur le meuble de l'entrée à côté de celles de sa voiture. Devait-il prendre le temps d'appeler la police ? Il leur téléphonerait depuis sa voiture. Dieu du ciel, je vous en supplie…

Sean avait compris. Caroline reposa le récepteur et regarda Jimmy. « Beau travail, lui dit-il. Vous savez que je commence à vous croire. » Il la reconduisit dans sa chambre et la força à s'allonger, posant son bras en travers de son corps, exactement comme il l'avait fait pour sa sœur. Puis il lui expliqua ce que lui avait dit son professeur, Cory Zola, à propos du mauvais sort. « Nous jouions une scène de duel, en cours, la semaine dernière, et je suppose que j'ai perdu mon contrôle. J'ai blessé l'autre étudiant. Zola était furieux contre moi. J'ai essayé d'expliquer que j'avais l'esprit tourmenté par le mauvais sort que quelqu'un m'avait jeté, et qui empoisonnait ma vie. Il m'a dit de ne plus revenir en cours avant d'avoir réglé mon problème. Aussi, même si vous m'avez convaincu que j'ai tué Caroline la dernière fois, je dois me débarrasser de cette impression de maléfice si je veux retourner en cours. Et en ce qui me concerne, Lisa – c'est votre vrai nom, n'est-ce pas ? –, c'est vous qui en êtes maintenant responsable. »

Ses yeux étincelaient. Son expression était froide, absente. Il est fou, pensa Caroline. Il faut un quart d'heure à Sean pour arriver jusqu'ici. Trois minutes de passées. Encore douze. Lisa, aide-moi.

C'est Brian Kent qui lui a jeté un sort. L'Inconnu du Nord-Express.

Elle avait la bouche sèche. Il approchait son visage du sien. Son corps dégageait une forte odeur de transpiration. Sentant la corde se resserrer lentement autour de son cou, elle parvint à garder un ton détaché. « Me tuer ne résoudra rien. C'est Brian Kent qui vous porte malheur, pas moi. Lui éliminé, vous avez une chance. Et si je le tue, vous aurez autant de poids sur moi que j'en aurai sur vous. »

Le sifflement d'étonnement qui lui échappa donna un peu d'espoir à Caroline. Elle lui effleura la main. « Cessez de jouer avec cette corde, Jimmy, et écoutez-moi deux minutes. Laissez-moi m'asseoir. » Le souvenir de cette scène où elle se laissait guider par sa sœur dans le chantier de construction lui traversa encore une fois l'esprit. Elles s'étaient trouvées devant une ouverture béante, l'emplacement d'une fenêtre. Lisa s'était élancée. À quelques pas derrière elle, Caroline avait hésité, fermant les yeux avant de franchir de justesse le trou. Elle était à nouveau sur le point de sauter, et si elle ratait son coup, c'en était fini. Sean était en route. Elle le savait. Il lui fallait rester en vie pendant encore onze minutes.

Jimmy relâcha son bras, lui permit de s'asseoir. Elle ramena ses jambes contre elle, emprisonnant ses genoux de ses mains croisées. La corde s'enfonçait dans la chair de son cou, mais elle n'osa pas lui demander de desserrer le nœud. « Jimmy, vous m'avez dit que tous vos problèmes venaient d'une trop grande ressemblance avec Brian Kent. Supposez qu'il arrive malheur à Brian. Il faudra lui trouver un remplaçant. Vous prendrez alors sa place. Comme j'ai pris celle de Caroline. S'il est soudain victime d'un accident, ils feront n'importe quoi pour trouver quelqu'un qui reprenne le rôle dans le film. Pourquoi pas vous ? »

Jimmy secoua la sueur qui lui dégoulinait du front. Elle proposait une nouvelle version du rôle que Brian jouait dans sa vie. Il avait toujours voulu être une star, devenir plus grand que Brian, le surpasser, avoir une meilleure table au restaurant, le regarder perdre de l'importance. Jamais il n'avait imaginé un instant que Brian pouvait simplement disparaître de la scène. Et même s'il tuait cette fille, Lisa, car maintenant il était convaincu qu'il s'agissait de Lisa, Brian Kent continuerait à signer des contrats, à poser en pleine page dans *People*. Pis encore, les agents continueraient à dire à Jimmy qu'il avait le type Brian Kent.

La croyait-il ? Caroline humecta ses lèvres. Elles étaient si sèches qu'elle avait du mal à parler. « Si vous me tuez maintenant, Jimmy, la police ne sera pas dupe. Ils se sont toujours demandé s'il n'y avait pas eu une erreur de jumelle la première fois. »

Il l'écoutait.

« Jimmy, nous pouvons répéter le coup de *L'Inconnu du Nord-Express*. Vous vous souvenez de l'histoire. Deux individus échangent leurs meurtres. Il n'y a pas de mobile. La différence avec nous, c'est que nous réussirons. Vous avez déjà accompli votre part. Vous m'avez débarrassée de Caroline. À mon tour de vous débarrasser de Brian Kent. »

L'Inconnu du Nord-Express, Jimmy en avait joué une scène en classe. Il avait été génial. « Jimmy, vous êtes un acteur-né », avait dit Cory Zola. Il la scruta, plissant les yeux. Elle était là qui lui souriait. Elle avait un sacré aplomb. Si elle était parvenue à persuader sa famille qu'elle était Caroline, elle était capable d'embobiner Brian Kent et de réussir son coup. Mais quelle garantie avait-il qu'elle n'appellerait pas les flics dès l'instant où il aurait le dos tourné ? Il lui posa la question.

« Mais, Jimmy, vous avez la meilleure garantie qui soit. Vous savez que je suis Lisa. Ils n'ont jamais vérifié les empreintes digitales de Caroline. Vous pourriez me dénoncer. Savez-vous ce qu'éprouveraient mes parents, Sean ? Pensez-vous qu'ils pourraient jamais me pardonner ? » Elle le regarda droit dans les yeux, attendant son verdict.

Sean s'élança hors de chez lui et se mordit les lèvres de dépit. La voiture de Caroline bloquait le passage devant la sienne. Il voulait pouvoir téléphoner à la police en chemin. Il regagna précipitamment la maison, prit les clés de la voiture de Caroline, dégagea le passage et monta dans la sienne. En faisant rapidement marche arrière pour s'engager dans la rue, il décrocha le téléphone et composa le 911.

Jimmy ressentait la merveilleuse impression de renaître. Combien de fois n'avait-il vu Brian Kent, à Los Angeles, passer au volant de sa Porsche ? Bien qu'ils aient suivi les mêmes cours pendant quatre ans, Brian ne l'avait jamais gratifié que d'un léger signe de tête lorsqu'ils se rencontraient. La vie aurait été tout autre si Brian n'avait jamais existé. Et Lisa avait raison. Il aurait barre sur elle. Il relâcha la tension de la corde. « Mettons que je vous croie. Comment comptez-vous vous y prendre ? »

Caroline lutta pour repousser la sensation de vertige qui l'envahissait en même temps que l'espoir. Qu'inventer ?

Tu vas aller sur la côte. À la recherche de Brian.

Désespérément, elle tenta d'imaginer un scénario plausible.

Le poison, le poison.

« Sean a un ami, un professeur spécialisé dans l'histoire de la médecine. Au cours d'un dîner, la semaine dernière, il nous a raconté qu'il existait des poisons impossibles à détecter. Il en a décrit un, et la façon exacte de le préparer à partir des médicaments les plus ordinaires. Quelques gouttes suffisent. Le mois prochain, à mon retour de voyage de noces, je dois me rendre en Californie pour entendre un témoin. J'appellerai Brian. Après tout, je... je veux dire Caroline fut à l'origine de son succès. N'est-il pas vrai ? »

Attention.

Elle avait fait un faux pas. Mais Jimmy ne semblait pas l'avoir remarqué. Des bouclettes humides de transpiration lui retombaient sur le front. Elle ne se rappelait pas qu'il eût les cheveux frisés. Il avait dû se faire faire une permanente. En fait, il avait exactement la coiffure de Brian Kent sur une de ses dernières photos. « Je suis sûre qu'il sera ravi de me revoir », continua-t-elle. Feignant de vouloir étirer ses jambes, elle les passa par-dessus le rebord du lit.

Il entoura l'extrémité de la corde autour de ses doigts. Elle posa la main sur la sienne. « Jimmy, il existe un poison qui met sept à dix jours pour agir. Les symptômes ne commencent pas avant trois ou quatre jours. Même s'il y a une enquête, qui fera le rapprochement entre le fait que Brian a pris une tasse de café avec une ancienne amie de collège, jeune épouse d'un professeur de Princeton, et un meurtre ? C'est le scénario parfait. »

Jimmy fit malgré lui un signe d'assentiment. Cette nuit s'était transformée en rêve, un rêve marquant le début d'une vie nouvelle pour lui. Il pouvait lui faire confiance. Ce qu'elle lui exposait lui apparut d'une vérité lumineuse. Aussi longtemps que vivrait Brian Kent, lui, le plus grand acteur du monde, resterait dans l'ombre. Il lui sembla que la veilleuse dans la chambre éclairait les marches du théâtre. Le living-room dans l'obscurité était la salle où l'applaudissait le public. Il savoura l'instant, puis saisit Caroline – non, Lisa – par le menton. « Je vous crois, murmura-t-il. À quelle date exacte vous rendrez-vous en Californie ? »

Continue. Tu es presque tirée d'affaire.

La voix de Caroline résonna à ses oreilles comme un grelot fêlé : « La seconde semaine de juillet. »

Les derniers doutes de Jimmy s'évanouirent. Kent devait commencer le tournage de son film le 1er août. S'il était mort à cette date, ils lui chercheraient désespérément un remplaçant.

Il se leva et aida Caroline à se mettre debout. « Venez que j'enlève ce machin de votre cou. Mais souvenez-vous que je l'ai dans ma poche si jamais j'en avais besoin. Je pars maintenant. Nous sommes bien d'accord, hein ? Mais si vous ne remplissez pas votre contrat, vous me reverrez. Un soir où vous serez seule sans votre professeur, ou un après-midi à un feu rouge, je serai là. »

Caroline sentit Jimmy relâcher la corde et la faire passer au-dessus de sa tête. Des sanglots hystériques lui bloquèrent la gorge. « D'accord », parvint-elle à articuler.

Il la prit violemment par les épaules et l'embrassa sur la bouche. « Je ne scelle pas mes accords avec une poignée de main, dit-il. Dommage que je n'aie pas plus de temps. J'aurais pu m'occuper de vous. » Sa caricature de sourire se transforma en une grimace amusée. « Je sens que le mauvais sort est déjà conjuré. Allons. » Il la conduisit jusqu'à la porte de service, s'apprêta à détacher la chaîne.

Caroline eut le temps d'apercevoir la pendule dans la cuisine. Il y avait douze minutes que Sean avait téléphoné. Dans trente secondes, Jimmy serait parti et elle pourrait remettre la chaîne et se barricader. Sean arriverait d'un instant à l'autre.

L'impression d'avoir six ans, à nouveau, de courir dans les fondations. Elle avait regardé vers le bas. Le sol était à deux mètres cinquante ou trois mètres. Il y avait des morceaux de ciment. D'un dernier bond, Lisa avait franchi un grand espace…

Jimmy ouvrit la porte. Elle sentit une bouffée d'air frais sur son visage. Il se retourna. « Je sais que vous n'avez jamais eu l'occasion de me voir jouer, mais je suis réellement un grand acteur.

— Je sais, s'entendit dire Caroline. Après *La Mort d'un commis voyageur*, tout le monde à l'école vous appelait Biff. »

Sur le mur, elle avait hésité une seconde de trop avant de sauter derrière Lisa. Elle n'avait pas pris suffisamment d'élan et s'était heurté le front contre le ciment. Prise de panique, elle sut qu'elle n'était pas parvenue à suivre Lisa.

La porte se referma en claquant. Pendant une fraction de seconde, Caroline et Jimmy se regardèrent sans bouger. « Lisa ne peut pas savoir ça, souffla Jimmy. Vous m'avez menti. Vous *êtes* Caroline. » Ses mains se portèrent à son cou. Elle chercha à lui échapper, pivota sur elle-même, et courut en trébuchant en direction de la porte principale. Elle voulut crier, mais seul un gémissement étouffé sortit de ses lèvres.

Sean roula à tombeau ouvert dans les rues désertes. Le standardiste du 911 lui demanda son nom, d'où il appelait, quelle était la nature de l'urgence. « Envoyez une voiture de police au 81 Priscilla Lane, appartement 1 A, cria-t-il. Que vous importe qui je suis et le reste ! Envoyez une voiture.

— Et quelle est la nature de l'urgence ? » répéta le standardiste.

La main de Jimmy s'abattit sur la porte d'entrée au moment où elle essayait de tourner la poignée. Caroline passa devant lui et courut de l'autre côté du fauteuil club. Dans la pénombre, elle aperçut son reflet dans la glace au-dessus du canapé, la silhouette menaçante derrière elle. Elle sentait son souffle chaud sur son cou. Si seulement elle pouvait tenir une minute de plus, le temps que

Sean arrive. Elle n'eut pas le temps de terminer sa prière. Sautant par-dessus le fauteuil, Jimmy se tenait devant elle, la corde entre ses mains. Il la fit pivoter, lui tira les cheveux en arrière. Elle sentit la corde sur son cou, vit leur reflet à tous les deux dans la glace. Elle tomba à genoux. La corde se resserra, et elle essaya de lui échapper à quatre pattes, le vit se pencher sur elle. « C'est fini, Caroline. À vous d'être la victime. »

Sean s'engagea dans la rue de Caroline. Les freins hurlèrent lorsqu'il s'arrêta devant sa maison. Il entendait les sirènes au loin. Il courut vers la porte, tourna la poignée, tambourinant du poing contre le battant, tandis qu'il cherchait les clés dans sa poche. Il se souvint que ce satané verrou de sécurité n'avait pas été installé correctement. Il fallait tirer la porte vers soi pour le faire tourner. Il donna trois tours de clé avant d'ouvrir le verrou. Puis la serrure principale. Pitié…

Elle était à genoux, les mains agrippées à la corde, cherchant l'air. Elle entendait Sean marteler la porte de ses poings, l'appeler. Si près, si près. Ses yeux s'agrandirent, elle suffoquait. Des ombres noires passaient devant elle. Lisa… Lisa… J'ai essayé.

Ne cherche pas à lui échapper. Penche-toi en arrière. Penche-toi en arrière. Écoute-moi.

Dans une dernière tentative, Caroline se courba en arrière, se rapprochant de Jimmy au lieu de lui échapper. La pression sur sa gorge se détendit pendant un court instant, lui permettant d'avaler une goulée d'air.

Jimmy ignorait les tambourinements et les cris. Rien au monde ne lui importait, hormis tuer cette femme qui avait ruiné sa carrière. Rien.

La clé tourna. Sean ouvrit d'un coup la porte. Il regarda dans la glace au-dessus du canapé et le sang quitta son visage.

Les yeux exorbités, la bouche grande ouverte, haletante, elle tendait les paumes en avant, les doigts crispés comme des griffes. Penchée sur elle une silhouette trapue en survêtement l'étranglait avec une corde. Pendant un instant, Sean resta figé sur place, incapable d'un mouvement. Puis l'intrus releva la tête. Leurs regards se rencontrèrent dans la glace, et Sean vit une expression horrifiée envahir le visage de l'autre homme, il le vit lâcher la corde, couvrir son visage de ses mains.

« N'approchez pas ! hurla Jimmy. Ne faites pas un pas de plus ! »

Sean pivota sur lui-même. Caroline était accroupie par terre, agrippée à la corde qui l'étouffait. Sean s'élança à travers la pièce, fonça tête baissée sur l'homme. Le choc envoya Jimmy le dos contre la fenêtre. Le bruit de la vitre volant en éclats se mêla à un cri et aux hurlements des sirènes de la police.

Des mains tiraient sur la corde. Elle entendait un gémissement sourd sortir de sa gorge. Soudain, le nœud se desserra et l'air se rua dans ses poumons. Une douce obscurité l'enveloppa.

Lorsque Caroline se réveilla, elle était étendue sur le canapé, un linge froid autour du cou. Assis près d'elle, Sean lui frictionnait les mains. La pièce grouillait de policiers. « Jimmy ? » Sa voix ressemblait à un croassement.

« Ils l'ont emmené. Oh, chérie. » Sean la souleva, l'enveloppa de ses bras, prit sa tête contre sa poitrine, lui caressant les cheveux.

« Pourquoi s'est-il mis à crier ? demanda-t-elle en un chuchotement. Qu'est-il arrivé ? Quelques secondes de plus et j'étais morte.

— Il a vu la même chose que moi. Ton reflet dans la glace au-dessus du canapé. Il est complètement cinglé. Il a cru voir Lisa. Il a cru qu'elle venait se venger. »

Sean ne la quitterait pas. Après le départ des policiers, il s'allongea près d'elle sur le confortable canapé, tira le plaid sur eux et la tint contre lui. « Essaie de dormir un peu. » En sécurité dans ses bras, elle céda à la fatigue et s'endormit.

À 6 h 30, il la réveilla. « Il va être l'heure de partir, lui dit-il. Si tu es sûre que tout va bien, je vais passer en vitesse à la maison, prendre une douche et m'habiller. » Le soleil inondait la pièce.

Il y a cinq ans, elle était entrée dans la chambre de Lisa et l'avait trouvée morte. Ce matin, elle se réveillait dans les bras de Sean. Elle prit son visage entre ses mains. « Je vais très bien. Vrai de vrai. »

Sean parti, elle entra dans sa chambre. Elle fixa délibérément le lit, se remémorant ce qu'elle avait ressenti en voyant Jimmy Cleary au moment où elle s'était réveillée. Elle prit une douche, laissant l'eau chaude courir sur son corps, ses cheveux, laver toute trace de la présence de Jimmy. Elle enfila une combinaison kaki, serra une ceinture tressée autour de sa taille. Tout en brossant ses cheveux, elle vit la zébrure rouge sur son cou et détourna la tête.

Il lui sembla que le temps restait en suspens, attendant qu'elle mette un point final à ce qui devait être terminé. Elle empaqueta ses affaires dans sa valise, la déposa avec son sac dans l'entrée. Puis elle accomplit le geste qu'elle savait devoir faire.

Elle s'agenouilla sur le parquet, exactement comme elle s'était agenouillée devant Jimmy Cleary, lorsqu'il essayait de l'étrangler. Elle arqua son corps en arrière et se regarda dans la glace. Elle le savait. Le bas de la glace arrivait un centimètre au-dessus de ses cheveux. Jimmy ne pouvait pas avoir vu son reflet. Il ne s'était pas trompé : il avait vu Lisa.

« Lisa, Lisa, merci », murmura-t-elle. Il n'y eut pas de réponse. Lisa s'était évanouie. Caroline s'y attendait. Pour la dernière fois, le sentiment qu'elle avait été la cause de la mort de sa sœur emplit sa conscience, puis s'estompa. Le destin en avait décidé ainsi, et elle n'insulterait pas la mémoire de Lisa en s'appesantissant sur le passé. Elle se releva et vit son véritable reflet dans le miroir. Elle porta ses doigts à ses lèvres, souffla un baiser. « Au revoir, je t'aime », dit-elle à voix haute.

Une voiture s'arrêtait dans la rue. Sean. Caroline courut vers la porte, l'ouvrit en grand, sortit son sac et sa valise, prit la housse qui enveloppait sa robe de mariée, claqua la porte derrière elle et s'élança à la rencontre de Sean.

L'ange perdu

Il neigeait la veille du soir de Noël, un flot serré de petits flocons qui vous cinglaient la figure, se posaient sur les branches dénudées, s'amoncelaient sur les toits. À l'aube, la tempête s'apaisa peu à peu et un timide soleil perça les nuages.

À 6 heures, Susan Ahearn sortit du lit, monta le thermostat du chauffage et fit du café. Frissonnante, elle serra sa tasse entre ses mains. Elle avait toujours si froid ; sans doute parce qu'elle avait tellement maigri depuis la disparition de Jamie.

Elle pesait à peine quarante-neuf kilos pour un mètre soixante-douze ; ses yeux du même bleu-vert que ceux de Jamie mangeaient son visage aux pommettes trop saillantes ; même ses cheveux châtains avaient foncé, accentuant la pâleur de ses traits tirés.

Elle se sentait beaucoup plus âgée que vingt-huit ans ; il y a trois mois, elle avait passé le jour de son anniversaire à suivre une fausse piste de plus. L'enfant découverte chez une nourrice dans le Wisconsin n'était pas Jamie. Elle se blottit à nouveau sous les couvertures tandis que l'air chaud sifflait et grondait dans toute la maison, isolée dans la campagne à trente kilomètres à l'ouest de Chicago.

La chambre avait un aspect étrangement inachevé. Il n'y avait aucun tableau aux murs, pas de rideaux aux fenêtres, pas de tapis ou de moquette sur les planchers de pin. Des cartons étaient empilés dans un coin près de la penderie. Jamie avait disparu au moment où elles s'apprêtaient à déménager.

La nuit lui avait paru sans fin. Elle en avait passé la plus grande partie éveillée, s'efforçant de dominer la peur qui ne la quittait plus. Si elle ne retrouvait jamais Jamie ? Si Jamie devenait un de ces enfants qui disparaissaient purement et simplement ? Pour oublier le vide de la maison, les folles plaintes du vent, le craquement des fenêtres, Susan se laissa emporter par son imagination.

« Tu es bien matinale », dit-elle.

Elle se représenta Jamie dans sa chemise de nuit de pilou rouge et blanc traversant la chambre à pas feutrés et grimpant dans son lit. « Tes pieds sont gelés...

— Je sais. Grand-mère dirait que je vais attraper la mort. Elle dit toujours ça. Grand-mère est lugubre. C'est toi qui le dis. Raconte-moi un conte de Noël.

— Ne me rappelle pas grand-mère. Son sens de l'humour n'est franchement pas terrible. » Ses bras serrés autour de Jamie blottie sous les couvertures près d'elle. « Si on parlait de New York le jour de Noël. Après une promenade en calèche dans Central Park, nous irons déjeuner au Plaza. C'est un grand, un superbe hôtel. Et juste de l'autre côté de la rue...

— On entrera dans le magasin de jouets...

— Le plus célèbre magasin de jouets du monde. Il s'appelle FAO Schwartz. Il y a des trains électriques, des poupées, des marionnettes, des livres, tout ce qu'on peut imaginer.

— Je pourrais choisir trois cadeaux...

— Je croyais que c'était deux. D'accord, disons trois.

— Et ensuite nous irons voir l'enfant Jésus à St. Pat's...

— En réalité on l'appelle la cathédrale Saint-Patrick, mais nous autres Irlandais, nous disons tous St. Pat's...

— Décris-moi l'arbre... et les vitrines décorées comme au pays des fées... »

La gorge nouée, Susan avala la dernière goutte de son café. Soudain, le téléphone sonna et elle s'efforça de réprimer un sursaut d'espoir en décrochant. Jamie ! Faites que ce soit Jamie !

C'était sa mère qui appelait de Floride. Le ton abattu devenu habituel chez sa mère depuis la disparition de Jamie était spécialement marqué aujourd'hui. Avec détermination, Susan força sa voix à prendre une inflexion résolument optimiste. « Non, maman. Absolument rien. Je t'aurais prévenue, bien sûr... C'est dur pour nous tous. Non, je veux rester ici. N'oublie pas qu'elle a téléphoné une fois... Pour l'amour du ciel, maman, non, je ne crois pas qu'elle soit morte. Fiche-moi la paix. Jeff est son père. Il l'aime à sa façon... »

Elle raccrocha en larmes, se mordant les lèvres pour ne pas se laisser submerger par une crise de nerfs, terrasser par des visions d'horreur. Même sa mère n'imaginait pas ce qu'elle endurait.

Six inculpations avaient été prononcées contre Jeff. Le chef d'entreprise qu'elle croyait avoir épousé était en réalité un voleur de bijoux international. S'il avait choisi cette maison à l'écart dans une banlieue reculée, c'était uniquement parce qu'elle constituait une cachette idéale. Susan avait appris la vérité au printemps dernier, lorsque les agents du FBI étaient venus dans l'intention d'arrêter Jeff quelques minutes après qu'il fut parti pour un de ses « voyages d'affaires ». Il n'était jamais revenu, et elle avait mis la maison en vente. Elle projetait de s'installer à New York – les quatre années d'université qu'elle y avait passées restaient les plus heureuses de sa vie. Puis, quelques semaines après sa disparition, Jeff était allé chercher Jamie au jardin d'enfants et l'avait emmenée. Il y avait sept mois.

En se rendant à son travail, Susan ne parvint pas à secouer la peur que sa mère avait éveillée en elle. *Tu ne crois pas que Jamie est morte ?* Jeff était totalement irresponsable. Alors qu'elle avait à peine six mois, il avait laissé Jamie seule dans la maison pour aller acheter des cigarettes. Un an et demi plus tard, il n'avait même pas remarqué qu'elle avançait trop loin dans la mer. Un maître nageur l'avait sauvée. Comment saurait-il s'occuper d'elle à présent ? Pourquoi avait-il voulu la prendre avec lui ?

Les bureaux de l'agence immobilière étaient décorés de guirlandes de Noël. Ses seize collègues formaient un groupe amical et Susan appréciait les regards pleins d'espoir qui l'accueillaient chaque matin. Ils étaient tous anxieux d'entendre de bonnes nouvelles de Jamie. Aujourd'hui, personne n'avait envie de travailler, mais Susan s'occupa l'esprit en examinant des dossiers en cours de réalisation. Le moindre nom éveillait un souvenir. Les Wilke – qui achetaient leur première maison pour la naissance de leur bébé ; les Conway, qui vendaient une grande maison pour emménager plus près de leurs petits-enfants. En terminant sa conversation avec Mme Conway, elle sentit les larmes habituelles lui emplir les yeux et détourna la tête.

Joan Rogers, qui occupait le bureau voisin du sien, lisait une revue. Avec un coup au cœur, Susan vit le titre de l'article : « Les enfants ne sont-ils pas toujours des anges le jour de Noël ? » D'amusantes photos d'enfants en robe et auréole blanche couvraient la page.

Le regard de Susan se figea, puis elle s'empara fiévreusement du magazine, l'arrachant des mains de Joan. L'ange dans le coin en haut à droite. Une petite fille. Des cheveux d'un blond presque blanc. Mais les yeux… la bouche… l'arrondi de la joue. « Jamie », murmura Susan. Elle ouvrit le tiroir de son bureau, fouilla fébrilement à la recherche d'un marker. Les mains tremblantes, elle coloria de brun les cheveux de l'enfant et vit alors le visage de l'ange devenir identique à celui de la photographie encadrée sur son bureau.

Jamie regardait pensivement par la fenêtre de la chambre le froid paysage d'hiver et essayait de ne pas entendre les cris à côté. Papa et Tina se disputaient encore. Quelqu'un dans l'immeuble avait montré à papa sa photo dans le magazine. Papa hurlait : « Qu'est-ce que tu cherches à faire ? Nous allons tous nous retrouver en tôle ! Combien de fois a-t-elle posé ? »

Ils étaient arrivés à New York à la fin de l'été, et papa avait commencé à partir en voyage sans elles. Tina avait dit qu'elle s'ennuyait et qu'elle pourrait poser un peu comme mannequin. Mais la dame qu'elle était allée voir avait dit : « J'ai suffisamment de filles de votre type, par contre la petite m'intéresse. »

Jamie n'avait pas trouvé difficile de poser pour les photos de l'ange. Il fallait penser à quelque chose d'agréable, et elle avait pensé au jour de Noël que maman et elle avaient décidé de venir passer à New York, cette année. Elle était à New York maintenant, tout près des endroits où maman voulait l'emmener, mais ce n'était pas pareil avec papa et Tina.

« Je t'ai demandé combien de fois elle a posé ! répéta papa d'une voix furieuse.

— Deux, trois fois ! » cria Tina.

C'était un mensonge. Elle était allée plein de fois au studio quand papa partait en voyage. Mais quand il était à New York, Tina prévenait l'agence que Jamie n'était pas libre.

Tina disait : « Qu'est-ce que tu espères me voir faire, quand tu n'es pas là ? Jouer aux dominos et lire Dr Seuss ? »

Dans la rue en bas, les gens se hâtaient comme s'ils avaient froid. Il avait neigé pendant la nuit, mais la neige avait fondu sous les roues des voitures et s'était changée en bouillasse. C'est seulement du coin de l'œil qu'elle pouvait voir un petit bout de Central Park où la neige était aussi jolie qu'elle devrait toujours l'être.

Jamie sentit une grosse boule lui serrer la gorge. Elle savait que l'enfant Jésus venait sur terre la nuit de Noël. Elle avait prié le bon Dieu tous les soirs pour qu'il lui ramène aussi maman quand il apporterait l'enfant Jésus. Mais papa lui avait dit que maman était encore très malade. Et ce soir, ils allaient prendre un autre avion et partir dans un autre endroit. Avec un nom qui ressemblait à *bananas*. Non. *Ba-ha-mas*.

« Jamie ! »

Tina prenait toujours une voix méchante pour l'appeler. Jamie savait que Tina ne l'aimait pas. Elle disait tout le temps à Papa : « C'est ta gosse. »

Papa était assis à la table en peignoir. Le magazine avec la photo de Jamie était par terre à ses pieds et il lisait le journal. D'habitude, il disait : « Bonjour ma princesse », mais ce matin, il ne remarqua même pas qu'elle l'embrassait. Papa n'était jamais méchant avec elle. La seule fois où il l'avait giflée, c'était le jour où elle avait voulu téléphoner à maman. Elle avait à peine eu le temps d'entendre la voix de maman dans le téléphone, qui disait : « Veuillez laisser un message, s'il vous plaît », lorsque papa l'avait surprise. Elle avait réussi à dire : « J'espère que tu vas mieux, maman. J'ai envie de te voir », avant que papa ne raccroche brutalement et ne la gifle. Depuis, il verrouillait le téléphone chaque fois que lui ou Tina sortait de l'appartement. Papa disait que maman était malade et que parler lui faisait du mal. Pourtant maman n'avait pas l'air malade quand elle disait : « Veuillez laisser un message, s'il vous plaît. »

Jamie s'assit à la table devant un bol de cornflakes et un verre de jus d'orange. Tina ne lui avait jamais préparé autre chose.

Papa fronçait les sourcils et il eut l'air furieux en lisant à voix haute : « *Les domestiques croient que le plus petit des deux cambrioleurs pourrait être une femme.* » Puis il dit : « Je t'avais bien dit que cette tenue te trahirait. »

Tina se pencha par-dessus son épaule. Sa robe de chambre était ouverte et tout dépassait de sa chemise de nuit. Ses cheveux étaient en désordre et elle soufflait des anneaux de fumée tout en lisant : « *Peut-être un coup monté par quelqu'un de la maison.* Qu'est-ce que tu veux de plus ?

— Vaut mieux déguerpir, dit papa. Nous avons assez travaillé dans cette ville. »

Jamie pensa à tous les appartements qu'ils avaient visités. « Est-ce qu'on est obligés d'aller aux ba-ha-mas ? » demanda-t-elle. Ça lui semblait si loin. De plus en plus loin de maman. « J'aimais bien l'appartement d'hier », insista-t-elle. Elle tournait sa cuillère dans ses corn-flakes. « Tu as dit à la dame que c'était exactement ce que tu cherchais. »

Tina éclata de rire. « C'était le cas, si on peut dire.

— La ferme. » Papa semblait furieux. Hier en leur montrant l'appartement, la dame avait dit qu'ils formaient une charmante famille. Papa et Tina étaient habillés comme chaque fois qu'ils visitaient des appartements, Tina avait les cheveux relevés en chignon et elle était très peu maquillée.

Après le petit déjeuner, papa et Tina allèrent dans leur chambre. Jamie décida de mettre le pantalon violet et la chemise rayée à manches longues qu'elle portait le jour où papa était venu la chercher à l'école en lui disant que maman était malade et qu'il devait la ramener tout de suite à la maison. Ils étaient un peu trop petits pour elle maintenant, mais elle les aimait plus que ses autres vêtements neufs. Elle se souvenait du jour où maman les avait achetés.

Elle se brossa les cheveux et s'étonna comme à chaque fois de leur couleur bizarre. C'était exactement la teinte des cheveux de Tina, et quand ils sortaient, papa lui demandait d'appeler Tina « Moune ». Bien sûr, Tina n'était pas sa mère, mais elle avait toujours appelé sa mère « maman », alors ça n'avait pas d'importance. C'étaient des noms différents pour des personnes différentes.

Quand elle revint dans la pièce de séjour, papa et Tina étaient habillés pour sortir. Papa portait une grosse serviette qui avait l'air très lourde. « Je ne suis pas mécontent de quitter cette ville », disait-il. Jamie non plus ne se plaisait pas beaucoup ici. Elle savait que c'était agréable d'habiter à une rue de Central Park, mais cet appartement était sombre et en désordre, avec des vieux meubles et un tapis déchiré. Papa disait aux gens qui lui faisaient visiter leurs appartements qu'ils recherchaient un bel endroit où s'installer à New York.

« Nous sortons pour un moment, dit papa. Je vais fermer la porte à double tour pour que tu sois tranquille. Tu n'as qu'à lire ou regarder la télévision. Ensuite, Tina t'emmènera acheter des vêtements d'été pour les Bahamas, et tu pourras choisir deux cadeaux pour Noël. C'est chouette, non ? »

Jamie parvint à lui rendre son sourire tout en regardant timidement dans la direction du téléphone. *Papa avait oublié de le verrouiller. Après leur départ, elle appellerait encore maman. Elle voulait parler à maman pour Noël. Papa n'en saurait rien.*

Elle attendit quelques minutes, s'assurant qu'ils étaient bien partis, puis saisit l'appareil. Tous les soirs elle s'exerçait à répéter le numéro de téléphone pour ne pas l'oublier. Elle savait même qu'il fallait faire le « 1 ». Elle prononça les chiffres à voix haute à mesure qu'elle composait le numéro : « Un… trois un deux-cinq quatre… »

La clé tourna dans la serrure. Jamie entendit papa jurer et lâcha le récepteur avant qu'il ne le lui enlève des mains. Il écouta, entendit la tonalité, raccrocha et mit le système de verrouillage. « Si nous n'étions pas le jour de Noël, tu recevrais une paire de baffes », dit-il.

Il était reparti. Jamie se recroquevilla dans le grand fauteuil, mit ses bras autour de ses jambes et appuya la tête sur ses genoux. Elle était trop grande pour pleurer. Elle avait presque quatre ans et demi. Malgré tout, elle dut se mordre la lèvre pour l'empêcher de trembler. Mais au bout d'une minute, elle put jouer à faire semblant.

Maman se trouvait avec elle et elles allaient passer ensemble le jour de Noël. D'abord, elles iraient faire un tour en calèche à Central Park. Les chevaux feraient tinter leurs grelots. Puis elles déjeuneraient dans le grand hôtel. Ennuyée, elle s'aperçut qu'elle avait oublié son nom. Elle fronça les sourcils, essayant de toutes ses forces de le retrouver. Elle revoyait l'hôtel en esprit. Elle avait demandé à papa de lui montrer où il se trouvait. *Pour pouvoir s'en souvenir.* Le Plaza. Après le déjeuner, elles traverseraient l'avenue et entreraient dans le magasin de jouets. FAO Swarzzz... Elle choisirait deux jouets. Non, maman a dit que je pouvais en prendre trois. « Nous descendrons la Cinquième Avenue pour aller voir l'enfant Jésus, et ensuite... »

Tina disait qu'elle était une vraie casse-pieds à toujours demander les directions. Mais, maintenant, elle savait exactement comment aller d'ici à la Cinquième Avenue et comment trouver tous les endroits que maman et elle avaient décidé d'aller visiter ensemble. Maman était allée à l'école à New York, mais c'était il y a longtemps... Peut-être aurait-elle un peu oublié le chemin qu'il fallait prendre, mais Jamie le connaissait. Les yeux clos, elle glissa sa main dans celle de maman et dit : « Le grand beau sapin se trouve par là... »

Le numéro de téléphone du magazine était inscrit dans l'encadré administratif. Susan composa précipitamment le 212. Sans voir ses collègues qui se pressaient autour d'elle, elle attendit, laissant la sonnerie résonner. *Faites qu'ils ne soient pas fermés aujourd'hui, faites qu'ils ne soient pas fermés.*

La standardiste qui répondit enfin se montra coopérative. « Je suis désolée, mais il n'y a personne dans les bureaux. Un enfant mannequin ? Vous pourriez obtenir ce renseignement à la comptabilité, mais c'est aussi fermé. Pouvez-vous rappeler le 26 ? »

Dans une avalanche de mots, Susan mit la femme au courant. « Il faut que vous m'aidiez. Comment payez-vous un enfant qui pose pour le journal ? Ne puis-je joindre quelqu'un ? »

La standardiste l'interrompit. « Ne quittez pas. Il doit y avoir un moyen de le savoir. »

Les minutes s'écoulèrent. Cramponnée au téléphone, Susan eut vaguement conscience que quelqu'un la tenait par les épaules. Joan. Cette chère Joan qui avait eu la bonne idée de lire cet article. Lorsque la standardiste revint en ligne, elle avait un ton triomphant. « J'ai pu joindre une des rédactrices chez elle. Les enfants que nous avons utilisés pour cet article viennent de l'agence de mannequins Lehman. Voilà son numéro. »

Susan entra en communication avec Dora Lehman. Elle entendait un brouhaha de fête dans le fond. La voix stridente mais aimable de Lehman lui répondit. « Oui, Jamie est un de mes petits modèles. Elle se trouve sûrement en ville. Elle a eu un gros contrat la semaine dernière.

— Elle est à New York ! » s'écria Susan. Elle entendit à peine les cris de joie qui s'élevaient derrière elle.

Dora Lehman ne connaissait pas l'adresse de Jamie. « C'est une drôle de fille, une dénommée Tina, qui vient chercher les chèques de Jamie. Mais j'ai un numéro de téléphone. Je devais l'utiliser uniquement si j'avais des photos très bien payées à lui proposer. Si son mari répondait, Tina prétendait que c'était un faux numéro. »

Susan inscrivit à la hâte le numéro, et fit taire son impatience tout en écoutant Dora Lehman l'inviter à passer la voir en compagnie de Jamie lorsqu'elle viendrait à New York.

Joan la retint de composer immédiatement le numéro. « Tu risques d'éveiller leurs soupçons. Il faut d'abord prévenir la police de New York. Occupe-toi plutôt de réserver une place d'avion. »

Pouvoir enfin *agir* après tous ces mois d'attente ! Quelqu'un consulta les horaires d'avion. Le prochain quittait O'Hare à midi. Mais quand elle voulut faire une réservation, elle entendit un petit rire à l'autre bout du fil. « Il n'y a pas une seule place sur les vols en partance de Chicago aujourd'hui », dit l'employée.

À force d'insister, Susan se retrouva en ligne avec l'un des vice-présidents de la compagnie. « Venez tout de suite, lui dit-il. Nous vous caserons sur ce vol, quitte à éjecter le pilote ! »

Joan finissait de s'entretenir avec la police lorsque Susan raccrocha. Son visage s'était assombri et toute excitation avait disparu de son regard. « On vient d'arrêter Jeff pour un cambriolage qu'il a commis hier soir avec cette dénommée Tina qui vit avec lui. Un voisin croit avoir vu Jamie et la femme arriver en taxi au moment où les policiers poussaient Jeff dans le fourgon. Si Tina sait que

Jeff est détenu en prison, où va-t-elle disparaître avec Jamie ? »

Papa et Tina n'étaient pas restés longtemps dehors. Jamie savait lire l'heure et les deux aiguilles étaient sur le onze quand ils rentrèrent. Tina lui dit de mettre son manteau, car elles allaient à Bloomingdale. Faire des courses avec Tina n'avait rien d'amusant. Jamie voyait bien que même la vendeuse était surprise du manque d'intérêt de Tina pour les vêtements qu'elle lui achetait. Elle dit : « Oh, elle a besoin de deux costumes de bain, de quelques shorts et chemisiers. Ça devrait lui suffire. »

Puis elles allèrent à l'étage des jouets. « Ton père a dit que tu pouvais en choisir deux. »

Jamie n'avait pas envie de grand-chose. Avec leurs robes à froufrous, les poupées aux yeux en bouton de bottine lui semblèrent beaucoup moins jolies que sa Minnie Mouse en chiffon qu'elle prenait toujours pour s'endormir à la maison. Mais Tina eut l'air si furieux quand Jamie dit qu'elle ne voulait rien, qu'elle demanda des livres au hasard.

Elles prirent un taxi pour regagner l'appartement, mais au moment où le chauffeur ralentit pour se garer, Tina eut une drôle de réaction. Deux voitures de police étaient stationnées devant l'immeuble et Jamie vit papa marcher entre deux policiers. Elle s'apprêtait à le montrer du doigt quand Tina lui pinça le genou et dit au chauffeur :

« J'ai oublié quelque chose. Ramenez-nous à Bloomingdale, s'il vous plaît. »

Jamie se fit toute petite sur le siège. Ce matin, papa avait parlé de la police. Est-ce que papa avait des ennuis ? Elle n'osait pas questionner Tina. Tina avait son mauvais rictus et ses doigts qui avaient pincé Jamie étaient prêts à recommencer.

De retour à Bloomingdale, Tina acheta des choses uniquement pour elle. Une valise, une robe, un manteau et de grosses lunettes de soleil. Après avoir payé, elle ôta toutes les étiquettes et dit à la vendeuse qu'elle voulait porter ses vêtements neufs tout de suite.

Lorsqu'elles quittèrent le magasin, Tina ressemblait à une autre personne. Elle avait mis son manteau de vison blanc et son pantalon de cuir dans la valise. Le manteau neuf était noir comme celui qu'elle portait lorsqu'ils allaient visiter des appartements. Le chapeau lui couvrait entièrement les cheveux et les lunettes noires étaient si grandes qu'elles dissimulaient presque tout son visage.

Jamie avait très faim. Elle n'avait rien mangé de la journée, à part les corn-flakes et le jus d'orange. La rue était pleine de monde. Les gens portaient de gros paquets. Certains avaient l'air soucieux ou fatigué, d'autres semblaient heureux. Il y avait un père Noël au coin de la rue et les passants laissaient tomber des pièces dans la boîte à côté de lui.

Non loin de là, Jamie aperçut un marchand de hot-dogs et de sodas dans une petite voiture avec un parapluie. Elle tira timidement sur la manche de Tina. « Est-ce que je pourrais avoir… Est-ce que tu veux bien que… ? » Elle avait l'impression qu'une grosse boule lui bloquait la gorge. Elle avait si faim. Elle ne comprenait pas pourquoi papa était avec ces policiers et elle savait que Tina ne l'aimait pas.

Tina cherchait à arrêter un taxi. « Que tu es barbante, dit-elle. D'accord. Mais grouille-toi. »

Jamie demanda un hot-dog avec de la moutarde et un Coca-Cola. Un taxi arriva avant que l'homme n'ait eu le temps d'étaler la moutarde. « Dépêche-toi, dit Tina. Tant pis pour la moutarde ! »

Dans le taxi, Jamie essaya de ne pas faire de miettes en mangeant. Le chauffeur se retourna et dit à Tina : « Je sais que la petite ne sait pas lire. Mais vous ?

– Désolée, je n'avais pas remarqué. » Tina désigna l'avis collé sur la vitre de séparation. « Tu ne peux pas manger dans ce taxi. Attends que nous soyons arrivées à la gare des autocars. »

La gare des autocars était un grand, un énorme bâtiment, plein de gens. Elles prirent place dans une longue file d'attente. Tina regardait autour d'elle, comme si elle avait peur de quelque chose. Quand elles arrivèrent devant le comptoir des billets, elle se renseigna sur les horaires des bus pour Boston. L'homme lui dit qu'elles pouvaient prendre celui de 14 h 20. C'est alors qu'un policier s'avança vers elles. Tina détourna la tête en murmurant : « Oh, mon Dieu. »

Jamie se demanda si le policier allait les faire monter dans une voiture comme ils avaient emmené papa. Mais il ne s'approcha pas d'elle. Il alla parler avec deux hommes qui se disputaient. Maman lui disait toujours que les policiers étaient gentils, mais c'était sûrement différent à New York, car papa et Tina en avaient peur.

Tina l'entraîna vers une rangée de chaises occupées par des gens. Une vieille dame dormait, une main posée sur sa valise. Tina dit : « Attends-moi ici. J'ai une course à faire qui peut prendre un certain temps. Finis ton hot-dog et ton Coca et ne parle à personne. Si quelqu'un s'adresse à toi, dis que tu es avec cette dame. »

Jamie était contente de s'asseoir et de pouvoir enfin manger. Le hot-dog était froid et elle aurait préféré qu'il y ait de la moutarde, mais il avait quand même bon goût. Elle regarda Tina disparaître en haut de l'escalier roulant.

Elle attendit longtemps, très longtemps. Au bout d'un certain temps, ses paupières devinrent lourdes et elle s'endormit. Lorsqu'elle se réveilla, il y avait des tas de gens qui passaient devant elle en courant comme s'ils étaient en retard. La vieille dame à côté d'elle la secouait. « Tu es toute seule ? » Elle semblait inquiète.

« Non. Tina va revenir. » Elle avait du mal à parler. Elle aurait bien voulu dormir encore.

« Tu es là depuis longtemps ? »

Jamie ne savait pas très bien, aussi répéta-t-elle : « Tina va revenir tout de suite.

— Très bien. Je dois prendre mon autocar. Ne parle à personne avant le retour de Tina. » La vieille dame souleva sa valise comme si elle était très lourde, et s'éloigna.

Jamie avait envie de faire pipi. Tina serait furieuse si elle ne l'attendait pas, mais elle ne pouvait pas se retenir plus longtemps. Elle se demanda où se trouvaient les toilettes et comment faire pour le savoir si elle n'avait pas le droit de demander à quelqu'un. Elle entendit alors la femme sur la chaise derrière elle dire à son amie : « Allons aux chiottes avant de partir. »

Cela voulait dire qu'elles allaient aux toilettes. Tina disait toujours « les chiottes ». Jamie prit son paquet de vêtements neufs et ses livres et les suivit de près pour avoir l'air d'être avec elles.

Il y avait beaucoup de monde dans les toilettes, des femmes avec des enfants. Ce n'était pas difficile d'entrer et de sortir sans attirer l'attention. Jamie se lava les mains et quitta l'endroit le plus vite possible. Pour la première fois, elle remarqua la grosse horloge sur le mur. La petite aiguille était sur le quatre. La grosse sur le un. Ça signifiait qu'il était quatre heures cinq. L'homme derrière le comptoir avait dit à Tina que le prochain bus partait à deux heures vingt.

Jamie s'arrêta net, réalisant que Tina n'avait jamais eu l'intention de l'emmener… Tina n'allait pas revenir.

Si elle restait là, un policier viendrait lui parler. Elle ne savait pas où aller. Papa n'était pas à la maison et Tina était partie. Peut-être pourrait-elle téléphoner à maman – même si maman était malade, elle enverrait quelqu'un la chercher. Mais elle n'avait pas d'argent. Elle avait tellement envie de voir maman. Elle savait qu'elle allait se mettre à pleurer. C'était le jour de Noël et elle aurait dû le passer avec maman.

Les grandes portes au fond de la salle – les gens entraient et sortaient par là. Elles devaient conduire dans la rue. Le paquet était lourd. La ficelle autour de la boîte lui faisait mal à travers ses moufles. Elle eut une idée. L'appartement se trouvait 58e Rue, Septième Avenue. C'était l'adresse que papa et Tina donnaient toujours aux chauffeurs de taxi. Si elle arrivait à retrouver l'appartement, elle pourrait marcher un bloc de plus vers Central Park. De là, elle savait où se trouvait le Plaza. Elle jouerait alors à faire semblant. Elle imaginerait que maman était avec elle et qu'elles faisaient une promenade en voiture à cheval dans le parc et qu'elles déjeunaient ensuite au Plaza. Puis elle irait dans le magasin de jouets en face du grand hôtel, exactement comme maman l'avait raconté. Elle descendrait la Cinquième Avenue et irait voir l'enfant Jésus et le grand arbre et les vitrines de Lord and Taylor.

Elle se retrouva dehors dans la rue. La nuit tombait et le vent lui mordait les joues. Sans chapeau, elle avait froid à la tête. Un homme vêtu d'un pull-over gris et d'un tablier blanc vendait des journaux. Il ne fallait pas lui laisser voir qu'elle était seule. Elle désigna une dame avec un bébé dans les bras qui se débattait pour ouvrir une poussette. « Nous devons aller 58e Rue, Septième Avenue, dit-elle à l'homme.

— C'est pas la porte à côté. » Il fit un geste de la main. « Il faut remonter dix-huit blocs et tourner un bloc dans cette direction. »

Jamie attendit qu'il soit en train de rendre la monnaie à quelqu'un avant de traverser la rue et de commencer à remonter la Huitième Avenue, petite silhouette en anorak rose, le visage encadré d'un casque de cheveux blond platine.

L'avion avait du retard au décollage et mit une heure quarante minutes pour atteindre l'aéroport de La Guardia. Il était 15 heures lorsque Susan atterrit. Elle fonça à travers le hall, sans vouloir entendre les appels et les cris de bienvenue adressés aux autres voyageurs. Tandis que son taxi se faufilait dans les encombrements du pont de la 59e Rue, elle s'efforça de ne pas penser qu'elle et Jamie avaient prévu de passer cette journée ensemble à New York. Il faisait froid et gris ; le chauffeur lui annonça qu'on attendait à nouveau de la neige. Le pare-soleil était couvert de photos de sa famille. « J' vais remballer après cette course et rentrer à la maison retrouver mes mômes. Vous avez des mômes ? »

Au commissariat de police, le lieutenant Garrigan l'attendait dans son bureau.

« Avez-vous retrouvé Jamie ?

— Non, mais je peux vous promettre que nous ratissons tous les aéroports et toutes les gares d'autobus. » Il lui montra une photo d'identité. « Est-ce votre ex-mari, Jeff Randall ?

— Est-ce ainsi qu'il se fait appeler ?

— À New York, c'est Jeff Randall. À Boston, Washington, Chicago et dans une douzaine d'autres villes, il change de nom. Il semble que lui et sa petite amie aient joué aux riches provinciaux désireux de s'installer à New York. Avoir l'enfant avec eux rendait leur numéro plus convaincant. Il portait sur lui des billets d'avion. Ils projetaient de s'envoler pour Nassau dès ce soir. »

Susan lut de la pitié dans le regard du policier.

« Puis-je parler à Jeff ? » demanda-t-elle.

Il n'avait pas changé depuis l'année dernière. Les mêmes cheveux bruns ondulés, les mêmes yeux bleus au regard candide, le même sourire, la même attitude gentille et protectrice. « Susan, je suis content de te revoir. Tu as l'air en pleine forme. Plus mince, mais ça te va bien. »

On aurait dit deux vieux amis qui se rencontraient par hasard. « Où cette femme a-t-elle emmené Jamie ? » demanda Susan. Elle serra ses mains l'une contre l'autre, se retenant de lui frapper le visage à coups de poing.

« Qu'est-ce que tu racontes ? »

Ils étaient assis l'un en face de l'autre dans le petit bureau encombré. Les menottes aux poignets de Jeff semblaient incongrues tant il paraissait nonchalant. Il ignorait les policiers qui l'encadraient, comme s'ils étaient de simples potiches. Le lieutenant se tenait toujours derrière son bureau, mais plus aucune pitié ne se reflétait dans son regard. « Vous risquez déjà de passer un bon nombre d'années en prison sans compter une inculpation pour enlèvement, dit-il. Je présume que votre femme laisserait tomber sa plainte si nous trouvons tout de suite votre petite fille. »

Il refusa de répondre, même lorsque Susan perdit son sang-froid et se mit à hurler : « Je te tuerai s'il lui arrive quelque chose. » Elle se mordit le poing pour retenir ses sanglots tandis qu'ils emmenaient Jeff.

Le lieutenant la conduisit dans une salle d'attente. Il y avait une banquette de cuir et quelques vieux journaux. On lui apporta du café. Susan aurait voulu prier, mais aucun mot ne lui venait à l'esprit. Elle ne pouvait que répéter : « Je veux Jamie. Je veux Jamie. »

À 16 h 10, le lieutenant Garrigan vint lui annoncer qu'un employé de la gare des autocars se souvenait d'une femme accompagnée d'une enfant ressemblant à la description de Jamie et qui avait acheté des billets pour le bus de 14 h 20 en direction de Boston. Des mesures avaient été prises pour intercepter le bus à un arrêt et le fouiller. À 16 h 30, il était certain qu'elles ne se trouvaient pas dans l'autobus. À 17 h 15, Tina fut arrêtée à l'aéroport de Newark alors qu'elle s'apprêtait à prendre un avion pour Los Angeles.

Le lieutenant Garrigan s'efforça de prendre un ton optimiste en rapportant à Susan ce qu'ils avaient appris. « Tina avait laissé Jamie dans la salle d'attente de la gare des autocars. L'un des policiers du transit est encore de garde. Il se souvient d'avoir vu une enfant correspondant à la description de Jamie partir avec deux femmes.

— Elles ont pu l'emmener n'importe où, murmura Susan. Qui ne conduirait pas une enfant perdue à la police ?

— Certaines femmes emmèneront d'abord l'enfant chez elles et demanderont son avis à leur mari. Croyez-moi, il vaut mieux qu'il en soit ainsi. Cela signifie qu'elle est en sécurité. Je n'aimerais pas savoir que Jamie erre toute seule dans Manhattan aujourd'hui. Il y a trop de cinglés dans les rues pendant les fêtes. Ils essaient de repérer les enfants qui se promènent sans adulte à leurs côtés. »

Il vit sans doute la terreur se peindre sur le visage de Susan, car il ajouta tout de suite : « Nous allons faire un appel sur toutes les stations radio et diffuser sa photo au journal télévisé de ce soir. Cette femme, Tina, dit que Jamie connaît l'adresse de l'appartement et le numéro de téléphone. Nous y avons posté un policier au cas il y aurait un appel. Peut-être préféreriez-vous attendre là-bas ? Ce n'est qu'à quelques rues d'ici. Une voiture de patrouille va vous y conduire. »

Un jeune policier regardait la télévision dans la salle de séjour. Susan parcourut l'appartement de long en large, remarquant une assiette qui contenait un reste de corn flakes sur la table du petit déjeuner, des albums de coloriage à côté. La plus petite chambre... Le lit était défait, l'empreinte d'une tête sur l'oreiller. Jamie y avait dormi la nuit dernière. La chemise de nuit pliée sur la chaise. Susan la prit et la serra contre elle, comme si Jamie allait se matérialiser. Jamie se trouvait là très peu d'heures auparavant, mais sa présence n'habitait plus la pièce.

La poitrine oppressée, les lèvres tremblantes, Susan sentit la crise de nerfs la gagner. Elle alla à la fenêtre, l'ouvrit et respira l'air frais à pleins poumons. En bas, elle apercevait de loin la circulation dans la Septième Avenue. À gauche, les calèches s'alignaient le long de Central Park South. Les larmes lui brouillèrent les yeux à la vue d'une famille qui débouchait de la Septième Avenue et se dirigeait vers Central Park South. Le père et la mère marchaient en tête. Leurs trois enfants traînaient derrière, les deux garçons se bousculant, une petite fille sur leurs talons.

Noël. Jamie et elle auraient dû passer cette journée ensemble à New York. Une pensée soudaine, irrationnelle, lui traversa l'esprit. Et si Jamie n'était pas avec ces deux femmes… Si elle était seule.

Détournant son attention de la télévision, le policier nota les endroits qu'elle énumérait. « Je vais appeler le lieutenant, promit-il. On va passer la Cinquième Avenue au peigne fin. »

Susan saisit son manteau. « Je vous accompagne. »

Ses pieds étaient si fatigués. Elle avait marché, marché. Au début, elle avait compté chaque bloc, puis elle vit les signes au coin des rues, indiquant les numéros. 43, 44. Jamie n'aimait pas ce quartier. Il n'y avait pas de jolie vitrine et les dames qui s'appuyaient contre les immeubles ou dans les portes cochères étaient toutes habillées comme Tina.

Elle s'appliquait à marcher près des papas et des mamans avec leurs enfants. Maman lui disait toujours : « Si jamais tu es perdue, va trouver une grande personne avec des enfants. » Mais elle ne voulait pas leur parler. Elle voulait jouer à faire semblant.

Elle sut qu'elle arrivait dans la 58e Rue. Elle reconnaissait les magasins. L'endroit où ils achetaient les pizzas. Le kiosque où papa allait chercher le journal. L'appartement se trouvait dans ce bloc.

Un homme s'approcha d'elle et lui prit la main. Elle voulut s'écarter, mais n'y parvint pas. « Tu es toute seule, ma chérie ? » chuchota-t-il.

Il tenait toujours sa main. Il souriait, mais il faisait quand même peur. On voyait à peine ses yeux parce qu'ils étaient plissés. Sa veste était dégoûtante et son pantalon pendait bizarrement. Elle ne devait pas lui dire qu'elle était seule.

« Non, dit-elle précipitamment. Nous avons faim, maman et moi. » Elle désigna la pizzeria et une dame qui achetait une pizza regarda par bonheur dans sa direction et fit un petit sourire.

L'homme lâcha sa main. « Je croyais que tu avais besoin d'aide. »

Jamie attendit qu'il ait traversé la rue et se mit à courir le long du bloc. Trois bâtiments plus loin, elle vit une voiture de police se garer devant l'immeuble de l'appartement. Pendant une minute elle eut peur qu'ils ne soient venus la chercher elle aussi. Mais une femme sortit très vite de la voiture, entra en courant dans la maison, et la voiture s'en alla. Jamie se frotta les yeux avec le dos de la main. Ça faisait bébé de pleurer.

Lorsqu'elle arriva devant l'immeuble, elle garda la tête baissée. Elle ne voulait pas qu'on la voie et qu'on l'emmène peut-être en prison. Mais le carton était si lourd. Elle s'arrêta une minute et le posa derrière les bacs à fleurs en pierre. Elle pouvait peut-être le laisser là pendant un petit moment. De toute façon, même si quelqu'un le prenait, ça n'avait pas d'importance, elle n'avait plus besoin d'un maillot de bain ou de shorts. Elle n'irait pas aux ba-ha-mas.

C'était beaucoup plus facile de marcher sans le carton. Elle tourna au coin de la rue et regarda derrière elle. L'homme à la veste dégoûtante la suivait. Elle eut un peu peur. Heureusement, des gens la dépassèrent, un papa, une maman et deux garçons. Elle pressa le pas pour ne pas s'éloigner d'eux. Le groupe tourna à droite. C'était la direction qu'elle devait prendre. Central Park était en face. Elle regarda les gens descendre des calèches. Elle pouvait commencer à faire semblant.

Susan parcourut Central Park South, allant d'une voiture à l'autre. Les harnais des chevaux étaient ornés de rubans et de clochettes, les calèches égayées de lumières rouges et vertes.

Les cochers se montrèrent prêts à l'aider. Ils étudièrent la photo de Jamie dans le magazine. « Jolie petite fille… On dirait un ange. » Ils promirent tous de rester vigilants. Au Plaza, Susan s'adressa au concierge, aux employés de la réception et à l'hôtesse du Palm Court. Le hall rutilait de décorations de Noël. Dans le restaurant du Palm Court, au milieu du hall, une foule élégante sirotait des cocktails tandis qu'épuisés par leurs achats de dernière minute, d'autres savouraient d'un air las une tasse de thé et de délicieux sandwiches.

Susan tenait le magazine ouvert à la page où figurait Jamie, répétant : « Avez-vous vu cette petite fille ? »

Elle aperçut furtivement son reflet dans la glace près des ascenseurs. L'air humide frisait ses cheveux autour de son visage et sur ses épaules. Elle était trop pâle, mais Jamie aurait ces mêmes traits lorsqu'elle grandirait. Si elle grandissait.

Personne au Plaza ne se souvenait d'une enfant seule. Sa seconde étape fut FAO Schwarz. Les derniers clients se bousculaient, s'emparant des ours en peluche, jouets et poupées. Personne ne se rappelait avoir vu une enfant non accompagnée. Susan monta au second étage. Une vendeuse étudia pensivement la photo. « Je ne suis pas sûre. Je suis tellement occupée. Mais il y avait une petite qui a demandé à tenir une poupée Minnie Mouse. Son père voulait la lui acheter, mais elle a refusé. J'ai trouvé ça bizarre. Oui, en effet, il y a une ressemblance frappante avec cette enfant.

— Mais elle était avec son père », murmura Susan qui, avec un « merci », tourna le dos trop rapidement pour entendre la vendeuse dire qu'elle *croyait* que c'était son père.

La vendeuse fixa Susan du regard pendant qu'elle se dirigeait vers l'escalator. À y réfléchir, quelle est la petite fille qui refuserait de voir son père lui offrir la poupée dont elle mourait d'envie ? Et ce type avait quelque chose qui vous donnait la chair de poule. Ignorant un client accaparant, l'employée quitta brusquement son comptoir et courut à la poursuite de Susan. Trop tard – la jeune femme avait déjà disparu.

Jamie eut envie de pleurer à la vue de la poupée Minnie Mouse. Mais elle ne pouvait pas laisser cet homme lui faire un cadeau. Elle le savait. Elle avait peur qu'il ne continue de la suivre.

Quand elle sortit du magasin de jouets, il y avait moins de piétons dans les rues. Elle devina que tout le monde rentrait à la maison. À un coin, des gens chantaient des chants de Noël. Elle s'arrêta pour les écouter. L'homme qui la suivait s'était arrêté lui aussi. Les chanteuses avaient des coiffes sur la tête en guise de chapeau. L'une d'elles lui sourit à la fin de la chanson. Jamie lui rendit son sourire, et la femme dit : « Petite, tu n'es pas seule, n'est-ce pas ? » Ce n'était pas un vrai mensonge, parce qu'elle jouait à être avec maman. « Maman est juste là », répondit-elle en désignant du doigt les badauds devant les vitrines d'un magasin et elle alla se mêler à eux.

Dans Saint-Patrick, elle s'arrêta et jeta un regard autour d'elle. Elle finit par trouver la crèche. Les gens se pressaient tout autour, mais l'enfant Jésus n'était pas sur son lit de paille. Un homme plaçait des cierges neufs dans les chandeliers et Jamie entendit une dame demander où se trouvait la figurine de l'enfant Jésus. « Nous l'installons pendant la messe de minuit », lui répondit-il.

Jamie trouva une place juste en face du lit de Jésus. Elle murmura la prière qu'elle répétait depuis si longtemps. « Quand vous viendrez ce soir, s'il vous plaît, amenez maman. »

Beaucoup de gens entraient dans l'église. L'orgue commença à jouer. C'était une si jolie musique. Ce serait bien de pouvoir rester ici un moment, au chaud, et de se reposer. Mais, après avoir dit à la dame qui chantait que maman était là, il lui semblait que c'était vrai. Il fallait qu'elle aille voir l'arbre maintenant, et ensuite les vitrines de Lord and Taylor. Ensuite, si l'homme la suivait toujours, peut-être lui demanderait-elle ce qu'elle devait faire. Peut-être l'aimait-il bien pour la suivre comme ça, peut-être voulait-il réellement lui venir en aide.

Susan dévisageait les enfants qui passaient. Elle retint sa respiration à la vue d'une petite fille. Ces cheveux blond pâle, cette veste rouge. Mais ce n'était pas Jamie. À chaque pâté de maisons, il y avait des pères Noël bénévoles qui faisaient la quête pour des bonnes œuvres. À chacun, elle montra la photo de Jamie. Un chœur de l'Armée du Salut chantait à l'angle de la 53e Rue. Une des femmes avait vu une petite fille qui ressemblait certes à Jamie. Mais l'enfant avait dit qu'elle était avec sa maman.

Le lieutenant Garrigan la rejoignit alors qu'elle pénétrait dans la cathédrale. Il roulait dans une voiture de patrouille. Susan vit une lueur de pitié dans son regard quand il jeta un coup d'œil sur la photo qu'elle tenait à la main.

« Je crains que vous ne perdiez votre temps, Susan, dit-il. Un conducteur d'autocar a dit que deux femmes et une petite fille étaient montées dans son bus au départ de 16 h 10. Ça correspond à l'heure où le policier du transit de Port Authority les a vues partir. »

Susan sentit ses lèvres devenir sèches. « Où se dirigeaient-elles ?

— Elles sont descendues à l'arrêt de Pascack Road, dans la commune de Washington, New Jersey. Nous pouvons compter sur l'aide de la police sur place. Je persiste à penser que ces femmes peuvent encore nous téléphoner… si ce sont elles qui ont pris Jamie. CBS a accepté de vous laisser passer un appel avant le journal de 19 heures. Mais nous devons faire vite.

— Pouvons-nous descendre la Cinquième Avenue jusqu'à Lord and Taylor ? demanda Susan. Je ne sais pas… J'ai un pressentiment… »

Cédant à sa demande, le chauffeur de la voiture de police roula au pas. Susan tournait la tête de droite à gauche, cherchant à voir les passants de part et d'autre de la chaussée. La voix blanche, elle raconta qu'une vendeuse avait vu une enfant ressemblant à Jamie, mais qu'elle était accompagnée par son père ; une femme de l'Armée du Salut avait vu une enfant comme Jamie qui était avec sa mère.

Elle les pria de s'arrêter devant Lord and Taylor. Les badauds attendaient patiemment leur tour pour passer devant les vitrines décorées. « J'ai le sentiment que si Jamie était à New York et se rappelait… » Elle se mordit les lèvres. Le lieutenant Garrigan allait penser qu'elle était folle.

La petite fille en anorak bleu et vert. À peu près de la taille de Jamie. Non. L'enfant à demi cachée derrière ce gros trapu. Elle l'examina avidement, secoua la tête.

Le lieutenant Garrigan lui toucha le bras. « Je crois sincèrement que le mieux à faire pour Jamie est de lancer un appel à la télévision. »

Susan dut se résigner.

Jamie regardait les patineurs. Ils glissaient autour de l'anneau, devant l'arbre de Noël, comme des poupées animées. Avant que papa ne vienne la prendre, maman et elle avaient été patiner sur un étang près de leur maison… Maman lui avait offert ses premiers patins à glace.

L'arbre était si haut qu'elle se demandait comment ils avaient pu y accrocher les lumières. L'année dernière, maman était montée sur une échelle pour décorer leur arbre et Jamie lui avait passé les guirlandes.

Jamie posa son menton sur ses mains. Ses yeux étaient juste à la hauteur de la balustrade. Elle se mit à parler à maman en esprit. « Est-ce qu'on pourra venir faire du patin ici l'année prochaine ? Est-ce que mes patins m'iront encore ? On pourrait les donner et m'en acheter des plus grands. » Elle imaginait le sourire de maman. « Bien sûr, mon bébé. » Ou maman dirait peut-être en riant : « Non, je crois plutôt que nous allons rétrécir tes pieds pour les faire entrer dans les vieux patins. »

Jamie se détourna de l'arbre. Il lui restait un seul endroit à voir, les vitrines de Lord and Taylor. L'homme et la femme à côté d'elle se tenaient par la main. Elle tira sur la manche de la femme. « Ma maman m'a dit de vous demander si on était loin de Lord and Taylor. »

Encore douze blocs. C'était beaucoup. Mais il fallait qu'elle finisse son jeu. La neige tombait plus fort maintenant. Jamie glissa ses mains dans ses manches et baissa la tête pour que les flocons ne lui piquent pas les yeux. Elle ne regarda pas si l'homme la suivait – elle savait qu'il était là. Mais tant qu'elle marchait près des autres passants, il ne s'approchait pas.

La voiture de patrouille se gara devant les studios de CBS dans la 57e Rue près de la Onzième Avenue. Le lieutenant Garrigan entra avec Susan. On les envoya à l'étage supérieur et une assistante de production s'entretint avec Susan. « Nous allons appeler cette séquence "L'ange perdu". Nous ferons un gros plan de la photo de Jamie, et vous pourrez alors lancer un appel personnel. »

Susan attendit dans le coin du studio. Quelque chose semblait prêt à exploser en elle. Elle avait l'impression d'entendre Jamie l'appeler. Le lieutenant Garrigan se tenait près d'elle. Elle lui saisit le bras. « Dites-leur de montrer la photo. Que quelqu'un d'autre fasse l'appel. Je dois retourner là-bas. »

En entendant un « chut » impératif, elle s'aperçut qu'elle avait élevé la voix, qu'on pouvait l'entendre dans les micros. Elle secoua la manche du policier. « Je vous en prie, je dois y retourner. »

Jamie attendait dans la queue pour défiler devant les vitrines de Lord and Taylor. Elles étaient aussi magnifiques que maman les avait décrites, comme les images de ses albums de contes de fées, à part que les personnages bougeaient, s'inclinaient, saluaient. Elle répondit involontairement à leur salut. C'étaient des personnages pour rire. Eux aussi, ils jouaient à faire semblant. « L'année prochaine, murmura Jamie, maman et moi nous reviendrons. » Elle aurait voulu rester là, à regarder les jolies silhouettes qui se penchaient, tournaient et souriaient, mais quelqu'un disait : « Avancez, s'il vous plaît. Avancez. Merci. »

L'ennui, c'était que le jeu prenait fin. Elle était allée voir tout ce que maman et elle devaient regarder ensemble. Elle ne savait plus quoi faire maintenant. Son front était tout mouillé par la neige et elle essaya de repousser ses cheveux en arrière. L'air était humide et froid sur sa tête.

Elle voulait continuer à regarder les vitrines. Elle se fit toute petite contre la corde pour que les gens puissent la dépasser. « Tu es perdue, hein, mon chou ? » Elle leva la tête. C'était l'homme qui la suivait. Il parlait si bas qu'elle l'entendait à peine. « Si tu sais où tu habites, je pourrais te ramener à la maison », chuchota-t-il.

L'espoir grandit dans le cœur de Jamie. « Pourriez-vous téléphoner à maman ? demanda-t-elle. Je connais le numéro.

— Bien sûr. Allons-y tout de suite. » Il lui prit la main.

« Avancez, s'il vous plaît », répétait la voix.

« Viens, chuchota l'homme. Il faut partir. »

Quelque chose retenait Jamie. C'était pire que d'être fatiguée, d'avoir froid et faim. Elle avait peur. Elle se colla au rebord de la vitrine, fixant les figurines, et murmura sa prière à l'enfant Jésus. « S'il vous plaît, faites que maman vienne. »

La voiture de police démarra. « Je sais que vous me croyez folle », dit Susan. Elle se tut, examinant la foule encore dense amassée devant les vitrines. La neige tombait dru à présent et les gens relevaient le col de leurs manteaux, rabattaient leurs capuchons, nouaient leurs écharpes. Il y avait beaucoup d'enfants dans la file d'attente, mais on ne voyait pas leurs visages, tournés vers les vitrines. Elle ouvrit la porte quand elle entendit le lieutenant Garrigan dire au chauffeur : « Sam, est-ce que vous voyez ce type dans la queue ? C'est cette ordure qui s'attaque aux enfants et qui ne s'est pas présenté au procès. Attrapons-le. »

Bouleversée, Susan les vit se ruer sur le trottoir, foncer dans la queue, saisir par les bras un homme efflanqué vêtu d'une veste sale, et le ramener au pas de course vers la voiture.

Et elle la vit. La petite silhouette qui ne se retournait pas comme le reste des badauds étonnés, la petite silhouette avec son étrange casque de cheveux blond platine encadrant la joue et le cou qu'elle connaissait si bien.

Dans un brouillard, Susan s'avança vers Jamie. Tendant avidement les bras vers elle, elle se pencha et entendit Jamie répéter sa prière : « S'il vous plaît, faites que maman vienne. »

Susan tomba à genoux. « Jamie », murmura-t-elle.

Jamie crut que le jeu continuait.

« Jamie. »

C'était pour de vrai. Jamie se retourna brusquement et sentit des bras la serrer très fort. Maman. C'était maman. Elle referma ses bras autour du cou de maman, cacha sa tête dans son épaule. Maman la tenait serrée, la berçait, répétait son nom. « Jamie, Jamie. » Maman pleurait. Et autour d'elles, les gens souriaient, acclamaient, applaudissaient. Et dans les vitrines de Noël, les jolies poupées s'inclinaient et saluaient.

Jamie caressa la joue de maman. « Je savais que tu viendrais. »

Mise en pages :
Patrick Leleux PAO

Imprimé en France par CPI
en février 2021

Dépôt légal : janvier 2021
N° d'impression : 2055507
ISBN : 9782365592567